Tilly Tennant
Der kleine Eselhof an der Küste

Über die Autorin:

Tilly Tennant stammt aus Dorset. Sie ist das älteste von vier Geschwistern. Nach einigen Jahren voll trostloser Jobs – darunter Verkäuferin, Kellnerin und Zeitungsabopromoterin – entschied sie sich, ihrer Passion für das geschriebene Wort nachzugehen, und begann ein Studium in den Fächern »Englische Literatur« und »Kreatives Schreiben«, das sie mit Auszeichnung abschloss. Ihr erstes Buch schrieb sie in den Semesterferien 2007 und hat seitdem nicht mehr mit dem Schreiben aufgehört. Tilly Tennant hat mittlerweile über 20 Romane veröffentlicht. Sie lebt mit ihrer Familie in Staffordshire.

TILLY TENNANT

Der kleine ESELHOF an der Küste

ROMAN

Aus dem Englischen von Ralph Sander

lübbe

Dieser Titel ist auch als E-Book erschienen

Vollständige Taschenbuchausgabe

Deutsche Erstausgabe

Für die Originalausgabe:
Copyright © 2019 by Tilly Tennant
Titel der englischen Originalausgabe: »Hattie's Home for Broken Hearts«
Originalverlag: First published in Great Britain by Storyfire Ltd.
Trading as Bookouture.

Für die deutschsprachige Ausgabe:
Copyright © 2021 by Bastei Lübbe AG, Köln
Textredaktion: Silvana Schmidt, Dortmund
Einband-/Umschlagmotive: © istock: PPAMPicture | AndyRoland |
fotoVoyager | Cecilie_Arcurs | Martin Wahlborg | v_zaitsev
Umschlaggestaltung: Guter Punkt, München
Satz: Dörlemann Satz, Lemförde
Gesetzt aus der Minion
Druck und Verarbeitung: GGP Media GmbH, Pößneck
Printed in Germany
ISBN 978-3-404-18413-2

2 4 5 3 1

Sie finden uns im Internet unter luebbe.de
Bitte beachten Sie auch: lesejury.de

Kapitel 1

Das Leben konnte so schön sein, doch auch wenn es mal nicht ganz so schön war, gab es eine feste Größe: Ganz gleich, was sich gerade in Hatties Leben abspielte – Paris hatte immer etwas Magisches an sich. Der Stadt wohnte ein Zauber inne, der sich nicht recht in Worte fassen ließ. Er strahlte vom Kopfsteinpflaster, das bei Regen rutschig wurde, genauso aus wie vom einladenden Lichtschein eines Bistros in einer kleinen Seitenstraße. Dieser Zauber, der sich nicht so recht greifen ließ, war es, den die Touristen in sich aufsaugten, wenn sie mit müden Beinen auf der Champs-Élysées unterwegs waren und alles mit staunenden Augen betrachteten. Die Franzosen hatten dafür einen Ausspruch: *Je ne sais quoi.* Wer außer den Franzosen war schon in der Lage, den Worten *Ein gewisses Etwas* einen romantischen Klang zu verleihen?

Hattie saß auf der niedrigen Mauer und hatte den Blick auf die Seine gerichtet. Die schwüle Abenddämmerung lag bereits über der Stadt, der tiefblaue Himmel ging langsam in samtene Schwärze über. Boote bahnten sich ihren Weg auf dem Fluss, größtenteils jene flachen, breiten und rundum verglasten Touristenboote, die im Verlauf der letzten zwei Jahre für Hattie zu einem vertrauten und längst alltäglichen Anblick geworden waren. Die zahllosen Lichter der Boote spiegelten sich im Wasser der Seine und erschienen auf den Wellen wie goldene Explosionen. Die Ufer wurden von den makellosen, prachtvollen Fassaden der eleganten alten Häuser gesäumt, die alle in einem solchen Glanz erstrahlten, als wollten sie sich gegenseitig überbieten. In der Ferne ragte der Eiffelturm stolz in den Himmel und wachte in einer Weise über die Stadt, als wollte er sich mit jedem anlegen, der zu bestreiten wagte, dass der Turm der wundervollste Anblick an diesem von Magie erfüllten Ort war.

Hattie betrachtete die Stadt, die zwei Jahre lang ihr Zuhause gewesen war. Nie zuvor war dieser so vertraut gewordene Anblick so sehr ein Grund zur Traurigkeit gewesen wie jetzt. Der Flug nach England war bereits gebucht. Vielleicht hätte Alphonse sie nach einer Weile ja doch gebeten, es sich noch einmal zu überlegen, doch es war bereits zu viel Porzellan zerschlagen worden.

Sie wusste auch nicht, ob das professionelle Verhältnis zwischen ihnen beiden je wieder so sein könnte, wie es einmal gewesen war – und ob sie das überhaupt wollte. Vielleicht war ja die Katastrophe an dem Abend, als seine neue Kollektion vorgestellt worden war, so etwas wie ein Omen gewesen.

So sehr Hattie Paris auch liebt – sie war schon seit Monaten von dem seltsamen Gefühl geplagt worden, dass irgendetwas nicht stimmte. Sie hatte als seine persönliche Assistentin angefangen, voller Tatendrang, so viel wie möglich über die Branche zu lernen. Ihre ganze Arbeit hatte allerdings nur darin bestanden, für ihn das Mittagessen zu besorgen und die Wäsche aus der Reinigung zu holen. Mehr als einmal hatte sie ihn darauf angesprochen, doch er hatte ihr nur mit dem Finger auf die Nasenspitze getippt und sie gewarnt, sie solle nichts überstürzen, da alles gut ausgehen würde. Er hatte gut reden, denn er war auf dem besten Weg, ein angesagter Modedesigner zu werden. So strahlend seine Zukunft auch sein würde und so hell der Stern seiner Karriere aktuell schillerte, bewegte sich Hatties eigener Stern unbeirrt auf einer viel niedrigeren und weitaus weniger beeindruckenden Umlaufbahn.

Und dann war es doch noch passiert! Alphonse hatte ihr für

die Eröffnung seiner Show die Aufgabe übertragen, sich um die Bühnendekoration zu kümmern. Da war sie noch außer sich vor Freude gewesen. Doch dann war alles ganz verheerend schiefgelaufen. Alphonse hatte sich so in seine Wut hineingesteigert, dass Hattie nicht nur um ihr eigenes, sondern auch um sein Leben gefürchtet hatte. Sie war fristlos gefeuert worden, was er schnell zu bereuen begann, als ihm klar wurde, dass er sich selbst um einen Kaffee und um die Reinigung kümmern musste, wenn er Hattie gehen ließ. Der Vorfall hatte Hattie aber längst zu einem Entschluss gebracht.

Sie stand von der Mauer auf und atmete tief durch. *Es war schön, Paris,* dachte sie, *und ich werde dich auch nie vergessen ... aber es wird Zeit heimzukehren.*

Kapitel 2

Ganz egal, wie widersprüchlich die Gefühle waren, die der Gedanke an die Heimkehr in ihr auslöste – die mit Fingerhut gesäumten Straßen, auf denen das Taxi sie zu ihrem Elternhaus fuhr, die Wiesen mit ihren Wildblumen und die Haine aus uralten Bäumen, die im Vorbeifahren zu verwischten Schemen wurden, hatten doch immer eine besänftigende Wirkung auf sie. Gleiches galt für die bildhübschen Häuser in jenem Dorf in Dorset, wo sie zur Welt gekommen war – jedes Haus mit Reetdach, in Pastelltönen gehaltenen Fassaden und Rosenbüschen im Garten davor. Der Frühsommer war in dieser Region wirklich eine bemerkenswerte Jahreszeit, da die Landschaft jeden Moment vor Leben zu explodieren schien.

Als sie aus Gillypuddle weggegangen war, hatte sie viele ihrer Sorgen dort zurückgelassen, aber auch viele schöne Erinnerungen und Menschen, die ihr wichtig waren. Sie konnte nicht abstreiten, dass es schön sein würde, diese Menschen wiederzusehen, Erinnerungen wiederaufleben zu lassen und vielleicht auch ein paar neue Erinnerungen zu schaffen.

»Schönes Haus«, merkte der Taxifahrer anerkennend an, als er vor der geschwungenen Auffahrt anhielt. Hattie hatte nie ernsthaft darüber nachgedacht, wie das Zuhause ihrer Eltern auf andere Leute wirken mochte. Und doch hatten manche verstohlenen bewundernden Blicke ihr vor Augen geführt, dass Fremde das für bemerkenswert hielten, was für sie etwas ganz Gewöhnliches war. Für sie war es bloß das Haus, in dem sie aufgewachsen war. Doch als sie jetzt aus dem Seitenfenster schaute, wurde ihr zum ersten Mal bewusst, wie beeindruckend und prachtvoll sein Anblick war. Anders als bei den meisten Cottages im Dorf war das Dach nicht mit Reet gedeckt, sondern mit Dachziegeln. Es war auch deutlich größer als die umliegenden Häuser, und der ursprüngliche Teil der Fassade stammte noch aus der Zeit von König George. Im Laufe der Jahre war das Gebäude immer wieder renoviert und erweitert worden.

Auch das Grundstück hatte etwas Beeindruckendes an sich, da es mit ausladenden Büschen und Bäumen mit dichten Kronen übersät war. Dieser Überfluss an Grün war ihrem Vater und seiner Leidenschaft fürs Gärtnern zu verdanken. Das Haus lag gut eine Meile vom Meer entfernt, aber auch wenn der Nebel manchmal von der See bis hierher ins Landesinnere vordrang, konnten sie das Meer von hier aus nicht sehen. Allerdings war es immer noch nahe genug, um zu Fuß hinzugehen. Den Strand in Gehweite zu haben, war mit das Beste daran gewesen, hier aufzuwachsen.

»Danke«. Hattie blickte auf das Taxameter und gab ihm einen ausreichend großen Schein. »Der Rest ist für Sie.«

Der Fahrer tippte an den Schirm seiner imaginären Mütze und stieg aus, um ihr Gepäck aus dem Kofferraum zu holen. Als Hattie bei ihm angekommen war, stand bereits alles am Straßenrand.

»So in Ordnung?«, fragte er.

»Ja, danke«, sie nickte. »Die paar Schritte sind kein Problem.«

»Alles klar.«

Er nickte ihr noch einmal zu, dann stieg er wieder ein und fuhr los. Hattie betrachtete das Haus und atmete tief durch. Ihre Eltern würden sich bestimmt freuen, sie wiederzusehen, oder nicht? Sie nahm ihre Taschen an sich und ging zum Haus. Nicht mehr lange, dann würde sie die Antwort auf ihre Frage erhalten.

»Halloohooo!«

Hattie drückte die Haustür hinter sich zu und ließ alle Taschen auf den Boden fallen. Im Flur herrschte Stille, also rief sie noch einmal: »Haaallooo! Jemand zu Hause?«

Nichts, kein Laut. Ihre Eltern mussten unterwegs sein, aber das hatte sie auch fast schon erwartet … und vielleicht sogar ein klein wenig gehofft. Eines war jedoch sicher: Sie konnte sich nicht darüber beklagen, von niemandem begrüßt zu werden, wenn sie niemandem etwas von ihrer Heimkehr gesagt hatte.

Ihre Eltern hatten wieder einmal umdekoriert. Die Wände des großen Eingangsbereichs, der wirklich nichts anderes war als ein großer Raum mit vielen Türen und einer Treppe zu den oberen Stockwerken, waren bei ihrem letzten Besuch noch von einer dicken Tapete bedeckt gewesen, doch die war inzwischen entfernt worden. Stattdessen waren nun unterschiedliche Kontraste mit den Farben Salbei und Beige erzeugt worden – die neuen Farben ließen den Raum heller und sauberer erscheinen … und optimistischer. Die Fotogalerie war jedoch erhalten geblieben, und mit ihr auch eine alles durchdringende Traurigkeit, da sie an alles erinnerte, was längst verloren war, aber auch an die Unbeweglichkeit der Zeit, die Hattie jahrelang die Luft geraubt hatte, ehe sie von hier weggegangen war. Langsam schlenderte sie durch den Eingangsbereich und blieb vor jedem der aufgehängten Bilder stehen.

Da war ihre ältere Schwester Charlotte, die mit ihrer Auszeichnung für ihr Violinspiel in die Kamera lächelte. Charlotte als Gewinnerin des Reiterfests. Charlotte in ihrer Schuluniform, wie sie stolz ihr Abzeichen als Schülersprecherin präsentiert. Charlotte an ihrem sechzehnten Geburtstag. Charlotte in ihrem Chorgewand. Charlotte, wie sie dem Bürgermeister die Hand schüttelt und in die Kamera strahlt …

Dann, ganz am Ende der Reihe, gleich neben der Treppe,

ein Foto von Hattie und Charlotte gemeinsam am Strand, beide blinzeln und lächeln in die Kamera. Die Sonne, die auf dem Foto nicht zu sehen ist, scheint grell und heiß.

Hattie konnte sich selbst jetzt noch daran erinnern, wie die Sonne auf ihren Rücken gebrannt hatte. Sie musste ungefähr sechs oder sieben gewesen sein, Charlotte war fünf Jahre älter. Schon seit Langem vermutete Hattie, dass dieses Foto nur aus einem Grund in der Galerie gelandet war: weil Charlotte darauf so einzigartig engelsgleich aussah. Hattie selbst sah dagegen aus wie ein Mauerblümchen, während es im Fotoalbum ihrer Mutter Bilder gab, auf denen sie viel hübscher wirkte.

Sie musste beim Anblick dieses Fotos seufzen. Ihre Eltern würden niemals aufhören, um Charlotte zu trauern, und das erwartete Hattie auch gar nicht von ihnen. Dennoch kam es ihr manchmal so vor, als wäre das Trauern der einzige Daseinszweck ihrer Eltern. Seit Charlottes Tod hatte es nichts Wichtigeres mehr gegeben, als die Erinnerung an sie aufrechtzuerhalten. Hatties eigene Kindheit war in einem solchen Maß davon geprägt gewesen, dass sie sich manchmal gefragt hatte, ob ihre Eltern wohl vergessen hatten, dass da noch eine zweite Tochter war.

Und dann waren da auch noch die fortwährenden Vergleiche, verbunden mit der ständigen Enttäuschung, dass Hattie nicht so war wie ihre Schwester. Zu Charlottes Lebzeiten hatten sie diese Unterschiede zwischen beiden Töchtern immer wieder feiern können, da es mehr als genug Gelegenheiten dazu gegeben hatte. Damals hatten ihre Eltern die Gewissheit gehabt, dass zumindest eines ihrer Kinder so geraten würde, wie sie es sich ausgemalt hatten. Doch mit dem Tod von Charlotte war es Hattie so vorgekommen, als hätte sie sich in die lebende Grabinschrift von Charlotte verwandelt. Als würden sie nun erwarten, dass Hattie all das erreichte, was ihre Schwester vorgemacht hatte, um so die Lücke zu schließen, die der Tod in ihr Leben gerissen hatte.

Durch den Umstand bedingt, dass sie nicht mehr erwachsen werden konnte, blieb Charlotte davor bewahrt, ihre Eltern zu enttäuschen. Sie würde niemals auf die schiefe Bahn geraten, nie den falschen Mann heiraten, nie zu früh oder zu spät in ihrem Leben Kinder kriegen und niemals Fehler machen. Auf allen Fotos würde sie immer noch da sein: die perfekte Tochter, deren Leistungen und Erfolge in erstarrten Bildern bewundert werden konnten. Hattie dagegen, die noch lebte und die fehlbar war, beging all diese Fehler, indem sie sich über den Wunsch ihrer Eltern hinweggesetzt hatte und nach Paris gezogen war, wo sie dann alles falsch gemacht hatte, was man nur falsch machen konnte.

Hattie ging zu ihren Taschen zurück und betrachtete sie. Als in Paris alles den Bach runtergegangen war, hatte der Gedanke an eine Rückkehr in ihr Elternhaus verlockend gewirkt. Jetzt aber war Hattie sich nicht mehr sicher, ob das wirklich eine so gute Idee gewesen war. Der Flur, in dem sie sich jetzt aufhielt, stand eigentlich für all die Gründe, die sie ursprünglich dazu veranlasst hatten, das alles hinter sich zu lassen. Warum war sie dann so versessen darauf gewesen, ausgerechnet hierher zurückzukehren, nachdem ihr Leben in Paris in die Brüche gegangen war? Hatte sie etwa erwartet, in ihrem alten Leben Trost und Sicherheit zu finden? In finanzieller Hinsicht mochte das ja zutreffen, aber in emotionaler Hinsicht würde ein solcher Trost wohl lange auf sich warten lassen.

Sie atmete tief ein und straffte die Schultern. Ihre Eltern *würden* sich darüber freuen, sie wiederzusehen, und es *würde* auch guttun, wieder daheim zu sein. Und selbst wenn nicht, würde das Dorf, in dem sie aufgewachsen war, ihr so viel Vertrautes bieten, dass es die Zeit wert sein würde, die sie hier verbringen wollte. Außerdem hatte sie ja nicht vor, für immer hierzubleiben. Sie brauchte nur eine Verschnaufpause, etwas Zeit, um ihr Leben neu zu ordnen und sich zu überlegen, was sie als Nächstes tun sollte …

Sie schaffte ihr Gepäck in eine Ecke des Flurs und ging weiter bis zur Küche. Die Sonne schien durch das Glasdach und wurde von den marmornen Arbeitsplatten reflektiert. Danach zu urteilen, wie intensiv es noch nach Desinfektionsmittel roch, musste die Reinigungskraft Carmen noch kurz zuvor hier gewesen sein. Hattie ging zum Kühlschrank, der wie üblich randvoll mit Lebensmitteln war. Ihr Flug hatte sich verspätet, dadurch war es ihr nicht möglich gewesen, nach dem Einchecken früh am Morgen noch irgendetwas zu essen.

Bestimmt störte es ihre Eltern nicht, wenn sie die Packung Schinken aufmachte, um damit ein Sandwich zu belegen. Es war hochwertiger Schinken, wie ein Blick auf die Verpackung ihr verriet. Es war weitaus besseres Essen als das, was sie gezwungenermaßen hatte kaufen müssen, als sie in Frankreich gelebt hatte. Ihre Eltern hatten schon immer von allem nur das Beste haben wollen, wodurch Hattie ihr Leben lang keine Ahnung hatte, wie Billigmarken überhaupt aussahen. Erst in Paris hatte sich das geändert. Die Kombination aus einer unverschämt hohen Miete und schlechter Bezahlung hatte dazu geführt, dass ihr die Bedeutung von »billig« sehr schnell bewusst geworden war. Zuerst hatte es ihr noch gefallen, sparsam mit ihrem Geld umzugehen, weil es ihr wie ein Aufbegehren gegen ihre Erziehung vorgekommen war. Doch schon bald hatte sie einsehen müssen, dass sie daheim ein wirklich privilegiertes Leben hatte genießen können. Durch all das, was ihr zuvor zur Verfügung gestanden hatte, war ihr schlechtes Gewissen erwacht. Sie hatte sich so sehr davon distanzieren wollen, dass sie neuen Freunden nie ein Wort davon erzählte. Doch in diesem Moment war eine Scheibe von diesem teuren Schinken genau das, was sie brauchte. Vielleicht konnte sie ihren Eltern ja dieses eine Mal die hohen Ansprüche nachsehen.

Sie hatte sich soeben mit ihrem Schinken-Gurken-Sandwich und einem großen Glas kaltem, frischem Orangensaft an die Kücheninsel gesetzt, als sie eine Stimme hörte, die vom Flur in die Küche getragen wurde. Sie war leise und entfernt, aber unverkennbar eine Stimme. Mit einem bedauernden Blick auf ihr Mittagessen stand sie auf und ging zurück in den Flur, um nachzusehen. Der Briefeinwurf in der Haustür stand offen, durch den Schlitz war ein Mund zu sehen.

»Dr. Rose? Mrs Rose?«

Hattie musste lächeln, als sie die Stimme erkannte. Sie lief zur Tür und riss sie auf, woraufhin der kleine alte Mann, der draußen stand, beinahe nach vorn gekippt wäre. Er hob den Kopf, sein erschrockener, irritierter Gesichtsausdruck wich im nächsten Moment einem strahlenden Lächeln.

»Hattie!«, rief er, während sie die Arme um ihn schlang.

»Rupert!«

»Keiner hat mir was davon gesagt, dass du nach Hause kommst!« Er lehnte sich zurück, um sie besser anschauen zu können.

»Bis gestern wusste ich selbst noch nicht, dass ich herkommen würde«, erwiderte sie und versuchte, dabei nicht über die Ereignisse nachzudenken, die sie zu diesem Entschluss gebracht hatten. Es war viel zu erfreulich, ihren alten Nachbarn wiederzusehen, als dass sie sich von dieser Art der Melancholie einen solchen Moment ruinieren lassen würde. »Wie geht es dir? Es ist so schön, dich zu sehen.«

»Es ist noch viel schöner, *dich* zu sehen, meine Liebe«, antwortete er gut gelaunt. »Ich schätze, deine Eltern sind ganz aus dem Häuschen darüber, dass du wieder hier bist.«

»Die wissen noch gar nichts davon. Ich bin eben erst angekommen, und sie sind gar nicht zu Hause.«

»Ah«, machte Rupert. »Das beantwortet natürlich meine Frage. Ich wollte mal mit deinem Vater über mein kaputtes Knie reden.«

Hattie zog die Augenbrauen hoch. »Kannst du dich noch immer nicht für die neue Dorfärztin begeistern?«

Schuldbewusst schaute Rupert vor sich hin. Er stammte aus einer Generation, die jedem, der irgendeine Art von Qualifikation vorweisen konnte, mit größter Hochachtung und Ehrfurcht begegnete. Deshalb befürchtete er wohl, sofort vom Blitz getroffen zu werden, wenn er etwas anderes als lobende Worte für die neue Ärztin im Dorf verlauten ließ.

»Ich bin mir sicher, dass sie gut ist, aber Gillypuddle ist für jemanden wie sie nicht der richtige Ort. Sie wäre in der Großstadt besser aufgehoben, wo es sie nicht kümmern müsste, ob sie Teil der Gemeinschaft ist oder nicht.«

»Dad sagt, sie ist Profi durch und durch, und das ist auch der Grund, warum sie keine persönlichen Beziehungen zu ihren Patienten unterhält.«

Rupert seufzte übertrieben. »Ich schätze, das ist was Neumodisches. Aber es spricht für bedauerliche Zeiten, wenn die Hausärztin nicht noch auf eine Tasse Tee und ein Stück Kuchen bleiben kann.«

»Ich gehe davon aus, dass sie jede Menge Arbeit zu erledigen hat«, erwiderte Hattie in verhaltenem Tonfall.

Sie war es gewöhnt, bei ihren Telefonaten mit ihrer Mum und ihrem Dad in allen Einzelheiten zu erfahren, was Rupert wieder mal nicht gefiel. »Ich bin mir sicher, es ist nichts Persönliches.«

»Eben, und genau das ist ja das Problem«, redete Rupert weiter. Er war entschlossen, sich von Hatties Einschätzung nicht umstimmen zu lassen und nicht das mindeste Mitgefühl mit der durch Arbeit wahrscheinlich sehr ausgelasteten Ärztin zu zeigen. Ihr Dad hatte seine Karriere in einer Ära begonnen, als der Dorfarzt noch jedermanns Freund war. Damals hatten die Menschen, die im Gesundheitssektor arbeiteten, noch Zeit für ihre Patienten gehabt. Aber schon seit Jahren sprach ihr Dad davon, dass es nicht mehr so war wie früher und dass die Arbeit von Tag zu Tag anstrengender wurde. Das war auch einer der entscheidenden Faktoren gewesen, der ihren Dad vor noch nicht allzu langer Zeit zu dem Entschluss gebracht hatte, in den Ruhestand zu gehen.

»Dann empfängt er also immer noch Patienten?«, fragte Hattie.

Rupert tippte sich mit der Fingerspitze gegen die Nase. »Offiziell nicht. Wenn er von einem seiner Freunde um Rat gefragt wird, dann gibt er den auch, aber wir dürfen nicht darüber reden, damit die neue Frau davon nichts erfährt. Das könnte Ärger geben.«

»Verstehe. Aber es überrascht mich nicht, wenn ich ehrlich sein soll. Ich hatte mir schon gedacht, dass Dad an seinem Ruhestand nicht sonderlich viel Freude hat, auch wenn er jahrelang erzählt hat, gar nicht früh genug in Rente gehen zu können.«

»Sechzig ist heutzutage ja auch kein Alter, um in Rente zu gehen, nicht wahr? Mit sechzig steht man noch in der Blüte seines Lebens. Aber er spielt viel Golf, also sitzt er nicht bloß rum.«

»Ja, Mum hat davon erzählt.« Sie lächelte Rupert an. »Wie wär's, wenn du mit in die Küche kommst und eine Tasse Tee trinkst? Ich bin sicher, Mum und Dad haben nichts dagegen, wenn du hier auf sie wartest.«

»Wohin sind sie eigentlich?«

Hattie hielt inne. »Eine sehr gute Frage, aber ich habe keine

Ahnung.« Rückblickend war es albern von ihr gewesen, ihre Eltern nicht vorzuwarnen, dass sie hierher unterwegs war. Aber es war eine so spontane Entscheidung gewesen, dass ihr praktisch gar nicht erst der Gedanke gekommen war, ihnen Bescheid zu sagen.

Jetzt musste sie dagegen einsehen, wie arrogant es von ihr gewesen war anzunehmen, dass es für ihre Eltern völlig in Ordnung war, sie wieder bei sich wohnen zu lassen, und dass sie sich damit schon abfinden würden. Tatsächlich hatte sie bei der Buchung ihres Rückflugs an nichts anderes denken können als daran, einfach nur wieder daheim zu sein. Und vielleicht war da ja auch noch der heimliche Wunsch gewesen, so lange wie möglich das Gespräch mit ihren Eltern vor sich herzuschieben – das Gespräch, in dem sie ihnen erklären musste, warum sie so plötzlich das Leben in Paris hinter sich lassen wollte, wo sie doch zuvor so sehr dafür gekämpft hatte, genau dieses Leben führen zu können.

Für den Moment musste sie aber all diese Überlegungen zurückstellen, damit sie Rupert so strahlend wie möglich anlächeln konnte.

»Wenn das so ist, bleibe ich wohl besser nicht«, sagte er. »Es ist nicht so, als würde ich deine Gesellschaft nicht schätzen, aber es weiß ja niemand, wann sie zurückkommen, und Armstrong will schließlich auch gefüttert werden.«

Hattie stutzte. »Armstrong?«

»Oh ja, ich hab ihn immer noch.« Rupert lachte. »Er hat zwar keine Zähne mehr und ist halb taub, aber so allmählich glaube ich, dass er unsterblich sein könnte.«

»Dazu kann ich nichts sagen, aber ich bin mir sicher, dass ich noch nie von einem Kater gehört habe, der so alt ist, wie Armstrong inzwischen sein muss.«

»Dreiundzwanzig«, entgegnete Rupert voller Stolz. »Plus minus ein paar Monate, weil wir nie genau wussten, wie alt er war, als er zu uns kam.«

»Tja, bei dir muss er ja wirklich ein gutes Leben führen. Vielleicht sollte ich das auch mal versuchen.«

»Ho, ho. Als kleine Kinder habt ihr ja so gut wie bei uns gewohnt, du und deine Schwester. Kitty hat euch immer gern bei sich gehabt.« Nach einer winzigen Pause fügte er hinzu: »Möge Gott ihrer Seele gnädig sein.«

»Es ist nett von dir, so was zu sagen, aber ich bin mir sicher, dass wir doch für euch die absoluten Nervensägen gewesen sein müssen. Schließlich sind wir zu jeder Tages- und Nachtzeit bei euch aufgetaucht und haben erwartet, dass ihr alles stehen und liegen lasst, um euch mit uns zu beschäftigen.«

»Nicht ein einziges Mal! Wir haben das geliebt. Und Kitty hat immer gesagt, dass es so viel besser war, als eigene Kinder zu haben, weil wir euch immer dann nach Hause schicken konnten, wenn es uns zu viel wurde.« Er lachte leise. »Nicht, dass es ihr jemals zu viel gewesen wäre. Ich glaube, wenn Dr. Rose damit einverstanden gewesen wäre, hätte sie euch beide auf der Stelle adoptiert.«

Hattie lächelte noch strahlender, doch gleichzeitig ging ihr der Gedanke durch den Kopf, dass es schon gut war, nicht früher, in einem jüngeren Alter davon erfahren zu haben. Dann hätte sie sich vermutlich dafür ausgesprochen, dieses Angebot anzunehmen. Es war nicht etwa so, dass sie ihre Eltern nicht geliebt hätte oder dass sie nicht zu schätzen gewusst hatte, in welcher Umgebung sie aufgewachsen war. Nein, es ging um die Jahre nach Charlottes Tod, die dann nicht von einer Trauer um sie geprägt gewesen wären, die alles andere in den Schatten gestellt hätte. Bei Rupert und Kitty wäre Hattie vielleicht so aufgeblüht, wie sie es immer gewollt hatte, anstatt so großgezogen zu werden, als müsse sie die Lücke ausfüllen, die durch

Charlottes Tod entstanden war. Vielleicht wäre sie dann nicht von dem Drang erfasst worden, gegen all das zu rebellieren, und vielleicht hätte sie dann nicht ihre Ausbildung hingeschmissen und wäre nicht aus einer Laune heraus mit einem doppelt so alten Mann nach Paris gegangen. Womöglich hätte sie dann besser verstanden, wo ihr Platz auf dieser Welt war und was sie zu leisten imstande war. Natürlich war die Zeit in Paris wunderschön gewesen (zumindest bis kurz vor Ende), dennoch hatte sie schon sehr bald nach ihrer Ankunft in Frankreich einsehen müssen, dass die Beziehung zu diesem Mann ein gewaltiger Fehler gewesen war.

»Ich schaue später noch mal rein.« Ruperts Worte rissen sie aus ihren Gedanken. »Wenn deine Eltern wieder da sind. Du bleibst doch bestimmt für ein paar Tage, oder?«

Hattie nickte unschlüssig. Wenn ihre Mum und ihr Dad sie um sich haben wollten, würde sie sogar viel länger als nur für ein paar Tage bleiben. Aber sie war sich nicht sicher, wie sehr sie hier willkommen sein würde, nachdem sie sich so nachdrücklich dafür eingesetzt hatte, dass Paris der Ort war, an dem sich ihr Leben abspielen sollte. Der Satz *Ich habe es dir ja gleich gesagt* würde unweigerlich fallen, wenn sie mit ihren Eltern redete, sobald die wieder nach Hause kamen. Dann würde sie sich mit allen Mitteln davon abhalten müssen, etwas darauf zu erwidern.

»Davon gehe ich aus«, antwortete sie schließlich.

»Wunderbar! Ich freue mich schon darauf, von deinen Abenteuern in Paris zu erfahren! Ich kann dir keinen französischen Wein versprechen, wenn du vorbeikommst, aber ich hab immer noch ein paar Flaschen Brombeerwein, den ich im letzten Herbst abgefüllt habe.«

»Das hört sich gut an.« Hattie drückte ihn kurz an sich und gab ihm einen Schmatzer auf die stoppelige Wange. »Darauf freue ich mich jetzt schon.«

Rupert lächelte sie liebevoll an. »Ihr beide wart so süße und höfliche kleine Mädchen«, schwärmte er. »Du und deine arme Schwester. Es gibt nicht viele Leute, die für einen alten Mann wie mich Zeit haben.«

»Für dich habe ich immer Zeit, Rupert«, versicherte Hattie ihm.

Sie verabschiedete sich von ihm und sah ihm noch einen Moment lang hinterher, bevor sie die Tür wieder schloss. In der Küche wartete ein Sandwich auf sie, aber aus irgendeinem Grund war sie jetzt nicht mehr so hungrig wie noch vor ein paar Minuten, als sie es geschmiert und belegt hatte.

Dennoch kehrte sie in die Küche zurück, während Charlotte sie von einem der vielen Fotos an der Wand anlächelte. Hattie war nach Gillypuddle zurückgekehrt, um etwas ins Lot zu bringen, obwohl sie keine Ahnung hatte, was eigentlich ins Lot gebracht werden musste. Sie hatte gedacht, nach Hause zurückzukehren, würde alles besser machen. Jetzt war sie sich da nicht mehr so sicher.

Kapitel 3

Hattie schlief auf dem Sofa im Wintergarten, als sie durch das Geräusch eines Schlüssels aufwachte, der im Schloss der Haustür umgedreht wurde. Sie hatte gar nicht einschlafen wollen, aber die Sonne war so warm und die Kissen waren so weich und bequem, außerdem war sie am Morgen bereits so früh aufgestanden, dass nicht viel nötig gewesen war, um sie einnicken zu lassen. Jetzt sprang sie auf, fühlte sich groggy und desorientiert und lief dennoch sofort raus in den Flur, wo sie ihre Eltern entdeckte, die verwundert das dort abgestellte Gepäck betrachteten. Als ihre Mutter Schritte hörte, drehte sie sich um und reagierte mit einem strahlenden Lächeln, als sie Hattie sah.

»Ach, wie wundervoll!«, rief sie freudig. »Warum hast du nicht Bescheid gesagt, dass du herkommst?«

»Endgültig entschieden habe ich das erst gestern Abend«, antwortete sie und ließ sich in die ausgebreiteten Arme ihrer Mutter fallen. »Es tut mir leid, dass ich nicht erst noch angerufen habe, aber …«

»Aber was?«, wollte ihr Vater wissen, der sie auf etwas steifere, förmlichere Art umarmte.

Hattie zuckte unschlüssig mit den Schultern. »Das kam alles etwas plötzlich, und ich wusste auch nicht, wie ihr reagieren würdet.«

»Du bist bei uns immer willkommen und kannst uns jederzeit besuchen«, versicherte ihre Mutter ihr. »Das weißt du doch. Wir sehen dich so selten, dass wir uns über eine so schöne

Überraschung niemals beklagen würden. Wie lange bleibst du? Hoffentlich mehr als nur ein oder zwei Tage, oder?«

»Kann schon sein«, erwiderte sie zögerlich. »Was würdet ihr dazu sagen, wenn ich einfach bleibe?«

»Du meinst, du willst nach Hause kommen?« Hatties Mum sah unschlüssig zu ihrem Ehemann, der mit einem Stirnrunzeln reagierte.

»Was ist passiert?«, fragte er an Hattie gewandt.

»Gar nichts.«

Als er daraufhin die Augenbrauen hochzog, kam sie sich vor, als wäre sie wieder vierzehn und suche nach einer Erklärung für den Zigarettenstummel, den er am anderen Ende des Gartens gefunden hatte.

»Ich bin einfach zu der Ansicht gelangt, dass Paris doch nicht das Richtige für mich ist. Jedenfalls ist das nicht die Stadt, in der ich den Rest meines Lebens verbringen will.«

»Und was ist mit diesem Job, bei dem du dir so sicher warst, dass er dir Glück bringen wird? Der Job, für den du keinen Abschluss vorweisen musstest – das war doch das, was du uns erzählt hast. Das Geld, das uns deine Schulbildung gekostet hat und das zum Fenster rausgeworfen war, weil du von zu Hause weggehen und Modedesignerin spielen wolltest? Und nun bist du nicht mal beharrlich genug, um das durchzuziehen?«

»Ich weiß, ich habe das gesagt, aber …« Abrupt verstummte Hattie.

»Und was ist mit diesem Mann, in den du so unglaublich verliebt warst? Das ist doch auch zu Ende, oder nicht?«

»Dad …« Hattie presste die Lippen so fest zusammen, dass es sich fast so anfühlte, als würde sie den Mund nie wieder aufmachen können. War ihrem Dad nicht klar, wie sehr er ihr damit wehtat, dass er Bertrand in diese Unterhaltung einbezog? Sie kam sich albern und verlegen vor, weil das alles so ein jähes Ende genommen hatte. Das musste er ihr doch anmerken können. »Ich war nicht *unglaublich* in ihn verliebt«, gab sie in einem schmollenden Tonfall zurück, der ihre wahren Gefühle überspielte. »Außerdem würde ich darüber lieber nicht reden, wenn es dir nichts ausmacht.«

»Und nachdem du nun heimgekehrt bist … wie sehen jetzt deine Pläne aus?«

»Nigel«, ging Hatties Mum dazwischen. »Vielleicht könnten wir das ja später besprechen.«

»Warum?«

»Weil Hattie gerade erst angekommen ist und ich mir sicher bin, dass sie nach der Reise müde und erschöpft ist.«

»Ist schon okay, Mum. Dad hat recht. Ich sollte irgendwelche Pläne haben, aber bedauerlicherweise habe ich absolut keine Ahnung. Paris habe ich komplett verbockt. Das ist es doch, was ihr hören wollt, nicht wahr?«

»Niemand unterstellt dir so was«, beharrte ihre Mum, doch Hattie schüttelte den Kopf.

»Es ist aber das, was ihr denkt.«

»Es ist das, was wir deiner Meinung nach wohl denken müssen«, widersprach ihr Dad. »Aber es ist ganz egal, was wir denken. Niemand hat dir jemals einen Ratschlag geben oder dich an seiner Weisheit teilhaben lassen können, ohne dass es darüber zu Streit gekommen wäre. Ich habe nicht vor, jetzt einen weiteren Versuch zu unternehmen. Ich gehe davon aus, dass du genau das tun wirst, was du immer tust – nämlich genau das, was du in diesem Moment willst. Und wenn dir langweilig wird, beginnst du sofort mit etwas anderem. Das kann man doch so sagen, nicht wahr?«

»Ich beginne gar nicht mit etwas anderem«, konterte sie mürrisch. »Ich bin nach Paris gegangen, um einem Traum nachzujagen.«

»Du hast einem Wunschtraum nachgejagt.«

»Es war ein Job.«

»Du hättest besser die Schule beendet.«

»Ich habe Schulbildung, sogar eine sehr gute, wie du mir mehr als einmal vorgehalten hast.«

»Aber ohne einen Abschluss! Da draußen herrscht ein brutaler Wettbewerb, und nur die Leute mit den Qualifikationen bekommen die besten Jobs.«

»Die akademische Welt war nie das Richtige für mich. Ich dachte, darauf hätten wir uns geeinigt.«

»Nach gerade einmal vier Monaten konntest du das unmöglich sagen!«

»Die vier Monate haben mir gereicht. Ich hätte da auch vier Jahrhunderte bleiben können, und es hätte mir trotzdem kein bisschen besser gefallen.«

»Es geht dabei nicht darum, was dir gefällt und was dir nicht gefällt. Charlotte hat begriffen, wie wichtig Schulbildung ist, und sie hat sich selbst dann in ihre Aufgaben vertieft, wenn sie gar nicht wollte. Hätte sie ihren Abschluss machen können …«

Er ließ den Satz unvollendet, gleichzeitig sah Hattie, wie der Blick ihrer Mutter zu den Fotos an der Wand zuckte. Alles lief letztlich immer wieder auf Charlotte hinaus. Wäre sie nicht gestorben, dann wäre sie heute Chirurgin oder Allgemeinmedizinerin wie ihr Vater oder sie würde irgendeinen anderen nützlichen Beruf ausüben. Charlotte hätte eine Erfolgsgeschichte geschrieben, anders als ihre nutzlose kleine Schwester, die nicht mal dauerhaft von zu Hause wegbleiben konnte, um erfolgreich zu rebellieren.

»Es tut mir leid.« Hatties Stimme wurde leiser. »Das war ein Fehler.«

»Ich habe von Anfang an gesagt, dass es ein Fehler ist, einfach nach Frankreich zu ziehen.«

»Das meine ich nicht«, gab Hattie zurück. »Ich hätte nicht nach Hause zurückkommen sollen.«

»Aber natürlich hättest du das!«, ging ihre Mutter energisch dazwischen.

»Wieso? Dad ist jetzt wütend auf mich.«

»Ich bin nicht wütend«, beteuerte er, und dann wartete Hattie nur auf den üblichen zweiten Satz: *Ich bin bloß enttäuscht.* Denn er war von Hattie immer nur enttäuscht gewesen. Warum sollte sich jetzt etwas daran ändern?

»Nein, bleib bitte!« Die Stimme ihrer Mutter klang besorgt.

»Rhonda …«, wandte sich Hatties Vater an seine Frau, die ihm einen warnenden Blick zuwarf, woraufhin er diesmal einen Rückzieher machte.

»Ich suche mir einen Job, das verspreche ich euch«, erklärte Hattie. »Ich werde euch nicht auf der Tasche liegen.«

»Das hat auch niemand behauptet«, machte Rhonda ihr klar. »Lass uns beim Abendessen darüber reden, welche Möglichkeiten du hast. Was sagst du dazu?«

Hattie zögerte. Was für Möglichkeiten sollten das sein? Sie war nicht der Ansicht, dass sich ihr viele Möglichkeiten boten. Sie war sechsundzwanzig, hatte keinen richtigen Abschluss, wenn man von ein paar sehr kostspieligen Schulbescheinigungen absah, und ihr Lebenslauf war einfach nur blamabel. Zudem konnte sie ja nicht davon ausgehen, in nächster Zeit ein bejubelndes Arbeitszeugnis aus Paris zu bekommen – selbst wenn sie den Mut aufbringen sollte, Alphonse danach zu fragen. Dennoch genügte ein Blick in die leuchtend grünen Augen ihrer Mum, die Charlotte geerbt hatte, während Hatties Augen so matt und braun waren wie die ihres Dads. Ihrer Mutter konnte sie deutlich ansehen, dass sie um jeden Preis helfen wollte.

»Das wäre schön«, antwortete Hattie schließlich. »Ich würde mich über jeden Ratschlag freuen, den ihr mir geben könnt.«

»Aber wirst du unsere Ratschläge auch annehmen?«, wollte Nigel wissen.

»Ich bin bereit, darüber nachzudenken.« Sie blickte in seine Richtung. »Würde das fürs Erste reichen?«

Er zog nur die Stirn in Falten und sah Hattie durch seine Nickelbrille an, antwortete aber nicht.

»Ich werde jetzt erst mal dein altes Zimmer herrichten«, verkündete Rhonda und durchbrach damit die anhaltende Stille.

»Dabei helfe ich dir«, bot Hattie sich an, nahm eine der Reisetaschen und folgte ihrer Mum nach oben. Als sie Schritte hinter sich hörte, drehte sie sich um und sah, dass ihr Dad ihnen mit der anderen Tasche nach oben folgte.

»Mehr Gepäck hast du nicht?«, fragte er.

»Nein.«

»Nicht gerade viel für zwei Jahre Paris.«

»Na ja, das Apartment war möbliert, und ich sah keinen Sinn darin, Sachen mitzunehmen, die ich eigentlich nicht brauche.«

»Und was hast du mit den Sachen gemacht, die du nicht brauchst?«

»Die habe ich einem Verein gegeben, der sich um Obdachlose kümmert«, schnaubte sie, als sie die schwere Tasche auf den Treppenabsatz wuchtete und kurz innehielt, um durchzuatmen. Ihr Dad nickte zustimmend. Zumindest das hatte sie in seinen Augen offensichtlich richtig gemacht. Auch wenn es das Einzige war.

»Du kannst dich mit deiner Mutter um dein Zimmer kümmern, ich werde in der Zwischenzeit mit dem Abendessen anfangen. Es gibt Lachs, falls es dich interessiert.«

»Klingt wunderbar«, erwiderte Hattie gedankenverloren, während ihr Blick an einer Reihe von Fotos hängen blieb, die die Wand im ersten Stock schmückten. Auch hier nahm Charlotte den meisten Raum ein. Sie konnte nicht verstehen, wie das möglich war, aber diese Fotos hatte sie tatsächlich vergessen. Der Anblick war wie eine Ohrfeige. Ihr Dad hatte völlig recht: Auch wenn Charlotte hundert Jahre alt geworden wäre, hätte sie niemals auch nur einen Bruchteil von dem Mist gebaut, für den Hattie bemerkenswert wenig Zeit gebraucht hatte.

Kapitel 4

Hattie schob den leeren Teller weg. »Das war so unglaublich lecker! Die besten Köche in Paris können es nicht mit dir aufnehmen, Dad. Auch wenn ich ehrlich gesagt bei meinem mageren Gehalt gar nicht dazu gekommen bin, das zu probieren, was die besten Köche in Paris einem servieren.«

Nigel nickte als Zeichen seines Danks und erwiderte mit ironischem Lächeln: »Haben die besten Köche in Paris denn jemanden, der für sie den Tisch abräumt?«

Hattie lächelte ihn an. »Schon verstanden, Dad. Ich räume ab.«

»Ich helfe dir.« Rhonda, die soeben ihren Wein ausgetrunken hatte, erhob sich von ihrem Stuhl.

»Danke, Mum.«

Gemeinsam mit ihrer Mutter sammelte Hattie die benutzten Teller ein, die sie, in der Küche angekommen, in die Spülmaschine räumte.

»Es ist schön, dass du wieder daheim bist«, sagte Rhonda.

»Meinst du, Dad ist deiner Meinung? Beim Abendessen hatte ich nicht das Gefühl. Ich weiß, er will ernsthaft mit mir darüber reden, was ich machen will, nachdem ich jetzt zurück in England bin. Aber ganz ehrlich, Mum, ich glaube nicht, dass ich schon so weit bin, um darüber zu reden.«

»Das weiß ich doch, Darling. Das ist nicht schlimm. Wir reden darüber, sobald du bereit bist.«

»Ich glaube, Dad sieht das anders.«

»Nein, so ist es nicht. Hör einfach nicht auf ihn. Du weißt

doch, wie er ist. Er hat in seinem Beruf zu lange das Sagen gehabt, dadurch ist es für ihn schwierig, wenn er über irgendeine Sache nicht die Kontrolle hat.«

»Über eine Sache wie mich?«

»Eigentlich will er nur dein Bestes. Das hat er für seine Kinder immer gewollt.«

»Ich weiß. Und Charlotte hätte auch auf ihn gehört.«

»Es ist nicht so, als könntest du grundsätzlich nicht auf ihn hören.«

»Das Problem ist eher, dass ich ihm zwar zuhören, aber unmöglich immer seiner Meinung sein kann. Ich kann nichts dafür, dass ich nicht so bin wie du und Dad.«

»Niemand erwartet das von dir. Wir wollen nicht, dass du eine exakte Kopie von uns bist. Uns ist klar, dass du andere Dinge erstrebst und dir erhoffst als das, was für uns wichtig ist. Das ist uns schon seit langer Zeit klar. Aber das kann uns nicht davon abhalten, manchmal zu denken, dass du einen Fehler begehst, und dann zu versuchen, etwas dagegen zu unternehmen.«

»Selbst wenn es Fehler sind, sind es immer noch *meine* Fehler, und ich möchte die Möglichkeit haben, sie zu begehen. Ich bin sechsundzwanzig, Mum, ich bin nicht mehr euer kleines Mädchen.«

»Ganz egal, wie alt du bist, du wirst immer unser kleines Mädchen bleiben.« Rhonda lächelte melancholisch, was Hattie vermuten ließ, dass sie gerade über ihr anderes kleines Mädchen nachdachte – das Mädchen, das nicht mehr erwachsen werden würde und niemals irgendwelche Fehler machen konnte.

»Danke, Mum. Ich weiß das wirklich zu schätzen.«

»Also …«, begann Rhonda mit der allzu deutlichen Absicht, die düstere Stimmung zu vertreiben, die sich über die Küche gelegt hatte. »Was hast du jetzt vor, wo du wieder zu Hause bist?

Keine Sorge, ich meine das nur auf den Augenblick bezogen, nichts Längerfristiges.«

»Abgesehen davon, dass ich eine Woche durchschlafen will?«, gab sie amüsiert zurück. »Tja, ich schätze, ich werde mir wohl einen Job suchen müssen.«

»In Gillypuddle? Ich glaube, hier sind deine Möglichkeiten ziemlich begrenzt. Wenn du mehr als nur den Mindestlohn verdienen willst, wirst du in einem größeren Radius suchen müssen.«

»Für den Anfang würde ich auch für den Mindestlohn arbeiten. Hauptsache, ich kann dir und Dad was zum Haushalt dazugeben.«

»Wir brauchen kein Geld, und es ist uns auch egal, ob du etwas zum Haushalt dazugibst oder nicht.«

»Es geht ums Prinzip, Mum.«

»Aber wir würden nicht wollen, dass du dich in irgendeinem üblen Job abrackerst, nur damit du uns Geld geben kannst.«

»Ich glaube, Dad würde es auch als eine Frage des Prinzips ansehen. Oder zumindest als eine Frage des Stolzes. Ich glaube nicht, dass er noch hoch erhobenen Hauptes in den Golfclub gehen kann, wenn die anderen wissen, dass seine unnütze Tochter ihm auf der Tasche liegt.«

»Du würdest uns nicht auf der Tasche liegen«, beharrte Rhonda, auch wenn Hattie der Überzeugung war, dass ihre Mutter ihr tief in ihrem Inneren zustimmte. Für ihren Dad waren das Image und das gesellschaftliche Ansehen immer wichtig gewesen.

»Na ja, ich würde so oder so für den Mindestlohn arbeiten müssen, wenn ich bedenke, welche Qualifikationen ich vorweisen kann und welchen Job ich zuletzt gemacht habe.«

»Du hast doch einen einwandfreien Job gemacht.«

»Mag ja sein, trotzdem glaube ich, dass eine mündliche Arbeitsvereinbarung mit einem temperamentvollen Franzosen hier bei uns nicht viel zählen wird. Außerdem glaube ich nicht, dass sich Alphonse überschlagen wird, um mir ein Zeugnis zu schreiben.«

»Und?« Rhonda wischte sich die Hände ab und griff nach den Tabs für die Spülmaschine, die im Schrank lagen. »Wirst du mir erzählen, was in Paris wirklich vorgefallen ist?«

Hattie hielt daraufhin einen Teller hoch. »Willst du den erst noch unter Wasser halten, bevor ich ihn in die Spülmaschine stelle?«

»Hattie«, gab Rhonda ernst zurück.

Seufzend stellte sie den Teller weg. »Ehrlich gesagt weiß ich es gar nicht. Zugegeben, ich habe da Mist gebaut. Aber das war nichts, was ich nicht mit einer Entschuldigung und ein bisschen Kriecherei wieder hätte geradebiegen können.«

»Und warum hast du das nicht gemacht?«

Hattie zuckte mit den Schultern. »Ich schätze, die strahlende Karriere in der Modebranche, von der ich immer geträumt hatte, sah mit einem Mal gar nicht mehr so strahlend aus. Zugegeben, ich hatte dort Freunde, und auch wenn Bertrand mich einfach sitzen ließ, verbrachte ich eine schöne Zeit in Frankreich. In Paris zu leben, war einfach traumhaft, aber ... na ja, irgendwas hat mir da gefehlt. Ich kann es nicht erklären, aber jetzt glaube ich, dass ich den Zwischenfall als Vorwand benutzt habe, um aufzugeben und nach Hause zu kommen.«

»Was glaubst du denn, was dir gefehlt hat?«

»Das Ganze war völlig bedeutungslos, weißt du? Dad hat mit seiner Arbeit etwas bewirken können, und du als Anwältin ganz genauso. Dad hat Leben gerettet, und du hast unschuldige Menschen vor dem Gefängnis bewahrt. Eure Jobs haben einen Sinn gehabt, aber den hatte mein Job bei Alphonse nicht. Es war so wie eine leere Pralinenschachtel. Von außen hübsch anzusehen und verlockend, aber wenn du sie aufmachst, ist da nur gähnende Leere.«

»Aha.« Rhonda lächelte. »Während andere von zu Hause weggehen müssen, um sich selbst zu finden, musstest du dafür wohl nach Hause zurückkommen?«

Hattie musste auflachen. »Ich schätze, so kann man das auch ausdrücken. Ich brauchte einfach Zeit, um herauszufinden, was ich wirklich will.«

»Es ist noch nicht zu spät, um deinen Abschluss nachzuholen«, sagte Rhonda, während sie die Spülmaschine schloss und einschaltete.

»Ich weiß, dass Dad und dir das gefallen würde, aber das ist nichts für mich.«

»Woher willst du es wissen, wenn du es nicht versuchst?«

»Ich weiß es einfach.«

»Na gut, aber wenn du sagst, du willst einen Job, der so wie meiner oder der deines Vaters etwas bewirken kann, dann ist das ein sehr nobles Ziel. Doch an solche Jobs kommt man nicht durch eine halbe Stunde Einarbeitung vor Schichtbeginn.«

»Ich will mit meinem Job etwas bewirken, aber es gibt bestimmt andere Möglichkeiten – ich muss ja nicht genau das Gleiche mache wie du oder Dad. Irgendwas muss es da draußen für mich zu tun geben, etwas, das für mich bestimmt ist. Ich muss nur herausfinden, was es ist.«

»Aber es könnte helfen, wenn du dich mit den Möglichkeiten befasst, die dir eine Ausbildung bieten kann.«

»Du hörst dich schon an wie Dad«, erwiderte Hattie irritiert.

»Ich bin ja auch der Ansicht, dass dein Vater in dieser Sache richtigliegen könnte. Wie wäre es, wenn wir versuchen herauszufinden, was erforderlich ist, damit du ein paar Kurse besuchen kannst? Wir könnten bei den Universitäten in der Umgebung nachfragen, mit ein paar Leuten sprechen …«

»Das will ich aber nicht, Mum.«

Rhonda schürzte die Lippen. »Manchmal sind die Dinge, die man nicht will, genau die, die man braucht.«

»Ja, aber wenn ich es nicht will, dann ist mir das herzlich egal, weil ich es nämlich nicht will. Und, ja, in meinem Kopf ergibt der Satz sehr wohl einen Sinn.«

»Dann sei wenigstens so gut, den Gedanken nicht komplett abzulehnen, sondern sag mir, dass du ihn in Erwägung ziehen wirst. Du hast gesagt, du wolltest dir unsere Ratschläge zumindest anhören.«

»Ja, ich glaube, ich habe so was in der Art gesagt.«

»Also wirst du darüber nachdenken?«

»Ich werde nichts versprechen.«

»Gut«, erwiderte Rhonda, die offenbar für sich entschieden hatte, die verneinende Antwort einfach zu ignorieren. »Das wird deinen Dad freuen, wenn er hört, dass dieser Gedanke nicht komplett vom Tisch ist.«

»Aber in der Zwischenzeit werde ich nach einem Job Ausschau halten.«

»Ja, natürlich. Weißt du, wenn ich jetzt so darüber nachdenke, bin ich mir fast sicher, dass Lance und Mark immer noch eine Aushilfe für das Willow Tree suchen.«

»Die haben den Laden immer noch? Ich dachte, nach Marks Herzinfarkt würden sie alles verkaufen.«

»Für den armen Mark sah es eine ganze Weile nicht gut aus, aber ich vermute, das Willow Tree ist für sie so etwas wie eine Rettungsleine. Lance hat mir erzählt, dass sie lange und gründlich darüber nachgedacht haben und dass sie entschieden haben, den Laden zu behalten, weil sie sich sonst wahrscheinlich innerhalb kurzer Zeit zu Tode essen würden.«

Einen Moment lang überlegte Hattie. Lance und Mark waren beide nett, und es konnte nicht so schwierig sein, in einem netten kleinen Café wie dem Willow Tree zu arbeiten. Mittags kamen vor allem die Damen aus dem Dorfchor dort essen, manchmal auch ein Tourist, der auf dem Weg zur Küste war. Das könnte tatsächlich die Verschnaufpause sein, die sie brauchte, um sich Gedanken über den größeren Plan für ihre Zukunft machen zu können.

»Ich rufe gleich morgen an und frage nach, ob die Stelle noch frei ist«, verkündete sie.

»Schön.« Rhonda sah in den offenen Küchenschrank. »Nachdem das geklärt ist, könntest du deinen Vater fragen, ob er Pfefferminz- oder Kamillentee haben möchte?«

Gerade machte sich Hattie auf den Weg ins Esszimmer, da wurde sie von ihrer Mum zurückgerufen. »Wenn du schon zu ihm gehst und seine Bestellung aufnimmst, kannst du auch den Tee für ihn aufgießen. Das wäre eine gute Übung für deine neue Karriere in der Gastronomie.«

Hattie drehte sich grinsend zu ihr um. Es war eine Schande, dass nicht mehr Unterhaltungen mit ihren Eltern auf diese Weise verliefen. Wenn es mal der Fall war, fühlte sie sich zu Hause gleich wieder wohl.

»Oh!«, sagte sie, da ihr plötzlich etwas einfiel, was sie ihren Eltern sagen musste. »Ich weiß nicht, warum es mir jetzt einfällt. Jedenfalls habe ich vergessen zu sagen, dass Rupert hier war, weil er zu Dad wollte. Er will, dass Dad sich sein Knie ansieht.«

»In dem Fall lassen wir den Tee ausfallen und gehen gleich nach nebenan. Bestimmt hat er wieder einen seiner Obstweine aufgemacht. Willst du mitkommen?«

»Klingt gut. Außerdem hatte ich ihm ohnehin gesagt, dass ich zusehen wollte, ihn zu besuchen, da ich jetzt wieder hier bin.«

»Perfekt! Dann hole ich nur schnell meine Jacke. Es würde mir jetzt gefallen, den alten Armstrong zu knuddeln ...«

Ein langer Tag lag hinter ihr. Da war zunächst die strapaziöse Heimreise von Paris hierher gewesen, dann hatte sie bei Rupert drei Gläser warm gewordenen Brombeerwein getrunken, begleitet von einer angenehmen Unterhaltung mit Rupert und ihren Eltern, während sie beiläufig auch noch ausgiebig den alten Kater gestreichelt hatte, der trotz seines fortgeschrittenen Alters immer noch laut genug schnurren konnte, um die Wände wackeln zu lassen. Trotz allem hatte Hattie später am Abend Mühe einzuschlafen.

Schließlich gelang es ihr, doch nach einer kurzen Nacht wachte sie am nächsten Morgen bereits früh wieder auf, da ihr tausend Gedanken zu ihrer Zukunft durch den Kopf gingen. Ihrer Mum hatte sie gesagt, dass sie nicht erst noch einen Abschluss machen wollte. Dennoch musste sie zugeben, dass ihre Eltern durchaus nicht ganz unrecht hatten, wenn es um die Frage ging, was sie ohne Abschluss würde erreichen können. Sie konnte eine Ausbildung machen, aber für welchen Beruf?

Tatsache war, dass ihr diese Frage mehr zu schaffen machte, als sie sie sich eingestehen wollte. Außerdem konnte sie das Gefühl nicht abschütteln, versagt zu haben, obwohl sie Paris hinter sich gelassen hatte. Letztlich war einfach alles schiefgegangen, auch wenn sie sich noch so sehr bemüht hatte, alles richtig zu machen. Erst hatte Bertrand sie verlassen, und dann war ihr auch noch diese Sache mit Alphonse widerfahren.

So leise sie konnte, schlich sie bei Sonnenaufgang nach unten, um sich einen Kamillentee aufzugießen.

Als sie die Jalousie am Küchenfenster hochzog, um die Sonne ins Zimmer zu lassen, musste sie unwillkürlich lächeln, da Ruperts alter Kater Armstrong auf dem Fenstersims saß und sie anstarrte. Sie machte das Fenster auf, der Kater kam herein und rieb seinen Kopf an ihrer ausgestreckten Hand. Dabei schnurrte er so laut, dass es Hattie nicht gewundert hätte, wenn ihre Eltern davon aufgewacht wären.

Eine halbe Stunde mit Armstrong entspannte sie mehr als noch so viel Schlaf, aber eine halbe Stunde war auch alles, was er mitmachte. Mitten in der Streicheleinheit entschied er, dass es nun reichte. Er machte kehrt, stolzierte davon und sprang aus dem Fenster. Hattie sah ihm zu, wie er den Garten durchquerte und dabei nicht den Schwarm Spatzen aus den Augen ließ, die sich lärmend über das Futter im Vogelhäuschen hermachten.

Hattie schloss das Fenster und füllte den Wasserkessel auf. Ruperts Kater hatte sie so in Beschlag genommen, dass ihr Tee darüber ganz in Vergessenheit geraten war. Auf einmal wanderte ihr Blick zu der in Sonnenschein getauchten Wiese, die sich hinter dem Garten ihres Elternhauses erstreckte. Ein Spaziergang. Vielleicht würde ein ausgedehnter Spaziergang ja dafür sorgen, dass sie müde genug wurde, um noch ein paar Stunden schlafen zu können.

Sie stellte den Kessel weg, ging nach oben und suchte etwas aus, das sie über ihren Schlafanzug ziehen konnte.

Eigentlich hatte sie vorgehabt, nur einmal über die angrenzende Wiese zu spazieren und dann zurückzugehen. Doch sie war so in ihre Gedanken versunken, dass sie irgendwann feststellte, dass sie auf den alten Weg geraten war, der zum Strand und hinauf auf die Klippe führte, von der aus man den Strand überblicken konnte. Sie wusste nicht, was sie auf diesen Pfad gelenkt hatte, aber da sie nun schon mal dort unterwegs war, sehnte sie sich danach, einen Blick aufs Meer zu werfen. Also ging sie etwas zügiger.

Sie wusste genau, wohin sie wollte – zu jener geheimen Stelle, die sie immer mit Charlotte zusammen aufgesucht hatte. Anfangs hatten sie dort immer gespielt. Als Charlotte sich dann zu alt fühlte, um mit ihr zu spielen, hatte sie Hattie dennoch stets dorthin begleitet. Dann hatte sie ihr bestimmte Strukturen in den Felsen gezeigt, oder sie hatten gemeinsam Muscheln gesucht. Manchmal hatten sie Ausschau nach irgendwelchem Getier in den Wasserlachen gehalten, ein andermal war es darum gegangen, möglichst viele unterschiedliche Vogelarten zu entdecken.

Hattie dachte mit einem Hauch von Melancholie an diese Zeiten zurück, und obwohl sie wusste, dass es sinnlos war, sich diese Zeiten zurückzuwünschen, tat sie dennoch genau das. Womöglich war Charlotte nicht der perfekte Teenager gewesen, aber in Hatties Erinnerung fand sich nichts, was für eine Unvollkommenheit sprach.

Als Hattie sich dem Weg näherte, der hinunter zum Strand führte, hörte sie auf einmal ein Geräusch, das vom Wind zu ihr getragen wurde. Es schien von oben von der Klippe zu kommen, und es klang wie … Hattie zog grübelnd die Augenbrauen zusammen. Es klang wie Eselslaute. Soweit sie wusste, gab es hier niemanden, der Esel hielt. Da oben war zwar der Bauernhof des alten Ferguson, aber erstens hatte der nie Esel gehalten, und zweitens war er schon seit Jahren tot. Ihre Eltern hatten nichts davon erzählt, dass irgendjemand das riesige Anwesen gekauft hatte. Allerdings war das auch nichts so Wichtiges, dass sie es ihr bei der erstbesten Gelegenheit hätten erzählen wollen.

Das Geräusch ertönte erneut, womit Hatties Neugier groß genug war und sie der Sache auf den Grund gehen wollte. Also schlug sie eine andere Richtung ein und ging hinauf zur Klippe. Dort angekommen musste sie feststellen, dass sich vor ihr ein Gehege befand, darin gut ein halbes Dutzend Esel. Sie war sich sicher, dass es ein solches Gehege bislang nicht an dieser Stelle gegeben hatte. Hieß das, dass jemand den Hof gekauft hatte?

Falls ja, wollte sie zu gern wissen, welche Tiere die Leute sonst noch hielten.

Sie ging zum Stacheldrahtzaun, während sie von einem braunen Esel beobachtet wurde. Hattie musste lächeln, denn innerhalb des Geheges standen alle übrigen Tiere in einer Gruppe zusammen, was es so aussehen ließ, als würden sie über den einen Artgenossen herziehen, der sich abseits von ihnen aufhielt. Hattie näherte sich dem Einzelgänger und sprach ihn leise an.

»Hey, Kumpel ...«

Der Esel kam näher und stieß mit der Schnauze gegen ihre ausgestreckte Hand. Hattie musste kichern, als sie das samtige Fell seiner Nase an ihren Fingern spürte.

»Was ist mit der Truppe da hinten los?«, fragte sie und deutete mit einem Nicken auf die Eselgruppe. »Reden die schlecht über dich? Ich würde mich nicht drum kümmern. Typen wie die tratschen doch nur, weil sie nichts Vernünftiges zu tun haben.«

Der Esel schnaubte, und sie zog amüsiert die Hand weg. Dann kam er noch näher und steckte die Nase in ihre Jackentasche.

»Tut mir leid, aber da ist nichts für dich drin.« Sie rupfte ein Büschel Gras aus dem Boden und hielt es ihm hin, aber das interessierte ihn nicht. Stattdessen widmete er sich weiter ihrer Jackentasche, sodass sie ihn zurückschieben musste. »Möchte wissen, wem du gehörst«, murmelte sie nachdenklich. Vielleicht sollte sie weitergehen bis zum ehemaligen Hof des alten Ferguson und herausfinden, ob dort jemand eingezogen war. Aber wenn jemand sie beobachtete, würde der das vielleicht als unbefugtes Betreten ansehen. Zumindest würde sie als unglaublich neugierig rüberkommen. Sie hatte ja schon das Gefühl, dass sie sich gar nicht hier bei den Eseln aufhalten sollte, von einem Be-

38

such des Hofs ganz zu schweigen. Doch dieser Esel war so hinreißend, dass sie zu der Ansicht gelangte, dass es das Risiko wert war, ertappt zu werden. So blieb sie noch gut zehn Minuten, bis sie beschloss, zu ihrem ursprünglichen Plan zurückzukehren und zum Strand zu gehen.

Bevor sie sich aber auf den Weg machte, ging sie noch ein Stück weit am Zaun entlang, um herauszufinden, ob sie näher an die übrigen Esel herankommen konnte. Sie zeigten kein großes Interesse an ihr, lediglich ein grauer Esel hatte sich inzwischen zu dem braunen gesellt, mit dem sie sich bereits angefreundet hatte. Beide standen nun nebeneinander und sahen so aufs Meer hinaus wie zwei alte Männer, die sich übers Wetter unterhielten. Hattie lächelte bei diesem Anblick, denn die beiden waren einfach zu süß. Tiere hatte sie schon immer geliebt, und sie ertrug die Vorstellung nicht, dass ein Tier leiden musste. In Paris hatte sie jede Katze gefüttert, die auch nur in die Nähe ihres Balkons gekommen war, auch wenn das ihrer Vermieterin und ihren Mitbewohnerinnen gar nicht gefallen hatte. Als sie erklärt hatte, die Katzen würden doch alle so ausgehungert aussehen, hatten die anderen nur gelacht und gesagt, wenn sie wirklich so ausgehungert wären, hätten sie sich schon längst der allgegenwärtigen Ratten angenommen.

Nachdem sie ihrem neuen Freund ein letztes Mal über den Kopf gestreichelt hatte, kehrte sie um und folgte weiter dem Weg, der zu ihrer geheimen Bucht führte. Wirklich geheim war sie natürlich nicht, da jeder in Gillypuddle darüber Bescheid wusste, dennoch hatte sie die Bucht immer als ihr und Charlottes Geheimnis angesehen. Es war der Ort, an dem sie sich als Kinder gegenseitig Dinge anvertraut hatten. Dort hatte sie immer das Gefühl gehabt, dass ihr die ungeteilte Aufmerksamkeit ihrer Schwester gewiss gewesen war.

Als sie die mit Gras bewachsenen, in die Klippe gehauenen

Stufen erreichte, wurde sie von Erinnerungen fast überwältigt. Bei Regen waren die Stufen gefährlich rutschig, doch Charlotte hatte immer Hatties Hand gehalten, bis sie unten angekommen waren. Wenn es trocken war, hatten sie die Bienen gestört, weil sie das Gras und die Pusteblumen platt traten, sodass deren Pollen durch die Luft flogen.

Die Luft hier am Meer war genauso salzig wie damals, und die Wellen schlugen im gleichen beständigen Rhythmus gegen die Felsen, so wie sie es schon immer getan hatten und weiterhin tun würden. Diese Küste, diese Landschaft, die See ... das alles war für die Ewigkeit, nur nicht die Menschen, die hier lebten.

Hattie setzte sich in den feuchten Sand und schrieb mit dem Finger ihren Namen. Dann ergänzte sie ihn um Charlottes Namen und versuchte so zu tun, als hätte ihre Schwester ihn selbst dort hinterlassen. Auch nach so vielen Jahren erging es Hattie so wie ihren Eltern – ihr fehlte Charlotte ganz entsetzlich. Aber anders als ihre Eltern glaubte sie, dass es Charlotte nicht gefallen würde, wenn sie alle ihretwegen immer nur traurig waren.

Kapitel 5

Hattie war zwar innerlich ruhiger, als sie nach gut einer Stunde am Strand heimkehrte, aber müde war sie noch immer nicht. Ihre Eltern waren bereits unterwegs, als sie zurückkam, und sie hatten ihr einen Zettel hingelegt, sie möge sich doch selbst um ihr Frühstück kümmern. Dadurch ergab sich keine Gelegenheit mehr, um sich mit ihnen zu unterhalten und um zu fragen, ob Sweet Briar Farm einen neuen Eigentümer hatte. Also musste die Aufklärung dieses Rätsels noch eine Weile auf sich warten lassen. Sie ging duschen, zog sich an und machte sich auf den Weg ins Dorf, um ihre Aufgabe zu erledigen, die darin bestand, eine Anstellung zu finden. Ihre erste Anlaufstelle war die, die ihre Mutter empfohlen hatte.

Das Willow Tree war das, was wohl von den meisten als kleines, altmodisches Café bezeichnet wurde, aber was ihm an Neumodischem fehlte, machte es mit seiner Atmosphäre mehr als wett. Es war makellos, gemütlich und einladend, was zu einem großen Teil den entsprechenden Bemühungen der Eigentümer Lance und Mark zu verdanken war. Auf den Holztischen lagen stets saubere rote Gingham-Decken, darauf standen frische Blumen. Die Wände wurden von Aquarellen von Marks Mutter geprägt, die die Landschaft rund um das Dorf zeigten.

Lance und Mark führten ihr Café mit großem Stolz, und sie liebten es fast mit dem gleichen Eifer, mit dem sie einander liebten. Lance war zehn Jahre jünger als Mark. Er hatte dunkle Haare, die er immer ordentlich geschnitten trug. Mark hatte ein wenig Bauch (was ihm eigentlich auch sehr gut stand), und seine genauso makellose Frisur wies mehr Grau auf. Mark hatte Lance in einer Bar in Amsterdam kennengelernt, wo er lebte und arbeitete, seit er seine Heimat auf dem Land in Wales hinter sich gelassen hatte, um einen Ort aufzusuchen, an dem er Abenteuer erleben konnte. Der Abend war noch nicht vorüber gewesen, da hatte Lance sich längst dazu bereiterklärt, mit ihm nach England umzuziehen. Zumindest war das die offizielle Verlautbarung. Hattie hatte nie nachfragt, wie sie sich denn wirklich kennengelernt hatten, doch sie fand, dass diese Geschichte sich gar nicht so unwahrscheinlich anhörte.

Beide standen sie mit ihren blau-weiß gestreiften Schürzen im Partnerlook Seite an Seite hinter der Theke des Willow Tree, wobei Mark betreten dreinschaute, als er ihr sagte: »Das tut mir leid, meine Liebe. Hätten wir gewusst, dass du wieder da bist, dann wären wir sofort zu dir gekommen.«

»Du hättest unserem Lokal auf jeden Fall einen Hauch von Glamour verliehen«, ergänzte Lance, der gleichermaßen betrübt wirkte.

»Aber gestern war Phyllis Roundtree hier und hat wegen der Stelle gefragt«, fuhr Mark fort. »Und wir haben sie auch sofort eingestellt.«

Lance warf Mark einen Blick zu, der für einen unbeteiligten Dritten alles Mögliche bedeuten konnte, doch Hattie kannte die beiden schon lange genug. Daher hatte sie Grund zu der Annahme, dass die beiden sich in Sachen Phyllis nicht ganz so einig gewesen waren. Phyllis lebte im Dorf seit ... na ja, Hattie wusste nicht so genau, wie alt Phyllis eigentlich war. Auf jeden Fall war sie schon ziemlich alt, aber immer noch mobil und aktiv. Hattie war sich sicher, dass Phyllis mit dem Arbeitstempo mithalten konnte, das im Café erforderlich war. Außerdem strahlte sie immer gute Laune aus, auch wenn sie eine gewisse Neigung zu Missgeschicken hatte. Wobei »gewisse« deutlich untertrieben war. Jeder im Dorf kannte die Geschichten über sie, ob sie nun in den Keller des Pubs gestürzt war, weil sie die offene Falltür übersehen hatte, ein Stück weit vom Linienbus mitgeschleift worden war, weil sie zwischen die sich schließenden Türen geraten war, oder ob sie mit ihrem außer Kontrolle geratenen Mini Metro den Maibaum umgefahren hatte. Und das waren nur die Vorfälle, die bedeutsam genug waren, um sich tatsächlich im ganzen Dorf herumzusprechen.

»Ich weiß sowieso nicht, ob dir die Wochenstunden überhaupt gereicht hätten«, fügte Lance hinzu. »Es sind nur ein paar Stunden, und viel zahlen können wir nicht. Es geht vor allem darum, Mark ein bisschen zu entlasten.« Er warf Mark einen liebevollen Blick zu. »Wir wollen ja schließlich nicht noch mehr Herzinfarkte heraufbeschwören, nicht wahr?«

»Ich soll es langsam angehen«, erklärte Mark. »Auch wenn es mich wahnsinnig macht. Aber der Arzt will es so.«

»Ist ›der Arzt‹ zufällig mein Vater?«, fragte Hattie.

Mark sah sie verlegen an.

»Ist schon okay.« Hattie konnte sich ein Grinsen nicht verkneifen. »Rupert ist gestern zu uns gekommen, weil er meinen Dad auch immer noch fragt, wenn er einen medizinischen Rat benötigt.«

»Das mit dem Job tut mir trotzdem leid«, beteuerte Mark.

Hattie zuckte mit den Schultern. »Ist doch nicht eure Schuld. Ich hatte nur gehofft, ich würde was in Gillypuddle finden, weil ich mir damit das Pendeln sparen könnte.«

»Wenn es mit Phyllis nicht so läuft, wie wir uns das vorstellen, werden wir auf jeden Fall auf dich zurückkommen«, versicherte ihr Lance.

»Das wäre nett.«

»Bleib doch noch auf einen Latte«, sagte er. »Geht aufs Haus. Dann kannst du uns was über das schillernde Paris erzählen.«

43

»Ähm … okay, danke für die Einladung«, erwiderte Hattie. »Ihr habt nicht zufällig eine Ausgabe vom *Gillypuddle Newsletter* rumliegen, oder?«

»Was um alles in der Welt willst du denn damit?«, wunderte sich Lance amüsiert, während er Milch in einen Edelstahlbecher gab. »Außer natürlich du willst wissen, wie es der Entenfamilie geht, die im letzten Winter diese traumatische Überquerung der Hauptstraße hinter sich gebracht hatte.«

»Nein, nein«, meinte sie kichernd. »Nichts in der Art. Ich habe nur überlegt, ob da vielleicht Stellenanzeigen zu finden sind.«

»Das möchte ich bezweifeln«, erwiderte Lance, woraufhin Mark zustimmend nickte. »Wir erfahren üblicherweise als Erste alle Neuigkeiten, und niemand hat davon geredet, dass er Personal sucht.«

»Ausgenommen Medusa auf ihrem Hügel«, fügte Mark in bedeutungsvollem Tonfall hinzu, womit er Lance zum Lachen brachte.

»Niemand, der halbwegs bei Verstand ist, würde für sie arbeiten«, sagte er. »Und hat sie nicht auch davon gesprochen, dass sie als Gegenleistung nur Unterkunft und Verpflegung bietet?«

»Keine Bezahlung?«, hakte Hattie nach, die sich sicher war, sich verhört zu haben.

Lance nickte.

»Echt?« Sie zog die Augenbrauen zusammen. »Ganz sicher?«

»Okay, vielleicht zahlt sie auch ein bisschen was, aber das wird auf keinen Fall genug sein. Ich würde ein Vermögen verlangen, wenn ich für sie arbeiten sollte.«

Hattie dachte kurz nach. »Muss ich diese Frau kennen?«

»Jo Flint«, antwortete Lance, aber Hattie schüttelte den Kopf. »Sie ist erst seit ein paar Jahren hier. Sie hat den Hof vom alten Ferguson am Sweet Briar Cliff gekauft.«

»Die kenne ich nicht«, stellte Hattie fest und sah ihre Vermutung bestätigt, dass jemand den Hof gekauft haben musste. Gehörten dieser Frau dann auch die Esel? »Vielleicht ist sie ja hergezogen, als ich in Paris war.«

»Kann schon sein.« Das Geräusch der aufschäumenden Milch wurde so laut, dass es jedes Wort übertönte, das Mark womöglich noch folgen ließ.

»Mum und Dad haben sie noch nie erwähnt«, sagte sie an Lance gerichtet.

»Vermutlich sind sie ihr noch nie begegnet. Sie lebt sehr zurückgezogen.«

»Aber sie bietet eine Stelle an?«

Mark stellte ihr den Latte auf die Theke. »Kann schon sein, aber die wirst du nicht annehmen wollen.«

»Warum nicht?«

»Erst einmal ist diese Frau die Brut des Teufels. Eine entsetzliche Person, immer unhöflich und wirklich nervtötend. Hat für keinen hier in Gillypuddle etwas übrig. Letztes Jahr ist sie nicht mal zu Weihnachten für die Wohltätigkeitsveranstaltung von ihrer Klippe runtergekommen.«

»Vielleicht ist sie ja nur ein verschlossener Typ. Was macht sie denn, dass sie jetzt jemanden braucht, der ihr hilft?«

»Sie hat da oben so was wie ein Eselgefängnis«, antwortete Lance.

Hattie musste lachen, als sie seine verschmitzte Miene sah. »Ein Eselgefängnis? Ich habe da oben heute Morgen ein paar Esel gesehen, aber wie Gefangene kamen die mir nicht vor.«

»Es soll ja eigentlich eine Art Gnadenhof für Esel sein«, warf Mark ein und bot ihr einen Keks an.

»Aber stell dir mal vor, du wärst ein armer wehrloser Esel, der dazu gezwungen wird, bei einer so garstigen alten Schrulle zu leben«, fuhr Lance fort. »Da würde man glatt den Eselnotruf wählen, um da wieder rauszukommen, oder meinst du nicht?«

»Also kümmert sie sich um Esel. Aber wofür braucht sie da Hilfe? Zum Saubermachen oder was?«

»Keine Ahnung«, meinte Lance beiläufig. »Vielleicht braucht sie jemanden, der abends ihre Teufelshörner poliert.«

»Ihr seid wirklich schlimm«, schalt Hattie die beiden amüsiert. »Alle beide!«

Mark grinste Lance an. »Das sind wir wirklich, nicht wahr? Darum passen wir auch so gut zusammen.«

»Dann könnte diese Jo Flint also einen Job für mich haben«, murmelte sie nachdenklich.

»Wenn man das so nennen will. Die Bezahlung ist ein Witz, und ich bin mir sicher, sie will, dass derjenige, der den Job bekommt, auch bei ihr wohnt. Vermutlich war deswegen bislang auch niemand dumm genug, sich um die Stelle zu bemühen.«

»Niemand hat sich beworben?«

»Nicht dass ich wüsste.«

»Ich glaube, ich werde es mal versuchen. Ich mag Tiere, und diese Esel waren ja so süß.«

Als Lance und Mark sich ansahen, musste Hattie erneut lachen. »*So* schlimm kann sie gar nicht sein.«

»Ach, du armes fehlgeleitetes Kind«, meinte Mark und schüttelte mit gespielter Betroffenheit den Kopf. »Ich fürchte, du wirst feststellen müssen, dass sie es kann.«

»Dad ... kann ich mal deinen Laptop benutzen?«

Hattie schaute zur Tür herein in das Arbeitszimmer ihres Vaters. Die Wände waren von Bücherregalen gesäumt, die meisten Bücher darin befassten sich mit medizinischen Themen, sie enthielten anatomische Diagramme und Listen mit exotischen Krankheiten, von denen die meisten Menschen nicht mal wussten, dass es sie gab. Der Schreibtisch war zum Fenster hin ausgerichtet, sodass man dort sitzen und die wunderbare Aussicht auf sanft ansteigende Hügel und weit entfernt stehende Bäume genießen konnte. Ihr Vater saß an seinem Schreibtisch und las eine Ausgabe der Zeitschrift *The Lancet*. So viel also zum Thema Ruhestand, dachte Hattie ironisch.

»Wofür brauchst du ihn?«, fragte er, während er ihn vom Tisch nahm und ihr reichte.

»Ist das dein Ernst, Dad?« Sie sah ihn irritiert an.

»Ich will dich nicht überwachen, mich würde nur interessieren, ob du zu dem Entschluss gekommen bist, etwas in der Richtung in Angriff zu nehmen, was wir gestern Abend besprochen haben.«

Das war sie tatsächlich. Hattie erinnerte sich sehr gut an diverse Diskussionen über die Optionen für ihre Zukunft. Die meisten davon hatten sich darum gedreht, dass sie doch ihren Abschluss nachholen sollte. Hattie hatte beschlossen, auf Grundlage dieser Diskussionen Taten folgen zu lassen, allerdings sehr allgemein gehaltene, die womöglich nicht dem entsprachen, was sich ihr Dad erhofft hatte. Tatsache war, dass sie ständig an diese mysteriöse Jo Flint und ihren Gnadenhof für Esel auf dem Sweet Briar Cliff denken musste.

Von Mark und Lance hatte sie noch mehr über Jo erfahren können – dass sie sehr verschlossen war, dass sie einen ziemlich mürrischen Eindruck machte, dass sie sich alle Mühe gab, sich von den Aktivitäten der Dorfgemeinschaft fernzuhalten, dass sie praktisch ihre gesamte Zeit auf der Klippe bei ihren Eseln verbrachte. Hattie war von dieser Frau fasziniert. Sie wollte herausfinden, warum diese Jo ein so widersprüchlicher Mensch war. Denn wenn sie so unfreundlich und egoistisch war, warum waren ihr dann die Esel so wichtig? Wenn sie jeden im Dorf hasste, wieso war sie dann auf der Suche nach jemandem, der für sie arbeitete? Und wenn ihr die Gesellschaft anderer so zuwider war, warum sollte ein Angestellter dann bei ihr wohnen?

Hattie war überzeugt: Wenn ihr die Esel so wichtig waren, dann war sie auch bereit, einen Kompromiss einzugehen, was andere Menschen anging. Damit war sie schon mal gar nicht so gruselig, wie jeder hier zu glauben schien. Vielleicht war sie einfach eine Tierliebhaberin, so wie Hattie. Und wie konnte jemand, der Tiere liebte, ein schlechter Mensch sein?

Hattie hatte sich überlegt, nach einer Webseite des Gnadenhofes zu suchen. Mit etwas Glück würde sie dort sogar eine Telefonnummer finden, damit sie Jo fragen konnte, welche Art der Hilfe sie benötigte. Sie besaß ein wenig Erfahrung mit Pferden, schließlich hatten sie und Charlotte sich jahrelang ein Pony namens Peanut geteilt. Welche Schwierigkeiten sollte da schon ein Esel machen?

»Ich muss was recherchieren«, antwortete sie ausweichend, da ihr Vater immer noch auf eine Antwort wartete. »Es dauert nicht lange.«

Er war sichtlich zufrieden, auch wenn der Grund dafür seine fälschliche Annahme war, dass sie herausfinden wollte, wie sie nach zwei Jahren Pause wieder den Weg an die Universität einschlagen konnte. Er ging nicht davon aus, dass sie nach einer verschlossenen und unbeliebten Einwohnerin des Dorfes suchen wollte. »Nimm dir so viel Zeit, wie du brauchst.«

»Danke, Dad.«

»Ach ja, deine Mutter hatte dich auch noch sprechen wollen, aber da warst du wohl gerade unter der Dusche. Ich weiß nicht so genau. Sie ist jetzt noch mal weggegangen, darum soll ich dir schon mal ausrichten, dass sie heute Morgen Melinda getroffen und ihr erzählt hat, dass du wieder hier bist. Melinda will sich später mit dir treffen.«

Hattie lächelte strahlend. »Und wie viele von ihren Kindern

wird sie dann mitbringen? Wie viele hat sie inzwischen eigentlich?«

»Hm, ich würde mal auf ein halbes Dutzend tippen«, gab Nigel amüsiert zurück und setzte seine Lesebrille wieder auf.

Lachend schloss Hattie die Tür zum Arbeitszimmer und trug den Laptop in die Küche. Melinda war schon während der Grundschule ihre beste Freundin gewesen, und auch als Hattie später einen anderen Weg eingeschlagen und eine Privatschule außerhalb des Dorfes besucht hatte, waren sie weiterhin Freundinnen geblieben.

Zum Teil hing das auch damit zusammen, dass kaum Jugendliche in Gillypuddle lebten und es nie viel zu tun gab. Im letzten Jahr in der Oberstufe waren Melinda und Stu ein Paar geworden, das sich durch nichts und niemanden hatte auseinanderbringen lassen. Mit achtzehn heirateten die beiden, zumal Melinda da bereits ihr erstes Kind erwartete. Melinda und Stu waren völlig aus dem Häuschen, und jeder konnte sehen, wie viel die beiden sich gegenseitig bedeuteten und was für fantastische Eltern sie abgeben würden. Die Eltern der beiden legten zusammen, sodass sie eine Anzahlung für ein kleines Cottage hatten. Wenige Monate später kam ihre erste Tochter Sunshine zur Welt, ein Jahr später folgte Ocean, wiederum ein Jahr später Rain und dann nach einer beachtlichen Lücke von zwei Jahren Daffodil. Mit vierundzwanzig verkündete Melinda dann, dass vier Kinder mehr als genug seien. Da die Kosten für eine Betreuung von vier Kindern unverschämt hoch waren, konnte Melinda nicht arbeiten gehen. Dafür machte Stu in der Werkstatt Überstunden, um die Familie ernähren zu können. Sein Dad hatte das Cottage um einen Anbau erweitert, damit diese kleine private Bevölkerungsexplosion untergebracht war. Hattie ging auch davon aus, dass seine Eltern genau wie die von Melinda sie beide regelmäßig mit Lebensmittelpaketen erfreuten.

Daffodil war noch ganz klein gewesen, als Hattie ihre Freundin das letzte Mal besucht hatte. Aber schon als Baby war sie einfach eine wahre Freude. Auch die anderen waren die reinsten Engel, mit denen man den größten Spaß hatte.

Hattie konnte sich nicht mal im Ansatz vorstellen, wie Melinda und Stu es geschafft hatten, die vier so gut zu erziehen, wenn doch ihr Leben dabei so strapaziös verlaufen war. Hattie freute sich darauf, Melinda und ihre Brut wiederzusehen und zu erfahren, was sie so alles erlebt hatte und was in den neuen Kapiteln der Liebesgeschichte von Melinda und Stu geschehen war. Während Hattie in Paris gewesen war, hatten sie sich etliche SMS hin und her geschickt, aber das war trotz allem nicht mit einer echten Unterhaltung zu vergleichen. Hattie beschloss, ihre Freundin anzurufen, sobald sie ihre Arbeit am Laptop ihres Dads beendet hatte.

Nachdem sie sich ein Glas Orangensaft eingegossen hatte, fuhr sie den Rechner hoch. Sie wusste nicht, wie Jos Gnadenhof genau hieß, was vor allem daran lag, dass Lance und Mark der Meinung waren, Jo habe dem Hof gar keinen offiziellen Namen gegeben. Aber da sie wusste, dass Jo die Sweet Briar Farm übernommen hatte, gab sie den Begriff in das Suchfeld ein, außerdem »Dorset« und »Eselgnadenhof«. Eine Sekunde später bekam sie eine Auflistung der Suchergebnisse angezeigt. Da waren Seiten speziell für Touristen, Seiten, die sich ganz allgemein mit der Region befassten, eine Webseite nur über Flora und Fauna rund um die Klippen, eine Seite über Geologie, eine Liste von Hotels aus der Umgebung und eine Seite, die ein Hobbyfotograf eingerichtet hatte. Aber nicht eine einzige Seite erwähnte Jos Gnadenhof.

Wie seltsam, überlegte sie und ließ sich die zweite Seite der Suchergebnisse anzeigen. Erst auf Seite drei ganz unten stieß sie auf den Hinweis einer Maklerseite und einen Link, der einen auf eine nicht mehr aktive Seite weiterleitete. Das angezeigte Ergebnis war zwei Jahre alt, es handelte sich um eine Angebotsseite für die Sweet Briar Farm. Zu dieser Zeit musste Jo das Anwesen gekauft haben. Die Fotos zeigten einen heruntergekommenen Hof mit löchrigem Dach und verrottenden Fenstern, während ringsherum alles zugewuchert war.

Trotz dieses verfallenen Zustands – oder vielleicht gerade deswegen – strahlte der Hof wilde Schönheit aus. Auf der Seite war vermerkt, dass zum Hof auch ein großes Grundstück inklusive Obstgärten und Weiden gehörte. Es wurde aber auch ausdrücklich darauf hingewiesen, dass umfangreiche Reparaturen und Modernisierungsarbeiten an allen Gebäuden notwendig waren. Trotz allem trieb der Preis Hattie immer noch Tränen in die Augen. Jo musste entweder viel zusammengespart oder aber eine Hypothek aufgenommen haben, die jeden Monat mit erschreckenden Beträgen zu Buche schlug.

Hattie wusste nicht, was alles mit der Rettung von Eseln verbunden war, doch sie konnte sich nicht vorstellen, dass das ein preiswertes Vergnügen sein konnte. Da es keine Webseite für den Hof gab, die zahlende Besucher hätte anlocken können, war auch nicht davon auszugehen, dass Jo nennenswerte Einnahmen erzielte, um das ganze Anwesen in Schuss zu halten. Diese Erkenntnisse machten das Ganze für Hattie nur noch faszinierender.

Sie schloss die Seite und suchte stattdessen nach einem Telefonverzeichnis, um die Nummer des Hofs herauszufinden. Ihre Vermutung erwies sich als richtig – es gab keine Nummer. So wie es aussah, musste sie zum Hof gehen, wenn sie diese Jo sprechen wollte. Das Problem daran war, dass sie weder ihre Mum noch ihren Dad bitten konnte, sie dort hinzufahren, weil sie sonst hätte erklären müssen, was sie dort wollte. Ein Auto besaß sie nicht, und ein Taxi zu bekommen, war eine so unsichere Angelegenheit, dass man besser gar nicht erst eines anforderte. Sie würde sich einen Wagen ausleihen oder jemanden bitten müssen sie zu fahren, doch das war ein so großer Gefallen, dass sie nicht wusste, an wen sie sich mit einer solchen Bitte wenden sollte. Also blieb ihr nur, sich zu Fuß auf den Weg dorthin zu machen. Hin und zurück würde sie das gut eine Stunde kosten. Sie sah aus dem Fenster und stellte erleichtert fest, dass es so aussah, als würde für die nächsten Stunden gutes Wetter herrschen.

Ihr Entschluss stand fest. Mit einem Satz sprang sie vom Küchenhocker und machte sich auf die Suche nach ihren Schuhen.

Kapitel 6

Auf dem Pfad, der sich zur Klippe hinaufwand, schlug ihr eine kräftige Brise entgegen, die auf ihren Lippen einen salzigen Geschmack hinterließ. Wenn der Wind nachließ, konnte sie die Wärme der Sonne spüren. In der Bucht unter ihr tanzten Schaumkronen auf den Wellen, die an Land drängten und beim Auftreffen auf die Felsen zu explodieren schienen.

Gänseblümchen und Butterblumen überzogen die Wiese zu beiden Seiten des Weges, und hier und da war zu erkennen, wo Kaninchen einen Eingang zu ihren Höhlen gebuddelt hatten. Paris mochte noch so schön und voller Magie sein, aber das reichte nicht an die Schönheit und den Zauber von Hatties Heimat heran. Ihr Dad sprach immer davon, dass er sich so den Himmel vorstellte, und heute verstand sie zum ersten Mal, was er damit meinte.

Auf der Klippe angekommen sah sie gleich wieder den neuen Zaun, der das Feld umgab, auf dem die Esel sich aufhielten. Die trotteten von hier nach da und machten einen rundum zufriedenen Eindruck. Hattie ging bis zum Zaun und schnalzte mit der Zunge, um die Tiere auf sich aufmerksam zu machen.

»Hey, ihr Esel!«, rief sie. »Kommt her und sagt Hallo!«

Ein oder zwei schauten kurz in ihre Richtung und widmeten sich dann offenbar wieder ihren drängenden Gedanken über das Leben, das Universum und den ganzen Rest. Nur der Braune, der sich ihr beim letzten Mal genähert hatte, kam auch jetzt wieder zu ihr.

»Hallo.« Lächelnd rieb Hattie mit einer Hand über seine

53

Nase, was ihm zu gefallen schien. Sie wünschte, sie hätte daran gedacht, etwas zu essen für ihn mitzubringen.

»Ich frage mich, ob du ein Victor oder eine Victoria bist«, sagte sie. »Auf jeden Fall bist du eine freundliche Seele. Ich schätze, auf dich könnte ich aufpassen. Was weißt du über die Stelle, die hier zu besetzen ist? Komm schon, das kannst du mir doch sagen. Ich werde auch keinem verraten, dass ich von dir Insiderinformationen erhalten habe und …«

»Hey!«

Hattie drehte sich hastig um und sah eine gut gebaute Frau, die ihre Haare streng nach hinten gekämmt und zum Pferdeschwanz gebunden trug. Sie hatte eine schmuddelige Jeans und eine Wachsjacke an, in einer Hand hielt sie einen Eimer. Sie machte einen missmutigen Eindruck.

»Das ist Privatgelände!«, herrschte die Frau sie an.

»Oh, tut mir leid«, erwiderte Hattie, merkte aber sofort, dass der Wind ihre Worte von der Frau wegtrug, bei der es sich um diese Jo handeln musste. Also lief sie ihr entgegen. Die Frau atmete angestrengt, während sie Hattie kritisch musterte. Die wiederum musste blinzeln, da die Sonne hinter einer Wolke zum Vorschein kam. »Ich wusste nicht, dass man sich hier nicht aufhalten darf. Ich dachte, der Durchgang zur Klippe ist ein öffentlicher Weg. Sind Sie Jo?«

»Kommt drauf an, wer fragt.« Abermals betrachtete Jo sie von Kopf bis Fuß. Hattie wurde mit einem Mal bewusst, dass sie in ihrem weiten Rock und der Jeansjacke nicht gerade wie jemand aussah, der auf einem Gnadenhof mit anpacken konnte. Vielleicht hätte sie etwas anziehen sollen, das besser zu dem möglichen Job passte.

»Ich habe gehört, dass Sie hier jemanden brauchen, der Ihnen bei der Arbeit hilft«, erwiderte Hattie, die sich fast sicher war, dass sie Jo vor sich hatte.

54

»Kann schon sein.«

Hattie versuchte, nicht die Stirn zu runzeln. Entweder brauchte sie Hilfe, oder sie brauchte sie nicht. Aber ... *kann schon sein?*

»Na ja, und ich suche Arbeit«, gab sie ein wenig zögerlich zurück.

»Kennen Sie sich mit Eseln aus?«

»Ich kenne mich mit Pferden aus«, verkündete Hattie lächelnd. »Jedenfalls ein bisschen. Ich hatte mal ein Pony.«

Jo – es konnte sich nur um Jo handeln – schnaubte abschätzig. »Pferde sind keine Esel.«

»Das weiß ich ... ich wollte damit sagen, dass ich gut einen Stall ausmisten und andere Aufgaben erledigen kann, denn das habe ich bei Peanut auch schon gemacht. Vorausgesetzt, das sind die Arbeiten, bei denen Sie Hilfe brauchen. Und ... ich liebe Tiere, falls das für Sie entscheidend ist«, fügte sie dann noch hinzu, auch wenn sie sich deswegen im nächsten Moment ziemlich albern vorkam. Das war so, als würde sie ohne jede Ausbildung als Lehrerin arbeiten wollen und als Argument anführen, Kinder zu mögen.

»Mehr als den Mindestlohn kann ich nicht zahlen. Hat man Ihnen das auch gesagt, bevor Sie hergekommen sind?«

»Mindestlohn?«, gab Hattie zurück und begann zu rechnen.

»Ich kann auch Unterkunft und Verpflegung anbieten. Das ist letztlich mehr wert als der Mindestlohn.«

»Und wo ist die Unterkunft?«, wollte Hattie wissen, während sie die Hände in ihre Jackentaschen schob. Sie musste an die Fotos der Sweet Briar Farm denken, die sie auf der Maklerseite gesehen hatte. Der große Bauernhof stand auf der anderen Seite der Anhöhe, über die sich die Koppel erstreckte, daher konnte sie von hier aus nicht sehen, welche Reparaturen Jo durchgeführt hatte – vorausgesetzt, sie hatte überhaupt irgendetwas repariert. Aber eigentlich musste sie irgendwas getan haben, wenn sie wollte, dass jemand dort wohnte und sich wohlfühlte.

»In meinem Haus.«

»Sweet Briar Farm?«

Jo stellte den Eimer hin und verschränkte die Arme vor der Brust. »Da hat wohl jemand seine Hausaufgaben gemacht.«

»Ich habe nur versucht, etwas mehr darüber zu erfahren, welche Arbeiten hier anfallen könnten.«

»Hilfe mit den Eseln«, antwortete Jo in einem Tonfall, der so klang, als sei das doch das Selbstverständlichste auf der Welt. Sie war nicht gerade eine aussichtsreiche Kandidatin, wenn es um die Wahl zur Persönlichkeit des Jahres gegangen wäre. Aber falls sie Hattie mit ihrer schroffen Art nur zum Rückzug bewegen wollte, kam sie bei ihr nicht weit. Der Gedanke, in einem Bauernhof zu leben, der mehr ein Wrack als ein Haus war – jedenfalls dann, wenn Jo wenig bis gar nichts repariert hatte –, hatte nichts Verlockendes an sich. Aber Jo selbst war auch niemand, an dessen Gesellschaft man sich erfreuen konnte. Dennoch brauchte sie etwas, um die nächste Zeit zu überbrücken, und sie hatte sich ja auch fest vorgenommen, eine Arbeit anzunehmen, die etwas bewirkte. Jo mit den Eseln zu helfen, würde etwas bewirken.

»Klar«, sagte Hattie zustimmend.

»Und Sie glauben, Sie können das leisten?«

»Davon bin ich überzeugt, wenn Sie mir zeigen, was ich zu tun habe.«

Jo nickte nur knapp, dann verfiel sie wieder in Schweigen und musterte Hattie erneut von oben bis unten.

»Unterkunft und Verpflegung brauche ich übrigens nicht, da bin ich schon versorgt. Also würde nur der Mindestlohn anfallen, was mir nichts ausmachen würde.«

»Sie müssen schon hier wohnen«, machte Jo ihr klar. »Wenn

Sie nicht hier einziehen können, kann ich Ihnen den Job auch nicht geben. Um die Esel muss man sich Tag und Nacht kümmern.«

»Oh. Und … ähm … wann haben Sie mal frei? Sie arbeiten ja bestimmt nicht Tag für Tag rund um die Uhr.«

»Ich nehme mir nie frei.«

»Einem Angestellten müssen Sie aber Freizeit gewähren!«

»Wer für mich arbeitet, muss den gleichen Einsatz zeigen wie ich selbst.«

»Aber laut Gesetz …«

»Gesetze interessieren mich nicht. Mich interessiert nur, dass die Esel alles bekommen, was sie brauchen.«

Hattie sah die andere Frau wortlos an. Vielleicht war das hier ja doch keine so gute Idee. »Hören Sie«, begann sie. »Es tut mir leid, wenn ich Ihre Zeit in Anspruch genommen habe, aber …«

Weiter kam sie nicht, da jemand ihr in diesem Moment einen solchen Stoß gegen die Schulter verpasste, dass sie fast das Gleichgewicht verloren hätte. Sie drehte sich um und sah, dass ihr neuer Eselfreund weitere Streicheleinheiten von ihr einforderte.

»Norbert ist der älteste von allen«, erklärte Jo und deutete mit einem Nicken auf das Tier. »Der freundlichste Esel, den man sich nur vorstellen kann. Ein guter Menschenkenner ist er auch. Wenn Norbert Sie mag, dann bin ich auch einverstanden.«

Norbert drückte seine Nase in Hatties Nacken und brachte sie so zum Kichern. »Er scheint sehr zutraulich zu sein.« Sanft drückte sie seinen Kopf weg. »Ich möchte wetten, dass all Ihre Besucher ihn lieben.«

»Hier kommen keine Besucher her.« Jo bückte sich und hob den Eimer auf. »Hier oben gibt's nur mich und diese Truppe da drüben.«

»Sie bekommen keine Besucher? Wollen keine Leute herkommen? Ich meine, mir ist zwar aufgefallen, dass es keine
Webseite für den Hof gibt …«

»Ich kann keine Leute gebrauchen, die herkommen und
meine Esel in Unruhe versetzen«, fiel Jo ihr schroff ins Wort.
»Diese Tiere brauchen Ruhe und Frieden. Die meisten von ihnen kommen aus einer schlechten Haltung. Sie wurden geschlagen, misshandelt oder vernachlässigt. Ein paar von ihnen haben
ihre Besitzer verloren, die wirklich gut mit ihnen umgegangen
sind, und das ist für sie fast genauso schlimm. Ich bin hier, um
ihnen ein sicheres Zuhause zu bieten. Ich werde sie nicht zu
Attraktionen für Schulkinder machen, die keinen Respekt vor
Tieren haben.«

Das hörte sich zwar sehr edelmütig an, aber woher kam
denn das Geld, um diese Esel zu versorgen? Sie hielt sich zwar
davon ab, diese Frage laut auszusprechen, dennoch war es ein
weiteres Rätsel, das sie an Jo so faszinierte.

»Wollen Sie den Job nun oder nicht?«, fragte Jo in die ent-
standene Stille.

»Ich müsste also hier wohnen?«

Jo nickte.

»Und Sie können nicht mehr als den Mindestlohn zahlen?«

»Nein, leider nicht.«

»Und ich hätte keinerlei Freizeit?«

»Vielleicht mal den einen oder anderen Tag, aber das hängt
ganz davon ab, wie die Esel drauf sind.«

Niemand, der ganz bei Sinnen war, würde das als ein verlockendes Stellenangebot ansehen. Jo würde noch die nächsten
Hundert Jahre darauf warten, dass sich jemand auf diese Stelle
bewarb. Hattie drehte sich zu Norbert um, der sie mit seinen
alten Augen flehend anschaute. Vielleicht würde es ja Spaß machen, sich für die nächste Zeit um ihn zu kümmern. Sie sah wie-

der zu Jo, die auf eine besorgniserregende Weise dreinblickte – nämlich so, als würde sie ohne zu zögern auf Hattie losgehen, wenn die sich gegen das Angebot aussprach. Zugegeben, Spaß würde es ihr sicher nicht machen, aber vielleicht wäre es ja ganz interessant. Außerdem hatte sie ohnehin nichts Besseres zu tun.

»Gibt es eine Probezeit?«, fragte sie.

Jo zog die Nase hoch und wischte die Hand an ihrer Jeans ab. »Bleiben Sie, wenn Sie bleiben wollen. Gehen Sie, wenn Sie genug haben. Probezeit brauchen wir keine, Norbert scheint es zu freuen, dass Sie hier sind.«

Wenn Hattie diesen Job annahm, war das womöglich eine noch dümmere und noch spontanere Entscheidung als die, die sie nach Paris hatte aufbrechen lassen. Ihr Dad würde es sicher so sehen, aber etwas an diesem Angebot zog sie an und wollte sie nicht wieder loslassen.

»Also gut«, stimmte sie schließlich zu. »Wann soll ich anfangen?«

»Je eher, desto besser«, erwiderte Jo und ging zum Gatter, das auf die Wiese mit den Eseln führte.

»Nächste Woche?«, fragte Hattie, die für sich irgendein greifbares Datum brauchte.

»Wenn Sie wollen.« Jo ging weiter.

»Brauchen Sie keine Angaben von mir?«, rief Hattie. »Name, Adresse, bisherige Beschäftigungsverhältnisse …?«

Jo winkte nur ab, während sie das Gatter hinter sich schloss und zu den Eseln ging.

»Mein Name ist Hattie!«

»Schön.«

»Hattie Rose.«

Daraufhin blieb Jo stehen und drehte sich zu ihr um. »Haben Sie was mit Dr. Rose zu tun?«

»Er ist mein Dad.«

Sie nickte und schien zufrieden zu sein, dann machte sie sich wieder auf den Weg zu den Eseln.

Hattie schaute ihr hinterher und fragte sich, ob sie noch bleiben oder besser gehen sollte. Dann aber entschloss sie sich, den Rückweg anzutreten, strich Norbert noch einmal zum Abschied über die Nase und ging zurück zum Pfad, der vom Dorf zum Strand führte.

Sie wusste nicht so recht, was sich da gerade eben eigentlich abgespielt hatte, und sie hatte auch keine Ahnung, was sie erwarten würde, wenn sie wieder herkam. Aber wie es aussah, würde sie auf die Sweet Briar Farm ziehen, wo sie bei der seltsamsten Frau leben würde, die ihr je begegnet war.

Kapitel 7

»Tja.« Lance stellte eine Tasse Tee vor Hattie auf den Tisch. »Ich kann nicht behaupten, dass mich das überrascht. Ich hab's ja gleich gesagt.«

Hattie hatte sich für den Tag nach ihrem Besuch bei Jo mit Melinda im Willow Tree verabredet. Lance und Mark waren daran gewöhnt, sich mit Melindas Brut zu befassen, und sie hatten eine Ecke des Cafés sogar extra mit Spielzeug aller Art bestückt, um ihre und die Kinder anderer Gäste beschäftigen zu können. Bislang war Melinda noch nicht aufgetaucht, aber ein Blick auf die Disneyland-Wanduhr zeigte ihr, dass ihre Freundin erst zwanzig Minuten überfällig war und es daher noch keinen Grund zur Sorge gab. Mit vier kleinen Kindern im Schlepptau wäre es aus Hatties Sicht sogar ein Wunder, wenn Melinda jemals irgendwo rechtzeitig eintreffen würde.

»Nach allem, was du uns erzählt hast«, redete Lance weiter, richtete sich auf und schob die Hände in die Taschen seiner Schürze, »wundert es mich allerdings umso mehr, dass du nicht sofort kehrtgemacht und das Weite gesucht hast.«

»Ich weiß selbst nicht so genau, warum ich das nicht getan habe«, musste sie ihm zustimmen. »Vielleicht sollte Dad vorsichtshalber mal meinen Kopf untersuchen. Könnte ja sein, dass ich ihn mir irgendwo angestoßen habe, ohne etwas davon zu merken.«

»Und dabei ist dann dein gesunder Menschenverstand auf der Strecke geblieben?«, meinte Mark lachend und stellte sich zu ihnen. »Ja, das solltest du kontrollieren lassen.«

»Wann fängt Phyllis eigentlich hier an?«, fragte Hattie.

»Warum willst du das wissen? Damit du ihre erste Schicht sabotieren und ihren Job übernehmen kannst, weil du nicht zu dem unheimlichen Haus auf dem Hügel zurückkehren willst?«

Hattie kicherte. »Ich bin nur neugierig.«

»Nächste Woche«, beantwortete Lance ihre Frage. »Sie ist schon ein Goldstück, aber ich wünschte, wir hätten früher gewusst, dass du verfügbar bist. Du wärst schon mal schneller als sie.«

»*So* langsam ist Phyllis nun auch wieder nicht«, warf Mark ein.

»Selbst die Kontinentalverschiebung ist schneller als Phyllis«, konterte Lance.

»Dann ist sie halt nicht ganz so schnell«, meinte Hattie, während sie den Tee in ihre Tasse goss. »Was macht das schon aus?«

»Es kann darüber entscheiden, ob ein Gericht warm oder kalt am Tisch ankommt«, betonte Lance und warf Mark einen leicht vorwurfsvollen Blick zu. Damit war für Hattie klar, wer von den beiden sich über den Wunsch des anderen hinweggesetzt hatte.

»Vermutlich ist es aber auch besser, dass ich den Job hier bei euch nicht bekommen habe«, sagte sie. »Ich weiß nämlich nicht, ob es ihn mehr freuen würde, wenn ich ihm erzählen würde, dass ich hier arbeite und nicht auf dem Gnadenhof. Nichts gegen euch. Mit euch hat das nichts zu tun«, ergänzte sie hastig, als ihr klar wurde, wie ihre Worte gedeutet werden konnten.

»Schon klar.« Mark grinste. »Mir ist schon bewusst, dass Schichtdienst im Willow Tree nicht unbedingt das höchste aller erreichbaren Ziele im Leben darstellt.«

»Aber wir haben hier unseren Spaß«, fügte Lance an.

»Davon bin ich überzeugt«, stimmte sie ihm zu. »Ich kann auch nicht so tun, als würde es mir überhaupt nichts ausmachen, dass Phyllis mir zuvorgekommen ist. Aber ich habe jetzt bei Jo zugesagt, und ich will es wenigstens versuchen.«

Lance sah Mark an und machte eine Geste, die wohl verdeutlichen sollte, dass es um ihre geistige Verfassung womöglich nicht allzu gut bestellt war.

Hattie kommentierte das mit einem ausgelassenen Lacher.

»Ich sage dazu nur eines«, ließ Mark sie wissen. »Wenn sie gemein zu dir ist, dann sag uns Bescheid, damit wir sie uns vorknöpfen können.«

»Ich hoffe, dazu wird es nicht kommen«, sagte Hattie. »Sie ist ein bisschen schroff, aber ganz so übel ist sie nicht, glaube ich. Ich bin sogar der Meinung, dass unter dieser rauen Schale ein weiches Herz versteckt sein könnte.«

»Oh, oh, jetzt glaube ich aber wirklich, dass du dir den Kopf gestoßen hast«, meinte Lance und sah zur Tür, als er die Glocke läuten hörte. »Da kommt übrigens deine Verabredung.«

Hattie folgte seinem Blick und sprang auf, als sie Melinda hereinkommen sah. Die beiden älteren Kinder gingen neben ihr, das dritte trug ein Sicherheitsgeschirr, damit es nicht weglaufen konnte. Nummer vier mit Namen Daffodil saß im Kinderwagen. Melinda trug Jeans und ein schlichtes cremefarbenes Rippentop, dabei sah sie so schlank und perfekt wie immer aus. Dieser Körper war einfach in einer unglaublich guten Form, wenn man sich vor Augen hielt, dass Melinda in so kurzer Zeit so viele Kinder zur Welt gebracht hatte. Ihr pfirsichfarbener Teint strahlte von innen heraus, die lohfarbenen Haare hatte sie zu einem lockeren Knoten hochgebunden.

»Hattie!«, rief sie und drückte sie an sich. »Wie geht es dir?«, fragte sie und machte einen Schritt zurück, um Hattie mit breitem Grinsen anzusehen.

»Mir geht es gut!«, antwortete Hattie. »Du siehst toll aus.«

»Du kannst mir glauben, das macht nur mein Make-up«, beteuerte Melinda und ließ ein melodisch klingendes Lachen folgen. »Normalerweise sehe ich nämlich aus wie eine Statistin aus *The Walking Dead*. Heute hab ich mir nur besonders viel Mühe gegeben, weil ich wusste, dass ich aus dem Haus gehe. Ich wollte ja niemandem Angst einjagen. Du siehst aber auch richtig gut aus. Dein Kleid gefällt mir.«

»Na ja, wer nach zwei Jahren in Paris nicht in der Lage ist, gut auszusehen, für den ist wirklich jede Hoffnung verloren. In französischer Kleidung kann sogar ich gut aussehen.«

Melinda fasste sie an den Händen und drückte sie, was Rain – das Mädchen mit dem Geschirr – nutzte, um davonzulaufen, so schnell es konnte. Mark war aber schneller und bekam die Griffe zu fassen, die die Kleine an ihrer Leine hinter sich her zog. Melinda verfolgte das Geschehen mit, wirkte aber in keiner Weise besorgt. Ihrem zweitjüngsten Kind drohte keine Gefahr, solange die beiden besten Babysitter von Gillypuddle in der Nähe waren.

»Es ist so schön, dass du wieder hier bist!«, jubelte Melinda, nachdem sie sich wieder zu Hattie umgedreht hatte. »Diesmal willst du wirklich hierbleiben?«

»So sieht es mein Plan vor. Jedenfalls für den Moment.« Sie sah nach unten und lächelte Sunshine und Ocean an, während Mark Rain zu ihnen zurückbrachte.

»Ihr seid groß geworden«, stellte sie fest. »So unglaublich groß!«

Sunshine lächelte verlegen, während Ocean kicherte und seine Brust hervordrückte.

Hattie schaute in den Kinderwagen. »Hallo, Daff«, begrüßte sie Melindas Jüngste. »Du bist auch ein bisschen gewachsen.«

Mark zog ein paar Lollis aus der Tasche seiner Schürze und verteilte sie an die drei älteren Kinder.

»Für meine liebsten Kleinen auf der ganzen Welt«, verkündete er dabei, dann kitzelte er Daffodil unterm Kinn, um sie zum Lachen zu bringen. »Tut mir leid, Süße, aber für dich gibt es noch keinen Lolli.« Er richtete sich wieder auf und erklärte den anderen in hoheitsvollem Tonfall: »Die Spielzeugecke erwartet Eure Anwesenheit, mein junger Prinz und meine jungen Prinzessinnen.«

Sunshine, die Älteste von ihnen, sah ihre Mum unschlüssig an. »Ich will mit Hattie reden.«

»Vielleicht etwas später«, erwiderte Melinda. »Im Moment würdest du mir einen großen Gefallen tun, wenn du erst mal mit deinen Geschwistern spielst, damit ich mit Hattie reden kann. Immerhin ist sie meine beste Freundin, und ich bin mir sicher, wenn du deine Freundin Suri sehr lange nicht mehr gesehen hast, würdest du auch erst mal hören wollen, was sie so alles erlebt hat. Stimmt's?«

Sunshine nickte, schaute aber enttäuscht drein.

»Genauso ist das bei mir und Hattie«, fuhr Melinda geduldig fort.

»Na, komm.« Mark hielt ihr die Hand hin. »Lass den Ladys eine halbe Stunde zum Tratschen, und dann gibt es für jeden einen Eisbecher. Wie klingt das?«

Während Sunshine, Ocean und Rain ihm zur Spielecke folgten, schob Melinda Daffodil in ihrem Kinderwagen an Hatties Tisch und nahm selbst Platz. Ihrem jüngsten Kind gab sie einen Trinkbecher mit Saft und einen Beißring, an dem mehrere große Plastikschlüssel und ein paar Plüschtiere hingen.

»Jetzt komm schon«, forderte sie ihre Freundin auf, nachdem sie sich vergewissert hatte, dass ihre Tochter erst einmal für eine Weile beschäftigt sein würde. »Erzähl schon. Was läuft bei dir? Wie kommt's, dass du wieder hier bist? Warum wolltest du mir am Telefon nichts dazu sagen?«

»Es ist nicht so, als wollte ich dir am Telefon nichts sagen, aber das Ganze ist übers Telefon ein bisschen zu kompliziert. Ich wollte dich lieber sehen, wenn ich es dir erzähle.«

»Jetzt siehst du mich, jetzt will ich auch alles erfahren.«

»Willst du nicht erst was zu trinken bestellen?«

Melinda winkte flüchtig ab. »Lance weiß, was ich mag. Er wird es mir schon bringen. Im Moment interessiert mich viel mehr, was in der Welt jenseits von Gillypuddle vor sich geht. Weißt du, dass ich manchmal völlig vergesse, dass jenseits von Gillypuddle irgendetwas existiert?«

Hattie lächelte und hob kurz die Schultern an. »Da draußen geht es nicht so aufregend zu, wie du vielleicht glaubst. Ich persönlich freue mich sogar schon darauf, diese Welt jenseits von Gillypuddle für eine Weile vergessen zu können.«

»Oh weh, so schlimm?«

»Nein, nein, es ist nur so, dass das Leben hier viel ruhiger ist, und etwas Ruhe kann ich im Moment gut gebrauchen.«

»Du meinst Langeweile.«

»Ich finde es nicht langweilig. Es herrscht nicht dieser extreme Wettbewerb, und du musst dich nicht ständig mit anderen vergleichen und dir Sorgen machen, du könntest ins Hintertreffen geraten. Hier musst du nicht andauernd befürchten, dass du vielleicht nicht beliebt genug oder witzig genug bist. Und hier wachst du auch nicht mitten in der Nacht auf und machst dir Gedanken, du könntest irgendetwas Wichtiges vergessen haben, was am Abend zuvor schon hätte fertig sein müssen.«

»Na, so ganz stimmt das nicht, möchte ich mal behaupten«, entgegnete Melinda in sanftem Tonfall. »Hier haben die Leute bloß andere Sorgen als die da draußen. Stell dir nur mal vor, du hast vier Kinder. Da liegst du auch nachts wach und fragst dich, ob du nicht irgendwas Brandeiliges vergessen hast.«

»Ja, ich weiß«, räumte Hattie ein. »Ich höre mich etwas wehleidig an, nicht wahr? Ich kann nicht so richtig erklären, wie ich das meine. Aber mir gefällt die Vorstellung, für die nächste Zeit wieder ganz ich selbst zu sein, ich, die gute alte Hattie Rose. Hier muss ich nicht den ganzen Tag über vorgeben, jemand zu sein, der viel aufregender ist als ich.«

Melinda sah sie schweigend an. Es war nicht zu übersehen, dass sie noch immer nicht verstand, was Hattie zu sagen versuchte. Vielleicht verstand sie es selbst ja auch nicht so richtig. Ihr kam es jedenfalls so vor, als würde in ihrem Leben irgendeine Sache fehlen, eine Sache, die sich nicht an ihrem eigentlichen Platz befand – die Sache, die sie nach Hause hatte zurückkehren lassen. Der Zwischenfall bei Alphonse war nur der Tropfen gewesen, der das Fass zum Überlaufen gebracht hatte. Das war Hattie jetzt klar. Sie konnte diesem Gefühl weder eine Form geben noch es in Worte fassen, was aber nichts an der Tatsache änderte, dass es da war. Genauso wenig war sie in der Lage zu sagen, was sie jetzt von ihrem Leben erwartete. Sie konnte nur hoffen, dass sie in den nächsten Wochen und Monaten dahinterkommen würde.

»Du hast gesagt, bei eurer Show ist irgendwas vorgefallen«, redete Melinda in forderndem Tonfall auf sie ein, um eine Antwort zu erhalten. Sie wollte Klatsch und Tratsch hören, und Hattie vermutete, dass es das Mindeste war, was sie für ihre Freundin tun konnte.

Sie konnte sich ein verlegenes Lächeln nicht verkneifen. »Ich habe sozusagen ein Gebäude abgefackelt.«

Einen Moment lang bekam Melinda den Mund nicht mehr zu. »Na, immerhin machst du keine halben Sachen. Wie um alles in der Welt hast du denn das bewerkstelligt?«

»Alphonse hatte eine Kollektion im Vampir-Stil entworfen, und nachdem ich ihn monatelang angefleht hatte, lenkte er endlich ein und ließ mich die Bühne dekorieren. Ich hüllte alles in roten Stoff und stellte überall Kerzenleuchter auf. Für seine

Kollektion hatte er zwar einen schwer entflammbaren Stoff genommen, aber die billigen Stoffbahnen, die ich ausgerollt hatte, waren das genaue Gegenteil von schwer entflammbar. Es reichte aus, dass eines der Models für einen Moment die Balance verlor und einen der Leuchter umstieß. Die brennenden Kerzen landeten auf dem Stoff, und der ging sofort in Flammen auf.«

Melinda schnappte erschrocken nach Luft.

»Es wurde niemand verletzt«, fügte Hattie rasch an. »Glücklicherweise verließen alle *tout de suite* das Gebäude. Aber Alphonse war gar nicht erfreut.«

»Kann ich mir vorstellen.«

»Ich war mir so schlau vorgekommen, weil ich so viel Geld gespart hatte, da ich die ganze Dekoration auf Flohmärkten zusammengesucht hatte. Ich wollte, dass er so zufrieden mit mir ist, dass er mir auch den nächsten Auftrag erteilt, und nicht Colette, die immer alles für ihn erledigen darf. Wie sich gezeigt hat, hätte er besser sie alles machen lassen. Wahrscheinlich hat er ihr alles übertragen, weil er schon ahnte, dass ich nur Mist bauen würde. Darum habe ich bis dahin auch nie was wirklich Wichtiges tun können.«

»Blödsinn«, fiel ihr Melinda ins Wort. »Er hat dir ja schließlich einen Job gegeben, obwohl du überhaupt keine Erfahrung vorweisen konntest. Er muss in dir schon was gesehen haben, sonst wärst du nie bei ihm untergekommen.«

»Billige Arbeitskraft?«, konterte Hattie und hob den Kopf, um zu Lance zu sehen, der mit einem großen Becher mit Sahnehaube darauf an den Tisch kam.

»Madam …« Er stellte ihr grinsend den Becher hin. »Ganz nach deinem Geschmack.«

»Sogar mit Sahne?« Melinda strich mit einem Finger etwas vom Rand ab und leckte die Sahne ab.

»Mummy muss schließlich bei Kräften bleiben«, meinte

er und wandte sich Hattie zu. »Bekommst du auch noch was, meine Liebe?«

»Ein Stück von diesem Victoria-Kuchen da drüben wäre gut. Ich muss schließlich *irgendwas* zu Mittag essen.«

»Eine exzellente Wahl«, fand Lance. »Nahrhaft und köstlich.«

»Davon nehme ich auch ein Stück«, warf Melinda ein. »Zum Teufel mit dem Haushaltsbudget.«

»Ich werde für dich ...«, begann Hattie, aber ihre Freundin hielt eine Hand abwehrend hoch.

»Nein, ist schon in Ordnung. Du brauchst im Moment dein Geld für dich.«

Hattie beharrte nicht darauf zu bezahlen, denn so wie jeder andere hatte auch Melinda ihren Stolz. Dennoch war sie sich völlig der Tatsache bewusst, dass Melinda und Stu nicht in Geld schwammen. Ein junges Paar, das vier Kinder großzog, musste unweigerlich Geldsorgen haben. Dennoch würde Melinda das weder Hattie noch sonst jemandem gegenüber je zugeben, da sie auch nicht bemitleidet werden wollte. Für jedes dieser Kinder hatten sie sich ganz bewusst entschieden, und sie waren glücklich mit dem Leben, das sie gewählt hatten, auch wenn sie sich mit dem Bezahlen ihrer Rechnungen etwas mehr Zeit lassen mussten, als es ihnen recht war.

In Melindas grauen Augen funkelte ein Lächeln, als Lance wegging, um sich um ihre Bestellung zu kümmern. Hattie dachte oft, dass diese alte Weisheit, die Augen seien das Fenster zur Seele, speziell für Melinda erfunden worden sein musste. Ihre Augen strahlten immer innere Freude aus, aber auch den Frieden, den sie mit ihrem Leben geschlossen hatte.

»Ich habe seit einer Ewigkeit keinen Victoria-Kuchen mehr gegessen«, erklärte Hattie.

Melinda zog die Nase kraus und grinste, während sie sich noch einmal an der Sahnehaube auf ihrem Mokka bediente.

»Lieber Himmel, ich werde morgen zehn Kilo mehr auf die Waage bringen, wenn ich das alles verspeist habe. Aber das schmeckt auch sooo gut! Lance kann einen Mokka aufsetzen wie kein anderer.«

Hattie sah zu Melindas drei ältesten Kindern, die sich angeregt miteinander unterhielten, während sie sich auf das Spielzeug stürzten, das Mark für sie bereitgestellt hatte. Sunshine hatte die Führungsrolle in der Gruppe übernommen und war nun so etwas wie die Leiterin, die den beiden anderen Anweisungen gab, wie sie ihr Spiel organisieren sollten. Ihr war deutlich anzumerken, dass sie das Mütterliche, Fürsorgliche von Melinda geerbt hatte. Mark sah in Abständen nach den Kindern, während er die Theke abwischte. Dabei wäre das gar nicht nötig gewesen, denn auch wenn Melinda einen entspannten, sorglosen Eindruck machte, wusste Hattie genau, dass sie dennoch alles im Blick hatte.

»Na ja«, redete Melinda weiter. »Ich weiß, ich sollte so etwas nicht sagen, aber ich bin froh, dass du die Show von diesem Alphonse in Flammen hast aufgehen lassen, wenn du deswegen nach Hause zurückkehren musstest.«

»Vielleicht war das ja für irgendwas gut.«

»Ganz bestimmt war es das. Und ich weiß auch, dass das von mir total egoistisch ist, aber ich habe dadurch schon mal meine beste Freundin zurückbekommen.«

»Besser als Stu?«

»Stu ist auf eine andere Weise der Beste«, sagte sie und lachte kurz auf. »Aber ich kann nun mal schlecht bei Stu über Stu herziehen. Das kann ich nur bei dir.«

Jetzt konnte sich auch Hattie ein Lachen nicht verkneifen. »Da kann ich ja froh sein, dass ich für irgendwas gut bin.«

Melinda nahm wieder einen Finger voll Sahne von ihrer Tasse in den Mund. »Und? Hast du schon einen Job gefunden?«

Hattie kam nicht zum Antworten, da Lance in diesem Augenblick an den Tisch kam und ihnen zwei großzügig bemessene Scheiben Victoria-Kuchen brachte.

»Wann nimmst du eigentlich deine Arbeit bei Medusa auf dem Hügel auf?«, wollte er wissen und zwinkerte ihr zu, während er beide Teller auf den Tisch stellte.

Melinda riss erstaunt die Augen auf. »Was sollte das gerade heißen? Redet ihr etwa von Jo Flint?«

»Du kennst Jo?«, fragte Hattie.

»Jeder hier in Gillypuddle kennt Jo«, antwortete Melinda amüsiert.

Es war nicht der amüsierte Tonfall, der Hattie irritierte, und auch nicht die Tatsache, dass jeder hier Jo kannte. Was sie so störte, war der Umstand, dass Melinda von Lance nur den Spitznamen hatte hören müssen, um zu wissen, um wen es ging.

»Und?«, begann sie zögerlich, da sie nicht wusste, ob sie die Antwort auf ihre folgende Frage tatsächlich hören wollte. »Was hältst du von ihr?«

»So suuuuperfreundlich.« Melindas Stimme triefte geradezu vor Sarkasmus.

»Das sprühende Leben«, ergänzte Lance.

»Bei Projekten für die Gemeinde immer die Erste, die sich freiwillig meldet«, fuhr Melinda fort.

»Jeden Morgen die Erste, die hier einen Kaffee bestellt. Und dazu eine solche Labertasche«, meinte Lance grinsend.

»Schon gut, sehr witzig«, murmelte Hattie. »Ich hatte Gelegenheit, mit ihr zu reden, und so schlimm kam sie mir nun wirklich nicht vor. Zugegeben, sie ist ein bisschen schroff, aber sie scheint ganz in Ordnung zu sein.«

»Ein bisschen schroff?« Melinda zog ihren Teller heran und drückte die silberne Gabel in den Kuchen. »Tja, du warst zwei

Jahre von Franzosen umgeben, da kann es vorkommen, dass du sie als ein bisschen schroff empfindest. Jeder andere hier würde sie als misanthropisch bezeichnen.«

»Was soll das heißen?«

»Dass sie Menschen hasst«, antwortete Lance, da Melinda den Mund voll hatte und eine Miene der Glückseligkeit aufsetzte, die der Kuchen ihr bescheren musste.

»Vielleicht ist sie bloß schüchtern«, gab Hattie zu bedenken. »So was kann von anderen Leuten schnell falsch aufgefasst werden.«

»Oder sie ist einfach nur unhöflich«, hielt Lance dagegen.

»Oder ihr wurde mal so sehr das Herz gebrochen, dass sie sich in der Gesellschaft anderer Menschen unbehaglich fühlt«, überlegte Hattie.

»Oder sie ist einfach nur unhöflich«, erwiderte Melinda, die wieder Lance zulächelte.

»Weißt du denn, woher sie das Geld hatte, um den Hof zu kaufen?«, wollte Hattie wissen, da ihre Neugier stärker war als der Wunsch, den beiden den Kopf dafür zu waschen, dass sie einfach so schlecht über Jo redeten.

»Keine Ahnung«, sagte Melinda gedankenverloren. »Sie erzählt niemandem etwas über sich.«

»Ich wette, sie hat das Geld geerbt«, warf Lance ein. »So kommen doch die meisten von uns zu Geld, oder nicht?«

»Findest du?«, konterte Hattie irritiert.

»Ich denke, sie könnte es sich auch geliehen haben«, gab Melinda zu Bedenken.

»Mag sein«, erwiderte Hattie. »Aber wer leiht einem Geld, damit man einen Gnadenhof für Esel eröffnen kann?«

Melinda zuckte flüchtig mit den Schultern. »Ich habe nicht gesagt, dass es so war, ich habe das nur als Möglichkeit in Erwägung gezogen.«

»Sie könnte es auch gestohlen haben. Irgendein großes Ding, das sie gedreht hat.« Lance grinste Melinda an. »Vielleicht wird sie von der Polizei gesucht, und weil sie auf der Flucht ist, will sie nicht, dass sie jemand auf ihrem Hof besucht.«

»Oder sie hat irgendeine steinalte Verwandte ins Jenseits befördert, um deren Geld an sich zu nehmen.«

Hattie seufzte genervt, konnte sich aber nicht dazu durchringen, sich über diese Bemerkungen zu ärgern und diesem Ärger Luft zu machen. »Ihr zwei seid einfach unmöglich.«

»Ich will nur nicht hoffen, dass du ihren Hof auch noch in Flammen aufgehen lässt. Sonst wird sie dich bei lebendigem Leib häuten und an ihre Esel verfüttern«, sagte Melinda.

»So schlimm kann sie gar nicht sein«, beharrte Hattie.

»Wenn Daffodil sie sieht, fängt sie sofort an zu weinen.«

Hattie zog die Stirn in Falten. »Ich bin mir sicher, das wird alles gut ausgehen.«

»Da bin ich mir auch sicher«, stimmte Melinda ihr zu und widmete sich erneut ihrem Kuchen.

Lance ging weg, um sich um eine Kundin an der Theke zu kümmern, da Mark in eine Unterhaltung mit Melindas Kindern in der Spielecke vertieft war.

»Hast du es deinen Eltern schon erzählt?«, fragte Melinda nur scheinbar beiläufig, da sie die unterschwellige Anspielung in ihrem Tonfall nicht ganz vermeiden konnte.

»Dazu hatte ich noch keine Gelegenheit.«

»Aber du glaubst, sie sind damit einverstanden?«

»Davon bin ich überzeugt. Aber selbst wenn sie es nicht sein sollten – ich bin volljährig, also können sie mir nicht verbieten, einen Job anzunehmen, den ich haben will.«

»Okay, aber sie verstehen sich gut darauf, sich darüber zu beklagen, oder nicht?«

Hattie teilte mit der Gabel einen Happen von ihrem Kuchen

ab und nahm ihn in den Mund. »Allerdings«, antwortete sie, während sie kaute. »Darin sind sie Weltmeister.«

»Ich schätze, dann musst du eben Weltmeisterin im Nichthinhören werden.« Melinda hatte eine Unschuldsmiene aufgesetzt. Beide wussten, dass nicht hinzuhören schwieriger war, als es den Anschein hatte. Melinda war seit vielen Jahren mit Hattie befreundet, und sogar sie hatte sich manchmal von Nigel oder Rhonda oder auch von beiden zusammen Vorwürfe anhören müssen. Üblicherweise war das der Fall gewesen, wenn Hattie sich irgendwelchen Ärger eingehandelt hatte und ihre Eltern der Ansicht waren, dass Melinda daran schuld war.

Melinda schob den leeren Teller weg und seufzte zufrieden. »Das ist so köstlich!«

»Ich verstehe nicht, wie du so schlank bleiben kannst«, wunderte sich Hattie. »Du hast dein Stück förmlich verschlungen.«

»Ich muss den ganzen Tag vier Kindern hinterherlaufen, da bleibt man schlank«, gab sie zurück und holte die inzwischen unruhig gewordene Daffodil aus dem Kinderwagen, um sie auf ihren Schoß zu setzen.

»Sie ist so reizend.« Hattie musste beim Anblick der Kleinen unvermittelt lächeln. »Sie ist dir wie aus dem Gesicht geschnitten.«

»Das sagen sie alle.« Sie strich ihrer Tochter die Locken aus der Stirn. »Stu ist sauer, dass keines unserer Kinder ihm ähnlich sieht.« Sie betrachtete Daffodil und gab ihr einen leichten Kuss auf den Kopf. »Aber wir wissen ja alle, dass das für euch ein Segen ist, nicht wahr?«, fuhr sie in einem melodischen Tonfall fort.

»Ich glaube, wenn es hart auf hart käme, würde Stu dir sicher zustimmen«, entgegnete Hattie und lächelte sie an. »Wie geht's ihm eigentlich?«

»Gut«, antwortete Melinda. »Er arbeitet zu viel, aber daran wird sich auch nichts ändern.«

»Und du? Bist du jetzt fertig?«, fragte Hattie und deutete mit einem bedeutungsvollen Nicken auf die Kinder, die in der Ecke spielten.

»Fertig?«

»Mit dem Kinderkriegen, meine ich. Das dürfte doch jetzt erledigt sein, oder?«

Melinda musste grinsen. »Das habe ich bisher nach jedem Kind gesagt. Aber dann werden sie älter und größer, und auf einmal sage ich mir: ›Na, vielleicht doch noch eins mehr.‹ Ich glaube übrigens nicht, dass man wirklich jemals genug Kinder haben kann. Aber die verfügbare Zeit und die damit verbundenen Kosten setzen einem nun mal Grenzen. Das muss sogar ich einsehen. Deshalb denke ich im Augenblick zwar, dass es genug ist, aber ich werde niemals nie sagen. Außerdem habe ich noch viele Jahre Zeit, um es mir wieder anders zu überlegen.«

»Ich finde, du hast dir mal eine Pause verdient.«

»Ach, wenn die Großen erst mal alt genug sind, wird es für mich mit einem Neugeborenen ein ganzes Stück einfacher, weil sie dann alle mithelfen können.«

Hattie konnte nur amüsiert den Kopf schütteln. Wenn sie Melindas Miene betrachtete, musste sie sich unwillkürlich fragen, ob Stu und sie nicht doch schon längst an Baby Nummer fünf arbeiteten, auch wenn sie sich gerade eben noch dagegen ausgesprochen hatte. Wenn ja, würde sie es ohnehin bald herausfinden. Immerhin mussten Melinda und Stu das fruchtbarste Paar in ganz Großbritannien sein, und wenn die beiden noch ein Kind wollten, würde es nicht lange dauern, bis Melinda die nächste Schwangerschaft verkündete.

»Und du kannst dich immer noch nicht dafür begeistern, Mutter zu werden?«, wollte Melinda wissen. »Ich kann es dir nur empfehlen.«

»Du hast gut reden, du machst das ja alles mit links. Außerdem müsste ich dafür erst mal einen Mann haben.«

»Dann hast du niemanden in Paris zurückgelassen? Keinen heißen Franzosen, der dir ›Je t'aime‹ ins Ohr flüstert? Keinen Nachfolger für den schrecklichen Bertrand?«

»Die meisten Männer, denen ich begegnet bin, haben mich angebrüllt, aber mir nichts zugeflüstert. Und dann hieß es üblicherweise ›Aus dem Weg!‹, weil sie in der Metro an mir vorbeiwollten. Und heiß war von denen keiner. Darum gab es auch niemanden, der sich nach der Trennung von Bertrand um mein gebrochenes Herz kümmern konnte. Aber so schlimm war das auch nicht. Wenn man sich erst mal an einem schäbigen Franzosen die Finger verbrannt hat, kommen einem die anderen gar nicht mehr so toll vor.«

»Hm, wie enttäuschend. Ich glaube nicht, dass ich mir da die Mühe machen werde, Paris zu besuchen.«

»Ich glaube auch nicht, dass du erst noch Paris besuchen musst, um einen Mann zu finden, der der Vater deiner Kinder sein soll«, meinte Hattie und musste lachen. »In dem Punkt bist du doch schon bestens versorgt. Lass Paris lieber in Ruhe, die Stadt hat dir nichts getan.«

Melinda reagierte mit einem Kichern. »Wie unhöflich von dir! Da du ja ungebunden bist, könnte ich dich mit einer Insider-Info über den sehr heißen neuen Tierarzt in der Praxis in Castle House versorgen. Aber nach deiner beleidigenden Bemerkung von gerade eben bin ich mir nicht sicher, ob du meine Insider-Info verdient hast.«

»Komm schon! Rück raus mit der Sprache.«

»Na ja, er ist der neue Tierarzt …«

»Ja. Und?«

»Und er ist ziemlich heiß.«

»Ist das alles?« Hattie verschränkte mit gespielter Entrüstung die Arme vor der Brust. »Das ist deine Insider-Info? Wie alt ist er? Wie sieht er aus? Ist er Single?«

»Ich weiß nicht, wie alt er ist, aber ich glaube, er könnte Single sein. Er sieht aus wie der Mann, der diese Geschichtssendungen macht.«

Hattie sah sie ahnungslos an.

»Du weißt schon, dieser Schotte.«

»In Paris habe ich nicht sehr viel vom britischen Fernsehen mitbekommen, und was ich gesehen habe, hatte mit Geschichte nichts zu tun. Also habe ich keine Ahnung, wie der Mann aussieht, von dem du redest.«

Melinda holte ihr Smartphone heraus und tippte einen Suchbegriff ein, dann hielt sie es Hattie hin, damit die eine Auswahl an Fotos des Mannes sehen konnte. Auf den meisten Fotos trug er eine waldgrüne Cordjacke mit braunen Ellbogenschonern, dazu Jeans und klobige Wanderstiefel. Sein seidiges dunkles Haar reichte bis auf die Schultern, und bei einigen Aufnahmen trug er es zum Pferdeschwanz zusammengebunden.

Hattie musste laut lachen. »Ist das dein Ernst?«

»Ich finde, er sieht gut aus«, verteidigte Melinda ihren Standpunkt.

»Hast du seine Haare gesehen?«

»Ich finde, manchen Männern stehen lange Haare sehr gut.« Melinda zog ruckartig ihre Hand zurück und aktivierte die Bildschirmsperre. »Jetzt wünschte ich, ich hätte dir nie diese Fotos gezeigt.«

»Du findest ihn attraktiv?«, wollte Hattie wissen. »Aber er sieht ganz anders aus als Stu …«

»Das hat nichts zu bedeuten. Ich rede ja nicht davon, dass ich ihn auf der Stelle heiraten würde. Ich will nur sagen, wenn ich Single wäre, würde ich ihn nicht von der Bettkante stoßen. Weiter nichts.«

»Tut mir leid«, gab Hattie grinsend zurück. »Es ist ja nicht so, dass ich deinen Tipp nicht zu schätzen wüsste, aber für mich hört sich das nicht so an, als ob er mein Typ sein könnte.«

»Tja, aber mehr habe ich leider nicht zu bieten. Wenn du weiterhin so wählerisch bist, dann musst du weit über Gillypuddle hinaus suchen. Von diesem neuen Tierarzt abgesehen, gibt es hier nur noch einen brauchbaren Junggesellen, und der hat Körpergeruch bis zum Umfallen.«

»Bobby Wye?«

»Siehst du? Manche Gerüche verfolgen einen ein Leben lang.«

»Das werde ich mir für den Fall merken, dass mir mein Geruchssinn rausoperiert wird. Ich weiß deine Sorge zu schätzen, aber ich kann mir nicht vorstellen, dass ich in der nächsten Zeit meinen ganz eigenen Stu finden werde.«

»Ganz sicher nicht, wenn du weiter so wählerisch bist.«

»Ich würde nicht sagen, dass ich wählerisch bin, nur weil ich einer wandelnden Sickergrube und Mr Cordjacke den Laufpass gebe. Außerdem werde ich mir darüber so bald sowieso keine Gedanken machen. Da gibt es Wichtigeres. Zum Beispiel die Frage, was ich mit dem Rest meines Lebens anfangen soll, nachdem sich Paris nun erledigt hat.«

»Ich schätze, ich kann nachvollziehen, warum das ein Grund zur Sorge sein könnte.« Melinda nickte mit ernster Miene. Daffodil versuchte, ihr das Smartphone aus der Hand zu nehmen, also hielt Melinda die Hand höher, was die Kleine zu einem lauten Aufheulen veranlasste. Jeder im Café – auch Daffodils Geschwister – drehte sich um, aber die Köpfe wandten sich schnell wieder ab, als klar wurde, dass es Wichtigeres gab. Auch Daffodils Geschwister verloren schnell das Interesse, wohl weil sie von ihrer Schwester solche Laute gewöhnt waren.

Melinda kramte in der Windeltasche und holte eine Puppe heraus, mit der Daffodil spielen konnte. Wenn Hattie ihre

Freundin dabei beobachtete, wie sie sich um ihre Kinder kümmerte, kam ihr das so vor, als würde sie einen Schwan über einen See gleiten sehen. Ihre Freundin ließ das Muttersein als etwas völlig Müheloses erscheinen, und dennoch strampelte sie sich unter der Wasseroberfläche jede Minute des Tages ab, damit alles in bester Ordnung war. Das Leben machte es ihr nicht leichter oder schwerer als jedem anderen, und doch ließ sie es so erscheinen, als würde sie alles ganz nebenbei erledigen. Hattie dagegen war nie gut darin gewesen, die Hektik vor anderen zu verbergen, von der ihr eigenes Leben geprägt war. Jeder konnte ihr ansehen, wie sehr sie sich anstrengen musste, um an der Wasseroberfläche zu bleiben.

»Und was wirst du bei Jo Flint machen?«, wollte Melinda auf einmal wissen.

»So genau kann ich das noch nicht sagen. Irgendwas mit ihren Eseln.«

»Das muss ich ihr ja lassen. Die Leute hier finden den Umgang mit ihr schwierig, aber wenn sie fragen würde, dann würde man ihr auch helfen, weil sie sich für eine sehr gute Sache engagiert. Sie liefert nur leider niemandem je einen Grund, ihr Hilfe anzubieten.«

»Aber die Leute würden helfen, wenn sie sie gewähren lassen würde?«

Melinda zuckte mit den Schultern. »Na ja, das ist schwer zu sagen. Jeder hat mit seinem eigenen Leben zu tun, und auch wenn den Leuten gefällt, was sie macht, möchte niemand seine Zeit für eine Frau opfern, die so undankbar ist.«

»Vielleicht wird sie sich ja als ganz anderer Mensch entpuppen als der, für den jeder sie hält. Ich schätze, das werde ich herausfinden, wenn ich sie etwas näher kennengelernt habe.«

»Na, dann wünsche ich dir viel Glück. Wir versuchen schon seit zwei Jahren, sie näher kennenzulernen, aber wir sind noch immer nicht weiter als an dem Tag, an dem sie hergekommen ist.«

»Aber sie hat mich eingestellt, also kann sie nicht völlig gegen andere Menschen sein.«

»Ich kann dazu nur sagen, dass sie wohl sehr verzweifelt sein muss, wenn sie auf einmal jemanden braucht, der ihr hilft.«

Hattie zog betont die Augenbrauen hoch. »Herzlichen Dank.«

»Du weißt, wie ich das meine«, konterte Melinda amüsiert. »Du bist besser als jeder hier, weil du versuchst, dich mit ihr anzufreunden.«

»Ich muss mehr tun, als mich nur mit ihr anzufreunden. Ich muss bei ihr wohnen.«

Melinda riss die Augen auf. »Wie bitte?«

»Sie sagt, sie braucht jemanden, der rund um die Uhr da ist. Die Esel brauchen jemanden, der sich jederzeit um sie kümmern kann. Sie wollte mir den Job nur geben, wenn ich bereit bin, bei ihr zu wohnen.«

»Sie ist doch rund um die Uhr da! Warum musst du dann auch noch da sein?«

»Vielleicht hat sie genug davon, die ganze Zeit über allein dort zu sein. Vielleicht ist es ein Hilferuf, mit dem sie die Welt wissen lassen will, dass sie Gesellschaft braucht.«

»Sie hat eine seltsame Art, das die Welt wissen zu lassen«, wandte Melinda skeptisch ein. »Wenn sie Gesellschaft braucht, kann sie ins Dorf kommen, wann immer sie will.«

Hattie nickte. Sie konnte nicht anders, als Melinda in diesem Punkt zuzustimmen. Doch es musste noch einen anderen Grund geben, vielleicht ein Trauma oder etwas in dieser Art, durch das es für Jo so schwer war, die Gesellschaft anderer zu ertragen. Ja, überlegte Hattie entschieden. Mit so etwas musste es zusammenhängen.

Kapitel 8

Nigel musste gar nicht erst zu einem Wutausbruch ansetzen, seine Enttäuschung war ihm mehr als deutlich anzusehen. Sogar Rhonda schaute zutiefst enttäuscht drein, obwohl sie oftmals eine etwas tolerantere Haltung erkennen ließ, wenn es um Hattie ging.

»Was um alles in der Welt bringt dich dazu, so etwas zu tun?«, fragte sie und schüttelte ungläubig den Kopf.

»Ich weiß, ihr haltet es für einen grässlichen Job, aber manchmal geht es bei einem Job um mehr als nur ums Geld. So wie bei Krankenschwestern und Altenpflegern. Das ist eine Arbeit, bei der es darum geht, sich um andere zu kümmern. Ich denke, das wird gut sein für meine spirituelle Erfüllung ...«

Spirituelle Erfüllung. Sogar Hattie fand, dass sich das einfach albern anhörte, dennoch waren ihr diese Worte über die Lippen gekommen. Ihre Eltern fanden es wohl genauso lächerlich, und als Rhonda den Satz wiederholte, ließ ihre Miene erkennen, dass sie keine Ahnung hatte, was das überhaupt heißen sollte.

»Wisst ihr«, fuhr Hattie tapfer fort, obwohl sie bereits wusste, dass ihre Argumente ins Leere laufen würden, »eine Arbeit, bei der es nur um Tiere geht und bei der ich auf allen Luxus verzichten muss ...«

»Das ist ja nicht gerade *Ärzte ohne Grenzen*«, fiel Nigel ihr von oben herab ins Wort. »Außerdem ist die Entschuldigung für den Wahnsinn, der dich jetzt ergriffen hat, nur geringfügig besser als die Ausflüchte, die du bei deiner letzten vorübergehenden Unzurechnungsfähigkeit vorgebracht hattest.«

»Ich habe noch nie unter vorübergehender Unzurechnungsfähigkeit gelitten«, erwiderte Hattie, die bei jedem Wort merkte,
dass ihre Geduld sie bald im Stich lassen würde. Sie versuchte
die leise Stimme in ihrem Kopf zu ignorieren, die ihr sagte, dass
ihr Vater vielleicht doch nicht so ganz unrecht hatte. Manchmal
konnte es vorkommen, dass sie sich einfach zu leicht von ihrer
eigenen Spontaneität mitreißen ließ.

»Wie würdest du denn den Umstand bezeichnen, als du Hals
über Kopf nach Paris abgereist bist?«, fragte er. »Und das andere
Mal, als du davon geredet hast, lernen zu müssen, auf eigenen
Beinen zu stehen? Das hättest du auch schaffen können, indem
du einen Abschluss gemacht und dann eine vernünftige Karriere angestrebt hättest.«

»Ich habe euch doch gesagt, dass ich das alles nicht machen
wollte!«

»Dein Vater und ich haben auch eine Menge Dinge tun müssen, die wir nicht tun wollten«, warf Rhonda ein. »Das ist etwas,
das man machen muss, wenn man erwachsen ist.«

»Ich *bin* erwachsen«, gab Hattie gereizt zurück. Warum
sollte immer alles nach den Vorstellungen ihrer Eltern laufen?
Warum konnten sie nicht akzeptieren, dass nicht jeder ihre
speziellen Vorstellungen eines erfolgreichen und glücklichen
Lebens teilte? »Ich könnte zumindest erwachsen sein, wenn ihr
mich auch so behandeln würdet.«

»Wir haben nun mal das Gefühl, dass deine Entscheidungen
manchmal ein wenig …«

»… dass du absichtlich versuchst, wie ein alberner Teenager
zu rebellieren«, führte Nigel den Satz für seine Frau zu Ende.
»Wenn du darauf beharrst, dich so zu verhalten, wie sollen wir
dich dann wie eine Erwachsene behandeln?«

»Ich habe nie vorgehabt zu rebellieren«, beteuerte Hattie.
»Ich meine, manchmal ist es sicher vorgekommen, dass es so

aussah, als würde ich rebellieren. Aber ich habe das nie gemacht, um euch wehzutun. Ich brauche nur ...«

»Wir wollen nur, dass du die richtigen Entscheidungen triffst«, warf Rhonda mit sanfter Stimme ein.

»Ich treffe die richtigen Entscheidungen! Ob sie nun schlecht oder gut erscheinen, ich treffe die richtigen Entscheidungen, weil es *meine* Entscheidungen sind. Dadurch sind es die richtigen Entscheidungen. Es sind meine Entscheidungen, die ich für mich treffe, und mir kommen sie richtig vor.«

Nigel sah Rhonda aufgebracht an, sie seufzte schwer und sagte: »Ich schätze, wir werden dich nicht davon abhalten können, diese Stelle anzunehmen.«

Hattie entspannte sich. Sie war davon überzeugt, dass ihre Eltern sie früher oder später verstehen würden, auch wenn es im Moment noch nicht danach aussah. Es war ihr zuwider, sich mit ihren Eltern streiten zu müssen, nur weil die von ihr das erwarteten, was sie für das Beste hielten. Aber sie mussten endlich einsehen, dass das nicht zwangsläufig auch das war, was sie selbst für das Beste hielt. Immerhin ging es hier um ihr Leben.

Sie wusste, ihre Eltern wollten eine zweite Charlotte haben, aber sie hatte nie auch nur den Anschein erweckt, dass sie das für ihre Eltern sein könnte. Und sie würde sicher nicht jetzt damit anfangen. Sie wünschte, die beiden würden endlich aufhören, sich immer einzumischen, und stattdessen einfach ihre Entscheidungen akzeptieren.

Melindas Eltern hatten nie einen Hehl daraus gemacht, dass sie Melinda und Stu für zu jung zum Heiraten gehalten hatten. Und genauso behielten sie nicht für sich, dass die beiden ihrer Meinung nach in zu kurzer Zeit zu viele Kinder zur Welt gebracht hatten. Trotzdem hatten sie nie versucht, sich den beiden in den Weg zu stellen. Und sie hatten trotz aller Vorbehalte die Entscheidungen akzeptiert, die Melinda und Stu getroffen hatten. Das war alles, was Hattie von ihren Eltern wollte. Natürlich wollte sie nicht undankbar erscheinen, aber auch wenn sie von ihnen alles bekommen hatte, was sie hatte haben wollen, waren Geld und Komfort dennoch nicht alles im Leben.

»Danke«, sagte sie. »Dann werde ich mal meine Sachen packen.«

»Und wie bekommst du ohne Auto all deine Sachen rauf nach Sweet Briar?«, wollte Rhonda wissen.

Hattie schaute verlegen drein, da sie wusste, dass ihre Antwort dreist wirken würde, vor allem nach dieser gerade eben geführten Unterhaltung. »Ich hatte gehofft, ihr könntet mich mit dem Range Rover rauffahren.«

Darauf drehte Nigel sich kommentarlos um und ging weg, womit seine Erwiderung auf ihre Frage auch ohne Worte unmissverständlich war.

»Ich schätze, ich könnte dich hinfahren.« Rhonda zuckte frustriert mit den Schultern.

Ihre Mutter hatte ihr in all den Jahren immer leidgetan, denn sie saß immer zwischen den Stühlen. Auf der einen Seite wollte sie, dass ihre einzige noch lebende Tochter glücklich war, auf der anderen Seite teilte sie zumindest in groben Zügen die Haltung ihres Ehemanns, was Hatties Entscheidungen anging. Es musste schwierig für sie sein, wenn sie gezwungen war, sich für eine der beiden Seiten zu entscheiden, obwohl sie sich nicht mal völlig sicher war, wer von beiden nun recht hatte und wer nicht.

»Ich kann auch nach nebenan gehen und Rupert fragen, ob es ein Problem ist ...«, begann Hattie. »Oder vielleicht kann Stu ja ...«

Rhonda schüttelte den Kopf. »Natürlich musst du das nicht machen. Ich werde dich schon hinfahren. Wann willst du los?«

»Ich würde sagen, dass ich etwa in einer Stunde alles gepackt habe.«

Ihre Mutter nickte, dann ging sie Richtung Wohnzimmer, wohl um nach ihrem Ehemann zu suchen und die Wogen zu glätten. Hattie hatte deswegen ein schlechtes Gewissen, aber sie war auch erleichtert, dass dieses Gespräch nun hinter ihr lag.

Hattie saß im Range Rover auf dem Beifahrersitz und hatte die Arme um die Reisetasche geschlungen, die auf ihrem Schoß stand.

»Danke, Mum, ich weiß das wirklich zu schätzen.«

»Du musst mir nicht schon wieder danken«, gab Rhonda etwas unterkühlt zurück. »Es ist kein großer Aufwand, schließlich ist es bis zur Sweet Briar Farm nicht so weit.«

»Ich meine nicht den Aufwand oder die Strecke«, sagte Hattie. »Ich meine, danke, dass du dich nicht auf Dads Seite gestellt hast.«

»Wie kommst du auf die Idee, ich hätte mich nicht auf seine Seite gestellt? Ehrlich gesagt finde ich, dass er vollkommen recht hat, auch wenn ich nicht so ganz mit der Art einverstanden bin, wie er seine Ansichten vertritt. Ich sehe nur keine Möglichkeit, wie wir dich davon abhalten könnten, das zu tun, was du unbedingt tun willst. Ich finde es auch nicht hilfreich, wenn du dich dabei auch noch vorsätzlich querstellst.«

»Ich will es doch keinem schwer machen.«

Rhonda lächelte kühl. »Ich weiß.«

»Ich kann bloß nicht jemand sein, der ich nicht bin – auch nicht dir oder Dad zuliebe.«

»Du warst noch nie gut darin, Ratschläge von anderen anzunehmen, nicht mal, als du ein kleines Mädchen warst. Uns sollte inzwischen längst klar sein, dass sich daran auch nichts mehr ändern wird. Dafür läuft das schon viel zu lange so.«

»Charlotte war immer die brave Tochter, darum nehme ich an, dass ich mir wohl gedacht habe, dass ich mir darüber nicht den Kopf zerbrechen musste. Und ich vermute, es war für euch auch einfacher, mir das alles durchgehen zu lassen, weil ja wenigstens aus einer von uns beiden am Ende was werden würde.«

»Du warst auch ein braves Mädchen, und wir sind immer stolz auf dich gewesen, auch wenn du das vielleicht nicht glauben willst.«

»Aber sie war euch wichtiger.«

»Das ist Unsinn, und das weißt du. Ganz ehrlich, wir vergleichen dich nicht mit ihr, und wenn du trotzdem diesen Eindruck hast, dann tut es uns leid. Das machen wir nicht absichtlich.«

»Weil ihr wisst, dass ich niemals so sein kann, wie Charlotte gewesen ist.«

»Natürlich weiß ich das.«

Rhondas Tonfall war mitfühlend, aber Hattie konnte dennoch aus der Stimme ihrer Mutter heraushören, was sie in diesem Moment empfand. Sie sah zu ihrer Mutter, die geradeaus starrte, den Blick auf die Fahrbahn gerichtet. Nicht vergossene Tränen ließen ihre Augen glänzen.

Auch nach so vielen Jahren saß der Schmerz noch immer tief. Hattie wusste das, weil sie es selbst auch spürte. Durch Charlottes Tod fehlte seitdem eine Ecke des stabilen Quadrats, das sie vier miteinander verbunden hatte. Damit war eine Schwachstelle entstanden, die alles zum Einsturz bringen konnte, selbst wenn nur leichter Druck darauf ausgeübt wurde. Ihre Mum und ihr Dad mussten nach Charlottes Tod jeden Morgen ein Kreuz im Kalender gemacht haben, da es den Verlust zu beklagen gab, und ganz sicher machten sie das auch jetzt immer noch, obwohl schon so viel Zeit vergangen war. Inzwischen wäre Charlotte einunddreißig, und Hattie fragte sich wie so oft, was für eine Person wohl aus ihr geworden wäre. Als sie starb, war sie gerade achtzehn geworden, doch da hatte man ihr nur in kurzen Momenten anmerken können, wie sie später einmal gewesen wäre, aber niemals sein würde, weil die Meningitis sie ihnen so plötzlich weggenommen hatte, dass nicht mal ihrem Vater genug Zeit geblieben war, um die richtige Diagnose zu stellen.

Er hatte nicht einmal eine Chance bekommen, Charlotte zu retten, da sie auf einer Oberstufenreise unterwegs gewesen war, um das Ende der Abschlussprüfungen zu feiern. Sie hatte sich in einer kroatischen Jugendherberge weit draußen auf dem Land aufgehalten, als sie sich eines Morgens weigerte, aufzustehen und zu frühstücken, weil sie sich elend fühlte. Niemand hatte in dem Moment erahnen können, was daraus entstehen würde, und ihre Eltern machten auch nie irgendwen für ihren Tod verantwortlich. Dennoch musste das Ganze für sie schlimm gewesen sein, denn wäre Charlotte zu dieser Zeit zu Hause gewesen, hätte Nigel die Möglichkeit gehabt, die Symptome noch früh genug richtig deuten zu können, um ihr das Leben zu retten. So aber hatten die Lehrer beschlossen, dass sie im Bett bleiben durfte, während sie mit dem Rest der Klasse zum Rafting gegangen waren. Als sie am Abend zurückkamen, war Charlotte tot. Sie war völlig einsam und allein in einem fremden Bett in einem fremden Land gestorben, und genau dieser Umstand hatte ihren Eltern sehr zu schaffen gemacht. Sie hatten das Gefühl, als Eltern versagt zu haben, weil sie sie nicht hatten beschützen und retten können.

Vielleicht war das ja der Grund, weshalb sie so sehr darauf aus waren, Hatties Entscheidungen zu kontrollieren; weil sie wenigstens in der Lage sein wollten, ihre andere Tochter zu beschützen.

Doch Hattie konnte ihnen ansehen, dass ihre Trauer sie beide hatte blind werden lassen, denn in Wahrheit würde es ihnen nie möglich sein, sie immer und vor allem zu beschützen. Aber sie erkannten weder das noch die Tatsache, dass sie durch

87

ihre ständigen Bemühungen ganz andere Probleme erschaffen hatten.

Sie fühlte sich von ihnen kontrolliert und eingeengt, was sie schon als Teenager umso verzweifelter danach hatte streben lassen, sich aus den Fängen und dem Einfluss ihrer Eltern zu befreien.

Anfangs hatte sie es nicht gewagt, sich zu weit von daheim zu entfernen, also hatte sie mit achtzehn begonnen, in einer Bar im gut achtzig Meilen entfernten Torquay zu arbeiten – auch wenn das wohl genau der Job war, mit dem sie ihren Dad mehr enttäuschte als mit jedem anderen. Den mangelnden geografischen Wagemut hatte sie also mit einer zweifelhaften Tätigkeit wieder wettmachen können.

Danach hatte sie noch andere Jobs in Torquay gehabt – Assistentin einer Kinderpartyveranstalterin, Köchin in einem Fastfood-Restaurant, Mitarbeiterin bei einem Liegestuhlverleiher – und war einem französischen Künstler namens Bertrand begegnet, der aus einer Laune heraus den Kanal überquert hatte und in den Südwesten des Landes gekommen war, dem absoluten Traumland für einen Künstler. Er hatte sich einen Liegestuhl genommen und sich geweigert, die Gebühr dafür zu zahlen. Stattdessen hatte er ihr philosophische Argumente als Gegenleistung angeboten, von denen ihr letztlich der Kopf geraucht hatte. Am Ende hatte er sie mit seinem Charme so um den Finger gewickelt, dass sie selbst für den Liegestuhl bezahlt und sich einverstanden erklärt hatte, am Abend für ihn Modell zu stehen. Eigentlich hätte sie da bereits erkennen müssen, dass er ihr nur Schwierigkeiten bereiten würde und sie besser die Finger von ihm lassen sollte. Schon witzig, mit welcher Klarheit man rückblickend bestimmte Situationen wahrnehmen konnte.

Er war fast doppelt so alt wie sie, und ihre Eltern waren strikt gegen ihn (auch wenn Hattie darauf geachtet hatte, dass sie ihn nie zu Gesicht bekamen). Natürlich war die junge, rebellische Hattie der Meinung gewesen, dass er der faszinierendste Mann war, dem sie je begegnet war. Er war wild, impulsiv und unberechenbar, er kümmerte sich nicht um Regeln und Konventionen, und er zeigte Hattie ein Leben, das Welten von der strengen Ordnung der Dinge entfernt war, für die das Zuhause ihrer Eltern stand. Es war keine große Liebesaffäre, das hatte Hattie sich auch nie vorgemacht. Aber sie hatte ihn gemocht und sich vielleicht sogar eingeredet, ihn auch ein klein wenig zu lieben. Sein Charisma war so mitreißend, dass sie ohne nachzudenken zustimmte, als er ihr vorschlug, ihn nach Paris zu begleiten und bei ihm zu wohnen. Gut einen Monat lang war alles toll, doch dann tauchte auf einmal seine Ex-Frau Catherine auf. Heute war Hattie klar, dass so etwas Unbedeutendes wie eine Ehe Bertrand niemals im Weg stehen würde, wenn ihn eine andere Frau interessierte. Catherine war fast genauso verrückt wie er, und sie machte das Leben für Hattie zu einem Ding der Unmöglichkeit.

Schon kurz nach der Ankunft in Paris hatte Bertrand sie Alphonse vorgestellt, was sich wenig später als Glücksfall herausstellen sollte. Eines Abends gab Bertrand bekannt, dass er zu Catherine zurück gehen und mit ihr gemeinsam nach Korsika ziehen würde, um dort als Landschaftsmaler zu arbeiten. Am nächsten Morgen brach er auf und würdigte die kleine Engländerin kaum eines Blicks, die seinetwegen ihre Heimat verlassen hatte. Die Wohnung wurde umgehend von der Bank gepfändet, und Hattie musste sich schnellstens überlegen, wo sie eine Unterkunft finden konnte, die für sie auch noch bezahlbar war. Seltsamerweise hatte ihr das alles keine Angst gemacht, weil es ihr wie das größte Abenteuer ihres Lebens vorgekommen war.

Hilfe war dann von Alphonse gekommen, der zwar aufbrausend sein konnte, aber auch sehr nett war. Er war auf der Suche nach einer billigen Assistentin für sein Modehaus, und Hattie war versessen darauf gewesen, von ihm alles zu lernen, was er ihr über eine Welt beibringen konnte, die ihr so glamourös und zugleich mysteriös erschien. Schon bald musste sie feststellen, dass diese Welt gar nicht so glamourös war, wie es von außen betrachtet der Fall zu sein schien. Außerdem war Alphonse keineswegs bekannt in der Pariser Modeszene.

Als Alphonse von seinem Partner verlassen wurde, war er am Boden zerstört. Er verhielt sich noch fordernder und aufbrausender, und er verließ sich mehr und mehr darauf, dass sich Hattie um jedes Detail seines Tagesablaufs kümmerte. Dabei erwies er sich auch noch als ungeduldiger und jähzorniger Mann. Das alles war schließlich darin gegipfelt, dass sie nach Gillypuddle zurückgekehrt war und sich nun auf dem Weg zu einem Gnadenhof für Esel befand.

»Über diese Jo habe ich bislang nicht viel Gutes gehört«, sagte Rhonda.

Hattie drehte sich zu ihr um und lächelte. »Ich auch nicht, wenn ich ehrlich sein soll.«

»Hältst du das dann für eine kluge Idee?«

»Vielleicht nicht. Aber seit wann tue ich kluge Dinge?«

»Stimmt auch wieder.«

»Aber ich sehe immer das Positive: Wenn ich mit ihr nicht klarkomme, dann habe ich diesmal keinen so langen Heimweg vor mir. Natürlich vorausgesetzt, dass ihr mich wieder bei euch haben wollt …«

»Du weißt, dass wir das wollen. Du bist bei uns zu Hause, solange du selbst das willst und solange wir es dir bieten können.«

»Danke, Mum. Du kannst dir gar nicht vorstellen, wie gut es tut, so etwas zu hören. Es gibt mir ein Gefühl von Sicherheit, damit ich Dinge ausprobieren kann. Ich weiß, dass du nicht begeistert von meinem Plan bist, aber ich möchte es wirklich versuchen. Ich weiß nicht, wieso, aber ich habe ein gutes Gefühl, was diesen Gnadenhof angeht.«

»Wie kommt das? Nach allem, was mir zu Ohren gekommen ist, soll Jo Flint die unfreundlichste Frau von ganz England sein, während du ... na ja, du bist mehr oder weniger das genaue Gegenteil von ihr.«

»Eben. Vielleicht ist das von ihr ja ein Hilferuf, damit sich jemand die Zeit nimmt, um ihr zuzuhören und sie zu verstehen. Vielleicht braucht sie jemanden, den es nicht kümmert, was andere über sie sagen, sondern der sich die Mühe macht, ihr wahres Ich zu sehen.«

Rhonda zog die Augenbrauen hoch, während sie durch eine scharfe Kurve fuhr. »Und du glaubst, dieser Jemand bist du?«

»Ich weiß, was du denkst, und vielleicht hast du damit sogar recht. Aber warum nicht? Wenn ich es mit Alphonse und seinen Wutausbrüchen ausgehalten habe, dann werde ich vermutlich auch jeden anderen ertragen können, der sich so benimmt.«

»Ich sage das ja nur ungern, aber du hast dich nicht gerade unter den besten Umständen von Alphonse getrennt.«

»Ach, das ist doch alles Schnee von gestern. Wenn wir uns heute wiedersehen würden, dann wäre zwischen uns wahrscheinlich wieder alles in bester Ordnung.«

»Wenn du das wirklich glauben würdest, warum bist du dann nicht längst wieder auf dem Weg nach Paris? Ich dachte, es hat dir da so gut gefallen.«

»Das hat es auch. Aber etwas hat sich verändert. Paris ist nicht mehr das, was ich will.«

»Aber auf Sweet Briar zu leben ist das, was du willst?«

»Mom, du hast gesagt ...«

»Ja, ich weiß. Ich stehe hinter deiner Entscheidung und werde mich nicht einmischen. Ich meine ja nur ...«

»Ich glaube, das kann was richtig Gutes werden, Mum. Für

Jo und für mich. Ich kann etwas Nützliches und Interessantes tun, und Jo bekommt die Chance, sich einem anderen Menschen zu öffnen. Und die Esel bekommen noch jemanden dazu, der sich um sie kümmert. Was kann daran verkehrt sein?«

»Hmm«, war alles, was Rhonda erwiderte.

Hattie beschloss, diese Reaktion zu ignorieren, denn diesmal würde sie wirklich etwas auf die Beine stellen, auch wenn außer ihr niemand davon überzeugt sein mochte.

Kapitel 9

Jo war bei Hatties Ankunft nicht nach draußen gekommen, doch sie musste den Wagen gehört haben. Außerdem erwartete sie sie ja. Nachdem sie ein paar Minuten lang auf dem Hof gewartet hatten, war Rhonda auf Hatties Drängen hin wieder losgefahren, wenn auch widerwillig. Nun stand sie auf dem Kopfsteinpflaster des Hofs da, die Habseligkeiten an ihrer Seite und die Worte ihrer Mutter im Ohr, sie solle sofort anrufen, falls etwas verkehrt laufen sollte. Hattie wusste genau, dass ihre Mutter zwar *falls* gesagt hatte, aber eigentlich *sobald* meinte.

Nachdem das Motorengeräusch des Range Rover verklungen war, machte Hattie sich auf die Suche nach Jo, was ihr die Gelegenheit gab, sich ihr neues Zuhause schon mal etwas genauer anzusehen, wenngleich erst mal nur von außen. Dabei konnte sie feststellen, dass einige der Schäden auf den Fotos des Maklers behoben worden waren. Dennoch gab es keinen Grund zu der Annahme, dass sie hier wie in einem Fünf-Sterne-Hotel untergebracht sein würde. Dennoch blieb sie optimistisch. Nur weil die Fassade einen neuen Anstrich brauchte und die alten Fensterrahmen verwittert waren und nicht mehr richtig schlossen, sodass sich im Winter Kälte durch die sehr breiten Ritzen ihren Weg nach drinnen bahnen konnte, musste das nicht bedeuten, dass es drinnen ähnlich heruntergekommen aussah. Vielleicht hatte sich Jo darauf konzentriert, erst einmal drinnen alles gemütlich herzurichten, ehe sie sich die Dinge vornahm, die eigentlich mehr der Kosmetik dienten.

Schließlich fand Hattie ihre neue Chefin in einem der Nebengebäude, wo sie mit einem Lötkolben einer Leiterplatte zu Leibe rückte, die zu irgendeinem Gerät zu gehören schien. Das zugige alte Bauwerk musste früher einmal eine Scheune gewesen sein, doch jetzt war hier alles mit Werkzeugen und mit den Überresten alter Fahrzeuge und einer großen Werkbank vollgepackt.

»Oh.« Jo hob den Kopf, als sie hörte, wie Hattie sich räusperte. »Sie sind ja schon da.«

»Ja.« Hattie stand da und wartete darauf, dass Jo noch etwas sagte, doch die widmete sich wieder ihrer Arbeit. »Ähm … wo soll ich mit meinen Sachen hin?«

»Ihr Zimmer ist das vordere«, antwortete Jo, ohne dabei aufzusehen. »Ich brauche das hintere Zimmer, das ist größer.«

»Das ist schon okay. Ich benötige nicht viel Platz.«

Jo gab nur einen Brummlaut von sich.

»Dann … kann ich rübergehen und auspacken?«, fragte Hattie.

»Niemand hält Sie davon ab.«

»Schließen Sie mir auf?«

»Die Tür ist nie abgeschlossen. Das wäre hier völlig sinnlos.«

Auch wenn Hattie vom Prinzip her anderer Meinung war, konnte sie Jos Standpunkt zumindest nachvollziehen. Die Sweet Briar Farm lag abseits aller üblichen Wege, und man musste schon die Absicht haben herzukommen, wenn man die Strecke wählte, die herführte. Es war sehr unwahrscheinlich, dass jemand aus einem anderen Grund herkam. Vielleicht würde sich jemand hierher verirren, der den Ehrgeiz hatte, die Klippe hinaufzuklettern und von hier oben die Aussicht zu genießen. Das Ziel der meisten Leute war jedoch der Strand am Fuß der Klippe. Da Jo den Gnadenhof nicht für Besucher öffnete, ging Hattie nicht davon aus, dass sie etwas zu befürchten hatte, nur weil die Haustür nicht abgeschlossen war. Wenn man vom äußeren Eindruck des Gebäudes auf das Innenleben schließen konnte, dann konnte es dort nicht viel geben, das zu stehlen sich lohnen würde. Hattie hatte das Gefühl, hier in Sicherheit zu sein.

Vielleicht war das der Grund dafür, dass Jo ausgerechnet diesen alten, ruhigen Hof als neues Zuhause für ihre störrischen Bewohner ausgesucht hatte. Wunderschön war es hier auch noch. Die Luft war sauber und salzig, der Ozean war wie ein von Wellen angetriebenes Metronom, das den Takt eines nach Salz schmeckenden Schlaflieds vorgab.

Wenn man ein Leben lang vernachlässigt oder misshandelt worden war und wenn man immer bis zur Erschöpfung hatte arbeiten müssen, dann war das hier wohl genau der richtige Ort, um den Frieden zu finden, der der Seele Heilung bringen konnte.

Allerdings hatte sie nicht das Gefühl, dass dieses Prinzip bei Jo Flint irgendetwas bewirkt hatte.

Hattie betrat das Haus. Als sie die Tür geöffnet und ihre Koffer hinter sich her nach drinnen geschleift hatte, nahm sie sich einen Moment Zeit, um einen Eindruck von ihrem neuen Zuhause zu bekommen. Es gab keinen großen Eingangsbereich so wie im Haus ihrer Eltern. Der Boden bestand aus grauen Steinplatten, die im Lauf der Zeit krumm und schief getreten worden waren. Die vertäfelten Türen, die einen neuen Anstrich dringend nötig gehabt hätten, führten in die verschiedenen Räume. Über eine staubige Treppe mit abgetretenem Teppichboden auf jeder Stufe ging es gleich vor ihr nach oben. An den Wänden hingen weder Bilder noch Fotos, sie waren auch nicht tapeziert oder in eleganten Salbei- oder Pfirsichtönen gestrichen. Es kam Hattie so vor, als wäre sie in eines der Sepia-Fotos von vor hundert Jahren oder mehr geraten. Die Decke war niedrig und bestand aus Balken, die kleinen Fenster verhinderten, dass genug Tageslicht ins Innere fiel, sobald die Tür geschlossen war.

Die Stufen knarrten und protestierten bei jedem Schritt, den Hattie machte, um ihre Sachen nach oben zu bringen. Insgesamt waren drei Runden nötig, um alles in den ersten Stock zu schaffen. Dort angekommen machte sie eine Tür nach der anderen auf, bekam aber jedes Mal ein anderes mit Gerümpel aller Art vollgestelltes Zimmer zu sehen. In einem Zimmer stand ein Bett, das so aussah, als hätte vor Kurzem jemand dort geschlafen. Es musste sich um Jos Zimmer handeln, da es sich im hinteren Teil des Hauses befand und man von dort aus den Innenhof überblicken konnte.

Im Badezimmer gab es keine Dusche, nur eine Porzellanbadewanne mit einem Riss. Die Wasserspülung der Toilette wurde noch mit einer Kette betätigt.

Dann hatte Hattie das Schlafzimmer im vorderen Teil gefunden, bei dem es sich wohl um den Raum handeln musste, den Jo ihr zugeteilt hatte. Darin stand ein einzelnes Bett, das nicht gemacht war. Dafür lag ein Stapel Bettbezüge auf der nackten Matratze. Es gab auch einen Kleiderschrank aus Teakholz, eine Holztruhe und einen verschossenen Sessel, der in einer Ecke stand. Das war alles. Vor den Fenstern hingen dünne Vorhänge, deren Muster kaum noch zu erkennen war, da sie von der Sonne ganz verblichen waren. Es roch muffig, so als wäre schon ewig niemand mehr hergekommen, um zu lüften. Hattie ging zum Fenster, um es zu öffnen, dabei entdeckte sie, welche Aussicht sie von hier aus hatte.

Jo hatte gesagt, dass sie den größeren Raum brauchte, aber den hätte Hattie auch freiwillig hergegeben, um jeden Morgen aus diesem Fenster blicken zu können. Hinter dem breiten Streifen Wiese, der sich bis zum Klippenrand erstreckte, war ein glitzerndes blaues Band zu erkennen, das zu beiden Seiten von den Felswänden der ausladenden Bucht begrenzt wurde. Dort wuchsen Dornengestrüpp und Ginsterbüsche im Überfluss.

Möwen zogen wie schwarzweiße Pfeile am mit Wolken gesprenkelten Himmel darüber ihre Kreise, ihre Schreie hallten in der Bucht wider. Fasziniert von dieser Aussicht stand Hattie da und starrte nach draußen. Vom Haus ihrer Eltern aus konnte man die Wiesen rund um Gillypuddle sehen, was an sich auch eine reizende Aussicht war. Doch an das, was sie hier geboten bekam, konnten ihre Eltern nicht herankommen. Solange sie auf der Sweet Briar Farm bleiben wollte, würde das ihr Ausblick sein. Mit einem Mal war es gar nicht mehr so wichtig, wie muffig und heruntergekommen das Haus war und wie mürrisch Jo sich wohl verhalten würde. Es kümmerte sie nicht mal, wie anstrengend die Arbeit sein würde.

Nachdem sie sich nur mit aller Willenskraft von dieser Aussicht hatte losreißen können, um ihr Bett zu beziehen, überlegte sie, inwieweit Jo es erlauben würde, dass sie dieses Zimmer ein wenig schöner und persönlicher einrichtete. Ein Anstrich wäre nicht verkehrt, vielleicht auch ein paar neue Möbel. Wenn sie Jo in der richtigen Stimmung erwischte (was eine Weile dauern konnte, da sie erst einmal herausfinden musste, wie Jo war, wenn sie bessere Laune hatte), würde sie sie fragen.

Ehe sie sich versah, war auch schon eine Stunde vergangen. Diese Zeit hatte Hattie damit verbracht, ihre neue Unterkunft zu betrachten und sich zu fragen, was sie ihren Eltern abspenstig machen konnte, um diesen Raum etwas einladender zu machen. Sie hatte auch überlegt, welche Farbe am besten geeignet war, um den düsteren Wänden etwas Leben einzuhauchen. Ihr war nicht bewusst, wie viel Zeit verstrichen war, als sie auf einmal durch Geräusche im Erdgeschoss aus ihren Gedanken gerissen wurde. Sie ging nach unten, wo Jo eine Hand unter das laufende Wasser im Spülbecken hielt, während sie leise vor sich hin fluchte.

»Da sind Sie ja«, sagte sie in Hatties Richtung, als sie sie hereinkommen sah. »Ich dachte schon, Sie wären zurück nach Hause gegangen.«

»Wie meinen Sie das? Warum sollte ich so etwas machen?«

»Was weiß ich. Jedenfalls hab ich keinen Laut mehr von Ihnen gehört. Geben Sie mir mal das Handtuch, ja? Dieser verdammte Schweißbrenner!«

Zügig nahm Hattie das Handtuch von der Stuhllehne und stellte fest, dass sein Zustand weit davon entfernt war, für das Abtupfen einer Wunde geeignet zu sein. Andererseits hatte sie auch das Gefühl, dass Jo nicht die Sorte Frau war, die sich darüber Sorgen machte.

»Was ist passiert?«, fragte sie, als sie Jo das Handtuch hinhielt.

»Hab das falsche Ende zu fassen bekommen. Hätte aber alles viel schlimmer kommen können. Zum Glück hat der Brenner ein paar Minuten rumgelegen und konnte abkühlen, sonst hätte er mir die Haut komplett weggebrannt. Ich werd's überleben.«

»Was haben Sie denn mit einem Schweißbrenner gemacht?«

»Den Traktor repariert.« Jo tupfte behutsam ihre nasse Hand ab. »Ich hab mein Bestes gegeben, aber ich möchte bezweifeln, dass das Ding noch für irgendwas taugt, außer für den Schrottplatz.«

»Setzen Sie ihn denn oft ein?«

»Wenn es hart auf hart kommt, kann ich wahrscheinlich drauf verzichten. Aber er macht einem die Arbeit schon etwas leichter.«

Hattie deutete mit einem Nicken auf Jos Hand. »Müssen Sie damit ins Krankenhaus?«

»Ins Krankenhaus? Nein, nein, die würden sowieso nicht viel für mich tun können.«

»Mein Dad könnte sich Ihre Hand ansehen.«

Jo betrachtete ihre Finger, sah aber auf, als sie das Angebot

hörte. Hattie war sich fast sicher, dass sie Jo ganz flüchtig hatte
lächeln sehen, doch einen Schwur würde sie auf ihre Beobachtung nicht leisten wollen.

»Für den Moment reicht das so.«

»Es würde ihm auch nichts ausmachen, Ihnen was gegen die
Schmerzen zu geben«, schlug Hattie vor. »Er würde die Wunde
auch gründlich säubern.«

»Die ist doch sauber«, gab Jo zurück.

»Oh, ich meinte das nicht im Sinn von mit Seife gewaschen,
sondern ganz professionell von einem Arzt mit Alkohol gesäu-
bert, wissen Sie?«

Jo starrte sie nur an, sodass Hattie nicht sagen konnte, ob die
unabsichtlich hervorgerufene Verärgerung inzwischen wieder
verflogen war. Sie versuchte es mit einem zögerlichen Lächeln.
Hattie wollte es sich nicht mit Jo verscherzen, bevor sie überhaupt damit begonnen hatte, für sie zu arbeiten. Wie es schien,
musste sie die nächste Zeit über sehr genau auf ihre Worte achten.

»Essen Sie Eintopf?«, fragte Jo, während sie das Handtuch
auf den Küchentisch warf und zum Kühlschrank ging. Sie holte
eine emaillierte Platte heraus, darauf lag ein kräftig rotes Stück
Fleisch, das Hattie für Rind hielt. »Sie sind doch keine von diesen Veganerinnen, oder?«

»Nein, ich mag Eintopf«, antwortete Hattie ein wenig verhalten. Sie ging davon aus, dass sie Eintopf mochte, aber ihre Eltern waren nicht der Typ für Eintöpfe, darum hatte es bei ihnen
nur selten solche Hausmannskost gegeben. Tatsächlich konnte
sich Hattie nicht mal daran erinnern, wann sie zum letzten Mal
einen Eintopf gegessen hatte. Allerdings hatte sie in ihrem liebsten Pariser Bistro oft Boeuf Bourguignon und Boeuf Stroganoff
gegessen. Das bestand schließlich auch aus Rindfleisch und Gemüse.

Jo warf das Stück Fleisch mit Schwung auf ein Schneidebrett und begann, es mit einem großen Fleischerbeil in Stücke zu zerteilen. Es war nicht zu übersehen, dass ihre Tierliebe nicht jene Tiere umfasste, die sie essen wollte. Hattie prägte sich ein, Jo besser niemals über alle Maßen hinaus zu verärgern. Immerhin schien sie mit dieser Klinge verdammt gut umgehen zu können.

»Kann ich irgendwie helfen?«, bot sie sich an.

»Wenn Sie wollen, können Sie ein paar Karotten schälen. In der Speisekammer. Und wenn Sie schon da sind, bringen Sie auch gleich Kartoffeln und Zwiebeln mit. Dann stellen wir das auf den Herd und lassen es kochen, und ich gehe mit Ihnen rüber, um Ihnen die Esel richtig vorzustellen.«

»Das würde mir gefallen.« Hattie folgte der Richtung, in die Jo zeigte, und entdeckte eine Tür am anderen Ende der Küche. Dahinter war ein kleiner, weiß gestrichener Raum mit stabilen Regalen, in denen sich Lebensmittel aller Art stapelten, von eingelegten Gurken in Gläsern bis hin zu Teebeuteln. Ganz unten standen Kisten mit frischem Gemüse. Nichts davon war bereits gewaschen und ordentlich in Folie verpackt wie das, was ihr Vater aus dem Supermarkt mitbrachte. Stattdessen hingen überall noch Erdreste.

Karotten mit Grünzeug daran lagen gleich neben Pastinaken, dicken Bohnen, Kohl, Kartoffeln und Zwiebeln. Ein paar Sorten hätte sie wohl erst waschen müssen, um sagen zu können, um was es sich handelte.

»Bauen Sie die selbst an?«, fragte Hattie.

»Warum nicht, wenn ich schon Land dafür zur Verfügung habe.«

Hattie war froh, dass sie eine alte Jeans und ein einfaches Sweatshirt trug, denn nachdem sie eine Handvoll Karotten zur Spüle gebracht hatte, war sie voller Erde. Ihre bessere Kleidung war hier eindeutig fehl am Platz. Allerdings hatte sie das Gefühl, dass es in der nächsten Zeit gar keine Gelegenheit geben würde, ihre Designerkleidung anzuziehen.

»Ich möchte wetten, die schmecken ganz fantastisch«, sagte sie.

»Halt wie Karotten«, kam Jos Antwort.

Hattie konnte sich ein Lächeln nicht verkneifen. »Ich möchte wetten, die schmecken wie ganz fantastische Karotten«, versuchte sie einen zweiten Anlauf und drehte den Wasserhahn an der Spüle auf. »Mein Dad gibt ein Vermögen für Bio-Karotten aus, dabei möchte ich wetten, dass die hier immer noch besser schmecken.«

Jo gab nur ein knappes Brummen von sich. Hattie war inzwischen klar geworden, dass Jo alles andere als die gesprächigste Frau der Welt war. Wenn sie es für nötig hielt, etwas zu sagen, dann tat sie das mit so wenigen Worten wie irgend möglich. Aber so etwas in der Art hatte Hattie ja bereits erwartet, daher machte es ihr nichts aus. Schließlich war sie ja auch durch all das vorbereitet worden, was man sich in Gillypuddle über diese Frau erzählte. Also summte sie nur leise vor sich hin, während sie mithalf, das Gemüse vorzubereiten. Als alles in kleine Würfel geschnitten war, gab Jo das Gemüse zusammen mit dem Fleisch und den übrigen Zutaten in einen großen Edelstahltopf, den sie auf den Herd stellte. Dann ging sie nach oben, um sich umzuziehen. Sie trug schwere Stiefel und einen grob gestrickten Sweater, als sie zurückkam. Mit einer knappen Kopfbewegung in Richtung Hintertür fragte sie: »Fertig?«

Hattie nickte und folgte ihr auf den Hof. Sie zog die Tür einfach hinter sich zu. Gleich darauf musste sie feststellen, dass Jo nicht abschloss und auch Hattie nicht dazu aufforderte. Sie vertraute wirklich auf eine höhere Macht, dass während ihrer Abwesenheit niemand das Haus betreten würde. Hattie war sich nicht sicher, ob sie das als naiven Leichtsinn oder als sympathisches Vertrauen allen anderen gegenüber deuten sollte. Sie konnte sich gut vorstellen, wie dieses Urteil bei den meisten Menschen in Gillypuddle ausfallen würde – auch wenn es im Dorf niemanden gab, dem sie zutraute, dass er in Jos Haus eindringen wollte, ob es nun verschlossen war oder nicht. Dennoch nahm sie sich vor, niemandem gegenüber ein Wort darüber zu verlieren. Schließlich konnte man nie wissen, wer einen belauschte.

Der Nachmittag lag bereits in den letzten Zügen, als sie zu dem Feld gingen, auf dem die Esel die meiste Zeit des Tages verbrachten. Auf ihre wortkarge Art erklärte Jo, dass sie die Tiere bei Anbruch der Dämmerung zu den Stallungen bringen und für die Nacht bereitmachen mussten. Wenn das Wetter mitspielte, brachte sie sie dann am nächsten Morgen einen nach dem anderen zurück auf die umzäunte Wiese. Herrschte besonders schlechtes Wetter, dann blieben sie entweder in den Stallungen, bis sich die Lage gebessert hatte, oder aber sie brachte sie zu einer geschützteren Koppel nahe dem Haus, wo sie sich im Schutz ausladender Baumkronen aufhalten konnten. Je nach Charakter des einzelnen Esels (und sie alle waren wirklich vollkommen verschieden, wie Jo ihr versicherte) gefiel es einigen mehr, den Elementen zu trotzen, während andere lieber in der Nähe der Stallungen blieben, wo es angenehm warm war.

Für Jo waren diese Tiere wie ein Teil ihrer Familie. Sie war keine Frau, der herzliche Worte oder Begeisterung über die Lippen kamen, aber sobald sie von den Eseln erzählte, waren aus ihrer Stimme Liebe und Stolz herauszuhören. Während sie zur Koppel gingen, schilderte Jo bis ins Detail, welche Aufgaben Tag für Tag zu erledigen waren – wann die Esel morgens rausgelassen, wann sie abends wieder reingeholt wurden (abhängig von der Jahreszeit und dem jeweiligen Zeitpunkt des Sonnenuntergangs), an welchem Tag die Gesundheit der Tiere überprüft wurde, wie oft sie dafür sorgte, dass sie genug Bewegung hatten. Dann erhielt Hattie noch detailliertere Informationen – welcher Esel mit welchem befreundet war, welchen man von Zeit zu Zeit von den anderen fernhalten musste, welcher gern versuchte, in Freiheit zu gelangen, und welcher wohl am liebsten mit ihnen zusammen im Haus leben würde, wenn Jo das zulassen würde.

Das alles sprach sie mit Hattie zweimal durch, um sicherzustellen, dass Hattie sich auch alles einprägte. Beinahe rechnete Hattie damit, nach der Rückkehr ins Haus einen schriftlichen Test vorgelegt zu bekommen, dessen Resultat darüber entscheiden würde, ob sie ohne Abendessen ins Bett geschickt wurde oder nicht.

Kaum waren sie am Gatter angekommen, drehten sich die Esel sofort zu ihnen um. Augenblicklich setzten sie sich in Bewegung und kamen zielstrebig auf Jo zu. Hattie konnte beobachten, wie Jos mürrische Miene einem strahlenden Lächeln wich, das von Sanftmut und Mitgefühl zeugte. Es war ein höchst erstaunlicher Anblick, der zugleich Hatties Vermutung bestätigte, dass diese Frau nicht annähernd so schrecklich sein konnte, wie es jeder in Gillypuddle zu glauben schien.

Jeder Esel bemühte sich, so nah wie möglich an Jo heranzukommen. Sie bedachte jeden von ihnen gleichermaßen mit Streicheleinheiten und Leckerchen, auch wenn ein paar von ihnen versuchten, die Schwächeren zur Seite zu drängen. Sichtlich stolz stellte sie Hattie jedes Tier vor.

»Norbert kennen Sie ja bereits. Er ist der älteste von allen. Er liebt sein Futter über alles. Er hätte wohl als Ziege zur Welt kommen sollen. Lola und Loki sind Geschwister, allerdings hat Lola die Hosen an. Pedro kommt aus Spanien, deshalb auch sein Name. Er kam in einem so erbärmlichen Zustand her, dass ich seinen Vorbesitzer am liebsten eigenhändig erwürgt hätte. Blue ist Norberts bester Freund, er ist ein Strandesel. War jahrelang in Blackpool im Einsatz. Er ist lammfromm. Das gilt auch für Minty, sie hat am Strand von Yarmouth gearbeitet. Auf Speedy muss man aufpassen. Er ist ein bisschen herrisch und bei den Mädchen immer noch ein bisschen draufgängerisch. Sie müssen ihn im Blick behalten, wenn er in dieser speziellen Stimmung ist. Daphne ist die jüngste von allen, aber auch sie ist eigentlich schon ein altes Mädchen. Sie hat in einem Industriemuseum gearbeitet und wurde immer gut behandelt, aber dann wurde das Museum geschlossen, und niemand wusste, wohin mit dem Esel. Also kam sie her.«

Hattie näherte sich jedem der Tiere mit einer gewissen Zurückhaltung, die aber völlig unnötig war.

Als sie als Mädchen zu Peanut in den Stall gegangen war, hatte sie erkennen müssen, dass nicht jedes Pferd so freundlich war wie ihres. Aber jeder dieser Esel war sanftmütig, zeigte seine Zuneigung und freute sich über ein paar Streicheleinheiten.

»Was meinen Sie?«, fragte Jo. »Denken Sie, dass Sie mit ihnen klarkommen?«

Hattie drehte dem Zaun den Rücken zu, um auf die Frage zu antworten, doch gerade als sie zum Reden ansetzen wollte, spürte sie einen warmen Hauch im Nacken. Sie schaute hinter sich und sah, dass Daphne intensiv den Kragen ihrer Jacke beschnupperte.

»Oh …«, machte Hattie und musste kichern. »Geh weg, du verrückte Nudel.«

Offenbar waren die anderen der Ansicht, dass Daphne auf irgendetwas Interessantes gestoßen sein musste, da gleich darauf alle Esel versuchten, die Nase in den Kragen von Hatties Jacke zu stecken. Vielleicht waren sie der Meinung, dass Daphne dort etwas Essbares entdeckt hatte, aber auf jeden Fall konnte Hattie sich das Lachen nicht verkneifen.

»Welcher ist das noch mal?«, fragte sie, während sie die Schnauze eines rauchgrauen Esels mit einem weißen Fleck auf der Nase vorsichtig zur Seite schob.

»Das ist Blue«, half Jo ihr. »Das erkennt man an seiner Färbung.«

»Und das hier ist Lola ... oder Loki?«, erkundigte sie sich, als ein anderer Esel versuchte, einen Blick in ihre Jackentasche zu werfen.

»Loki. Wahrscheinlich denkt er, dass da etwas zum Knabbern drin ist.« Jo griff in ihre eigene Jackentasche und holte eine Handvoll bräunlicher Pellets heraus, die sie den Eseln hinhielt. Prompt wandte sich Hatties Fanclub von ihr ab und scharte sich um Jo.

»Bestechliche Bande«, merkte sie lachend an.

»Und?«, fragte Jo. »Haben Sie genug gesehen, um eine Entscheidung treffen zu können?«

»Auf jeden Fall«, erwiderte Hattie freudestrahlend. »Ich kann es gar nicht erwarten anzufangen. Was sind meine Aufgaben?«

»Von allem etwas. Ich sehe keinen Sinn darin, die Aufgaben aufzuteilen. Solange alles erledigt wird, ist mir der Rest egal. Wenn im Haus was getan werden muss und Sie gerade Zeit haben, dann kümmern Sie sich drum. Das gilt auch für alles andere. Ich erwarte, dass es keine Drückebergerei gibt.«

»Wird es nicht geben.«

»Gut.«

»Also ... nur dass ich alles richtig verstanden habe: Ich werde auch kochen und putzen und mich um das Haus kümmern?«

Jo nickte. »Wenn es notwendig ist.«

»Und ich helfe mit, die Esel zu versorgen?«

Abermals nickte Jo. »Und manchmal ist auch Gartenarbeit angesagt. Sie wollen ja schließlich was zu essen auf dem Tisch haben. Im Obstgarten kümmere ich mich auch selbst darum, die Bäume zu beschneiden. Ich erwarte, dass Sie auch dort einspringen.«

»Muss ich auch Geräte reparieren? Zum Beispiel den Traktor?«

»Wenn ich das kann, wüsste ich nicht, warum Sie das nicht auch können sollten.«

»Na ja, es ist nur so ... also ich kenne jemanden, der das für uns tun könnte. Der Ehemann meiner Freundin ist Mechaniker und ...«

»Den brauche ich nicht. Was bringt es, jemanden herkommen zu lassen, der das macht, was ich auch selbst erledigen kann?«

»Oh. Aber Sie sagten doch ...«

»Sie werden das schon bald lernen.«

»Okay.«

Norbert kam zu Hattie und stieß sie an, woraufhin sie ihn zu streicheln begann. Jo beobachtete das, wobei Hattie ihr anmerken konnte, dass ihr gefiel, was sie sah. Die Situation wirkte entspannt, und Hattie hatte das Gefühl, dass sie mit Jo gut auskam. Vielleicht sogar so gut, dass sie ihr die Frage stellen konnte, die ihr schon eine Weile auf der Zunge lag.

»Jo ... kann ich in meinem Zimmer was verändern?«

»Stimmt was nicht mit Ihrem Zimmer?«, fragte Jo argwöhnisch.

»Nein, nein, natürlich nicht. Ich will nur mehr das Gefühl haben, dass es mein Zimmer ist.«

»Es ist Ihr Zimmer. Ich weiß nicht, wie es noch mehr Ihr Zimmer sein könnte, als es das jetzt schon ist.«

»Ja, ich weiß. Ich wollte ihm nur eine persönliche Note verleihen.«

»Die Wände werden nicht gestrichen.«

»Okay, also nichts Dauerhaftes. Vielleicht ein paar Sachen von zu Hause, damit es etwas gemütlicher ist.«

»Sie sind nicht hier, um es sich gemütlich zu machen.«

»Wenn ich nicht arbeite, hätte ich es schon ganz gern ein bisschen gemütlich.«

Jo schwieg, und Hattie fragte sich prompt, ob sie sie wohl gleich von hier wegschicken würde, weil es mit ihr nicht funktionierte. Aber dann nickte sie. »Nichts Dauerhaftes, aber Sie können ein paar von Ihren Sachen herbringen.«

»Zum Beispiel Möbel?«

»Ja.«

»Und was ist mit Bildern? Und Fotos?«

»Ich will keine Löcher in den Wänden.«

Hattie musste sich davon abhalten, ungläubig eine Augenbraue hochzuziehen. Sie konnte nicht nachvollziehen, wie ein paar winzige Löcher in den Wänden das Haus noch heruntergekommener aussehen lassen sollten. Aber es war Jos Zuhause, und sie hatte hier das Sagen.

»Keine Löcher. Alles klar. Danke.«

Jo sah auf die Uhr. »Es wird Zeit, zu Bett zu gehen.«

»Okay.« Dann wartete Hattie darauf, dass Jo ihr sagte, was sie als Erstes tun sollte. Doch die legte nur irritiert die Stirn in Falten. »Welchen Esel soll ich zuerst wegbringen?«

»Die müssen alle in die Stallungen, ist also ganz egal.«

Da Norbert Hattie schon wieder anstieß und er sie offenbar zu seiner neuen besten Freundin erkoren hatte, würde er ihr allererster Esel sein, den sie an ihrem allerersten Tag auf dem Sweet Briar Gnadenhof ins Bett bringen würde.

Kapitel 10

Im Verlauf der nächsten Woche stürzte sich Hattie so auf ihre Arbeit, wie sie es versprochen hatte. Wenn Jo ihr zeigte, wie etwas gemacht wurde, juckte es ihr in den Fingern, es selbst auch auszuprobieren. Das lief zwar nicht immer erfolgreich ab, dennoch war sie erstaunt, dass ihr Dinge gelangen, bei denen sie nie geglaubt hätte, dass sie dazu in der Lage sein könnte. Sie lernte, wie man die Hufe der Esel sauber und frei von Krankheiten hielt. Da diese Tiere eigentlich in wärmeren Klimazonen zu Hause waren, wie Jo ihr erklärte, war das feuchte Gras von Sweet Briar genau das Verkehrte für sie. Also musste man auf die Hufe besonders gut achten.

Sie lernte auch, wie man die Zähne kontrollierte, auch wenn keiner der Esel das gern mitmachte. Sie erfuhr, warum sie den Tieren nicht zu viel Futter geben durfte, und wurde von Jo auch darauf hingewiesen, dass der Zaun rund um die Weide von Zeit zu Zeit versetzt werden musste, um zu verhindern, dass die Esel zu viel Gras fraßen, das an manchen Stellen dichter wuchs als anderswo. Hattie verglich es insgeheim mit einer Truppe alter Trinker, die nicht aufhören konnten und nicht wussten, wann sie genug hatten. Als sie Jo schließlich diesen Vergleich wissen ließ, zeigte die sich davon beeindruckt, wie gut sie das Verhalten der Esel verstand.

Jo zeigte ihr, wie man den Motor des Traktors zerlegte und – was wohl noch viel wichtiger war – wie man ihn wieder zusammenbaute. Allerdings war Hattie sich sicher, dass sie sich später an keinen der Handgriffe erinnern und stattdessen immer dann auf Stu zurückgreifen würde, wenn sie irgendetwas Mechanisches erledigen sollte.

Hattie und Jo teilten sich die meisten Aufgaben relativ gerecht, nur das Kochen wollte Jo aus irgendeinem Grund selbst erledigen. Wenn Hattie sich anbot, bekam sie von Jo stets eine andere Aufgabe zugeteilt. Wenn die erledigt war, hatte Jo das Essen bereits so weit zubereitet, dass Hattie nichts mehr dazu beitragen konnte. Manchmal ließ Jo sie helfen, aber das waren stets nur Kleinigkeiten. Außerdem entschied immer nur Jo, was gegessen wurde. Es waren einfache Gerichte wie Eintopf oder Würstchen mit Püree, alles schmeckte ausgezeichnet, weshalb es Hattie auch nichts ausmachte, dass sie das Essen stets vorgesetzt bekam, ohne auch nur einmal gefragt zu werden, ob sie dieses oder jenes essen wollte. Aber nach einem Tag harter Arbeit unter freiem Himmel war sie ohnehin so hungrig, dass sie alles runterschlang und dann sehnsüchtig mit dem Gedanken an Nachschlag zum Kochtopf blickte.

Mitten in der Woche kam Hatties Mum vorbei, um nach ihr zu sehen. Sie schien überrascht zu sein, dass Hattie so glücklich und zufrieden war. Auch wenn Jo wortkarg war und Unterhaltungen möglichst einsilbig führte, und auch wenn sie sich abends, nachdem die Esel in die Stallungen gebracht worden waren, nur selten einmal hinsetzten und sich unterhielten, bereitete es Jo kein Problem, Hattie Freiheiten zu gewähren. So konnte sie entlang der Klippe oder unten am Strand spazieren gehen oder in ihrem Zimmer auf dem Laptop ihres Vaters fernsehen. Als Melinda anrief, um mit ihr zu quatschen, war sie genauso erstaunt wie Rhonda, dass Hattie sich hier so wohlfühlte.

Verglichen mit dem Lärm und der Hektik von Paris war das hier ein sehr ruhiges Leben, doch Hattie gewöhnte sich schnell daran. Viel wichtiger aber war, dass sie sich noch viel schneller in Jos Eselbande verliebte. Je mehr Zeit sie mit den Tieren verbrachte, umso mehr fand sie über die Eigenheiten eines jeden Esels heraus. Ganz so wie Menschen waren auch Esel ganz eigene Persönlichkeiten mit individuellen Angewohnheiten. Und so wie Menschen pflegten auch sie Freundschaften und konnten manche ihrer Artgenossen lieber leiden als andere. Lola und Loki waren praktisch unzertrennlich, Norbert und Blue meckerten wie ein altes Ehepaar, wurden aber gleich nervös, wenn der eine den anderen nicht sehen konnte. Minty legte sich ständig mit den anderen Eseln an, so als sei sie fest entschlossen, sie immer wieder daran zu erinnern, dass sie auch noch da war, was die anderen ja vielleicht vergessen haben könnten. Daphne wiederum reagierte aus unerfindlichen Gründen aufgeregt, wenn sie einen Automotor hörte.

Hattie verbrachte so viel Zeit mit den Tieren, dass es sie nicht störte, die unangenehmsten Arbeiten zu erledigen. So machte es ihr nichts aus, Norberts Fell von dem Erbrochenen zu säubern, in dem er sich aus irgendeiner Laune heraus gewälzt hatte. Was genau das Teil darstellte, das er zuvor gegessen und nicht vertragen hatte, blieb ein Rätsel. Jo war in Sorge, und Hattie war es nicht anders ergangen. Sie wussten beim besten Willen nicht, was das für ein Teil war und wo es hergekommen war. Sie konnten nur hoffen, dass es das Einzige seiner Art war und dass er nicht noch einmal fündig werden würde. Nachdem er das Ding herausgewürgt hatte, schien es ihm wieder gutzugehen, und vielleicht hätten sie sich gar nicht um ihn sorgen müssen, doch Hattie konnte den alten Knaben schon jetzt so gut leiden, dass sie gar nicht anders konnte, als um sein Wohlergehen besorgt zu sein.

Es war am Sonntag in ihrer ersten Woche bei Jo auf dem Hof. Hattie zog sich gerade saubere Kleidung an, nachdem sie den Tag damit verbracht hatte, den Gemüsegarten von Unkraut und die Pflaumenbäume von Schädlingen zu befreien – Letzteres ebenfalls von Hand, da Jo jeden Einsatz von Pestiziden strikt ablehnte. Ihr Telefon lag auf der Fensterbank, als es auf einmal zu klingeln begann. Sie griff danach und ging davon aus, dass entweder ihre Mutter oder Melinda so wie schon ein paarmal in dieser Woche anrief, um zu fragen, wie es ihr ging. Dann aber sah sie auf das Display und stutzte. Nach der Art und Weise, wie sich ihre Wege getrennt hatten, war sie nicht davon ausgegangen, jemals wieder diese Telefonnummer angezeigt zu bekommen.

»Alphonse! *Salut! Ça va?*«, meldete sie sich.

»Hattie? Bist du es?«

»Wieso rufst du mich an, Alphonse? Stimmt was nicht? Ist irgendwas passiert?«

»Ich bin zu deinem Apartment gegangen, aber da hat man mir gesagt, dass du Paris verlassen hast!«

»Na ja … ich bin zurück … nach Hause.«

»Nach England?«

»Ja.«

»*Pourquoi?*«

»Du weißt schon, warum. Ich hatte ja keine Arbeit mehr, also musste ich nach Hause zurück.« Ihre Miene wurde noch nachdenklicher. Sie war sich sicher, dass sie vor ihrer Abreise deutlich genug erklärt hatte, wieso sie wegging. Was dachte er, was passiert war? Was dachte er, wohin sie gegangen war? Er konnte doch nicht ernsthaft von ihr erwartet haben, dass sie zu ihm zurückkam. Er hatte ihr unmissverständlich erklärt, was er von ihr hielt, und auch wenn er kurz darauf schon sein Bedauern bekundet hatte, fiel es Hattie schwer, die Worte zu vergessen, die er ihr an den Kopf geworfen hatte. Deshalb war sie zu der Überzeugung gelangt, dass sich das Verhältnis zwischen ihnen von einem solchen Vorfall niemals würde erholen können. Diese Ansicht vertrat sie auch jetzt noch.

»Ich habe niemanden, der mir hilft«, erklärte er.

»Du willst, dass ich dir helfe?«, fragte sie ungläubig. »Dass ich wieder für dich arbeite?«

»Ich habe zwar Colette, aber …«

Nun musste Hattie grinsen. Sie hatte Seite an Seite mit Colette gearbeitet, und sie waren auch nach Feierabend öfter gemeinsam unterwegs gewesen. Sie war ungefähr im gleichen Alter wie Hattie, und so wie Bertrand war sie ein gallischer Freigeist. Hattie hatte gern Zeit mit ihr verbracht, aber auf Dauer war Colette etwas anstrengend. Wenn sie jetzt Hatties alten Job erledigte, wollte sie bestimmt mehr Gehalt haben, als er Hattie gezahlt hatte. Colette würde sich von Alphonse nichts sagen lassen, zumal sie genauso gut austeilen konnte wie er. Wahrscheinlich war es Colette egal, ob der Morgenkaffee wirklich exakt Alphones Vorstellungen entsprach, und sie würde auf dem Weg ins Büro bestimmt nicht erst noch an der *Pâtisserie Margot* vorbeigehen, um für ihn sein liebstes Mandelgebäck zu holen. Und es war auch nicht zu erwarten, dass sie für ihn die Post öffnete und die Rechnungen danach unterteilte, welche noch etwas Zeit hatten und bei welchen im Falle eines Nichtbeachtens jeden Tag mit dem Auftauchen des Gerichtsvollziehers zu rechnen war. Außerdem schlief Colette mit fast all seinen neuen Models, brach ihnen das Herz und brachte sie dazu, nie wieder für Alphonse arbeiten zu wollen.

Colette war ein Klotz am Bein, aber so wie es sich anhörte, war sie die einzige Hilfe, die er überhaupt hatte. Fast verspürte sie den Anflug eines schlechten Gewissens, weil sie ihn Hals über Kopf verlassen und damit in eine knifflige Situation gebracht hatte. Aber seine überzogene Reaktion hatte ihr wehgetan, denn immerhin hatte sie den Brand ja nicht vorsätzlich gelegt. Und ein Missgeschick konnte nun wirklich jedem mal passieren. Bis dahin hatte sie loyal hinter ihm gestanden und verdammt hart für ihn gearbeitet.

»Du findest doch bestimmt jemanden, oder nicht?«, fragte sie.

»Du willst nicht zurückkommen?«

»Ich halte das für keine gute Idee. Außerdem bin ich inzwischen hier sesshaft geworden.«

»Du hast schon Arbeit?«

»Ja, ich habe Arbeit, und die macht mir auch Spaß.«

Es folgte eine Pause, dann die Frage: »Ein anderer Designer …?«

»Nein, Alphonse, kein anderer Designer. Ich habe mit dem Thema Mode abgeschlossen, also musst du keine Angst haben, ich könnte irgendwem deine Geheimnisse verraten.«

»Das habe ich damit nicht gemeint.«

Das hatte er sehr wohl gemeint, und das wusste Hattie auch. Es mochte ihm ein wenig zu schaffen machen, dass sie nicht mehr für ihn arbeitete. Aber innerlich musste er in Panik sein, weil er befürchtet hatte, sie könnte zu einem Rivalen gehen und ihm von der geplanten Kollektion erzählen.

»Ich glaube, Mode ist nicht der Bereich, der mir wirklich liegt. Ich glaube sogar, dass das nie der Fall gewesen ist, auch wenn es mir Spaß gemacht hat, für dich zu arbeiten.«

»Du bist glücklich, wieder zu Hause zu sein?«

»Ja, das bin ich.«

»Und deine Eltern …?«

Hattie hatte Alphonse von den Auseinandersetzungen mit ihren Eltern erzählt, die es im Lauf der Jahre so oft gegeben hatte. Sie hatte auch immer wieder betont, wie viel besser das Verhältnis war, seit sie so weit von daheim entfernt war. Wie sehr es sich verschlechterte, wenn sie alle in einem Zimmer waren, hatte sie ja gleich nach ihrer Rückkehr erleben müssen. Doch inzwischen war sie davon überzeugt, dass dieses Verhältnis auch wieder besser werden würde, wenn sie erst mal sicher war, dass sie ihr Leben auf den richtigen Weg gebracht hatte. Sie würden sich schon noch für sie freuen, wenn sie sahen, wie glücklich und zufrieden sie hier war. Und dann würden sie auch einsehen, dass Glück für Hattie wichtiger war als irgendeine hochtrabende Karriere, die sie beide sich zweifellos für sie erhofften.

»Ich wohne nicht bei ihnen.«

»Dann ... wirst du nicht nach Paris zurückkommen?«

»Ich glaube nicht. Jedenfalls nicht, um dort zu leben. Aber wenn ich da mal Urlaub mache, komme ich auf jeden Fall bei dir vorbei.«

»Das wäre schön. Dein komisches Lächeln fehlt mir. Es würde mir den Morgen versüßen, und als Raul mich verlassen hatte ...«

»Ich weiß. Du fehlst mir auch, Alphonse. Aber diese Zeit liegt jetzt hinter mir. Ich führe ein anderes Leben, und da will ich alles richtig machen.«

»Arbeitest du wieder in dieser Bar?«

»Nein, ich ...« Hattie machte sich auf die wahrscheinliche Reaktion gefasst, die sie bei Alphonse auslösen würde. Aber was machte das schon aus? Die war allein für den Unterhaltungswert gut, für sonst nichts. »Ich arbeite auf einem Gnadenhof für Esel.«

»Auf einem ... was?«

»Wir kümmern uns um Esel, die niemand mehr haben will.«

Es folgte ein längeres Schweigen, dann fragte Alphonse: »Esel? Was ist das?«

»Du weißt schon: *iii-ah!* So wie Pferde, bloß nicht ganz so elegant. Die transportieren Sachen.«

»*Les ânes?*«

»Ja, richtig.«

»*Mon dieu!* Musst du sie etwa waschen?«

»Wenn es nötig ist.«

»Du rennst durch Morast mit ihnen?«

»Wenn es regnet.«

»Die riechen entsetzlich!«

»Kann schon mal vorkommen«, meinte sie lachend. Sie konnte sich lebhaft vorstellen, wie Alphonse am anderen Ende der Leitung in seinem schicken Apartment saß, Seidenvorhänge an den Fenstern, teure Tapete an den Wänden, in Smoking und Lederschuhen, die allgegenwärtige Zigarre in der Hand, mit der er hin und her fuchtelte, während er redete und ungläubig den Kopf schüttelte. Er würde lieber tot umfallen, als einen Heuballen auch nur anzusehen, vom Anfassen ganz zu schweigen.

»Das ist das, was du willst?«, fragte er nach einer weiteren langen Pause.

Hattie hatte irgendeine spöttische Bemerkung erwartet, doch die blieb aus.

»Das ist genau das, was ich will«, versicherte sie ihm.

»Dann gibt es weiter nichts zu sagen. *Bonne chance*, Hattie. Du wirst mir fehlen.«

»Du kannst mich jederzeit besuchen kommen. Dann mache ich dich mit den Eseln bekannt.«

»Ja, vielleicht«, hörte sie ihn sagen. Doch Hattie wusste, dass er sich erst den Geruchssinn operativ entfernen lassen würde, ehe er auch nur in die Nähe des Sweet Briar Gnadenhofs kommen würde. Und seinen Sinn für Haute Couture würde er sich auch gleich noch rausoperieren lassen müssen, um einen Aufenthalt in Gillypuddle zu ertragen. Hatties Zuhause war sehr viele Welten von dem entfernt, was für ihn in Paris zum Alltag gehörte.

»Ist sonst noch was?«, fragte sie. »Außer …«

»Du hast zu tun, ich verstehe schon.«

»Nein, das ist es nicht. Nur …«

»Mehr gab es für mich nicht zu sagen, Hattie. Leb wohl.«

»Leb wohl, Alphonse. Und pass gut auf dich auf.«

»Das werde ich wohl machen müssen, da ich dich nicht mehr bei mir habe.« Als er das sagte, konnte sie aus seinem Tonfall heraushören, dass er betrübt lächelte.

Dann hatte er aufgelegt. Sie sah auf das Display, das sich Sekunden später abschaltete. Sie hatte erwartet, beim Klang von Alphonses Stimme Bedauern zu verspüren, weil sie Paris verlassen hatte. Doch auch wenn sie es jetzt bedauerte, diesen Mann nicht mehr um sich zu haben, der trotz all seiner Fehler eine wichtige Rolle in ihrem Leben gespielt hatte, verspürte sie dennoch Zufriedenheit darüber, dass sie heimgekehrt war. Und vor allem gefiel ihr dieses Leben auf der Sweet Briar Farm – zumindest bislang, denn es waren ja erst ein paar Tage, die sie hier verbracht hatte.

»Das Abendessen wird kalt!«, rief Jo von unten. Hattie lächelte. Es gab Cottage Pie, dem es ganz erheblich an Sentimentalität mangelte. Am Nachmittag hatte sie noch mitangesehen, wie Jo die Fleischstücke durch den Wolf gejagt hatte. Sie schlang die alte Strickjacke enger um sich und zog die bequemen Sportschuhe an, dann eilte sie nach unten.

»Tut mir leid«, sagte Hattie. »Ich wusste nicht, dass du schon alles hingestellt hast.« Es war Jos Idee gewesen, vom Sie zum Du zu wechseln, Hattie hatte dagegen nichts einzuwenden gehabt.

»Ich dachte, du hast keinen Hunger.«

»Wenn du kochst, habe ich immer Hunger.«

Jo zeigte keine Reaktion auf das Kompliment, aber daran hatte Hattie sich mittlerweile schon gewöhnt. Es störte sie nicht, aber es hielt sie auch nicht davon ab, Jo zu loben, wenn sie es für angebracht hielt. Auch wenn Jo es nicht zur Kenntnis zu nehmen schien, konnte es ihr ja dennoch gefallen.

»Ich habe überlegt, später noch ins Dorf zu gehen«, verkündete Hattie, während sie zu essen anfing.

»Wirst du spät zurück sein? Morgen ist Entwurmen angesagt, und da muss ich früh anfangen. Der Tierarzt kommt her, und ich will ihn nicht warten lassen. Nur ein Grund, um die Rechnung noch etwas höher ausfallen zu lassen.«

»Der Tierarzt kommt her? Können wir ihnen nicht einfach Tabletten geben?«

»Ich habe ihn lieber hier.«

»Aha.«

»Er soll sich auch noch Speedy ansehen. Irgendwas scheint mit seinem Hinterlauf zu sein.«

»Ist mir gar nicht aufgefallen.«

Jo gab ein kurzes Brummen von sich, als wollte sie sagen, dass Hattie das sowieso nicht merken würde, weil sie der einzige Mensch war, der eine Ahnung davon hatte, was die Esel brauchten.

»Ich glaube nicht, dass ich sehr spät zurück sein werde«, redete Hattie weiter. »Ich besuche meine Freundin Melinda, die mehrere kleine Kinder hat und deshalb abends ziemlich müde ist und früh schlafen geht. Da fällt mir ein … meinst du, sie könnten mal herkommen und die Esel sehen?«

»Wer?«, fragte sie, während sie mit einem Stück Brot die restliche Sauce vom Teller aufnahm.

»Melindas Kinder. Sie sind gut erzogen, und sie würden gern mal herkommen. Ich dachte, das wäre vielleicht eine gute Idee.«

»Denke ich eher nicht.«

»Nicht?«

Jo schob sich das letzte Stück Brot in den Mund und kaute bedächtig.

»Na ja …«, redete Hattie zögerlich weiter. »Ich habe ihnen schon gesagt, dass es vermutlich gehen wird. Sie würden uns nicht im Weg stehen, und sie würden auch nicht lange bleiben. Ich würde sie bis zur Wiese bringen und mit einer Tasche voller Äpfel auf den Weg schicken.«

Jo brachte den Teller zur Spüle und stellte ihn ins Becken.

»Es würde mir wirklich viel bedeuten«, legte Hattie nach. »Ich bin so stolz auf das alles hier und auf die Esel. Ich möchte nur, dass meine Freundin und ihre Kinder sie mal kennenlernen können. Sie würden die Esel genauso lieben, wie wir es tun.«

Langsam drehte sich Jo zu Hattie um und lehnte sich gegen die Spüle. Eine Weile stand sie schweigend da, während sich Hattie auf eine weitere Abfuhr gefasst machte.

»Für eine Stunde können sie herkommen«, sagte sie schließlich. »Aber ich will sie nicht den ganzen Tag hier haben. Dafür gibt es hier zu viel zu tun.«

»Danke!« Hattie strahlte.

Jo nahm den Beutel aus dem Abfalleimer und brachte ihn nach draußen zu den Mülltonnen, während Hattie über ihr Essen herfiel. Jo hatte Ja gesagt. Es kam ihr wie ein Meilenstein vor.

Kapitel 11

Hattie starrte den Tierarzt an. Sie gab sich alle Mühe, das nicht zu tun, aber sie konnte einfach nicht anders. Er kam auf sie beide zu, die Hand zum Gruß ausgestreckt, nachdem er eben aus dem Geländewagen ausgestiegen war, der mitten auf dem Innenhof der Sweet Briar Farm stand.

»Jo.« Er reichte ihr zur Begrüßung die Hand. Dann wandte er sich Hattie zu. »Und Sie müssen die neue Assistentin sein, von der man mir erzählt hat.«

Hattie sah zu Jo, die so wie immer einen undefinierbaren Gesichtsausdruck zur Schau stellte. Wie der Tierarzt seinen Satz formuliert hatte, klang es eher so, als sei ihm der Tratsch im Dorf zu Ohren gekommen und nicht danach, dass Jo ihm etwas erzählt hatte. Letztere teilte sich zwar mit ihr die Arbeit und bereitete für sie eine Portion Essen mehr zu, doch davon abgesehen kam es Hattie häufig so vor, als würde sie gar nicht wahrnehmen, dass Hattie auch noch da war.

»Hattie …«, stellte sie sich vor und schüttelte seine Hand. Sein Griff war fest und selbstbewusst. Und energisch. Er hatte dunkle Haare und blaue Augen. Augen wie ein Filmstar, hätte ihre Mum dazu gesagt. Dazu hatte er auch den Körperbau eines Filmstars. Alphonse wäre vor Begeisterung ohnmächtig geworden, wenn er die Chance bekommen hätte, den Mann in eine seiner Kreationen zu stecken. Hatties Gedanken gingen allerdings eher in die Richtung, ihn zu *entkleiden*.

Sie lief rot an und verdrängte den Gedanken. Vielleicht hatte Melinda ja recht, und sie brauchte wirklich einen Freund. Allerdings lag sie völlig falsch, was diesen Mann anging, denn er sah kein bisschen so aus wie dieser schräge Fernsehmoderator, von dem Melinda ihr einige Fotos gezeigt hatte. Dieser Mann hier sah viel, viel besser aus.

»Sind Sie Amerikaner?«, fragte Hattie.

»Das war klar«, meinte er lachend. Oh Gott, sogar sein Lachen war sexy. Es hatte etwas Verruchtes und Hitziges an sich. »Der Akzent bringt euch Briten immer wieder durcheinander. Ich bin Kanadier, aber ich schätze, für euch hören wir uns alle gleich an.«

»Oh, das tut mir leid.«

»Das muss es nicht. Für mich hören sich Briten auch alle gleich an …« Er grinste sie an. »Ich bin übrigens Seth. Freut mich, Sie kennenzulernen, Hattie.«

Jo räusperte sich nachdrücklich, so als wollte sie die beiden daran erinnern, dass in ihrer Anwesenheit kleine Späße und Wortgeplänkel nicht geduldet wurden. Daraufhin drehte sich Seth wieder zu ihr um und lächelte sie so gut gelaunt an, dass jede durchschnittliche Frau davon weiche Knie bekommen würde. Jo dagegen zuckte nicht mal mit der Wimper.

»Welcher von Ihren Freunden bereitet Ihnen denn Sorgen?«, wollte Seth wissen.

»Speedy«, antwortete Jo.

»Nur passt der Name im Moment so gar nicht zu ihm«, warf Hattie ein und erntete dafür einen finsteren Blick von Jo. Erneut schoss ihr die Hitze ins Gesicht. »Ich meinte das ja nur in Bezug auf sein Bein«, fügte sie leise murmelnd an.

»Okay, alles klar.« Seth klatschte in die Hände. »Wollen Sie mir auf dem Weg zu den Tieren schon verraten, was Ihnen aufgefallen ist?«

Jo schilderte ihm ihre Beobachtungen. Ihr Tonfall war kühl und geschäftsmäßig. Hattie folgte den beiden und kam sich vor wie ein Kind, das man zurechtgewiesen hatte. Sie konnte Jos eisiges Schweigen und die einsilbigen Anweisungen Tag für Tag über sich ergehen lassen, doch das hier hatte sie verärgert, weil es vor Seths Augen geschehen war. Es machte ihr etwas aus, da Seth es mitbekommen hatte, wodurch bei ihr das Gefühl aufkam, herabgesetzt worden zu sein. Zudem begann sie sich nun auch noch zu wünschen, sie hätte heute Morgen etwas mehr Wert auf ihr Erscheinungsbild gelegt. Aber bei Melinda war es am Abend zuvor später als erwartet geworden, sodass ihr keine Zeit mehr geblieben war. Da sie von einem völlig anders aussehenden Mann ausgegangen war, hatte sie den neuen Tierarzt nicht für wichtig genug gehalten, seinetwegen eine halbe Stunde früher aufzustehen, um sich zumindest die Haare zu kämmen. So war sie in aller Eile aufgestanden, hatte eine alte Jeans angezogen und die Haare hastig zum Pferdeschwanz zusammengebunden, der sich fast so schlaff und leblos anfühlte wie der, den Jo üblicherweise trug. Wenigstens hatte ihre Mum daran gedacht, gleich nach ihrer Rückkehr nach Gillypuddle das Kastanienbraun ihrer Haare mit einem Färbemittel aufzufrischen. Sonst hätte sie noch viel schlimmer ausgesehen, als es ohnehin schon der Fall war, war doch nach ihrer Rückkehr aus Paris der Ansatz an den Haarwurzeln allzu deutlich zu sehen gewesen.

Während Jo erzählte, warf Seth ihr über die Schulter einen Blick zu und lächelte sie an. Hatties ungehöriges Herz begann zu rasen, und zwar in einer Geschwindigkeit, die Speedy momentan wohl nicht erreichen könnte.

Hör auf, ermahnte sie sich. *Das ist völlig lächerlich.*

Doch dann ließ sich Seth auch noch ein wenig zurückfallen, bis er mit Hattie auf gleicher Höhe war. Jo schien davon gar nichts mitzubekommen, sondern ging mit unvermindertem Tempo weiter, sodass sie schnell einen deutlichen Vorsprung vor den beiden hatte.

»Und?«, fragte er Hattie. »Wie leben Sie sich hier ein?«

»Es ist toll! Ich liebe es jetzt schon. Und ich liebe die Esel. Ach, ich liebe Tiere überhaupt!«

Himmel, Hattie, jetzt krieg dich wieder ein, ermahnte sie sich.

»Tatsächlich?«, fragte er Hattie. »Eine Frau ganz nach meinem Geschmack. Und? Verlangt Jo von Ihnen zu viel Einsatz?«

»Ja, natürlich. Sonst wäre es ja nicht Jo. Aber mich stört das nicht.«

»Die Gerüchteküche im Dorf lässt verlauten, dass Sie die letzten Jahre in Paris verbracht haben.«

»Ich dachte, das Gesundheitsamt hätte diese Küche längst dichtgemacht.«

»Das Gesundheitsamt …?« Seth schaute verwirrt drein, und Hattie hätte sich für ihren blöden Kommentar am liebsten geohrfeigt.

»Tut mir leid, das war zu albern. Es ist noch so früh am Morgen, dass mein Gehirn noch nicht auf Hochtouren läuft«, entgegnete sie. »Ja, ich bin vor ein paar Wochen aus Paris hergekommen«, beantwortete sie seine Frage.

»Das dürfte aber ein gehöriger Kulturschock gewesen sein, wie? Von Paris nach Gillypuddle, meine ich.«

»Eigentlich nicht. Zugegeben, es liegen Welten zwischen diesen beiden Orten, aber ich bin in Gillypuddle aufgewachsen. Darum ist mir das alles vertraut.«

»Ah, stimmt. Jetzt, da Sie es erwähnen, davon hatte ich nämlich auch gehört.«

Hattie fragte sich, wer da so viel über sie preisgab. Sie tippte auf Lance aus dem Willow Tree, der das größte Tratschweib in ganz Gillypuddle war, aber es gab einige Leute, die ihm den Titel streitig zu machen versuchten.

»Dann sprechen Sie Französisch?«, erkundigte er sich.

»Nur ein wenig. Vermutlich nicht so viel, wie ich eigentlich beherrschen sollte, nachdem ich so lange Zeit dort gelebt habe. Ich glaube aber, dass mein Chef sich zum Teil auch deshalb für mich entschieden hat, weil ich so gut Englisch spreche.«

»Tja, und ich musste in der Schule beides lernen – Französisch und Englisch. Wegen der französischsprachigen Regionen, wissen Sie?«

»Ja, stimmt. Machen Sie oft davon Gebrauch?«

»Heutzutage nicht mehr so oft, weil sich in diesen Gegenden kein Anlass dazu ergibt. Aber wenn Sie sich der alten Zeiten wegen gern mal gepflegt für eine Weile auf Französisch unterhalten wollen, müssen Sie mir das nur sagen.«

Abermals bekam sie einen roten Kopf. Flirtete er etwa mit ihr? Angesichts ihres zerzausten Äußeren konnte sie sich das eigentlich nur einbilden. Erneut wünschte sie sich, ein bisschen früher aufgestanden zu sein und sich etwas zurechtgemacht zu haben. Wenn Melinda ihr das nächste Mal erzählte, dass ein Typ heiß aussah, würde Hattie auf ihr Urteil vertrauen, ganz gleich, welche Fotos sie ihr zeigte.

»Und was hat Sie nach Gillypuddle verschlagen? Wo haben Sie davor gewohnt?«

»Eine Zeit lang in Oxford, zusammen mit meiner … na ja, also zuerst in Oxford, nachdem ich nach Großbritannien gekommen war.«

»Und wieso sind Sie nach Großbritannien gekommen?«

»Wegen einer Freundin«, sagte er, lächelte betrübt und ließ den Blick in die Ferne schweifen. Hattie fragte sich, wer diese Freundin wohl gewesen war, doch das war wohl kaum eine Frage, die sie ihm stellen konnte.

»Und weshalb haben Sie Oxford gegen Gillypuddle eingetauscht?«, hakte sie stattdessen nach.

»Es gab hier ein Stellenangebot mit einer guten Perspektive, außerdem machte das Dorf einen angenehmen Eindruck.«

»Und jetzt sind Sie also hier. Das kann ein ziemlicher Kulturschock sein, wenn Sie das Leben auf dem Land nicht gewöhnt sind.«

»Mir gefällt es. Es ist eine gute Gemeinschaft, und die Arbeit ist interessant.« Er zuckte mit den Schultern. »Ich kann mir vorstellen, auf Dauer hierzubleiben.« Dann drehte er sich ganz zu Hattie um. »Ihnen hat Paris gefallen?«

»Es war wunderbar.«

»Und trotzdem sind Sie von dort weggegangen?«

»Ja, ich hatte meine Anstellung verloren. Nichts Dramatisches, aber es gab keine Arbeit mehr, die ich hätte tun können.« Hattie hielt das hier für keinen guten Moment, die unbeabsichtigte Brandstiftung zu erwähnen. »Ich habe das als Zeichen gedeutet: Es wurde Zeit, nach Hause zurückzukehren.«

»Ich schätze, nach Paris muss es einem hier noch ruhiger vorkommen als sonst.«

»Das ist richtig, aber ich vermisse nichts. Ich glaube, ich war lange genug dort, um alles zu erleben, was ich erleben wollte. Natürlich fehlt mir jetzt das eine oder andere.«

»Zum Beispiel?«

»Zum Beispiel die Begeisterung, die ständig in der Luft liegt. Alles steht sozusagen unter Strom, und immer ist irgendwo was los. Und natürlich fehlen mir die kulturellen Besonderheiten – die Galerien und all die interessanten Leute, die interessante Jobs erledigen. Und manchmal fehlt mir auch das Essen, obwohl ich eingestehen muss, dass Jo so unglaublich gut kocht, dass sie mir damit über diesen Verlust hinweggeholfen hat.«

Seth zog die Augenbrauen hoch. »Jo ist eine gute Köchin?«

»Ganz erstaunlich gut. Okay, es sind schlichte Gerichte, aber die beherrscht sie wirklich hervorragend.«

»Wow, ich hätte ihr nie zugetraut, dass sie eine Vorliebe fürs Kochen hat.«

»Na ja, sie muss zwangsläufig kochen, wenn sie was essen will.« Hattie lachte leise. »Wäre schlecht, wenn sie dann keine Vorliebe fürs Kochen hätte.«

»Dann haben wir wohl alle eine Vorliebe fürs Kochen.«

»Kochen Sie auch?«

»Wenn ich Zeit habe«, gab Seth zu. »Was leider nicht so oft vorkommt, wie es mir lieb wäre. Und Sie?«

»Ehrlich gesagt könnte ich es, wenn ich mich anstrengen würde, aber ich bin etwas zu faul dafür. Ich helfe Jo, wo ich kann, aber sie macht gern alles selbst, darum muss ich nicht viel in der Küche tun. In Paris musste ich auch nicht viel kochen. Entweder bin ich mit Freunden essen gegangen, oder ich habe mich zu Hause mit Sandwiches und Chips begnügt.«

»Zu wenig Zeit zum Kochen?«

»Ich hatte ziemlich arbeitnehmerfeindliche Arbeitszeiten.«

»Als was haben Sie denn gearbeitet?«

»Ich war so was wie … na ja, ich war eigentlich nur so was wie ein Mädchen für alles.«

»Hm, jetzt haben Sie mich aber neugierig gemacht.«

»Es ist nicht halb so interessant, wie es sich vielleicht anhört.«

»In welcher Branche?«

»Mode.«

»Wow!« Seth guckte beeindruckt. »In Paris leben und in der Modebranche arbeiten? Und das geben Sie für *das hier* auf?« Er klang ungläubig.

»Wie gesagt, es war nicht annähernd so schillernd, wie es klingt. Die meiste Zeit war ich damit beschäftigt, Kaffee und Teilchen für meinen Boss zu beschaffen.«

»Na ja, aber in Paris Kaffee für den Boss zu beschaffen ist für mein Empfinden schon etwas Schillerndes.«

Wieder räusperte sich Jo lautstark. Hattie hatte schon fast

vergessen, dass die andere Frau auch noch da war. Da Seth sie zu allem Möglichen befragt hatte, nur nicht zu irgendwelchen Dingen, die ihn als Tierarzt interessieren mussten, fragte sich Hattie unwillkürlich, ob er wohl auch nicht mehr an Jo gedacht hatte.

Möglicherweise missfiel das Jo, doch ansehen konnte man es ihr nicht, da sie wie immer eine undefinierbare Miene zur Schau stellte.

Inzwischen waren sie an der Koppel angekommen, und wie üblich drehten alle Esel den Kopf in ihre Richtung. Jo schnalzte mit der Zunge, um die Bande zum Gatter zu locken. Es schien so, als sei Seth für einige von ihnen ein bekanntes Gesicht und als hätten sie keine allzu angenehmen Erinnerungen an ihn. Anders ließ sich nicht erklären, dass ein Teil der Gruppe sich nicht von den Leckerchen in Jos Jackentaschen anlocken ließ.

»Sieht so aus, als müsste der Prophet zum Berg kommen«, meinte Seth grinsend. Er wartete nicht darauf, dass Jo das Gatter öffnete, sondern sprang mit einem Satz über den Zaun, dann ging er quer über die Wiese auf einen Esel zu, dessen Fell die Farbe von dunkler Schokolade hatte. Hattie sah ihm verdutzt hinterher, und sogar Jo schien von der Aktion ein wenig beeindruckt zu sein. Sie öffnete das Gatter und zog es hinter sich zu, nachdem sie und Hattie die Koppel betreten hatten, dann folgten sie Seth.

»Er weiß, welcher von ihnen Speedy ist?«, fragte Hattie.

»Er kennt jeden Einzelnen.«

»Kommt er so oft her? Ich lebe hier und habe trotzdem eine Ewigkeit dafür gebraucht, die Esel auseinanderzuhalten.«

»Das ist halt sein Beruf.«

»Vermutlich ja. Ich vermute, er nimmt Details wahr, die uns allen gar nicht auffallen.«

Jo gab nur ein Brummen von sich. Hattie drehte sich wieder zu Seth um, der Speedy zu beruhigen versuchte, während er ihm mit einer Hand über den Hinterlauf strich.

»Ich kann dort eine leichte Schwellung feststellen«, informierte er sie, als sie zu ihm kamen und er sich aufrichtete.

Wieder war Hattie von diesem Mann beeindruckt. Sie hatten ihm noch gar nicht sagen können, um welches Bein es ging, und trotzdem hatte er es dem Esel sofort angesehen.

»Muss er geröntgt werden?«, wollte Jo wissen.

»Das kann ich Ihnen erst sagen, wenn ich ihn mir genauer angesehen habe. Es wäre nicht verkehrt, wenn wir erst mal ausschließen, was sich ausschließen lässt, auch wenn ich nicht glaube, dass es sich um irgendeine Art von Bruch handelt. Aber das kostet natürlich zusätzlich ...«

Er sah Jo abwartend und zugleich mitfühlend an. Zum ersten Mal kam es Hattie so vor, als würde sie in Jos Miene einen Anflug von Sorge erkennen. Und dann begriff sie: Jo konnte sich eine teure Behandlung für Speedy nicht leisten. Dennoch nickte sie.

»Tun Sie, was nötig ist. Wenn Speedy behandelt werden muss, dann muss das auch sein. Ich werde das schon hinkriegen.«

»Ich bin mir sicher, dass ich da auch noch was hinkriegen kann«, erwiderte Seth in einem bedeutungsvollen Tonfall. Hattie hatte keine Ahnung, was gerade los war, während Jo zu verstehen schien.

»Danke«, sagte Jo und klang zum allerersten Mal demütig, jedenfalls für ihre Verhältnisse. Jo war gar nicht arrogant, es war vielmehr so, dass sie die Worte »danke« und »bitte« nicht so verwendete wie die meisten anderen Menschen. Es schien so, als seien sie für sie etwas Kostbares, das man nicht einfach so dahinsagte. Wenn Jo sich für etwas bedankte, dann war sie auch tatsächlich dankbar.

Seth lächelte sie an und konzentrierte sich wieder auf seinen Patienten. Hattie sah zu, wie er die Untersuchung genauso behutsam, aber gründlicher als zuvor fortsetzte. Dabei fragte sie sich, ob es so etwas wie Liebe auf den ersten Blick wohl wirklich gab. Falls nicht, hatte sie nämlich keine Erklärung dafür, dass sie sich so übermütig fühlte.

Speedy ließ die Untersuchung über sich ergehen, aber immer, wenn Seth eine bestimmte Stelle an seinem Hinterlauf berührte, ließ der Esel sein Unbehagen erkennen, indem er versuchte, außer Reichweite des Tierarztes zu gelangen. Sobald das der Fall war, hielt Jo ihn fester, damit er nicht entkommen konnte. Seth ging so sanft mit dem Tier um und redete so mitfühlend auf den Esel ein, dass Hattie zu dem Schluss kam, dass dieser Arzt seine tierischen Patienten weitaus besser behandelte, als viele andere Ärzte mit ihren menschlichen Patienten umgingen.

Nach ein paar Minuten richtete er sich wieder auf und kratzte sich am Kopf.

»Was meinen Sie?«, fragte Jo.

»Ich halte es nicht für etwas Ernstes«, antwortete er, ohne den Blick von Speedy abzuwenden. »Ich kann jedenfalls nichts wirklich Besorgniserregendes ertasten, aber irgendetwas macht ihm zu schaffen.« Er drehte sich zu Jo um. »Was wollen Sie, das ich tue? Sollen wir ihn erst noch beobachten, um zu sehen, wie er damit zurechtkommt?«

»Das könnte es nur noch schlimmer machen.«

Seth nickte bedächtig. »Könnte passieren, obwohl ich Geld darauf wetten würde, dass es nicht dazu kommt.«

Jo betrachtete Speedy einen Moment lang, dann wandte sie sich wieder an Seth. »Untersuchen Sie gründlich«, sagte sie. »Tun Sie, was getan werden muss, ich werde das bezahlen.«

Seth machte den Eindruck, als wollte er noch etwas sagen,

etwas, das nach Hatties Gefühl von Wichtigkeit war. Doch dann nickte er nur. »Wenn Sie das so wollen.«

»Ja, das will ich so.« Jos Tonfall klang entschieden. »Die Esel haben Vorrang vor allem.«

Kapitel 12

Ihre Jüngste hatte Melinda bei Stus Mum gelassen, denn mit dem Kinderwagen bis nach Sweet Briar über die Felder zu fahren, wäre ein Albtraum gewesen. Und auch wenn Daffodil noch so klein war, wäre es einfach zu unpraktisch und zu anstrengend gewesen, sie den ganzen Weg auf dem Arm zu tragen.

Sunshine und Ocean waren außer sich vor Begeisterung und plapperten auf dem Weg zum Hof unentwegt. Wenn sie zu weit vorgeprescht waren, ertönte Melindas warnender Ruf. Dann kehrten sie zu ihrer Mutter zurück, hatten aber zwei Minuten später den Grund dafür schon wieder vergessen und liefen erneut voraus. Rain war nicht so wagemutig und hielt beharrlich Melindas Hand fest.

»Und wo ist Medusa jetzt?«, fragte Melinda. »Ich hatte gedacht, sie würde mitkommen, damit sie uns im Auge behalten kann.«

»Dachte ich auch«, stimmte Hattie ihr zu. »Ich schätze, sie hat was Wichtigeres, das sie im Auge behalten muss.«

»Und das wäre?«

»Zum Beispiel Geld.«

»Im Sinne von nicht genug Geld?«

»Ich weiß nicht. Als ich gegangen bin, war sie mit einem Kontenbuch oder so beschäftigt. Jedenfalls glaube ich, dass es ein Kontenbuch ist. Es war eigentlich nur ein Schreibheft mit jeder Menge Zahlen drin.«

»Bezahlt sie dir deshalb nur ein Taschengeld?«

Hattie winkte ab. »Ach, so übel ist es gar nicht. Wenn ich

die ganze Verpflegung dazurechne und bedenke, dass ich keine Miete zahlen muss, komme ich auf das Gleiche, was mir woanders zum Leben bleiben würde. Vielleicht sogar noch ein bisschen mehr als das.«

»Mehr als bei Alphonse?«

»Das nicht. Aber das Leben in Paris war verdammt teuer. Ich glaube, ich kann mich hier nicht beklagen.«

»Na, ich würde mich schon beklagen, wenn ich zusammen mit Miss Unfreundlich in einer solchen Bruchbude leben müsste.«

»Es ist gar nicht so schlimm, wenn man sich erst mal daran gewöhnt hat. In meinem Zimmer habe ich ein paar Sachen aus dem Haus meiner Eltern. Es gibt fließendes Wasser, Heizung, Strom. Mehr braucht man doch eigentlich nicht, oder? Außerdem halte ich mich ja gar nicht so oft im Haus auf.«

Melinda warf ihr einen Seitenblick zu. »Dir gefällt es hier tatsächlich, wie?«

»Bist du jetzt schockiert?«

»Ja, und ich bin nicht die Einzige.«

»Etwa meinetwegen? Ich bin doch gar nicht so anspruchsvoll.«

»Schockiert darüber, dass es überhaupt jemanden geben kann, der hier gern wohnt.«

»Sie ist gar nicht so schlimm, wie immer alle behaupten. Sie ist eben nicht besonders gesprächig. Ich schätze, manche Menschen sind eben so, nicht wahr? Das macht sie nicht zu einem schlechten Menschen. Sie hat für ihre Verhältnisse recht viel gesprochen, als Seth hier war, aber das wird damit zu tun gehabt haben, dass sie ihm schildern musste, welche Esel ihr aus welchem Grund Sorgen bereiten.«

»Willst du damit sagen, dass sie Sätze gesprochen hat, die länger waren als nur ein Wort?«

»Ja«, gab Hattie lachend zurück. »Da waren sogar welche mit drei Wörtern.«

»Wow, der Mann muss andere Menschen ja in Plappermäuler verwandeln können.«

»Bei mir hat er das auch geschafft«, lachte sie.

»Ach ja …« Melinda lächelte sie verlegen an. »Ich muss mich übrigens bei dir entschuldigen.«

»Wofür?«

»Na ja, ich habe dich doch dazu überreden wollen, mit ihm zu flirten. Aber mir ist inzwischen zu Ohren gekommen, dass er gar nicht ungebunden ist.«

»Tatsächlich?« Hattie konnte ihre Enttäuschung nicht verbergen. Sie hatte unübersehbar mit ihm geflirtet! Welchen Eindruck hatte er jetzt bloß von ihr?

»Zu meiner Verteidigung muss ich aber auch sagen, dass von dieser Eugenie niemals zuvor die Rede war.«

»Dann ist er verheiratet?«

»Seine langjährige Freundin, soweit ich weiß. Sie lebt aber in Oxford, weil sie noch ein paar Zusatzstudiengänge zu Ende führen will. Wenn sie damit fertig ist, wird sie auch herkommen.«

»Dann ist sie also unglaublich schlau und gebildet?«

»Klingt zumindest so. Und mit einem Namen wie Eugenie ist sie auch noch verdammt nobel.«

»Möchte wetten, dass mein Vater von ihr ganz begeistert wäre«, murmelte Hattie.

»Ach, Hattie …« Melinda legte ihre Hand leicht auf Hatties Arm. »Es tut mir so leid.«

»Ist schon okay. Wer hat es dir erzählt?«

»Lance, wer sonst?«

»Ja, das passt. Der MI5 sollte ihn rekrutieren, er ist unglaublich gut darin, Leuten Informationen zu entlocken.«

»Wer sagt, dass er nicht längst rekrutiert wurde?« Melinda

lachte über ihren Gedankengang. »Das Willow Tree wäre eine perfekte Tarnung. Niemand würde vermuten, dass in einem mikroskopisch kleinen Ort wie Gillypuddle ein so rätselhafter Mann zu Hause sein könnte.«

»Niemand würde erwarten, dass in Gillypuddle überhaupt ein Mensch weiß, wer oder was der MI5 ist«, sagte Hattie. »Außer Lance natürlich, und der muss sich nur in unserer Nähe aufhalten, um uns unsere verborgensten und düstersten Geheimnisse zu entreißen.«

»Das kannst du laut sagen. Aus irgendeinem Grund wusste er sogar vor mir, dass ich mit Daff schwanger bin!« ergänzte Melinda.

»Ich muss aber ehrlich sagen, dass das schade ist.«

»Was ist schade?«

»Das mit Seth. Du hattest nämlich recht: Er ist heiß. Sehr heiß.«

»Oje. Hätte ich doch bloß meine große Klappe gehalten!«

»Ist schon okay. Dann muss ich mich halt mit Angucken begnügen und das Anfassen bleiben lassen.«

Melinda nickte. »Das ist zumindest auch was Erfreuliches. Seit er ins Dorf gekommen ist, stellt das meine liebste Freizeitbeschäftigung dar.«

»Du bist unmöglich! Weiß Stu über diese dunkle Seite an dir Bescheid?«

»Na, klar. Ich muss doch dafür sorgen, dass er von der Konkurrenz weiß. Es geht schließlich nicht, dass er selbstgefällig wird.«

»Ich dachte, selbstgefällig ist genau das, was er an deiner Seite nicht ist«, sagte Hattie. »So, da sind wir ...« Sie musste nicht erst noch verkünden, dass sie ihr Ziel erreicht hatten, das erledigten Sunshine und Ocean schon mit ihrem Jubel.

»Sind die niedlich!«, rief Sunshine.

»Die sind sooo süß!«, stimmte Ocean ihr zu.

»Kommt her«, forderte Hattie sie auf und öffnete das Gatter. »Rennt nicht los«, wies sie die Kinder an. »Geht langsam auf sie zu und lasst ihnen Zeit, damit sie sich an euch gewöhnen können. Sie haben euch noch nie gesehen, und wenn ihr laut seid und rumrennt, macht ihr sie nervös. Aber nervöse Esel wollen wir hier nicht erleben.«

Melinda sah sie abermals von der Seite an. »Immer mit der Ruhe, Hattie. Du hörst dich ja schon fast so an, als wüsstest du, was du tust.«

Hattie musste lachen. »Oh Gott, das würde mir noch fehlen.«

Sunshine und Ocean nickten ernst, aber ihre Augen verrieten ihre Begeisterung. Nur Rain, die sich immer noch an Melindas Hand festhielt, schaute skeptisch drein.

»Ich will nicht hingehen«, sagte sie und schüttelte flüchtig den Kopf.

»Die Esel werden dir nicht wehtun«, versicherte Hattie ihr und streckte ihr die Hand entgegen, damit sie sie ergriff. »Komm mit, ich mach dich mit ihnen bekannt. Dir kann nichts passieren.«

Rain wich noch etwas weiter zurück, klammerte sich fester an Melinda und schaute noch unschlüssiger drein als zuvor.

»Okay«, sagte Hattie daraufhin. »Wie wär's, wenn du bei deiner Mummy bleibst und eine Zeit lang zuguckst. Wenn du doch noch dazukommen und den Eseln Guten Tag sagen willst, komme ich her und hole dich ab.«

Rain nickte flüchtig. Hattie nahm Sunshine und Ocean an die Hand, um sie Jos Bande vorzustellen. Es folgte eine halbe Stunde, in der eine Eselnase nach der anderen von Kinderhänden gestreichelt wurde. Mit jedem weiteren Tier wurden die beiden etwas mutiger und streichelten die Tiere auch am Hals und an der Flanke, aber jedes Mal folgten dem Mut ein Kichern und ein nervöser Rückzug. Dabei verhielten sich die Tiere so ruhig und geduldig, wie Hattie es sich erhofft hatte. Norbert war wie immer der Beste von allen, aber Minty zeigte sich auch sehr entgegenkommend, immerhin war sie Kinder vom Strand von Yarmouth gewöhnt gewesen. Pedro langweilte sich schon bald und suchte das Weite, während Loki und Lola nur Interesse zeigten, solange Hattie aus ihrer Jackentasche kleine Zuckerrübenstücke hervorzaubern konnte, das absolute Lieblingsleckerchen der beiden.

Nach einer Weile kam Rain zu dem Schluss, dass das Ganze spaßig genug aussah, um sich daran zu beteiligen. Schließlich waren alle drei Kinder damit beschäftigt, die Esel zu streicheln. Hattie holte die mitgebrachte Bürste hervor und zeigte den Kleinen, wie man Norbert richtig striegelte. Der stand geduldig da, zuckte mal mit den Ohren und schaute hinaus aufs Meer, das man über die Kante der Klippe hinweg ausmachen konnte. Jedes Kind striegelte ihn, doch das machten die drei so sanft, dass er wohl kaum etwas davon spürte. Auf jeden Fall gab es für ihn keinen Anlass, irgendwelchen Unmut zu demonstrieren.

»Ist er dein Liebling?«, fragte Sunshine, während sie mit der Bürste über Norberts Flanke strich.

»Ich habe keinen speziellen Liebling«, antwortete Hattie laut, beugte sich dann aber vor und ergänzte im Flüsterton: »Ja, er ist mein Liebling, aber das dürfen die anderen nicht erfahren.«

Sunshine kicherte ausgelassen. Als Hattie sich aufrichtete, sah sie Melinda dastehen, die vor Stolz strahlend lächelte.

»Diese Esel sind sozusagen deine Kinder«, merkte sie an.

Hattie musste lachen. »Ja, und richtige Kinder brauche ich jetzt keine mehr. Ich überlasse es dir und Stu, die menschliche Bevölkerung aufzustocken.«

Melinda grinste, doch dann sah Hattie, dass der Blick ihrer Freundin zu einem Punkt irgendwo hinter ihr wanderte. Als

135

sie sich umdrehte, entdeckte sie Jo, die auf dem Weg zur Koppel war. Sie wollte Jo soeben die Frage zurufen, ob irgendetwas passiert war, doch davon sah sie ab, als ihr Jos ungewöhnlicher Gesichtsausdruck auffiel. Hätte sie es nicht besser gewusst, dann wäre sie davon überzeugt gewesen, dass der Anflug eines Lächelns Jos Lippen umspielte. Jo blieb am Gatter stehen, setzte wieder ihre übliche ausdruckslose Miene auf, hielt dann aber inne und sah mit an, wie Melindas Kinder sich um ihre Esel kümmerten. Sie hatte es nicht dazu kommen lassen wollen, sodass Hattie gezwungen gewesen war, ihr die Bedenken mit allen Mitteln auszureden. Aber jetzt wirkte sie … richtiggehend glücklich.

Jedenfalls bis zu dem Moment, als ihr auffiel, dass Hattie sie beobachtete. Sofort zog sie sich hinter ihre übliche verschlossene Miene zurück und ließ sich keine Regung mehr anmerken.

»Lieferung!«, rief sie. »Ich könnte Hilfe gebrauchen, wenn ihr hier fertig seid mit Spielen. Deine Freundin muss ein anderes Mal wiederkommen, wenn es besser passt.«

»Lieferung?«, wiederholte Hattie und ging über die spitze Bemerkung hinweg. »Ich wusste nicht, dass wir eine Lieferung erwarten. Um was geht es denn?«

»Um Hühner.« Jo machte auf dem Absatz kehrt und ging den Weg zurück, den sie hierher genommen hatte.

»Hühner!«, hauchte Ocean, der durch Jos Auftauchen lange genug vom Eselstreicheln abgehalten worden war, um die Unterhaltung mitanzuhören. »Können wir sie uns ansehen?«

»Du hast schon viele Hühner gesehen«, entgegnete Melinda. »Ihr habt welche in der Schule.«

»Aber ich mag Hühner«, beharrte Ocean.

Melinda sah Hattie unschlüssig an. Jos Tonfall hatte nicht den Eindruck vermittelt, dass sie und ihre Kinder hier allzu willkommen waren. Andererseits hatte Jo auch nicht ausdrücklich gesagt, dass sie sich die Hühner nicht ansehen durften. Vielleicht würde es ihr ja nichts ausmachen, wenn Melinda und die Kinder noch fünf Minuten länger blieben und einen Blick auf die Hühner warfen. Hattie musste zugeben, dass sie selbst auch neugierig war. Jo hatte ihr gegenüber nichts von einer Lieferung Hühner gesagt.

Um wie viele Tiere ging es? Woher kamen sie? Was hatte Jo mit ihnen vor? Hattie konnte nur hoffen, dass die Antwort auf die letzte Frage nichts mit den herzhaften Gerichten zu tun hatte, die Jo ihr vorsetzte. Es war eine Sache, sie dabei zu erleben, wie sie den Fleischwolf benutzte, um Rinderhack zu erhalten, aber es wäre etwas ganz anderes, wenn sie das Abendessen nun auch noch rupfen wollte und eines der Hühner auf ihrem Teller landete, das am Tag zuvor noch über den Hof gelaufen war.

»Ich bringe euch runter zum Hof«, entschied Hattie und blickte zu Melinda und den Kindern. »Da gibt es einen Wasserhahn, damit ihr euch die Hände waschen könnt. Das müsst ihr immer machen, wenn ihr Tiere angefasst habt. Ich vermute, bei der Gelegenheit werdet ihr auch die Hühner zu sehen bekommen.«

Dann führte Hattie ihnen vor, wie man das Gatter richtig zumachte. Außerdem erklärte sie, wie wichtig es war, sich zu vergewissern, dass es auch tatsächlich richtig verschlossen war. Auf dem Weg zurück zum Hof plapperten die Kinder unentwegt drauflos und erzählten sich gegenseitig, was sie soeben bei den Eseln hatten beobachten können: welcher ihr Liebling war, welcher sie zum Lachen gebracht hatte, welcher zu einer Ecke der Koppel gegangen war, um an einem Salzstein zu lecken, welcher von ihnen Grashalme aus dem Boden gerupft hatte und welcher von der Krippe zurückgekommen war und dabei Heu am Maul kleben hatte.

Hattie musste die ganze Zeit über an Jos Gesicht denken,

während sie die Kinder beobachtet hatte. Rückblickend hätte es sie eigentlich viel mehr überraschen müssen, dass Jo ihre Freundin mitsamt Kindern zu den Eseln gelassen hatte. Aber je länger sie darüber nachdachte, desto ernsthafter stellte Hattie sich die Frage, ob Jo jungen Menschen vielleicht nicht so viele Vorbehalte entgegenbrachte wie den Erwachsenen, zu denen sie einmal heranwachsen würden.

Als sie den Hof erreichten, setzte leichter Regen ein. »Vermutlich war es gut, dass wir uns auf den Rückweg gemacht haben«, meinte Hattie. »Sieht so aus, als könnte es jeden Moment einen Wolkenbruch geben.«

»Werden die Esel dann nicht nass?«, wollte Sunshine sichtlich besorgt wissen.

»Für den Fall, dass es mal regnet, gibt es für sie da oben einen Unterstand«, versicherte Hattie ihr. »Ihnen passiert schon nichts.«

»Ich glaube, ein bisschen Regen hätte meiner Bande nicht viel ausgemacht«, lachte Melinda. »Die hätten sicher noch ihren Spaß gehabt, sich zusammen mit den Eseln unterzustellen.«

Auf dem Hof parkte ein Van, ein Mann, den Hattie noch nicht hier gesehen hatte, unterhielt sich mit Jo. Die Heckklappe des Wagens stand offen, mehrere Kisten mit Hennen standen auf der Ladefläche. Gut ein Dutzend Hühner gackerten und scharrten und machten den Eindruck, dass sie sich darüber ärgerten, so demütigend in Kisten gesteckt worden zu sein. Jo sah zu Hattie und winkte sie mit einer ungeduldigen Geste zu sich.

»Komm her und hilf mir.« Dass Melinda und die Kinder ebenfalls anwesend waren, schien sie nicht zu kümmern.

»Was soll ich tun?«, fragte Hattie.

»Die können nicht den ganzen Tag im Van bleiben.«

»Und wohin sollen wir sie bringen?«, wollte Hattie wissen.

»Im Obstgarten habe ich einen Stall bereitgestellt.«

»Wann hast du den zusammengebaut?«, erkundigte sich Hattie ungläubig.

»Bevor du aufgestanden bist.«

»Woher kommen die Hühner?« Hattie versuchte, eine Kiste aus dem Van zu ziehen.

»Wir müssen sie einzeln und nacheinander rüberbringen«, erklärte Jo, statt auf Hatties Frage zu antworten. »Die Kisten sind zu schwer. So geht das ...« Sie griff nach einem der Hühner und ignorierte dessen aufgeregtes Flattern, während sie sich das Tier unter den Arm klemmte.

»Dann gehören die uns?«, fragte Hattie, die die protestierende Schar mit einer gewissen Skepsis betrachtete. Bei Jo hatte es so leicht ausgesehen, wie sie sich das Huhn geschnappt hatte, doch ganz bestimmt war das nicht annähernd so leicht.

»Ja.«

»Woher kommen sie? Hast du sie gekauft?«

»Ich habe sie gerettet«, lautete Jos ganze Antwort, ehe sie mit ihrer Henne wegging.

Gerettet. Ja, natürlich. Es ging hier ja um Jo Flint, und die würde nicht tatenlos zusehen, wenn sie davon erfuhr, dass irgendwo ein paar Hühner gerettet werden mussten. Vermutlich hatte sie sogar zugesagt, die Tiere zu nehmen, ohne sich Gedanken darüber zu machen, was mit der Haltung von Hühnern genau verbunden war.

Hattie sah den Fahrer an, da sie davon ausging, dass er auch ein Huhn zum Stall bringen würde, doch der Mann stieg wieder ein und begann, in seiner mitgebrachten Zeitung zu lesen. Offenbar endete sein Auftrag in dem Moment, in dem er am Ziel vorgefahren war. Hattie fragte sich, ob es sich bei ihm um den Vorbesitzer der Tiere handelte oder ob er nur als Fahrer engagiert worden war. So oder so hielt sie ihn für einen ignoranten Kerl, aber auf der anderen Seite hatte sie jetzt Wichtige-

139

res zu tun, als dass sie sich darüber weiter Gedanken machen wollte.

»Können wir mithelfen?«, wollte Sunshine wissen.

»Ich glaube, es ist besser, wenn Hattie und Jo das allein erledigen«, erklärte Melinda. »Wir sollten jetzt besser gehen, damit sie ihre Ruhe haben.« Die gleich darauf folgenden Unmutsbekundungen der Kinder brachte sie mit einem nachdrücklichen »Schhhhht« zum Verstummen.

»Ich gehe davon aus, dass ihr an einem anderen Tag noch mal herkommen dürft«, erklärte Hattie, ohne sich so ganz sicher zu sein, ob sie ein solches Versprechen überhaupt würde halten können.

»Du kannst ihnen Futter geben, wenn sie alle im Stall sind.« Jo stand schon wieder am Van. Sie musste mit der ersten Henne davongerannt sein, wenn sie jetzt schon zurückgekehrt war, um die nächste zu holen, während Hattie sich noch nicht mal an eines der Tiere herangewagt hatte. Dennoch konnte Jo darüber nicht sonderlich verärgert sein, da sie sich gegenüber Melinda und den Kindern immer noch höflich verhielt. Sie packte das nächste Huhn und ging wieder Richtung Obstgarten.

Hattie sah ihr einen Moment lang hinterher, ehe sie sich zu Melinda umdrehte, die nicht minder überrascht dreinschaute. Sollte es etwa wahr sein, dass Melindas Kinder der Schlüssel zum Herzen von Jo Flint waren? Falls ja, was würden sie dann dort vorfinden?

Kapitel 13

»Schon gut, dass das mit Speedys Hinterlauf nichts Ernstes ist, nicht wahr?«, sagte Hattie, während sie Steak-Nieren-Pastete aßen. Jo hatte dafür tiefgekühlten Teig genommen, aber es schmeckte trotzdem unvergleichlich gut.

Seth hatte entschieden, Speedys Hinterlauf zu röntgen, und schließlich verkünden können, dass der Esel kerngesund war. Er musste sich irgendwann in letzter Zeit falsch bewegt und sich das Bein verdreht haben, sodass es sich eine Weile beim Auftreten unangenehm angefühlt hatte. Inzwischen war der Grund nicht länger von Bedeutung, da sich sein Zustand mit jedem Tag zu bessern schien.

Was die geretteten Hühner anging, so stammten die vom Hof eines vor Kurzem verstorbenen Landwirts, der sein Anwesen seinen Kindern hinterlassen hatte. Momentan waren die damit beschäftigt, den Hof aufzulösen und alles zu verkaufen, darunter auch die Tiere. Viele waren bereits vermittelt, andere waren für ihre Käufer reserviert. Einigen anderen erging es nicht so gut wie den Hühnern, die Jo nun zu sich geholt hatte, denn man würde sie zum Schlachthof bringen.

Die neuen Mitbewohner auf der Sweet Briar Farm hatten sich schnell eingelebt. Zwar hatte Jo Hattie gewarnt, sich keine großen Hoffnungen auf Frühstückseier zu machen, weil einige Hennen wohl schon deutlich zu alt waren. Dennoch hatte die Truppe sie überrascht und an den letzten drei Tagen regelmäßig genug Eier geliefert, um sie beide zum Frühstück zu versorgen.

Hattie fragte sich, ob und wie viel Jo für die Tiere hatte bezahlen müssen. Sie vermutete, dass man ihr die Hennen nicht kostenlos überlassen hatte. Sie hätte auch gern gewusst, ob Jo noch andere der nicht vermittelten Tiere genommen hätte, aber sie wollte sie lieber nicht darauf ansprechen, weil sie fürchtete, damit einen wunden Punkt zu treffen. Jo war in ihrer Art einfach zu verschlossen, doch nach allem, was Hattie aus den kurzen und knappen Äußerungen schließen konnte, gab es Dinge, die sich Jos Kontrolle entzogen, wozu auch das Thema Geld gehören musste. Hattie war sich sicher, dass es Jo vor allem an Geld mangelte.

»Ist Seths Rechnung eigentlich sehr hoch ausgefallen?«, fragte sie Jo. »Tierärzte sind doch ziemlich teuer, oder nicht?«

»Hab sie noch nicht bekommen«, antwortete Jo und nahm ein Stück Steak in den Mund.

»Aber die Rechnung wird doch bestimmt hoch sein.«

Jo griff nach dem Salzstreuer und schwieg.

»Können wir uns das leisten?«, fragte Hattie.

Jo aß wieder einen Happen und kaute gründlich. »Nicht dein Problem«, antwortete sie schließlich.

»Irgendwie kommt es mir aber so vor. Ich meine, wir sind doch ein Team, nicht wahr?«

»Willst du etwa die Rechnung übernehmen?«, fragte Jo, nachdem sie sie einen Moment lang angesehen hatte.

Hattie entging nicht der Anflug von Belustigung in Jos Tonfall. War das etwa noch ein Fortschritt? Wenn sie beharrlich so weitermachte, würde es ihr dann vielleicht doch gelingen, den Panzer dieser Frau zu durchbrechen?

»Na ja, das nicht gerade ... ich glaube nicht, dass ich mir das leisten könnte. Aber wir könnten uns Geld borgen«, ergänzte sie voller Freude darüber, dass ihr dieser Gedanke soeben gekommen war. »Mein Dad würde aushelfen, wenn ...«

»Nein!«, fiel Jo ihr sofort ins Wort, während ihr Gesicht wieder diesen versteinerten Ausdruck annahm. »Ich brauche keine wohltätigen Spender!«

»Was du machst, ist aber etwas Wohltätiges!«, hielt Hattie dagegen. »Du rettest Tiere! Jede andere Organisation, die so was macht, sammelt Spenden von den Leuten, um die Ausgaben zu finanzieren. Wo ist da ein Unterschied zwischen deren und deiner Arbeit? Warum willst du keine Spenden annehmen? Es ist ja nicht so, als ob das Geld für dich gedacht wäre.«

»Das sind alles regulär registrierte Organisationen.«

»Na und? Kannst du dich nicht registrieren lassen?«

»Zu viel Papierkram.«

Hattie schwieg einen Moment lang. Manchmal war Jo einfach unmöglich. Soweit Hattie das beurteilen konnte, war die Lösung für all ihre Probleme zum Greifen nah, aber sie wollte nicht mal den Versuch unternehmen, danach zu fassen. Warum musste sie nur so stur sein?

»Hast du was dagegen, wenn Melinda noch mal mit den Kindern herkommt?«, fragte sie, nachdem sie entschieden hatte, das Thema erst mal auf sich beruhen zu lassen. Sie konnte spüren, wie aufgeheizt die Stimmung war, daher hielt sie es für keine kluge Idee, noch weiter darüber zu reden.

»Solange sie uns nicht im Weg stehen. Und ich werde auch keine Verantwortung übernehmen, wenn jemandem was passiert. Wir sind hier ein regulärer Hof, kein Abenteuerspielplatz.«

»Melinda behält ihre Kinder immer im Auge, außerdem sind die Kleinen sehr vernünftig.«

Jo nickte nur kurz. Dass sie – wenn auch nach einigem Zureden – eingewilligt hatte, fühlte sich für Hattie so an, als hätte sie im Kampf um die Rettung von Jos Seele einen weiteren Sieg errungen. Wenn Melinda und Hattie sie dazu bringen konnten, sich mit den Kindern anzufreunden, würde sie vielleicht auch eher bereit sein, die Möglichkeit zahlender Besucher auf Sweet Briar in Erwägung zu ziehen.

Je länger Hattie darüber nachdachte, umso mehr war sie davon überzeugt, dass zahlende Besucher zusammen mit einem Spendenaufruf die Lösung für Jos Geldsorgen sein würden. Vielleicht würde sie sogar so viel Geld bekommen, dass sie davon weitere Tiere retten konnte. Das Einzige, was dem im Weg stand, war Jos Einstellung, mit möglichst niemandem Kontakt haben zu wollen. Doch selbst dafür glaubte Hattie eine Lösung zu haben. Sie selbst konnte das Gesicht des Sweet Briar Gnadenhofs sein, die Person, die Besucher willkommen hieß, die mit der Presse redete und die zu Spenden aufrief.

Jo konnte im Hintergrund weiter ungestört ihre Arbeit verrichten, und solange Hattie bei ihr war, würde sie nie gezwungen sein, mit anderen Leuten zu kommunizieren. Hattie hatte sich diesen Plan schon vor einer Weile überlegt, aber sie konnte ihn nur langsam und unauffällig in die Tat umsetzen, um Jo an einen Punkt zu bringen, an dem sie vielleicht doch einwilligen würde. Dieser Punkt war jedoch ganz sicher noch nicht erreicht, auch wenn sie hoffte, dass es nicht mehr allzu lange dauerte. Um die Zeit bis dahin zu nutzen, hatte sie überlegt, ob sie ihre Fühler ausstrecken und herausfinden sollte, wie groß das Interesse anderer Leute war, den Gnadenhof zu besuchen. Um ein Gefühl dafür zu bekommen, hatte sie Lance und Mark gebeten, vor allem die Touristen zu fragen, die in ihr Café kamen. Bislang waren die Antworten ermutigend, doch Hattie würde sich schon bald konkretere Pläne überlegen, denn hypothetische Besucher brachten auch nur hypothetisch Geld ein.

Jo nahm die letzten Reste der Pastete mit der Gabel auf und kaute bedächtig darauf herum, während sie zum Fenster sah.

»Du bringst die Hennen in den Stall«, sagte sie mit Blick auf die einsetzende Dämmerung. »Achte darauf, dass sie nicht nach draußen können. Ich habe hier einen Fuchs rumlaufen sehen. Ich schaffe in der Zwischenzeit die Esel vom Feld.«

Ehe Hattie etwas darauf erwidern konnte, schob Jo den Stuhl nach hinten, stand auf, stellte ihren Teller ins Spülbecken und ging nach draußen, während sie immer noch kaute.

Eines Tages würde es Hattie gelingen, mit ihrer Chefin eine lange und tiefgründige Unterhaltung zu führen, die nicht damit endete, dass Jo vorzeitig und wortlos den Raum verließ.

Drei Tage waren vergangen, seit es die Steak-Nieren-Pastete zum Abendessen gegeben hatte. Seitdem war Hattie von Jo Kabeljau mit Mornay-Sauce serviert worden (für Jo das allererste Mal, dass sie Fisch gekocht hatte, der dennoch exzellent geschmeckt hatte), außerdem Lauchauflauf mit Huhn (von einem Huhn aus dem Bauernladen, nicht von einer der bei ihnen untergekommenen Hennen, was Jo aber so oder so kein schlechtes Gewissen zu bereiten schien, obwohl sie ja eine entfernt verwandte Artgenossin verspeiste) sowie ein weiteres Mal ein Eintopf mit Rindfleischeinlage. Den Tag über neigten sie zu Sandwiches und anderen Snacks, die schnell zubereitet waren, immerhin gab es jeden Morgen ein so sättigendes Frühstück, dass sie bis zum Abendessen kaum noch etwas zu sich nehmen mussten.

Alles war wirklich hervorragend, und Hattie war auch ein großer Fan von Jos Kochkünsten, dennoch hatte sie ihre Eltern in dieser Woche so gut wie gar nicht gesehen. Und dann hatte ihr Dad angerufen und ihr mit dem Angebot von Couscous im marokkanischen Stil und langsam gegartem Lamm den Mund wässrig gemacht, sodass sie überlegt hatte, an diesem Tag das gemeinsame Abendessen mit Jo ausfallen zu lassen und der Einladung ihres Dads zu folgen.

Den ganzen Tag über hatte es schwer geregnet, weshalb Jo

alle Tiere schon früh am Abend in ihre Quartiere gebracht hatte. Damit hatten sie und Hattie für den Rest des Abends mehr Zeit zur freien Verfügung als üblich. Also fragte sie Jo, von der sie nur die Warnung erhielt, dass Hattie auf diese Weise nicht um den Eintopf herumkommen würde. Was sie heute nicht aß, würde sie dann eben am nächsten Tag essen müssen, da Jo nicht vorhatte, eine ganze Mahlzeit wegzuwerfen. Hattie hatte dagegen nichts einzuwenden, schließlich war sie davon überzeugt, dass Jos Eintopf auch am nächsten Tag noch genießbar sein würde.

Mit Gummistiefeln und Regenmantel bewaffnet folgte sie behutsam dem sich talwärts durch die Landschaft windenden Fußweg, der sie von dem isoliert gelegenen Hof in das fast schon wie eine kleine Metropole wirkende Dorf Gillypuddle führte.

Eine Stunde später befand sie sich im Warmen und Trockenen, während der Regen auf das Dach des Wintergartens im Haus ihrer Eltern prasselte. Ihre Mutter stellte ihr eine Tasse Milchkaffee hin und redete mahnend auf sie ein, weil sie vom Wolkenbruch völlig durchnässt worden war. Zwischendurch versuchte sie immer wieder, ihren Ehemann dazu zu drängen, Hattie zu untersuchen und auf Symptome zu achten, die auf eine Lungenentzündung im Frühstadium hindeuteten.

»Es geht mir bestens, Mum«, versicherte Hattie ihr. »Wenn überhaupt, dann fühle ich mich schon seit einer Weile gesünder als jemals zuvor.«

»Sie sieht auch gesund aus«, stimmte Nigel ihr zu, der sie mit einem forschenden Blick bedachte, während er den Tisch deckte. »Die Luft auf Sweet Briar scheint ihr gutzutun, selbst wenn das das Einzige sein sollte.«

»Ich finde, ihr Gesicht ist gerötet«, beharrte Rhonda und legte den Handrücken an Hatties Wange.

»Ich glaube, das nennt man eine gesunde Ausstrahlung,

Mum«, gab sie zurück und schob die Hand zur Seite. »Jo passt wirklich gut auf mich auf. Ich habe noch nie so gut gegessen, und sie achtet auch darauf, dass es im Haus immer warm genug ist. Es gibt wirklich keinen Anlass zur Sorge.«

»Dann darf ich annehmen, dass du auch eine gesunde Immunität gegen all die Krankheitserreger entwickelt hast, die auf einem Bauernhof zu finden sind«, konterte Nigel ironisch.

»Daran versuche ich nicht zu denken, Dad«, sagte Hattie. »Manchmal ist es einfach kein Vergnügen, einen Arzt in der Familie zu haben. Man darf nie geflissentlich über irgendein medizinisches Risiko hinwegsehen.«

»Alles hat eben auch seine Nachteile«, meinte Nigel und wischte mit der Serviette einen Streifen von der Klinge des Messers in seiner Hand.

Hattie grinste. Es tat gut, sich gegenseitig so hochnehmen zu können, auch wenn sie wusste, wie schwierig es für ihre Eltern war, sich mit einer Situation abzufinden, in der ihre Tochter allen möglichen Risiken ausgeliefert war – vor allem mit Blick auf das, was Charlotte zugestoßen war. Es musste schmerzhaft für sie sein, Hattie all das tun zu lassen, was auf Sweet Briar zu ihrer Arbeit gehörte.

»Vor Kurzem habe ich Seth Bryson kennengelernt«, sagte sie, um das Gespräch auf ein Thema zu lenken, das für sie alle hoffentlich viel neutraler war. »Er macht einen netten Eindruck.«

»Ist das der neue Tierarzt in Castle House?«, fragte Rhonda, sah Hatties bestätigendes Nicken und wandte sich an ihren Mann. »Ist er da nicht Teilhaber, Nigel?«

Der legte die letzte Gabel auf den Tisch. »Ja, und mich würde nicht wundern, wenn er die Praxis ganz übernimmt. Josiah ist ja schon so gut wie raus.«

»Geht er in Rente?«, erkundigte sich Hattie. Unter diesem Gesichtspunkt ergab es natürlich Sinn, dass Seth ausgerechnet nach Gillypuddle gekommen war. Er hatte von guten Arbeitsbedingungen gesprochen, und sie hatte sich gefragt, wieso eine Anstellung als Tierarzt in einem so kleinen Dorf so verlockend gewesen war. Die Aussicht darauf, eine bestehende Praxis zu übernehmen, war natürlich eine Gelegenheit, die sich kaum ein Arzt entgehen lassen würde.

»Nach allem, was ich höre, ist er schon so gut wie im Ruhestand. Er lässt Seth die meiste Arbeit erledigen. Ein paar von den älteren Kunden vertrauen dem Neuen nicht so ganz und wollen Josiah nicht kampflos weggehen lassen. Aber das war zu erwarten. Sie hatten jahrelang mit einem bestimmten Arzt zu tun, und nicht jeder kommt mit Veränderungen gut zurecht.«

»Etwa so wie Rupert, der wegen seinem Knie immer noch zu dir kommt, anstatt sich von der neuen Ärztin behandeln zu lassen?«, warf Hattie ein und grinste ihren Dad an.

»Ja. Wir hier in Gillypuddle sind schon ein seltsames Völkchen, nicht wahr? Mit Veränderungen können wir uns einfach nicht so leicht anfreunden.«

»Die Leute halten meistens an dem fest, was sie kennen«, stimmte Hattie ihm zu.

»Er sieht ziemlich gut aus.« Rhonda schaute verträumt drein. »Natürlich nur, wenn man auf diesen Typ Mann steht«, fügte sie rasch an, als sie Nigels mürrischen Blick bemerkte.

»Seth?«, fragte Hattie. »Ja, das stimmt. Nur schade, dass er schon vergeben ist.«

»Wer hat denn das gesagt?«, wunderte sich Rhonda. »Soweit ich weiß, ist das nicht der Fall.«

»Melinda sprach davon. Sie sagte, ihr Name ist Eugenie oder so. Irgendeine Intelligenzbestie, die in Oxford wohnt.«

»Ach, das ist doch Schnee von gestern«, sagte ihre Mum.

»Bist du dir sicher?«

»Sehr sicher. Von Agatha Crook weiß ich, dass seine Freundin einen Posten in der Forschung in Washington angenommen hat. Er hat ihr gesagt, sie soll sich nicht die Mühe machen, von dort zurückzukommen. Sie hat erwidert, England würde ihr ohnehin nicht zusagen, weil es hier zu viel Skinheads gibt. Und damit war sie auf und davon.«

»Wie um alles in der Welt kann Agatha das alles wissen?«

»Sie hat es von Philip Stow gehört.«

»Und woher weiß Philip das?«

»Spielt er nicht Bowls mit Josiah? Ich weiß es nicht mit absoluter Gewissheit, aber ich bin mir sehr sicher, dass es stimmt.«

»Er hat ihr gesagt, sie braucht nicht zurückzukommen, nur weil sie sich eine Weile der Forschung widmen will?«, fragte Hattie nachdenklich. »Das ist aber eine ziemlich heftige Reaktion.«

»Es sollte für länger als nur eine Weile sein«, erklärte ihre Mum. »Fünf Jahre, soweit ich weiß. Fünf Jahre sind eine lange Zeit, um eine Hochzeit zu verschieben.«

»Die beiden wollten heiraten?«

»So hab ich's jedenfalls gehört.«

Hattie nippte an ihrem Kaffee. Wie es schien, hatte ihre Mutter ungewollt einen von Seths verschlüsselten Hinweisen geknackt. Als Hattie ihn gefragt hatte, wieso er nach Oxford gekommen war, hatte er davon gesprochen, dass eine Freundin ihn dorthin mitgenommen hatte. Dabei hatte er ausdrücklich »*eine* Freundin« gesagt, nicht »*meine* Freundin«. Auch war nicht von einer Verlobten oder Partnerin die Rede gewesen.

War diese Eugenie jene besagte Freundin? Alles deutete darauf hin. Und wenn er sie als »*eine* Freundin« bezeichnete, dann sprach alles dafür, dass sie nicht länger seine Verlobte war und die beiden sich tatsächlich getrennt hatten.

»Es ist unglaublich, wie viel in diesem Dorf getratscht wird«, meinte Nigel kopfschüttelnd, während er nach nebenan in die

Küche ging. Hattie warf ihrer Mum ein wissendes Grinsen zu, das die prompt erwiderte.

»Das muss er gerade sagen«, merkte Rhonda an. »Keiner ist schlimmer als er, wenn er zum Bridge-Abend geht.«

»Tun wir einfach so, als hätten wir es nicht mitbekommen«, schlug Hattie vor.

»Gut«, redete ihre Mum mit einem spitzbübischen Ausdruck in den Augen weiter. »Wenn du an diesem neuen Tierarzt interessiert bist, scheinen dir ja keine Steine mehr im Weg zu liegen. Allerdings wirst du dich hinten anstellen müssen.«

»Du meinst Phyllis und Scary Mary, die im Vikariat sauber macht?«

»Oh, ich würde sagen, seine Anziehungskraft reicht weit über Gillypuddle hinaus«, entgegnete Rhonda mit sanfter Stimme. »Nicht für jeden besteht die ganze Welt nur aus diesem Dorf.«

»Für mich auch nicht«, gab Hattie zurück, die sich einen leicht verärgerten Unterton nicht verkneifen konnte. »Ich habe mich auch schon jenseits der Dorfgrenze bewegt, wie du weißt.«

»Ja, aber in letzter Zeit besteht deine ganze Welt nur noch aus der Sweet Briar Farm«, warf Nigel ein, der mit einer Schüssel Blattsalat aus der Küche zurückkam. »Wir bekommen dich kaum noch zu Gesicht. Und seit du nach da oben umgezogen bist, ist keine Rede mehr davon, dass du deinen Abschluss nachholen wirst.«

»Ich habe nie versprochen, dass ich den Abschluss nachholen werde.« Dann kniff sie argwöhnisch die Augen zusammen. »Habt ihr meinem Umzug etwa nur deswegen so schnell zugestimmt, weil ihr gedacht habt, ich halte das nicht durch? Habt ihr gedacht, ich komme nach einer Woche angekrochen und flehe euch an, alles genau so angehen zu dürfen, wie ihr es von mir erwartet?«

Rhonda schüttelte den Kopf. »Sei nicht albern. Dafür kennen wir dich doch längst viel zu gut. Niemand kann dir einen Ratschlag geben, den du auch annehmen würdest.«

»Warum soll ich die Ratschläge anderer Leute annehmen? Warum könnt ihr mich nicht einfach das machen lassen, was ich will? Mir gefällt Sweet Briar, und auch wenn das jetzt ein Schock sein wird: Ich kann sogar Jo gut leiden. Sie mag ja eine launische Kuh sein, aber diese Tiere sind ihr so wichtig, dass sie alles für sie tut. Für die Tiere gibt sie sogar ihren letzten Penny her.«

»Woher weißt du das alles, wenn du selbst sagst, dass sie dir nie etwas erzählt?«

»Ich weiß es einfach. Ich glaube nicht, dass sie genug hat, um die Tierarztrechnung zu bezahlen.«

»Ich möchte wetten, dass Seth Bryson das gern hören wird«, spottete Nigel.

»Na, vielleicht sind ihm die Tiere ja auch wichtiger als das Geld«, konterte Hattie.

»Davon bin ich sogar überzeugt«, gab Nigel in überraschend ruhigem Tonfall zurück. »Aber ein Geschäft muss Gewinne abwerfen, sonst ist es kein Geschäft. Und bei einem Tierarzt ist es nun mal so, dass er Tiere lieben kann, so sehr er will – wenn er kein Geld verdient, kann er auch keinem Tier mehr helfen, auch wenn er das noch so sehr will.«

»Schuldet sie ihm viel Geld?«, wollte Rhonda wissen.

Der besorgte Unterton in der Stimme ihrer Mum, der so ganz anders klang als die Vorhaltungen ihres Vaters, ließ Hattie aufhorchen. Sofort war die sich langsam steigernde Wut wie verflogen. »Ich weiß es wirklich nicht«, antwortete sie. »Es ist so, wie Dad gerade gesagt hat: Jo erzählt mir kaum was. Ich kann nur Vermutungen anstellen, aber ich kann mir vorstellen, dass es mehr als genug ist.«

Rhonda schüttelte den Kopf. »Man muss diese Frau schon bewundern. Ich weiß nicht, wie sie es schafft, den Gnadenhof zu betreiben.«

»Das ist das, was mir wirklich Sorgen macht«, fügte Hattie an. »Ich weiß es nämlich auch nicht.«

Ihre Mum betrachtete sie einen Moment lang nachdenklich. »Das macht dir tatsächlich Sorgen, nicht wahr?«

»Ja. Sie ist ein guter Mensch«, bekräftigte sie. »Und sie setzt sich für eine wirklich ehrenwerte Sache ein. Ich weiß nicht, warum sie sich allen gegenüber so abweisend verhält. Mir gegenüber ja auch so gut wie immer. Aber aus irgendeinem Grund ist ihr der Gnadenhof wichtiger als alles andere.«

»Ich finde, du tust auch etwas Gutes, indem du ihr hilfst.« Rhonda lächelte sie an. »Ich bin stolz auf dich.«

Hatties Miene hellte sich ein wenig auf. »Tatsächlich?«

»Was allerdings nicht bedeutet, dass wir uns für dich das vorgestellt hätten, was du jetzt machst«, betonte Nigel.

»Ja, das weiß ich.«

»Wenn es dir so viel bedeutet, könnte ich ja Seth eventuell einen Besuch abstatten«, schlug Nigel vor. »Vielleicht erfahre ich ja etwas darüber, was da oben los ist. Kann sein, dass er mir nichts verrät, aber wenn ich mit ihm von Arzt zu Arzt rede, kommt ja womöglich etwas dabei heraus.«

»Das ist sehr lieb von dir, Dad, aber ich weiß nicht, was das bewirken soll. Außer …« Sie stutzte kurz. »Dad, du kannst sofort Nein sagen, wenn du das willst, aber wie wäre es, wenn du mir das Geld leihst, damit ich Jos Rechnung bezahlen kann?«

»Ich würde sagen, das hängt davon ab, wie hoch die Rechnung ist. Aber wie stellst du dir in deiner jetzigen Situation eine Rückzahlung vor? Du schwimmst nicht gerade in Geld.«

»Ich weiß, aber ich arbeite an einem Plan, wie der Gnadenhof Geld einbringen kann. Eigentlich weiß ich sogar schon ganz genau, was ich tun werde. Ich muss bloß Jo dazu bringen, sich mit meinem Plan einverstanden zu erklären. Wenn es dir nichts ausmachen würde, noch ein bisschen zu warten, könnten wir dir dann alles zurückzahlen.«

»Ich bezweifle, dass sie damit einverstanden sein wird, dass ein anderer ihre Rechnungen bezahlt«, gab Rhonda zu bedenken. »Solltest du das nicht wenigstens erst mal mit ihr besprechen?«

»Sie wäre vermutlich nicht damit einverstanden.«

»Dann solltest du es wohl auch nicht machen.«

»Ich versuche, ihr zu helfen. Das wird sie schon einsehen.«

Rhonda war davon nicht überzeugt, aber Nigel nickte.

»Überlass das mal mir. Ich werde Seth gleich morgen früh besuchen.«

Hattie lächelte ihn dankbar an, auch wenn die Stimme in ihrem Hinterkopf sie warnte, dass Jo für diese Aktion vielleicht nicht so dankbar sein würde, wie sie sich das erhoffte. Sie fand, dass diese Stimme besser klang, wenn sie ihr ein Paar Socken in den Mund stopfte – so war sie nur noch gedämpft zu hören. Jo würde schon noch verstehen, dass Hattie nur das Beste für sie und die Sweet Briar Farm im Sinn hatte.

Sie überlegte kurz, ihren Dad zu begleiten, wenn der am Morgen Seth besuchte, um die Gelegenheit zu nutzen und nach den Enthüllungen ihrer Mutter ganz offiziell mit ihm zu flirten. Aber Jo brauchte sie auf dem Hof, und wenn sie so kurzfristig mit dem Anliegen zu Jo kam, den Vormittag freinehmen zu wollen, würde eine Erklärung nötig sein. Hattie war sich aber ziemlich sicher, dass sie aktuell noch nicht mit der Wahrheit herausrücken konnte.

Ihre Mutter hätte dazu gesagt, dass Hattie es nicht machen konnte, weil sie ganz genau wusste, dass sie das nicht tun sollte. Aber Jo war nicht bereit, die Hilfe anzunehmen, die sie in Wahrheit dringend benötigte, daher musste Hattie eben einen anderen Weg finden, um ihr unter die Arme zu greifen. In gewisser Weise war es so wie bei den Eseln, bei denen sie die Medikamente in Zuckerrübenstücken versteckten, damit sie die Arznei auch schluckten. Sie wollten keine Medikamente, aber sie brauchten sie unbedingt, und damit wurde ein kleines Täuschungsmanöver erforderlich. So war es auch hier. Wem sollte man damit schon schaden können, solange ein gutes Ergebnis dabei herauskam?

Kapitel 14

Hattie musste lächeln, als sie mitbekam, wie Melindas Kinder Jo mit Fragen löcherten. Melinda selbst machte einen nachdenklichen Eindruck.

Wie alt ist dieses Huhn?

Wie viele Eier legen sie täglich?

Wie schnell können sie laufen?

Warum können sie nicht fliegen?

Legen sie sich zum Schlafen hin?

Sind das die gleichen Hühner wie in Chicken Nuggets?

Warum kratzen sie auf dem Boden rum?

Kämpfen die zwei da?

Welcher von ihnen ist der Hahn?

Jo beantwortete geduldig jede Frage und behandelte sie mit solchem Ernst, als würde sie über die wichtigste Sache der Welt reden. Nachdem jedes der Kinder die zugeteilte Portion Hühnerfutter aufgebraucht hatte, versorgte Jo sie mit Nachschub und zeigte ihnen, wie man das Futter gleichmäßig verteilte. Sunshines Bemühungen waren gar nicht mal so schlecht. Ocean dagegen ordnete das Futter so an, als wollte er eine psychologische Testreihe durchführen. Rain schaffte es nur, die ganze Handvoll auf Peppas Kopf zu schütten, was sehr verärgertes Gackern nach sich gezogen hatte.

Zuvor hatte noch eine Zeremonie stattgefunden, bei der jedem Huhn ein Name verliehen worden war. Zu Beginn hatte Hattie alles im Auge behalten, bis dann auf einmal Jo dazugekommen war. Sie hatte sich eigentlich vorgenommen, einen Bogen um ihre Besucher zu machen, aber offenbar war es doch zu unterhaltsam gewesen, einer Gruppe reizender Kinder dabei zuzusehen, wie sie versuchten, einem Haufen Hennen Namen zu geben. Das wollte sich nicht mal Jo entgehen lassen. Damit trugen die Tiere nun die Namen Peppa, Sam, Pat, Miff, Paddington, Minnie, Daisy, Olga, Belle, Ariel, Elsa und Anna. Es schien nichts auszumachen, dass einige der Namen keine ausschließlichen Frauennamen waren, aber Hattie konnte deren Ursprung ziemlich deutlich erkennen.

»Ich schwöre dir, die sitzen nicht so oft vor dem Fernseher, wie diese Namensliste vermuten lassen könnte«, raunte Melinda ihr hinter vorgehaltener Hand zu.

»Hätte ich vier Kinder«, meinte Hattie amüsiert, »dann würden die nur vor dem Fernseher sitzen, während ich in einem abgedunkelten Raum liegen würde, um mich zu erholen.«

»Weißt du«, redete Melinda leiser weiter, während sie beide immer noch auf der niedrigen Mauer um den Obstgarten saßen und zusahen, wie Jo sich mit den Kindern beschäftigte. Die Sonne schien durch die Bäume, sodass der Boden mit einem Flickenteppich aus Licht und Schatten überzogen war. »Es könnte sein, dass du recht hast, was sie betrifft.«

Hattie grinste breit. »Tja, manchmal habe ich auch recht, nicht wahr?«

»Ja, manchmal. Allmählich fange ich an zu glauben, dass du verlorene Seelen anziehst.«

»Was soll denn das heißen?«, fragte Hattie und warf ihr einen skeptischen Seitenblick zu.

»Na ja«, fuhr ihre Freundin fort. »Zuerst hast du dich um Alphonse gekümmert, von dem sonst niemand was wissen wollte ...«

»Er hat mich dafür bezahlt«, betonte Hattie. »Außerdem brauchte ich den Job. Wie du weißt, hatte Bertrand mich sitzenlassen, also musste ich mich mit Alphonse arrangieren, wenn ich nicht Hunger leiden wollte.«

»Ich glaube, kein Geld der Welt hätte mich davon überzeugen können, die Launen dieses Mannes auszuhalten«, gab Melinda zurück. »Damit ist deine Arbeit für ihn aus meiner Sicht immer noch ein Gnadenakt. Und jetzt das hier. Ich glaube wirklich so langsam, dass du so was bist wie der Engel aus diesem Film, der auf die Erde kommt, um Leuten zu helfen, denen die Kontrolle über ihr Leben entglitten ist.«

Hatties Lachen schallte durch den Garten und veranlasste Jo und die Kinder dazu, sich zu ihr umzudrehen und herauszufinden, was der Grund für den Lärm sein mochte. Letztlich waren ihnen die Hühner aber wichtiger als das, was Hattie so hatte reagieren lassen.

»Sei nicht albern«, sagte sie zu Melinda, als sie sich wieder im Griff hatte. »Ich habe Alphonse nun wirklich keinen Gefallen getan, als ich seine Show in Flammen aufgehen ließ.«

»Okay, das mit dem Feuer macht sich vielleicht nicht so gut in deinem Lebenslauf, aber ich glaube, du warst ihm schon wichtig. Immerhin warst du für ihn da, als er einsam war.«

»Du meinst, als Raul ihn verlassen hatte?«

»Ich meine auch die Zeit lange danach. Was glaubst du, wieso er dich vor Kurzem angerufen hat? Du fehlst ihm, weil du mehr gemacht hast, als für ihn zu arbeiten. Du hast mit ihm geredet.«

Hattie drehte sich zu Jo um, die sich immer noch mit Melindas Brut unterhielt – oder die besser gesagt dem immer lauter werdenden Durcheinander aus Kinderstimmen zuhörte, was es so gut wie unmöglich machte, ihre Antworten auf die Fragen der Kinder zu verstehen.

»Ich werde sie heute Abend fragen«, verkündete Hattie. »Ich glaube, sie wird Ja sagen.«

»Du meinst die Sache mit den Besuchern?«

Hattie nickte. »Sieh doch mal, wie gut sie mit deinen Kindern zurechtkommt. Okay, es gibt da draußen auch ein paar Kinder, für die gutes Benehmen ein Fremdwort ist. Aber mit solchen Situationen komme ich klar. Jo muss sich darum ja gar nicht kümmern. Ich werde vorschlagen, dass wir es vielleicht einen Monat lang versuchen, um zu sehen, wie es läuft.«

»Ich halte es jedenfalls für eine gute Idee. Sie müsste schon verrückt sein, das abzulehnen. Ich kann wirklich nicht verstehen, warum sie so was nicht schon früher gemacht hat.«

»Vermutlich, weil sie selbst dann mit vielen Leuten zu tun haben müsste, und wie wir wissen, mag sie das überhaupt nicht. Aber jetzt hat sie mich, und ich kann da einspringen, wo die anderen Leute ins Spiel kommen.«

Melinda stieß sie mit dem Ellbogen an und sagte lächelnd: »Sie kann von Glück reden, dass sie dich hat. Bist du dir wirklich ganz sicher, dass du nicht lieber für mich als Nanny meiner Kleinen arbeiten möchtest, Mary Poppins?«

»Ich bin froh, dass ich das hier habe«, gab sie grinsend zurück.

»Weißt du, es erstaunt mich, wie schnell du dich hier eingelebt hast. Ich hätte nie gedacht, dass du hier länger als ein paar Tage bleiben würdest.«

»Der Meinung war wohl jeder in Gillypuddle. Sogar meine Eltern haben mehr oder weniger das Gleiche gesagt wie du gerade eben.«

»Hat dein Dad mit du weißt schon wem geredet?«

»Ja.«

»Und?«

»Er bekommt von ihr noch eine Menge Geld.«

»So viel?«

Hattie nickte, wobei sie Jo im Auge behielt, um sicherzugehen, dass die von der Unterhaltung nichts mitbekam. Aber Sunshine, Ocean und Rain kicherten und plapperten so aufgedreht, dass Jo unmöglich verstehen konnte, was hinter ihr geredet wurde.

»Und was willst du machen?«, fragte Melinda.

»Gar nichts. Das ist bereits passiert.«

Melinda sah sie verständnislos an. »Was heißt das?«

»Dad hat die Rechnungen beglichen.«

Ihre Freundin schnappte erschrocken nach Luft. »Das wird ihr aber nicht gefallen, wenn sie davon erfährt.«

»Ich weiß. Aber vielleicht kann ich das benutzen, um sie davon zu überzeugen, dass meine Idee mit den Besuchern gut ist. Schließlich wird sie darauf bestehen, Dad das Geld zurückzuzahlen, aber um das zu können, muss sie erst mal selbst Geld haben. Also …«

»Pass bloß auf, dass das nicht nach hinten losgeht.«

»Ich werde es vorsichtig angehen.«

»Aber du wirst ihr sagen, was du getan hast, nicht wahr? Ich meine, früher oder später musst du das machen.«

»Das werde ich auch, aber ich muss den richtigen Moment abpassen.«

»Das wird dann aber nicht der gleiche Moment sein, in dem du ihr deinen Vorschlag unterbreitest, oder?«

»Ähm … darüber denke ich noch nach.«

Melinda schüttelte den Kopf. »Du bist wirklich mutig.«

Hattie lächelte tapfer, doch ihr Magen verkrampfte sich beim Gedanken daran, was noch vor ihr lag. Den Entschluss hatte sie im Bruchteil einer Sekunde aus impulsiver Gedankenlosigkeit heraus gefasst, und seitdem machte er ihr zu schaffen, auch wenn sie nach außen hin so tat, als sei alles in bester Ordnung.

Ihr Dad hatte sie von Seths Praxis aus angerufen und ihr erzählt, was er in Erfahrung gebracht hatte, darunter auch den Gesamtbetrag, den Jo dem Tierarzt schuldete. Sie hatte ihren Dad gebeten, die Schulden zu begleichen. Jetzt war es zu spät, daran noch etwas zu ändern. Aber sie hatte Zeit gehabt, um über ihre Vorgehensweise nachzudenken, und inzwischen machte sie sich Sorgen darüber, wie Jos Reaktion ausfallen würde, auch wenn sie sich Melinda gegenüber unbekümmert gegeben hatte. Noch schlimmer war allerdings die Vorstellung, dass Jo es von einem anderen als von Hattie erfahren könnte. Was, wenn Seth selbst es beiläufig erwähnte? Was, wenn Jo in seine Praxis ging, um die letzte Rechnung zu bezahlen? Was, wenn sie von Seth wissen wollte, wie viel sie ihm insgesamt schuldete, und er ihr dann sagen musste, wieso sie keine Schulden mehr bei ihm hatte? Seth und Jo hatten immer wieder Kontakt wegen der Tiere, ihre Überlegung war also gar nicht mal abwegig.

Es gab nur eine Lösung: Hattie musste in die Praxis gehen und Seth warnen, sie musste ihm die Situation schildern und ihn bitten, jeder Diskussion über Jos Rechnung irgendwie auszuweichen. Vermutlich würde sich das seltsam anhören, vielleicht sogar nach irgendeiner List. Das einzig Gute daran war, dass sie ihn auf diese Weise wiedersehen würde.

Jo warf einen Sack voll Heu auf den Stapel in der Scheune, als würde er nichts wiegen. »Wir kommen hier schon klar.«

Hattie mühte sich mit ihrem Sack ab, wollte sich aber nicht geschlagen geben, weder was das Heu noch diese Diskussion anging. Sie war diejenige, die recht hatte, sie musste nur noch Jo davon überzeugen.

»Nein, das tun wir nicht«, widersprach sie. »Sieh dich doch nur um.«

»Wenn es dir hier nicht gefällt, kannst du ja gehen«, schnaubte Jo.

»Das habe ich damit nicht gemeint, und das weißt du auch.

Ich bin nur der Meinung, dass wir mit mehr Geld mehr bewirken könnten: Wir könnten mehr Tiere aufnehmen und es für die, die wir haben, noch etwas schöner machen.«

»Die Tiere, die wir haben, sind glücklich und gut versorgt. Ich tue mein Bestes für sie.«

»Das weiß ich. Und ich weiß auch, dass du nur das Beste für sie willst. Darum verstehe ich auch nicht, wieso das so ein großes Problem sein soll. Besucher bringen Geld ein, das du gleich wieder zum Nutzen des Gnadenhofs verwenden kannst.«

»Besucher bringen Ärger.«

»Ein paar von denen vielleicht ja, das gebe ich zu. Aber das ist einer unter hundert oder tausend. Die meisten sind genauso große Tierfreunde, wie wir es sind.«

»Meine Esel sind keine dressierten Seehunde, sondern Tiere, die ein hartes Leben hinter sich haben. Sie verdienen etwas Ruhe und Frieden und eine gute Behandlung. Das hier heißt nicht zufällig Gnadenhof.«

Hattie verkniff sich ein ungeduldiges Seufzen, während Jo den nächsten Sack auf den Stapel warf. »Wie viel kostet dich allein das Heu?«

»Ich muss meine laufenden Kosten nicht mit dir besprechen.«

»Das ist ja nur eine Sache«, redete Hattie weiter, ohne auf Jos schroffen Einwurf zu reagieren. »Du kannst mir ja nicht mal mehr als den Mindestlohn bezahlen.«

»Jetzt beschwerst du dich auf einmal darüber? Ich hab dir ja gesagt, wenn es dir nicht gefällt …«

»Ich beschwere mich nicht, und ich will auch nicht von hier weggehen. Ich versuche nur, dir klarzumachen, dass es nicht verkehrt wäre, wenn der Gnadenhof ein wenig mehr Geld einbringen würde.«

»Damit ich dir mehr Lohn bezahlen kann? Ich hab dir von

Anfang an gesagt, wie viel ich dir anbieten kann. Wenn dir das nicht gefällt …«

»Ich weiß, dann kann ich gehen. Aber ich will nicht gehen. Es gefällt mir hier, Jo. Ich liebe es hier. Es kommt mir so vor, als hättest du mich genauso gerettet wie diese Esel. Ich war vom Weg abgekommen, und ich wusste nicht, was ich mit meinem Leben anfangen sollte. Aber jetzt weiß ich es: Ich will mich so wie du um diese Esel kümmern. Du willst für die Esel nur das Beste, und das will ich auch. Ich denke eben nur, dass mein Vorschlag eben dieses Beste ist. Wenn du anderer Meinung bist und nichts davon hören willst, dann muss ich dich enttäuschen, denn ich werde dir damit weiter auf die Nerven gehen, bis du Ja sagst.« Hattie hielt Jos missbilligendem Blick stand. »Du würdest das Gleiche tun, wenn du der Meinung wärst, dass es für die Esel das Beste wäre.«

Jo stützte die Hände auf den Hüften ab. »Das bedeutet dir so viel?«

»Ja.«

Sie wischte sich über die Stirn und sah Hattie eindringlich an. Diesen Gesichtsausdruck hatte Hattie noch nie bei ihr gesehen – jedenfalls nicht, wenn Jos Aufmerksamkeit ihr galt. Es kam ihr aber so vor, als hätte die andere Frau Norbert oder Blue oder Minty schon mal so angeschaut. Es war ein sanfter Ausdruck in ihren Augen, der jedoch nicht von Dauer war und gleich wieder einer finsteren Miene weichen musste, so als würden sich Wolken vor die Sonne schieben und so ihr Licht blockieren. Gleich darauf schüttelte Jo den Kopf und griff nach dem nächsten Sack Heu.

»Trotzdem ein Nein. Ich kann keine Leute gebrauchen, die hier überall rumstapfen.«

Hattie stieß vor lauter Frust einen Schrei aus. Sie hatte nicht die Beherrschung verlieren wollen, weil sie wusste, dass Jo sich dann noch mehr auf ihren Standpunkt versteifen würde. Aber mit dieser Frau zu reden war schlicht unmöglich.

Als sie aus der Scheune stürmte, rechnete sie insgeheim damit, dass Jo ihr folgen würde, entweder wutentbrannt oder kleinlaut, weil sie den Bogen überspannt hatte. Was es sein würde, konnte sie nicht einschätzen, aber Jo würde sie sicher nicht einfach so weggehen lassen.

Als sie dann aber den Hügel hinauf zur Koppel ging, weil ihre Füße sie wie aus eigenem Antrieb dorthin führten, wurde ihr schnell bewusst, dass Jo ihr nicht gefolgt war – und dass sie das vermutlich auch nie machen würde. Vielleicht war sie Jo einfach nicht wichtig genug. Vielleicht existierte diese Freundschaft, die Hattie zwischen ihnen wahrzunehmen geglaubt hatte, eigentlich gar nicht. Hattie war so davon überzeugt gewesen, dass sie einander in den letzten Wochen nähergekommen waren, weil sie Seite an Seite für das gleiche Ziel gearbeitet hatten. Sie hatte gedacht, sie beide seien inzwischen ein Team geworden, wodurch es ihr möglich werden würde, den Panzer zu durchdringen und Jos menschliche Seite zu erreichen. Aber vielleicht legte Jo gar keinen Wert auf eine Freundschaft, auch wenn es Hattie noch so sehr so vorgekommen war. Vielleicht war sie einfach nicht wie andere Leute. Vielleicht machte es ihr tatsächlich nichts aus, allein zu sein.

Aber konnte irgendein Mensch wirklich glücklich darüber sein, so abgeschieden vom Rest der Welt zu leben?

In all diesen Wochen war Hattie der Meinung gewesen, Jo jeden Tag ein klein bisschen ändern zu können. Doch was, wenn es genau umgekehrt gelaufen war? Was, wenn Jo Hattie in ihre Welt gezogen hatte, anstatt sich aus dieser Welt heraushelfen zu lassen? Als ihr dieser Gedanke durch den Kopf ging, erschrak sie unwillkürlich. Immerhin hatte sie die grellen Großstadtlichter von Paris hinter sich gelassen, und sie sollte sich hier auf Sweet Briar eigentlich völlig fehl am Platz vorkommen. Das hatte ja sogar Seth erkannt.

Aber sie kam sich aus einem ganz bestimmten Grund nicht wie ein Fremdkörper in dieser Welt vor: Sie liebte diese Welt. Als sie versucht hatte, Jo dazu zu überreden, Sweet Briar für alle Menschen zu öffnen, damit sie zu Besuch kamen, war es ihr womöglich gar nicht darum gegangen, den Gnadenhof für Jo oder für die Esel zu erhalten, sondern für sich selbst. Sie wollte mit ihrem Handeln etwas bewirken, etwas schaffen, das einen Wert hatte. Und da sie das nun gefunden hatte, konnte sie es nicht wieder aufgeben. Hier kam sie sich nützlich vor. Sie hatte nie etwas geleistet, auch nie das Gefühl gehabt, irgendeinem Menschen ernsthaft etwas zu bedeuten, und nun, da es ihr gelungen war, wollte sie es nicht wieder loslassen. Jetzt konnte sie an Charlotte denken, ohne sich wie das Kind zu fühlen, das versagt hatte. Wenn ihre Schwester sie hier sehen könnte, dann würde sie vielleicht auch sagen, dass Hattie etwas Wertvolles tat.

An der Koppel angekommen trottete Norbert ihr bereits entgegen. Sie griff in ihre Tasche, musste dabei aber feststellen, dass sie keine Leckerchen mehr hatte. Sie mochte es grundsätzlich nicht, den Esel zu enttäuschen, aber heute fühlte sie sich noch nutzloser – nun war wirklich jeder enttäuscht von ihr, sogar Norbert.

»Tut mir leid, Kumpel.« Sie kraulte ihn hinter dem Ohr. »Sieht so aus, als hätte ich vergessen, meinen Vorrat aufzustocken. Ich hatte es ziemlich eilig.« Er schnaubte leise, während sie ihn betrübt anlächelte. »Wenigstens gibst du mir keine Widerworte.«

Am anderen Ende der Koppel wieherten Loki und Lola sich gegenseitig an. Es wirkte wie ein typischer Streit unter Geschwistern. Hattie wandte sich wieder Norbert zu und rieb mit einer Hand über seinen Hals. Wenn Jo herkam, eilten alle Esel zu ihr, bei Hattie setzte sich meist nur die halbe Truppe in Bewegung, um sie zu begrüßen. Aber am heutigen Tag war Norbert der Einzige, der was von ihr wissen wollte. Sie sagte sich, dass das so völlig okay war. Sie musste erst mal das Vertrauen dieser Tiere gewinnen, welches sie einem nicht einfach ohne Weiteres schenkten. Bei Jo hatten sie das gemacht, und sie wurde von ihnen geliebt. Jo musste sich nicht mal Mühe geben, sie musste nicht erst noch charmant und gesprächig sein. Es genügte, dass ihr die Tiere wichtig waren.

Hätten die Esel in Hatties Herz schauen können, wäre ihnen klar gewesen, dass sie alle ihr genauso wichtig waren wie Jo. Ihr fiel es bloß schwerer, das Richtige zu tun. Sie grübelte und zauderte und zweifelte, und dann traf sie doch die falschen Entscheidungen. Ihr fehlte es an Jos Gemütsruhe und Selbstvertrauen. Hattie war nach wie vor davon überzeugt, dass sie mit dem Plan richtiglag, Besucher anzulocken, aber Jo war in der Lage, ihren Standpunkt zu vertreten, nicht zurückzuweichen und zu allem Nein zu sagen, was ihr nicht gefiel. Wie sehr Hattie sich wünschte, nur ein wenig von diesem Wesenszug besitzen zu können.

Sie sah hinaus auf die Bucht, wo die rastlose See unter einem trostlos grauen Himmel unablässig gegen die Felsen anstürmte. Selbst wenn das Wetter nicht perfekt war, änderte das nichts daran, dass diese Aussicht vollkommen war.

Man konnte Sweet Briar mit jeder Farbpalette darstellen, ob Frühling oder Herbst, ob Sonne oder Sturm, es war hier einfach immer schön. Sie wollte diese Aussicht nicht verlieren, aber wenn nichts geschah, dann würde sie vielleicht bald all das hier verlieren. Um den Gnadenhof am Leben zu halten, brauchte es schließlich mehr als Luft und Liebe, und dennoch sah es immer mehr danach aus, dass Jo einfach niemals auf Hatties Linie einschwenken würde. Und nachdem es eben auch noch etwas lauter und energischer zugegangen war, bestand das Risiko, dass Jo sie kurzerhand rauswerfen würde. Die leise Stimme in ihrem Hinterkopf gab zu bedenken, dass das vielleicht die beste Lösung war. Allmählich wurde ihr bewusst, dass sie nicht tatenlos zusehen könnte, wie Jo die Sweet Briar Farm gegen die Wand fuhr.

Als Hattie ins Haus zurückkehrte, stand Jo am Herd und rührte in einem Kochtopf. Sie drehte sich nicht zu Hattie um, als sie in die Küche kam und die Tür leise hinter sich zuzog, obwohl sie sie gehört haben musste. Sie wollte nach oben gehen, weil sie sich einerseits ihrer schmutzigen Arbeitskleidung entledigen musste, andererseits aber auch, um sich von Jo erst mal fernzuhalten. Auf halbem Weg durch die Küche hörte sie Jo auf einmal etwas sagen.

»Ich will nicht überall Werbung für den Gnadenhof sehen.« Jos Stimme klang klar und bestimmt. »Wenn sie herkommen, dann kommen sie her, und wenn nicht, hab ich auch nichts dagegen einzuwenden.«

Hattie drehte sich um und sah, dass Jo immer noch über den Herd gebeugt dastand und sehr konzentriert in den Kochtopf sah.

»Mit den Leuten kannst du dich befassen«, fuhr Jo fort. »Ich habe keine Ahnung, wie viel man als Eintritt verlangen könnte, aber ich gehe davon aus, dass du dir darüber schon Gedanken gemacht hast. Du scheinst dir das Ganze ohnehin schon sehr gründlich überlegt zu haben.«

»Das ist richtig«, antwortete Hattie, die ihre aufkeimende Hoffnung mit einer ordentlichen Portion Skepsis in Schach hielt. Sollte sie tatsächlich die Wende vollzogen haben? Sie wollte sich lieber nicht zu früh freuen.

»Ein Monat«, sagte Jo.

»Ein Monat«, bestätigte Hattie. »Mehr brauche ich nicht, um zu sehen, wie es läuft. Ich werde dich nicht enttäuschen.«

»Falls doch, bist du hier raus.«

»Ja, ich weiß«, sagte Hattie.

Jo nickte knapp und nahm das Salz aus dem Regal über dem Herd, drehte sich dann aber um und sah Hattie eindringlich an. Sie hatten eine Übereinkunft getroffen, die keiner weiteren Worte bedurfte. Jo vertraute ihr weitaus mehr an als nur die Zukunft der Sweet Briar Farm an. Hattie war klar, dass sie diese Chance nicht verhauen durfte. Immerhin war sie schon einmal in ihrem Leben an diesem Punkt angelangt: Schon einmal hatte sie das Vertrauen eines anderen Menschen gewinnen können, nachdem sie monatelang versucht hatte, ihn mürbe zu machen – und dann hatte sie die Gelegenheit ihres Lebens angeboten bekommen und war schließlich mit Pauken und Trompeten daran gescheitert. Deshalb war sie gezwungen gewesen, Paris zu verlassen, aber rückblickend konnte sie nur sagen, dass ihr Paris in Wahrheit gar nicht so viel bedeutet hatte – jedenfalls nicht so viel, wie Sweet Briar und die Esel ihr bedeuteten.

»Ich werde dich nicht enttäuschen«, bekräftigte Hattie und konnte nur hoffen, dass sie dieses Versprechen würde halten können.

Kapitel 15

Am nächsten Tag gab es für Hattie gleich drei Gründe, ins Dorf zu gehen, aber nur einen davon konnte sie Jo wissen lassen. Erstens wollte sie unter vier Augen mit Seth über Jos Rechnung reden. Zweitens hatte sie vor, einige Geschäftsinhaber im Dorf anzusprechen und sie zu bitten, ihre Kunden auf den Gnadenhof aufmerksam zu machen. Es war zwar keine Werbung im eigentlichen Sinn, dennoch wollte sie das für sich behalten, weil sie ansonsten das Risiko einging, dass Jo es sich doch wieder anders überlegte. Drittens wollte sie sich die Hilfe ihres Dads bei der Erstellung einer Webseite für Sweet Briar sichern. Ihr Vater war das Sinnbild des Silver Surfers (auch wenn seine Haare und der Rest seines Kopfs schon seit Jahren getrennte Wege gingen), und selbst Hattie musste zugeben, dass ihr Dad in Sachen Computer weitaus besser Bescheid wusste als sie. Bevor er in den Ruhestand gegangen war, hatte er die Webseite für seine Arztpraxis entworfen und aufgebaut, die besser als alles war, was ein Profi auf die Beine hätte stellen können. Wie gut sie war, zeigte sich daran, dass Dads als anspruchsvoll geltende Nachfolgerin die Seite unverändert übernommen hatte.

Ihre erste Anlaufstelle war die Castle House Praxis. Hattie hatte zuvor angerufen und mit dem etwas irritiert klingenden Seth einen Termin vereinbart, der noch vor der allgemeinen Öffnungszeit der Praxis lag. So überraschend ihr Anruf für ihn auch war, hatte er ihr bereitwillig eine Uhrzeit genannt, zu der er ihr zur Verfügung stehen würde.

Dort angekommen nahm Hattie sich erst die Zeit, ihre Haare

glatt zu streichen, dann drückte sie auf den Klingelknopf. Gut eine halbe Minute später öffnete Seth ihr die Tür.

»Guten Morgen, Hattie.«

Sie trat ein und fand sich im Empfangsbereich der Praxis wieder. Es war ihr erster Besuch hier, denn Peanut hatten sie zum einen gehabt, lange bevor Seth nach Gillypuddle gekommen war. Zum anderen hatten sich seinerzeit ihre Eltern um alle gesundheitlichen Belange ihres Ponys gekümmert, ohne dass sie oder Charlotte etwas mitzureden gehabt hätten. Danach hatten sie sich nie wieder ein Haustier angeschafft, obwohl Hattie viele Anläufe unternommen hatte, um sie zu überreden. Ihre Eltern hatten immer dagegengehalten, dass sie zu sehr von ihrer Arbeit in Anspruch genommen wurden und nicht genügend Zeit bleiben würde, um sich um ein Tier zu kümmern. Heute war Hattie klar, dass sie wegen der hohen Anforderungen ihrer Jobs wohl am Abend zu müde gewesen waren, um einem Haustier Aufmerksamkeit zu schenken. Jedenfalls hatten sie nach Peanuts Tod beschlossen, sich kein Tier mehr anzuschaffen.

Im Empfangsbereich war es trotz der Jahreszeit ein wenig kühl, da die Sonne sich entschieden hatte, an einem Punkt jenseits der nach Norden zeigenden Fenster aufzugehen. Es roch nach Desinfektionsmitteln und alten Zeitschriften.

»Danke, dass Sie sich Zeit für mich nehmen konnten.«

Ohne sich dessen bewusst zu sein, strich Hattie sich wieder nervös über die Haare. Melinda hätte sicher gelacht, hätte sie sehen können, wie viel Mühe Hattie sich gegeben hatte. Aber das war ihr egal, denn ihre Freundin hätte sich an ihrer Stelle nicht anders verhalten. Außerdem hatte ihre Mutter völlig recht: Wenn Hattie an Seth interessiert war (und sie konnte nicht abstreiten, dass es mehr als nur Interesse war), würde sie sich wohl tatsächlich in eine lange Warteschlange einreihen müssen – oder einen Weg finden, wie sie sich an die Spitze dieser Schlange setzen konnte.

Heute trug Hattie die Haare offen und nur an den Seiten locker hochgesteckt. Außerdem hatte sie ein wenig von der sehr teuren französischen Foundation und dem Rouge aufgelegt. Beides hatte sie in Paris gekauft und dafür so viel Geld ausgegeben, wie sie wohl nie wieder zur Verfügung haben würde, wenn ihr Bestand erst einmal aufgebraucht war. Sie trug ihre luftige Sommerhose, die sie in letzter Zeit gar nicht mehr hatte anziehen können, weil sie auf dem Hof völlig nutzlos war. Für einen schönen Tag wie heute war sie dagegen genau richtig. Es war also nicht zu leugnen, dass sie sich für Seth schick gemacht hatte. Aber davon abgesehen tat es auch so einfach gut, sich von Zeit zu Zeit mal ein bisschen herauszuputzen. Es war schön, sich in seiner Haut wohlzufühlen. Seit sie bei Jo eingezogen war, hatte sie nur noch zweckmäßige Arbeitskleidung getragen, sodass sie sich heute Morgen im Spiegel fast nicht wiedererkannt hätte. Aber ihr gefiel, was sie gesehen hatte.

Sie war nur froh, dass Jo sich bereits um die Hühner kümmerte. Zwar hätte sie kein Wort über Hatties Aufmachung gesagt, dennoch war sie sich sicher, dass Jo nicht viel davon gehalten hätte, was für sie alles andere als ermutigend gewesen wäre.

»Also …« Seth schloss die Eingangstür und lächelte Hattie abwartend an.

Dass sie sich für ihn so schick gemacht hatte, schien er so gut wie gar nicht zur Kenntnis zu nehmen. Sein Tonfall war freundlich, aber rein sachlich. »Was kann ich für Sie tun? Gibt es ein Problem auf der Farm?«

»Nicht so richtig. Das heißt … eigentlich ja, aber es geht nicht um die Tiere.« Hattie sah an Seth vorbei durch die nächste offene Tür ins Behandlungszimmer, wo Keramik und Edelstahl vorherrschten und wo einige ziemlich unerfreulich aussehende Geräte lagen. Sie ging davon aus, dass hier alles klinisch sauber und steril sein musste, aber das hier war Welten von der gemütlichen Schäbigkeit der Sweet Briar Farm entfernt.

Seth schob die Hände in die Hosentaschen. »Möchten Sie einen Kaffee oder etwas anderes? Das dauert nur eine Minute.«

»Ähm …« Hattie hielt inne, während er sie geduldig anlächelte und immer noch wartete. Jetzt, da sie hier war, um zu erklären, was sie zu erklären hatte, beschlich sie auf einmal das Gefühl, dass sie sich sehr dumm anhören würde. Was in sich völlig schlüssig gewesen war, als sie es sich ausgedacht und dann mit der Hilfe ihres Vaters in die Tat umgesetzt hatte, erschien ihr auf einmal so … na ja, schon ein bisschen arrogant. Jedenfalls fürchtete sie, Seth könnte es so empfinden.

»Ich brauche Ihre Hilfe«, erklärte sie schließlich ohne Vorrede.

»Was stimmt denn nicht?«

»Oh, nichts, also … das heißt … es geht um Jos Rechnung.«

Seth zog die Augenbrauen zusammen. »Ich glaube nicht, dass ich mit Ihnen über Jos finanzielle Angelegenheiten reden kann. Ich weiß, Sie arbeiten für sie, aber …«

»Ich weiß, dass die Rechnung bezahlt ist. Mein Dad war hier, um sie zu begleichen.«

»Ihr Dad?« Seth schaute verwirrt drein, aber das war auch kein Wunder. Schließlich war er erst seit ein paar Monaten in Gillypuddle, und er war zu einer Zeit hergekommen, als sie noch in Paris gelebt hatte. Außerdem war ihm bestimmt nicht bis ins Detail bekannt, wer wie mit wem zu tun hatte. »Ihr Dad ist Dr. Rose?«

»Ja.«

»Aha.« Seth schaute noch etwas ratloser drein. »Ich hatte den Eindruck, dass es sich dabei um eine Spende handelt, über die Jo auch Bescheid weiß. Wollen Sie mir sagen, dass das nicht der Fall ist?«

»Ich habe meinen Dad gebeten, herzukommen und die Rechnung zu bezahlen. Ich werde ihm das Geld zurückzahlen, sobald ich kann. Aber Jo weiß nichts von dem, was wir getan haben.« Hattie spürte, dass ihre Wangen zu glühen begannen. »Genau genommen«, redete sie weiter, da sie zu dem Schluss gekommen war, auch gleich noch den ganzen Rest zu erzählen, »hat sie mich mehr oder weniger gebeten, mich nicht einzumischen. Na ja, eigentlich hat sie mich dazu angehalten, nichts zu tun. Aber ich mache mir Sorgen«, fügte sie rasch an, als ihr auffiel, wie sich seine Miene verfinsterte. »Wissen Sie, ich habe Angst, dass sie sich Ärger einhandeln könnte, wenn sie nicht bezahlt. Oder dass Sie uns nicht mehr helfen, wenn wir Sie brauchen. So etwas könnten wir uns erst recht nicht leisten.«

»Ich würde einem kranken Tier niemals die Behandlung verweigern, nur weil da noch eine Rechnung offen ist. Außerdem bin ich fest davon überzeugt, dass Jo früher oder später bezahlen wird.« Sein Tonfall war frostig.

»Ich weiß, das hätte mir auch klar sein sollen. Deswegen bin ich ja auch heute hergekommen, um Sie zu bitten, ihr nichts davon zu sagen, dass ich die Rechnung bezahlt habe. Oder besser gesagt: dass mein Dad das erledigt hat.«

»Sie wollen von mir verlangen, dass ich sie *anlüge*?«

»Nicht so richtig. Ich möchte nur nicht, dass Sie ihr gegenüber die Rechnung erwähnen.«

Doch Seth schüttelte den Kopf. »Das kann ich nicht machen. Das alles hat mit mir nichts zu tun, das müssen Sie mit ihr besprechen, aber nicht mit mir.«

»Aber Jo mag es nicht, Dinge zu besprechen! Sie mag es nicht, über Dinge zu reden – egal um was geht! Es ist angenehmer, sich einen Zahn ziehen zu lassen, als mit ihr ein Gespräch zu führen.«

»Auf mich macht sie aber einen durch und durch vernünftigen Eindruck«, hielt er dagegen.

»Hören Sie, Sweet Briar wird in nächster Zeit Geld abwerfen, und dann wird sie herkommen und die Rechnung bezahlen wollen. Ich bitte Sie nur, in dem Moment mitzuspielen. Nehmen Sie das Geld und geben Sie es an meinen Vater weiter. Dann erfährt sie nicht, was ich für sie getan habe.«

»Und wenn sie mich nach ihrem Schuldenstand fragt, bevor sie bezahlen kann?«

»Dann sagen Sie ihr, dass der Betrag immer noch offen ist.«

»Gerade eben wollten Sie doch, dass ich gar nicht mit ihr über das Thema rede.«

»Bitte.«

»Das kann ich nicht machen, tut mir leid. Ich bin nach wie vor der Meinung, dass ich mit dieser Situation nichts zu tun haben sollte. Ich fürchte, Ihnen bleibt keine andere Wahl, als Jo die Wahrheit zu sagen.«

»Sie werden es ihr aber nicht von sich aus sagen, oder?«

»Dazu habe ich kein Recht, trotzdem finde ich, dass Sie es tun sollten.«

»Sie wird mich dafür hassen.«

»Das wäre gut möglich.«

Hattie ließ entmutigt die Schultern sinken, so als wären ihr aller Stolz und Optimismus mit einem Mal entrissen worden und als wäre nur ein Vakuum aus Unschlüssigkeit und Sorge zurückgeblieben.

Wie hatte sie das bloß jemals für eine gute Idee halten können? Ihre Ungeduld, eine Lösung zu finden, die ihrer Meinung nach unbedingt gefunden werden musste, konnte jeglichen Fortschritt zunichtemachen, der ihr in ihrer Beziehung zu Jo

173

bislang gelungen war. Sie hätte sich erst einen Überblick verschaffen sollen, bevor sie irgendwelche Maßnahmen ergriff.

»Was ich machen kann«, fuhr Seth mit etwas sanfterer Miene fort, »ist Folgendes: Ich erstatte Ihrem Vater das Geld, das er mir gegeben hat.«

»Aber dann haben Sie ja nicht mehr die Zahlung für Jos Rechnung.«

»Ja, aber ich hätte immerhin eine Sorge weniger. Ich will nicht Teil Ihres verrückten Plans sein, aber ich will auch keine schlechte Stimmung zwischen Ihnen und Jo auslösen. Ich habe das Gefühl, dass Sie gute Gründe dafür hatten, so vorzugehen, auch wenn Sie damit übers Ziel hinausgeschossen sein dürften. Ich hatte kein Problem damit, auf Jos Zahlung zu warten, und ich habe auch weiter kein Problem damit. Wenn es stimmt, was Sie sagen, und Sweet Briar wird in Kürze Gewinne abwerfen, dann kann ich ja schon ziemlich bald mit einem Geldeingang rechnen.«

Hattie lächelte ihn dankbar an. Sie konnte zwar nicht behaupten, mit dem Verlauf dieses Treffens rundum zufrieden zu sein, aber Seths Vorschlag hörte sich zumindest nach einer vernünftigen Lösung an.

Seth ging in sein Büro und holte einen Scheck aus einer der Schreibtischschubladen. »Ich hatte ihn sowieso noch nicht zur Bank geschickt«, erklärte er, während er Hattie den Scheck überreichte.

»Danke.«

Nachdem sie ursprünglich so darauf aus gewesen war, Seths Blick und Aufmerksamkeit in einem romantischen Sinn auf sich zu lenken, konnte sie jetzt nicht schnell genug von hier wegkommen. Sie kam sich albern vor, und sie konnte sich nur zu gut vorstellen, dass Seth sie nun für ein albernes, dummes Ding hielt.

»Tut mir leid, dass ich Ihre Zeit in Anspruch genommen habe«, sagte sie verlegen.

»Nicht der Rede wert«, versicherte Seth ihr und nickte flüchtig. Hattie glaubte, in seinen Augen einen Hauch von Belustigung zu entdecken. Aber darauf durfte sie sich nicht konzentrieren, weil sie wusste, dass sie dann einen roten Kopf bekommen würde.

»Gut, dann sehen wir uns, wenn Sie das nächste Mal nach Sweet Briar kommen«, sagte sie ein wenig verunsichert.

»Ganz sicher.«

»Okay, dann … bis dann.«

Hattie wandte sich zum Gehen. An der Tür angekommen, fasste sie nach dem Knauf, als Seths Stimme sie zurückhielt und dazu veranlasste, sich noch einmal zu ihm umzudrehen.

»Nur damit Sie es wissen«, fügte er mit dem gleichen amüsierten Blick hinzu. »Es war eine hübsche Idee, nur ein bisschen … verdreht.«

Hattie grinste und prompt begann ihr ganzes Gesicht zu glühen. Sie stürmte nach draußen, damit er es nicht sehen konnte, doch als sie die Tür hinter sich zuzog, hätte sie schwören können, ihn leise lachen zu hören.

Lance wirkte gestresst. Hattie konnte sich nicht daran erinnern, ihn schon jemals gestresst erlebt zu haben. Mark hatte wohl den Nachmittag freigenommen, damit er sich so erholen konnte, wie er es eigentlich auch sollte. Phyllis hatte daher seine Schicht übernommen. Hattie wurde schnell klar, dass Phyllis der Grund für den Stress war.

»Oh! Hallo, Dottie!«, rief sie gut gelaunt und lächelte Hattie an, als die das Willow Tree betrat. Es sah so aus, als wollte sie einen Tisch abräumen, allerdings machte sie zugleich den Eindruck, dass sie nicht so recht wusste, wie sie das am besten bewerkstelligen sollte. Sie nahm die Teekanne hoch und stellte sie zurück, machte das Gleiche mit Tasse und Untertasse, und letztlich begnügte sie sich mit einem Teelöffel. »Du bist zurück aus Amerika?«

Hattie lächelte nur und sah zu Lance, der hinter dem Tresen stand und die Augen verdrehte.

»Sag mir bitte, dass Medusa dich gefeuert hat«, zischte er ihr zu, als sie sich dem Tresen näherte. »Diese Frau macht mich wahnsinnig. Wenn ich mich noch länger mit ihr herumschlagen muss, werde ich den Verstand verlieren.«

Gerade wollte Hattie zu einem von Herzen kommenden Lachen ansetzen, da fasste Lance sie am Handgelenk und sah sie mit flehendem Blick an. »Ganz ehrlich. Wenn du den Job noch willst, gehört er dir. Sag mir bitte, dass du jetzt sofort anfangen kannst.«

»Du kannst Phyllis nicht feuern«, ermahnte Hattie ihn und versuchte weiter, ihr Lachen zu unterdrücken. »Sie ist doch viel zu nett.«

»Oh Gott, ich weiß. Wenn ich mir nur ihr Gesicht vorstelle … als würde man seinem dreijährigen Kind anvertrauen, dass man den Weihnachtsmann erschossen hat.«

»Wo ist eigentlich Mark?«

»Der Glückspilz bekommt gerade eine Reiki-Massage verabreicht.«

»Vielleicht wäre die ja auch was für dich, damit deine Nerven beruhigt werden.«

»Um meine Nerven zu beruhigen, brauche ich schon was Stärkeres. Hey, weißt du was? Ich habe soeben eine neue Stelle im Café geschaffen. Bewirb dich bitte! Du kannst jeden Tag arbeiten kommen, und mit etwas Glück vergisst Phyllis, dass sie hier arbeitet, und kommt nicht mehr her.«

»Das kannst du aber auch nicht machen«, widersprach ihm

Hattie, die wieder zu dem Tisch schaute, den Phyllis abräumte. Offenbar ging sie mit jedem Teil, das dort herumstand, einzeln in die Küche. Sie war weit jenseits des Rentenalters, aber Hattie hatte sie schon immer als rüstige und fröhliche ältere Dame kennengelernt. Seit Ruperts Frau gestorben war, gab es einige im Dorf, die versuchten, ihn mit der seit einer Weile verwitweten Phyllis zu verkuppeln. Hattie hielt das eigentlich für eine gute Idee, aber wie es schien, waren die beiden jeder für sich glücklich und zufrieden genug, ohne eine neue Beziehung eingehen zu müssen.

»Ich zahle dir auch eine Million Pfund in der Stunde«, legte Lance nach.

»*So schlimm* kann es doch nun auch wieder nicht sein«, wandte Hattie ein.

Gleich darauf war aus der Küche ein Höllenlärm zu vernehmen.

Lance drückte die Hände gegen sein Gesicht und stieß einen erstickten Schrei aus. »Herr, gib mir Kraft!«

»Willst du nicht nachsehen, was da drinnen passiert ist?«

»Ich glaube, das würde ich nicht ertragen. Wenn sie in dem Tempo weitermacht, wird Mark nicht der Einzige mit Herzproblemen bleiben. Mein Herz rast so, als wäre es ein Drumcomputer aus den Achtzigern.«

»Jetzt geh schon und sieh nach, ob mit ihr alles in Ordnung ist«, gab sie lächelnd zurück. »Meine Bestellung kann warten.«

»Das heißt, du lässt mich in meiner Stunde größter Not einfach im Stich?«

»Leider ja.«

In diesem Moment kam Phyllis aus der Küche geschlichen. Sie trug eine Schürze, die für eine Frau von ihrer zierlichen Statur viel zu groß war. In einer Hand hielt sie etwas, das nach einem Erdbeershake aussah.

»Keine Sorge, ich habe alles unter Kontrolle«, verkündete sie mit rauer Stimme, dann ging sie zu einem eben frei gewordenen Tisch, um wieder nur eine von vielen benutzten Tassen in die Küche zu bringen. Lance sah ihr kopfschüttelnd hinterher.

»Ich würde dir ja gern was zu trinken anbieten, aber ich glaube nicht, dass wir das ohne einen weiteren Zwischenfall hinkriegen werden«, sagte er leise.

»Halb so wild. Ich bin sowieso in erster Linie hergekommen, weil ich dich um einen Gefallen bitten wollte.«

»So?«

»Ja, die Sweet Briar Farm ist ab sofort für Besucher geöffnet, und ich habe überlegt …« Weiter kam sie nicht, da es ein zu komischer Anblick war, wie Lance' Kinnlade runterklappte. Ganz offenbar war zumindest für den Moment vergessen, welche Verwüstungen Phyllis soeben in der Küche angerichtet hatte.

»Oh, setz mich sofort auf die Liste«, rief er ausgelassen. »Ich wollte immer schon mal wissen, wie der Hades aussieht.«

»Lance!«, ermahnte sie ihn, konnte sich aber ein Grinsen nicht verkneifen.

»Mach mich ruhig zur Schnecke, meine Liebe, aber ich glaube nicht, dass dir die Bedeutung dessen klar ist, was du da gerade gesagt hast. Du bist nicht in den letzten zwei Jahren von dieser Frau bei jeder sich bietenden Gelegenheit vor den Kopf gestoßen worden. Niemand durfte dort jemals rein.«

»Der Tierarzt durfte aber rein«, machte sie ihm klar.

»Ich meinte damit die Leute, die nicht von Berufs wegen ihre Hände in den Hintern von Kühen und ähnlich großen Tieren schieben müssen. Das ist so, als würde Nordkorea seine Grenzen öffnen.«

»Ich durfte auch rein«, betonte sie und musste unwillkürlich wieder lachen. Sie war mit dem Inhalt von Lance' Kommentaren nicht so ganz einverstanden, dennoch musste sie zugeben, dass er witzig war.

»Ja, du bist jetzt von diesem Kult einverleibt worden.«

»Lance, jetzt hör mal mit dem Unsinn auf.«

Sein verruchter Gesichtsausdruck wich gleich darauf einer vollkommenen Unschuldsmiene. »Dann erzähl mal«, sagte er. »Was hat dieses Wunder mit mir zu tun? Du sagst, du willst mich um einen Gefallen bitten. Bist du auf der Suche nach einem Menschenopfer? Falls ja, glaube ich, dass ich da was Passendes für dich hätte. Die betreffende Person verwüstet im Augenblick meine Küche …«

»Ich wollte fragen, ob du den Gnadenhof erwähnen könntest, wenn Touristen hier sind. Du musst die Leute damit nicht überfallen, aber wenn jemand fragt, was man hier so unternehmen kann, dann könntest du sie ja vielleicht zu uns raufschicken.«

»Du erwartest von mir, dass ich all diese armen Seelen in ihr Verderben schicke?«

Hattie tat so, als würde sie ungeduldig die Augen zusammenkneifen, was wiederum ihn zum Lachen brachte. »Schon gut. Aber nur, weil du es bist. Du kannst auch gern ein Plakat aufhängen und uns ein paar Flyer geben.«

»Das würde ich gern, aber es muss noch alles ohne reguläre Werbung laufen.«

»Warum denn das?«

»Na ja, Jo ist zwar bereit, versuchsweise Besucher auf den Hof zu lassen, aber sie hat noch nicht entschieden, ob ihr meine Idee wirklich gefällt. Ich versuche sie noch immer davon zu überzeugen, dass es sinnvoll ist. Ich kann nur hoffen, dass sie das spätestens dann einsieht, wenn die Besucher Geld einbringen. Gebrauchen können wir es auf jeden Fall.«

»Und wie viel Eintritt wollt ihr nehmen?«

»Gar keinen. Mir schwebt da eher vor, dass jeder freiwillig spendet, so viel er will, wobei wir einen erwünschten Mindestbetrag vorgeben. So wie in einem Museum. Unter dem Gesichtspunkt erscheint das Ganze gar nicht mehr so sehr wie ein kapitalistisches Großprojekt, nicht wahr?«

»Ich kann mir irgendwie nicht vorstellen, dass sie auch nur einen Besucher mit offenen Armen empfangen wird. Auch wenn sie von den Leuten eine Spende haben möchte.«

»Darum werde ich mich auch um die Besucher und um alles kümmern, was mit ihnen zu tun hat.«

Lance sah sie nachdenklich an. »Was willst du da oben noch versuchen?«, fragte er.

»Wie meinst du das? Ich glaube nicht, dass wir noch was anderes tun können, außer Besucher auf den Hof zu locken.«

»Was ist mit Patenschaften? Mit so was wird doch überall geworben. Im Fernsehen läuft tagsüber eine Werbung nach der anderen. Drei Pfund in der Woche für diese Katze oder jenen Hund.«

»Patenschaften für die Esel?« Hattie begann zu strahlen. »Das ist genial!«

»Ich weiß.« Lance schaute äußerst zufrieden drein.

»Wie bekomme ich das an die Leute vermittelt?«, fragte sie im nächsten Atemzug fast verzweifelt. »Wir können uns keine Werbespots im Fernsehen leisten.«

Lance tippte mit einem Finger an seine Nase. »Ich glaube, ich kenne da jemanden, der dir helfen könnte.«

»Wer?«

»Lass mich erst mit ihm reden, dann sage ich dir Bescheid.«

»Okay, lass mich nur vor Neugier wahnsinnig werden.«

»Tue ich doch gern«, gab er amüsiert zurück. »Und? Wie sieht's aus? Kann ich dich wirklich nicht dazu überreden, hier anzufangen?«

Hattie wollte darauf antworten, aber im gleichen Moment landete in der Küche abermals irgendetwas mit viel Getöse auf dem Boden, woraufhin Lance sich bekreuzigte.

»Führ mich nicht in Versuchung«, murmelte er, den Blick zur Decke gerichtet.

Hattie konnte nicht anders und musste wieder ausgelassen lachen.

Kapitel 16

Hattie betrachtete die Webseite, die ihr Dad entworfen hatte, und fand, dass sie gut aussah. Klar und übersichtlich angeordnet, mit schönen Fotos der Sweet Briar Farm und der Aussicht auf die Küste. Dazu hinreißende Bilder von den Eseln und den Hühnern, außerdem ein Foto von Hattie, wie sie den Arm um Norbert gelegt hatte.

Dieses Foto hatte Melinda geschossen, und es sah sogar gut aus, wenn man dabei berücksichtigte, wie viele Versuche sie benötigt hatte, ehe es ihr gelungen war, Hattie ganz aufs Bild zu bekommen und ihr nicht schon wieder den halben Kopf wegzuschneiden. Vor einer Woche hatte sie dann die gesammelten Dateien ihrem Dad gebracht, mit dem sie den ganzen Abend daran gesessen hatte, die Seite einzurichten. Ihr Dad hatte sogar einen Link zu einer Spendenseite gesetzt, damit die Leute online Geld spenden konnten, wenn sie keine Möglichkeit hatten, den Hof zu besuchen. Seitdem hatten sich grandiose null Besucher auf der Seite eingefunden, aber immerhin waren drei Spenden zusammengekommen – eine von Melinda (was Hattie rührte, wusste sie doch, wie sehr ihre Freundin kämpfen musste, um Monat für Monat über die Runden zu kommen), eine von ihrer Mum und eine von Rupert.

Zuversicht konnte das allerdings nicht hervorrufen.

Das Gute an allem war aber, dass Hattie Jo noch nie so glücklich erlebt hatte – auch wenn das in Jos Fall nur bedeutete, dass sie mal keine finstere Miene zur Schau stellte. Allerdings musste Hattie davon ausgehen, dass diese Zufriedenheit nur damit zu tun hatte, dass Jo sich in ihrer Überzeugung bestätigt fühlte, niemanden für einen Gnadenhof für Esel begeistern zu können. Hattie kam es so vor, als erfreue sich Jo an ihrer Märtyrerrolle, dass die Versorgung der Esel eine Arbeit war, die nur sie leisten konnte, aber sonst niemand.

Für Hattie wiederum war aber auch klar, dass Jos Methode nicht die richtige war, um den Hof auf Dauer betreiben zu können. Deshalb wollte sie auch noch nicht aufgeben.

Es ließ sich nicht leugnen, dass Jo sich über das Ausbleiben von Besuchern freute. Hattie empfand dieses Desinteresse der Leute allerdings als frustrierend, weil sie nicht wusste, woran es lag. Irgendjemand musste doch mal herkommen wollen. Vorzugsweise jemand, bei dem es sich nicht um Melinda und die Kinder handelte, die am liebsten jeden Tag auf dem Hof verbracht hätten. Die Tatsache, dass sie nicht vernünftig für den Hof werben konnte, war natürlich ein gravierendes Hindernis.

In der Zwischenzeit erledigte Hattie am Tag die übliche Routine auf dem Gnadenhof, abends überlegte sie dann angestrengt, wie sie indirekt Werbung machen und ein zahlendes Publikum anlocken konnte, ohne dabei gegen Jos Vorgabe zu verstoßen. Sie wartete noch immer darauf, dass Lance sich bei ihr meldete und ihr etwas über diesen Kontakt verriet, mit dem er sich hatte in Verbindung setzen wollen.

Sie wollte eben den Laptop runterfahren, als ihr Handy klingelte. Es war fast so, als hätte ihr bloßer Gedanke genügt, um den Anruf erfolgen zu lassen – denn als sie auf das Display sah, wurde ihr angezeigt, dass Lance am anderen Ende der Leitung war.

»Kannst du morgen ins Café kommen?«, fragte er ohne Umschweife. »Ich möchte dich mit jemandem bekannt machen.«

»Morgen? Das ist ein bisschen kurzfristig. Geht es um diesen Kontakt, von dem du gesprochen hast?«

»Ja. Er kann nur morgen.«

»Oh. Tja, in dem Fall sollte ich es wohl besser versuchen. Um wie viel Uhr?«

»Um Mittag herum.«

Hattie dachte kurz nach. »Ich glaube nicht, dass sich Jo darauf einlassen wird.«

»Aber das ist zu ihrem Vorteil! Kannst du das der alten Hexe nicht verklickern?«

»Okay, ich denke, ich werde das schon irgendwie hinkriegen. Mit wem werde ich mich bei euch treffen?«

»Das ist noch ein Geheimnis, aber ich glaube, du wirst erfreut sein.«

»Glaubst du? Ist es der Duke of Sussex?«

»Besser, meine Liebe.«

»Besser als der Duke of Sussex? Jetzt hast du mich aber neugierig gemacht.«

»Oh weh, ich muss Schluss machen. Phyllis hat sich mit den Haaren im Mixer verheddert.«

»Aber …«

»Bis morgen. Zieh was Hübsches an!«

Dann war die Leitung tot. Hattie sah auf das Display, bis es erlosch. Sie stand vom Bett auf und ging zum Schrank. *Zieh was Hübsches an.* Wer war diese Person? Und wie definierte Lance »was Hübsches«? Sie zog das eine oder andere Teil heraus und betrachtete es nachdenklich. Hübsch im Sinne von sexy? Oder im Sinne von brav? Oder geschäftsmäßig hübsch? Sie fühlte sich versucht, Lance zurückzurufen und ihn zu fragen, wie genau er es gemeint hatte. Aber er schien gerade genug zu tun zu haben, außerdem tat er ihr schon einen riesigen Gefallen, indem er dieses Treffen arrangierte. Da wollte sie ihm nun wirklich nicht noch mehr zur Last fallen.

Genau in diesem Moment ertönte von unten Jos Stimme: »Abendessen ist fertig!«

Hattie schloss den Kleiderschrank. Die Entschlüsselung von Lance' Dresscode würde noch eine Weile warten müssen.

Wie abgesprochen traf Hattie am nächsten Tag gegen Mittag im Willow Tree ein. Am Abend zuvor hatte sie noch viel zu lange darüber nachgedacht, was sie anziehen sollte. Schließlich hatte sie es aufgegeben und beschlossen, das anzuziehen, was ihr am Morgen als Erstes in die Finger fiel und was als hübsch durchgehen würde. Das Ergebnis war ein figurbetonendes Wolltop, dazu ein weiter Rock und Stiefeletten. Sie wusste nicht, ob das dem entsprach, was Lance erwartete, aber auf jeden Fall war sie mit dem zufrieden, was sie per Zufall ausgewählt hatte.

Als sie das Café betrat, kam Lance zu ihr geeilt. »Du hast es tatsächlich geschafft, aus Alcatraz zu entkommen?«

Sie legte die Stirn in Falten. »Vielleicht solltest du mal mit den Gefängniswitzen aufhören.«

Lance winkte lässig ab. »Ach, komm schon. Du findest sie doch auch witzig.«

»Ja, das tue ich«, gab sie zu. »Aber ich wünschte, ich würde es nicht tun, und es gefällt mir auch nicht, dass ich darüber lachen kann.«

Er legte einen Arm um ist. »Ist ja nicht böse gemeint, meine Liebe. Das weißt du ja?«

»Vermutlich ja«, stimmte sie ihm lächelnd zu.

»Wenn du dich dann besser fühlst, kannst du ja Witze über meine Wampe machen, und ich werde mich nicht beklagen. Dann sind wir ja vielleicht quitt, weißt du?«

Gegen ihren Willen musste Hattie noch breiter lächeln. »Du hast ja nicht mal eine Wampe.«

»Schön wär's«, meinte Lance. »Bevor ich dieses Café übernommen habe, hatte ich ein richtiges Sixpack, aber davon ist nichts mehr übrig. Ständig sind noch Reste von allen möglichen

Kuchen übrig, die ich am nächsten Tag keinem mehr servieren kann.«

»Ach, du Ärmster.« Hattie ließ ihren Blick durch das Lokal wandern. Gut die Hälfte aller Tische war besetzt. Ein paar Gäste erkannte sie als Dorfbewohner, darunter auch Rupert, der soeben in ein getoastetes Sandwich biss. Mit ihm würde sie hoffentlich noch kurz reden können, bevor sie sich nach ihrem geheimnisvollen Treffen auf den Weg zurück zum Gnadenhof machte. Die Luft im Café war warm und duftete nach Zucker und Zimt. Die Sonne fiel durch die filigranen Gardinen, die das Licht ein wenig filterten. Von Phyllis war nichts zu sehen, was vermutlich erklärte, wieso Lance viel entspannter wirkte als bei ihrem letzten Besuch.

»Und? Wo ist mein mysteriöser Gesprächspartner?«, fragte sie. »Du hast ja keine Ahnung, wie sehr ich auf Jo einreden musste, damit ich heute herkommen konnte. Ich musste ihr versprechen, dass ich ihr alles erzählen muss, was Sweet Briar angeht. Dafür muss sich dieser ganze Aufwand aber auch lohnen.«

»Oh, das wird er«, versicherte ihr Lance. »Und ich bin froh darüber, dass du dich schick gemacht hast. Du wirst darüber auch noch froh sein.«

»Wirklich? Und es ist ganz sicher nicht der Duke of Sussex, den ich gleich kennenlerne?«

»Komm mit.« Lance wirkte amüsiert, als er sie zu einem Tisch am Fenster brachte. Dort saß Mark mit einem Mann, der Mitte bis Ende zwanzig sein mochte. Seine schulterlangen Haare waren von einem intensiven Goldblond, das an reifen Weizen erinnerte. Nach allem, was Hattie erkennen konnte, war er von schlanker Statur. Er trug ein blassblaues Hemd mit bis zu den Ellbogen hochgekrempelten Ärmeln und einer lose um den Hals hängenden Krawatte darüber.

»Hattie!«, rief Mark und sprang auf, um ihr einen flüchtigen

Kuss auf die Wange zu geben. »Du bist den Fängen der Medusa entkommen! Du musst uns unbedingt davon berichten, wie du diese mutige Tat vollbracht hast.«

Hattie verdrehte die Augen, konnte aber auch nicht ernst bleiben. »Fang du nicht auch noch an.«

Die Bemerkungen, die Lance und Mark über Jo machten, waren eigentlich nicht böse gemeint. Und auch wenn sie Lance zuvor ermahnt hatte, die Anspielungen bleiben zu lassen, musste sie zugeben, dass Jos Verhalten anderen nicht gerade einen Anlass gab, ihre Einstellung ihr gegenüber zu überdenken. Andererseits hätte es Jo vermutlich nicht mal gekümmert, wenn sie gewusst hätte, wie die Leute über sie redeten.

Mark deutete auf den Mann, mit dem er am Tisch gesessen hatte. Der stand ebenfalls auf und gab Hattie die Hand.

»Du musst die junge Frau sein, über die ich schon so viel gehört habe«, sagte er. Seine Hand fühlte sich warm und zart an, aber der Händedruck war kraftvoll und selbstbewusst. Jetzt, da sie ihn aus der Nähe betrachten konnte, musste sie feststellen, dass er die erstaunlichsten nussbraunen Augen hatte, die sie je gesehen hatte. Es dauerte einen Moment, bis ihr auffiel, dass sie den Mann vollkommen ungeniert anstarrte. Hastig wandte sie den Blick ab.

»Sollte ich mir Sorgen machen, dass du schon so viel über mich gehört hast?«, erwiderte sie und lachte kurz auf.

»Keineswegs«, antwortete Lance an seiner Stelle. »Owen ist mein Cousin zweiten Grades. Mütterlicherseits. Du warst der perfekte Vorwand, um ihn dazu zu bringen, uns mal zu besuchen. Das macht er nämlich sonst nie.«

Owen schaute ein wenig betreten drein, grinste aber breit.

»Wie kommt's?«, fragte Hattie.

»Weil ich ganz nebenbei für die Daily Voice arbeite«, antwortete Owen.

»Tatsächlich?« Sie drehte sich zu Lance um. »Du hast mir nie erzählt, dass du Verbindungen zur Fleet Street hast.«

»Jetzt hab ich's dir erzählt«, gab Lance zurück. »Ich dachte, Owen und du, ihr könnt euch gegenseitig von Nutzen sein.«

Owen zog eine Visitenkarte aus seiner Hemdtasche und präsentierte sie ihr mit einer schwungvollen Geste.

»Owen Schuster«, las sie vor und sah auf. »Was ist ein Feuilletonjournalist?«

»Das, was man auch einen ganz gewöhnlichen Journalisten nennt«, sagte Owen.

»Kann ich dir was zu trinken bringen?«, wollte Lance wissen.

»Ein Tee wäre schön«, antwortete Hattie.

»Ich bringe dir gleich eine Kanne«, entschied er. »Ich habe so eine Ahnung, dass du für den Rest des Nachmittags mehr als nur eine Tasse trinken wirst.«

»Ich muss mich noch um andere Dinge kümmern«, erklärte Mark. »Ich lass euch beide mal allein, damit ihr euch beschnuppern könnt.«

Hattie versuchte, nicht darüber nachzudenken, dass Marks Worte irgendwie seltsam klangen. Beschnuppern? Wofür?

Owen deutete auf den Platz an seinem Tisch und Hattie setzte sich, während Lance und Mark sich zurückzogen. »Also … Lance hat mir erzählt, dass du in einer Rettungsstation für Esel arbeitest.«

»Richtig.«

»Das hört sich cool an.«

»Tatsächlich? Na, ich bin mir sicher, dass es nicht so cool ist, wie du glaubst.«

»Auf jeden Fall ist es ein ungewöhnlicher Job.«

Hattie lächelte flüchtig, während die Zahnräder in ihrem Gehirn allmählich zu arbeiten anfingen. Es sollte hier um Sweet Briar gehen, aber das konnte doch ein landesweit erscheinendes Blatt wie die *Daily Voice* nicht interessieren, oder? Das war doch bestenfalls eine Geschichte für den Lokalteil einer kleinen regionalen Zeitung, sofern da überhaupt irgendjemand an Eseln interessiert war. Hätte sich der Herausgeber des Gillypuddle Newsletter bei ihr gemeldet, wäre das für sie nachvollziehbar gewesen. Aber für die *Daily Voice* musste es weiß Gott Wichtigeres geben als einen Gnadenhof für Esel.

»Lance hat mir erzählt, dass du eine Karriere in der Pariser Modebranche aufgegeben hast und zurückgekommen bist, um deinen Traum zu verwirklichen, dich um schutzlose Tiere zu kümmern, die ihr Leben lang brutal behandelt wurden.«

Hattie musste sich ein Lachen verkneifen. Dieser Satz hörte sich an wie der Werbetext für einen Schicksalsroman.

»Na ja«, begann sie und versuchte eine ernste Miene zu wahren. »Ich hatte Paris ohnehin verlassen, als …«

»Aber du rettest doch Esel, nicht wahr?«

»Jo rettet sie. Ich helfe ihr eigentlich nur auf dem Hof.«

»Wer ist Jo?«

»Die Frau, der der Gnadenhof gehört.«

»Ist das diese Medusa?«

Hattie nickte. Lance musste wirklich endlich damit aufhören, sie so zu nennen.

»Und hat sie eine schillernde Karriere aufgegeben, um Esel zu retten?«, wollte Owen wissen.

»Keine Ahnung. Ich habe sie nie gefragt. Sie ist nicht sehr gesprächig, was ihre Vergangenheit angeht. Na ja, genau genommen ist sie nie sehr gesprächig.«

»Bist du nicht neugierig?«

»Manchmal schon«, musste Hattie zugeben.

»Und warum fragst du sie nicht?«

»Weil ich nicht das Gefühl habe, dass ich das tun sollte. Sie legt großen Wert auf ihre Privatsphäre.«

Owen zog ein Tablet aus der Tasche, legte es auf den Tisch und begann darauf Notizen zu machen. »Ich brauche einen Ansatz.«

»Einen Ansatz?«

»Ja, damit ich deinen Hof vorstellen kann. Lance sagt, du versuchst gerade, Leute dazu zu bringen, den Hof zu besuchen.«

»Ja, richtig …«

»Und du suchst nach potenziellen Sponsoren. Was ist mit den Geschäften hier am Ort? Hast du es schon bei ihnen versucht?«

»Nein, der Gedanke war mir noch gar nicht gekommen. Aber das ist eine gute Idee …«

»Das könnten wir auf jeden Fall besonders hervorheben.«

»Du willst uns wirklich in die Zeitung bringen?«

»Ich muss noch eine Story abliefern. Aber ich sage dir ganz ehrlich, Hattie, dass sich kein Mensch für eine völlig unbekannte Frau interessieren wird, die Esel rettet. Überall im Land kümmern sich Leute um Hunde und Katzen und Esel und was weiß ich für Tiere, aber das will keiner lesen. Aufmerksam werden die Leser erst, wenn man das Ganze interessant darstellt. Sie interessieren sich dafür, wenn jemand zum Beispiel auf das schillernde Leben in Paris, auf Geld und Ruhm verzichtet, um sein Leben der Rettung von Eseln zu widmen.«

»Aber ich war nicht berühmt, und ich war auch nicht …«

»Lass das mal meine Sorge sein. Wenn du erreichen willst, dass die Leute sich mehr für deinen Hof interessieren als für alles andere, was diese Region zu bieten hat, dann musst du schon ein bisschen kreativ sein.«

»Aber wir versuchen nicht, andere interessante Ziele in der Gegend auszublenden, damit die Leute nur uns wahrnehmen. Wir wollen nur etwas Geld zusammenbekommen, damit die Versorgung der Tiere gewährleistet ist.«

»Tiere? Heißt das, da sind nicht nur Esel?«, hakte er blitzschnell nach.

»Jo hat auch noch ein paar Hennen davor bewahrt, zu Hundefutter verarbeitet zu werden.«

»Hervorragend! Na bitte, jetzt denkst du schon wie eine Journalistin. Sollte aus den Eseln auch Hundefutter werden?«

»Ich glaube nicht.«

»Können wir behaupten, dass es so gewesen ist?«

»Ich glaube nicht, dass das Jo gefallen würde.«

Einen Moment lang schaute Owen vor sich hin und überlegte angestrengt. »Okay. Erzähl mir von Paris. Was ist da gelaufen? Wie hat es dich dorthin verschlagen?«

Hattie zuckte mit den Schultern. »Ich bin einfach hingereist.«

Owen beugte sich vor. »Aber was hat dich dazu veranlasst? Unstillbarer Ehrgeiz? Der Wunsch, deine Träume zu verwirklichen? Hast du immer nach Reichtum und Ruhm gestrebt?«

»Ich war nicht reich, und berühmt war ich schon gar nicht. Ich bin mit jemandem hin, um mir Paris anzusehen, und dann bin ich dageblieben. Und dann habe ich einen Job gefunden.«

»Und wie ist es dazu gekommen?«

»Ich wurde mit jemandem bekannt gemacht, der gerade auf der Suche nach jemandem war, der für ihn arbeitet.«

»Ich brauche schon etwas mehr als das. Willst du mir nicht sagen, wie es gelaufen ist?«

»Damit hat das nichts zu tun. Es ist nur …«

»Hat dir jemand das Herz gebrochen?«, fragte er und sah sie auf eine verstörend hoffnungsvolle Weise an. »Gibt es da eine tragische Vorgeschichte?«

»Nein«. Hattie musste lachen. Die Vorstellung, ihr Leben könnte wie eine großartige Seifenoper verlaufen sein, war irgendwie lächerlich. Außerdem hatte sie Owen erst vor ein paar

Minuten kennengelernt, also würde sie ihm ganz sicher nicht ihre behütetsten Geheimnisse verraten. Sie hatte kein Interesse daran, dass in einer Tageszeitung breitgetreten wurde, wie dumm sie gewesen war, weil sie mit Bertrand nach Frankreich gereist war. »Dieser Mann hat mir angeboten, in seinem Atelier zu arbeiten, und ich habe den Job genommen. Mehr gibt es da nicht zu erzählen.«

»Darf ich dich fotografieren?«, fragte er.

»Klar … ähm, für die Zeitung? Wären da nicht Fotos von den Eseln besser?«

»Ja, natürlich. Aber ich will auch eins von dir haben.« Er zwinkerte ihr zu. »Kann natürlich sein, dass ich es zusammen mit den anderen an die Redaktion schicke.«

Hattie lächelte verlegen. Machte er sich gerade an sie heran? Falls ja, vergeudete er wirklich keine Zeit. Er nahm das Tablet hoch und drückte ein paarmal auf den Auslöser.

»Und was genau hast du in Paris gemacht?«, fragte er weiter, nachdem er das Tablet wieder hingelegt hatte.

»Eigentlich war ich nur für Botengänge zuständig. Ich habe dies und jenes geholt oder weggebracht. Ich komme eigentlich nicht aus der Modebranche, aber ich habe in Paris mein Handwerk gelernt. Jedenfalls habe ich das versucht. Kurz bevor ich Paris verlassen habe, war ich sehr in die Produktion der neuen Show meines Chefs einbezogen.«

»Ist dein Chef ein berühmter Designer?«

»Als berühmt würde ich ihn nicht unbedingt bezeichnen, aber er hat sehr treue Kunden.«

»Dann machen wir dich mal zur Juniorpartnerin eines aufstrebenden Modelabels«, redete Owen leise vor sich hin, während er auf seinem Tablet zu schreiben begann. Er schien vergessen zu haben, dass Hattie jedes Wort hören konnte.

»Aber das stimmt so doch gar nicht«, protestierte sie. »Ich

habe nur Botengänge erledigt. Du wirst mich doch nicht in einer Weise darstellen, die überhaupt nicht der Wahrheit entspricht, oder?«

»Natürlich nicht. Erzähl mir mehr über Paris. Wem bist du da begegnet? Hat dein Label irgendwelche großen Stars eingekleidet?«

»Eigentlich nicht. Willst du nicht wissen, wie wir uns um die Esel kümmern?«

»Alles zu seiner Zeit. Erst mal brauche ich Hintergrundinformationen. Ich muss etwas erzählen können.«

»Okay. Also, ich glaube, unter unseren Kunden waren ein paar kleinere Promis und einige Musiker. So was in der Richtung.«

Prompt begann Owen zu tippen. »Rockstars und A-Promis«, murmelte er, während er auf das Tablet sah.

»Moment mal«, warf Hattie ein. »So ist das gar nicht gewesen!«

Owen hob den Kopf und lächelte sie schief an. Seine Augen waren wirklich ... das einzige Wort, das Hattie in den Sinn kommen wollte, war ›betörend‹. »Vertrau mir«, sagte er. »Du vertraust mir doch, oder nicht? Ich garantiere dir, wenn diese Story erscheint, dann werden die Besucher euch die Bude einrennen, um eure Esel zu sehen. Aber du musst den Lesern schon ein wenig Drama bieten, um ihre Fantasie anzuheizen.«

»Ja, aber ...«

»Ich kann so was gut. Ich verspreche dir, dass ich nichts schreiben werde, worüber du dich wirklich ärgern könntest.«

»Bekomme ich den Artikel zu lesen, bevor er gedruckt wird?«

»Normalerweise machen wir das nicht. Dafür sind die Abgabetermine zu knapp bemessen, musst du wissen.«

»Oh. Na ja, aber selbst wenn mich nichts stören würde, was

du schreibst, mache ich mir Sorgen, dass es Jo nicht gefallen könnte. Mir ist zwar klar, dass wir Drama brauchen, aber …«

»Ich bin mir sicher, sie wird einsehen, warum die Story so sein muss, wie ich sie schreibe, wenn erst mal die Besucher kommen und die Spendengelder fließen.« Nach einer kurzen Pause fuhr er fort: »Lance sprach davon, dass du bereit bist, als das Gesicht von … wie heißt euer Verein?«

»Sweet Briar Farm.«

»Ja, genau. Sweet Briar. Also, du hast nichts dagegen, euren Hof nach außen zu repräsentieren. Wenn du einverstanden bist, schreibe ich den Artikel so, dass er sich nur um dich dreht. Dann muss sich deine Chefin keine Gedanken machen. Wenn sie nicht im Rampenlicht stehen will, halten wir sie einfach raus.« Er sah auf seinem Tablet die Fotos an, die er eben gemacht hatte. »Weißt du was? Unsere Leser werden dich lieben.«

Ein wenig verlegen strich sich Hattie übers Haar und lachte leise. Owen flirtete eindeutig mit ihr. Sie hätte sich wohl darüber ärgern sollen, doch sie konnte nicht leugnen, dass sie sich geschmeichelt fühlte. Er sah gut aus und war sehr charmant. Plötzlich räusperte sich jemand, und als sie den Kopf hob, sah sie Lance dastehen, der ein Tablett mit der Kanne und den Tassen darauf vor sich hielt. Versuchte er etwa, sich ein Grinsen zu verkneifen?

»Sag mir bitte, dass er sich gut benimmt.« Lance stellte die Teekanne auf den Tisch. »Bestimmt hast du inzwischen gemerkt, dass er was für Frauen übrig hat.«

»Ja«, erwiderte sie und goss sich eine Tasse ein, während sie darauf hoffte, dass Lance nicht sah, wie sie errötete.

»Du schmeichelst mir mit einem Frauenheldenimage, das ich gern hätte, aber absolut nicht verdient habe«, merkte Owen amüsiert an. Hattie sah zu ihm, woraufhin er ihr erneut zuzwinkerte, dabei aber an Lance gerichtet weiterredete. »Wir sind gerade damit beschäftigt, eine interessante Vorgeschichte für Hattie zu entwerfen. Nicht wahr?«

Hattie nickte unschlüssig.

»Und ich war gerade auf einem guten Weg«, fuhr er fort. »Du kannst also gern abdüsen, Lance, und mich nicht weiter stören, da meine Genialität im Augenblicke nahezu fließt. Die kann man nicht an- und abstellen wie einen Wasserhahn, musst du wissen.«

»Ist das wahr?«, konterte Lance belustigt. »Du hast dich kein bisschen verändert, weißt du das? Immer noch der freche kleine Mistkerl.«

»Ich sag nur, wie's ist.«

Lance sah Hattie mit gespieltem Mitgefühl an. »Es tut mir wirklich leid, dass ich dir so was wie ihn zugemutet habe. Ich hoffe, du kannst mir das irgendwann einmal verzeihen.«

»Sei nicht albern.« Hattie lächelte Owen dankbar an. »Ich bin mir sicher, dass es eine gute Idee ist, die Geschichte so interessant wie möglich zu erzählen.« Eigentlich war sie sich nicht sicher, ob sie das auch so meinte, aber für den Augenblick musste sie darauf bauen, dass sie Owen vertrauen konnte. Wenn es dazu führte, dass die Leute nach Sweet Briar kamen und der Hof Einnahmen erzielte, war die Sache einen Versuch wert.

Das Interview dauerte über eine Stunde. Hattie hatte nicht damit gerechnet, dass es so viel Zeit in Anspruch nehmen würde. Dazu kam noch die Zeit, die sie für die Rückkehr zum Hof brauchte. Jo würde gar nicht erfreut sein, wenn Hattie ihr erklärte, dass sie wegen eines Interviews so lange gebraucht hatte. Und bestimmt würde Jo noch wütender werden, wenn sie erfuhr, was Gegenstand dieses Interviews gewesen war.

Die Teekanne war inzwischen leer, und Owen packte sein Tablet weg. »Es war sehr schön, mit dir zu reden«, sagte er.

Hattie trank ihre Tasse aus. »Danke, dass du den weiten Weg auf dich genommen hast, um mit mir zu reden.«

Owen beugte sich vor und fragte leise: »Kann ich dir ein Geheimnis anvertrauen?«

»Was denn?«, erwiderte Hattie, die unbeabsichtigt ebenfalls leiser wurde.

»Ich hatte sowieso Lust auf einen Tag am Meer, da war der Weg hierher gar nicht so schlimm. Ich muss meinem Redakteur schließlich eine Erklärung für meinen Tankbeleg liefern.«

Hattie lachte. »Na, dann bin ich ja froh, dass ich dir behilflich sein konnte.«

»Außerdem«, fuhr Owen fort, »war es schön, Lance wiederzusehen. Es muss bestimmt ein Jahr her sein, seit wir uns das letzte Mal gesehen haben.«

»Dann steht ihr euch gar nicht so nah?«

»Früher schon, aber inzwischen ist es schwieriger geworden, in Kontakt zu bleiben. Jeder hat mit seinem Leben zu viel zu tun, weißt du? Ich möchte wetten, dass keiner von uns wirklich so viel Zeit mit seiner Familie verbringt, wie er es gern würde.«

»Das stimmt. Und? Fährst du jetzt zurück nach London?«

»Ich glaube, ich tauche erst noch meine Füße ins Meereswasser. Es wäre doch eine Schande, den weiten Weg bis hierher zurückzulegen und dann ganz ohne Sand zwischen den Zehen heimzufahren.«

»Klingt nach einem guten Abschluss für einen Arbeitstag. Ich wünschte, ich könnte mitkommen.«

»Warum solltest du nicht mitkommen können?«

»Weil Jo mich längst zurückerwartet. Ich werde jetzt schon die Meile in vier Minuten laufen müssen, um mir eine Standpauke zu ersparen. Da kann ich nicht erst noch einen Abstecher an den Strand machen.«

»Ehrlich gesagt muss ich mich wundern, wieso du dir solche

Gedanken machst. Nach allem zu urteilen, was ich hier gehört habe, ist diese Jo alles andere als eine angenehme Zeitgenossin. Ich kann mir nicht vorstellen, dass sie als Boss etwas taugt.«

»Sie ist gar nicht so übel, wie hier alle meinen. Man muss sich nur erst mal an sie gewöhnen.«

Owen überlegte kurz. »Weißt du was? Ich sollte besser auch noch ein Foto von euren Eseln machen. Am besten wäre es, wenn ich dich zusammen mit den Eseln fotografiere. Meinst du, du könntest mich mitnehmen?«

»Ist das Foto auf unserer Webseite nicht ausreichend?«

»Leider nicht professionell genug.«

»Oh. Okay, wenn wir uns beeilen, dürfte das wohl in Ordnung gehen«, gab Hattie schließlich nach, obwohl sie sich keineswegs sicher war, dass es tatsächlich in Ordnung sein würde.

»Wir könnten rauffahren, wenn du möchtest. Dann sind wir eher oben.«

»Gute Idee.«

Lance kam zu ihnen, um den Tisch abzuräumen. Hattie beugte sich vor und gab ihm einen Kuss auf die Wange. »Danke, Lance, du hast was gut bei mir.«

»Bei mir ebenfalls.« Owen reichte ihm die Hand.

Lance sah die beiden zufrieden lächelnd an. »War mir ein Vergnügen, Hattie. Ach ja, Owen … bleib nicht wieder so lange weg wie beim letzten Mal. Vor allem wäre es schön, wenn du vorbeikommen würdest, ohne irgendeinen Vorwand haben zu müssen.«

»Werde ich machen«, sagte Owen. Auch wenn Hattie festgestellt hatte, dass er manchmal ein bisschen oberflächlich sein konnte, wenn er ganz auf Reporter machte, nahm sie ihm jetzt die ernste Miene ab, die er zur Schau stellte.

Sie verließen das Willow Tree, Lance und Mark winkten ihnen hinterher, bis sie am Wagen angekommen waren.

»Es ist ein schöner Tag, um die Zehen ins Wasser zu tauchen«, fand Hattie.

»Es ist ein schöner Tag, um noch viel mehr ins Wasser zu tauchen«, erwiderte Owen mit einem anzüglichen Grinsen, dann schloss er seinen Wagen auf und ließ Hattie einsteigen. Sie sah zu, wie Owen neben ihr Platz nahm, und fragte sich, wie seine Worte gemeint waren. Dachte er etwa daran, nackt zu baden? Ja, das hätte sie ihm zugetraut. Beim Mondschein und einem Glas Wein vielleicht. Sie konnte nicht abstreiten, dass diese Idee etwas Verlockendes an sich hatte. Sie fühlte sich zu Männern hingezogen, die sich nicht für Konventionen interessierten, sonst wäre sie auch nie im Leben mit Bertrand nach Frankreich gegangen. Sie war sich sicher, dass Owen ebenfalls eine unberechenbare Seite an sich hatte. Allerdings musste sie auch sagen, dass diese letzte Stunde aufschlussreich gewesen war. So sehr, dass sie ihn als den Typ Mann einschätzte, der nur Ärger bedeutete und sonst nichts, ganz gleich wie charmant und witzig er sich auch gab.

Als er sich zu ihr umdrehte, wandte sie schnell den Blick ab.

»Du musst mir sagen, wohin ich fahren muss«, merkte er an und klang ein wenig amüsiert.

Vermutlich hatte er ihren Blick bemerkt. Wenn sie überlegte, wie verdammt gut er aussah, dann musste er daran gewöhnt sein, dass Frauen ihn ansahen.

»Allzu weit ist es nicht«, entgegnete sie und bemühte sich, den Eindruck zu erwecken, nichts von seinem wissenden Blick bemerkt zu haben. Als er den Motor startete und den Parkplatz vor dem Willow Tree verließ, achtete sie darauf, ihren Blick auf der Umgebung ruhen zu lassen. Nachdem sie ein Stück weit gefahren waren, wagte sie einen Seitenblick und stellte fest, dass er zwar ganz auf die Straße konzentriert war, jedoch trotzdem auf eine seltsame Art lächelte.

Jo war nirgends zu sehen, als sie auf dem Hof vorfuhren. Entweder hielt sie sich auf der Koppel auf, die auch Hatties und Owens Ziel war, oder sie kümmerte sich im Obstgarten um die Hennen. Nicht für einen Moment zog Hattie die Möglichkeit in Betracht, Jo könnte den Hof vorübergehend verlassen haben. Das kam so selten vor, dass es ein extrem unwahrscheinliches Szenario darstellte.

Hattie wäre es lieber gewesen, wenn sie Jo hätte vorwarnen können, dass sie mit Owen herkam, um Fotos zu machen. Aber Jo besaß kein Handy (zumindest hatte Hattie sie noch nie mit einem gesehen), und als Hattie während der Rückfahrt die Festnetznummer gewählt hatte, war niemand rangegangen. Sollte sie sich oben bei den Eseln aufhalten, würde sie vermutlich über einen Besucher nicht erfreut sein, aber Hattie blieb keine andere Wahl, als es darauf ankommen zu lassen und im schlimmsten Fall alles zu tun, um Jo zu besänftigen. Aber vielleicht konnte Owen sie mit seinem Charme sogar zu einem Foto für die Zeitung überreden. Wunder konnten schon mal geschehen.

Nachdem sie im Haus nicht fündig geworden war, kam Hattie nach draußen und ging zu Owen, der im Wagen wartete. »Keine Spur von ihr«, teilte sie mit.

»Willst du trotzdem zu den Eseln gehen?«, fragte er.

»Ja, ich glaube, das geht klar. Wollen wir zu Fuß rauf?«, entgegnete sie mit Blick auf den gewundenen Pfad.

Owen folgte ihrem Blick. »Ist es weit?«

»Es ist steil, aber nicht weit. Du machst auf mich einen ziemlich fitten Eindruck.«

»Danke, gleichfalls«, meinte er nur. Als sie sich zu ihm umdrehte, schaute er weg. Er hatte eine Unschuldsmiene aufgesetzt, die viel zu offensichtlich war.

Hattie verkniff sich ein Grinsen. Dieser Mann war frech und

konnte sie zur Weißglut treiben, also offensichtlich jemand, mit dem sie sich Ärger einhandeln würde. Aber er war außerdem verdammt attraktiv. Und er schien weitaus mehr an ihr interessiert zu sein als Seth, den sie nach der letzten Begegnung und der Diskussion über Jos Rechnung bereits von ihrer Liste gestrichen hatte.

»Dann los.« Hattie ging los, er hielt sich neben ihr auf gleicher Höhe.

Es war ein dunstiger Nachmittag, und es fühlte sich so an, als könnte der Abend Regen bringen. Dennoch war es unverändert schwül. Hattie hoffte, dass durch den Wetterumschwung nicht die unglaubliche Aussicht von der Klippe eingeschränkt wurde, denn sie wollte, dass Owen das auch zu sehen bekam.

Die Wiesen zu beiden Seiten des Wegs waren so sehr mit Gänseblümchen übersät, dass man kaum noch Gras sehen konnte. Jo brachte die Esel nie zum Grasen hierher, daher wuchsen hier ohnehin viele Wildblumen, doch diese Menge kam ihr ungewöhnlich vor.

»Witzig«, begann Hattie nach einer Weile, während sie Seite an Seite weitergingen. »Ich habe dir den ganzen Nachmittag über aus meinem Leben erzählt, aber jetzt, wo du nichts mitschreibst, habe ich keine Ahnung, was ich sagen soll.«

»Das liegt daran, dass ich dich nicht zum Erzählen anhalte. Ich habe dir gesagt, dass ich in meinem Job gut bin. Ich habe dich zum Reden gebracht, ohne dass du etwas davon mitbekommen hast.«

Hattie warf ihm von der Seite einen Blick zu. »Ich kann mich auch mit jemandem unterhalten, ohne zum Reden angehalten zu werden.«

»Einigen wir uns darauf, dass ich auf meine Arbeit genauso stolz bin wie auf meine Fähigkeit, Leute zum Reden zu bringen. Nimm mir das nicht weg.«

»Jetzt bringst du mich aber nicht zum Reden.«

»Und was tust du gerade?«

»Ich erzähle dir, dass ich nicht weiß, was ich sagen soll.«

»Gut«, meinte er grinsend und sah wieder nach vorn. »Ich bin jetzt nicht im Dienst, daran liegt das.«

»Du hast aber auch auf alles eine Antwort.«

»Das sagt Lance auch immer.«

»Warum erzählst du nicht ein bisschen was über dich selbst?«, fragte sie. »Dann höre ich einfach zu.«

»Glaub mir, da gibt es keine Geschichten.«

»Irgendwas muss es doch geben. Erzähl mir von deiner Familie. Woher kommst du. Wieso bist du Journalist geworden ...«

»Okay«, gab er bedächtig zurück. »Ich habe einen Bruder. Rhodri.«

»Noch ein guter walisischer Name.«

»Danke. Sonst keine Geschwister. Die übliche Sammlung aus Onkels und Tanten und so weiter. Dass Lance mein Cousin zweiten Grades mütterlicherseits ist, weißt du ja schon.« Er zuckte mit den Schultern. »Das ist alles.«

Hattie stieß ihn mit dem Ellbogen an. »Nein, das ist nicht alles.«

»Himmel, was bist du hartnäckig! Bist du dir sicher, dass Jo die Tyrannin ist, nicht du?«

»Damit kannst du dich auch nicht rausreden.«

Wieder grinste er. »Also gut, dann eben Journalismus. Ich wollte eigentlich immer nur Sportreporter werden, alles andere hat mich nie richtig interessiert. Wie sich herausgestellt hat, braucht dieses Land nur gut zehn Sportreporter, und sie hatten schon elf. Also habe ich mich dem ganz normalen Journalismus zugewandt.«

»Und da gefällt es dir?«

»Ich liebe den Job. Ich könnte mir nichts vorstellen, was ich lieber machen würde. Ich hatte Glück, dass ich bei einer landesweit erscheinenden Zeitung unterkommen konnte. Da ist kein Tag wie der andere.«

»Ganz im Gegensatz zum *Gillypuddle Newsletter*. In einem Jahr haben sie in einem Beitrag darüber berichtet, wie häufig die Mülltonnen geleert werden.«

»Ich nehme nicht an, dass hier viel passiert«, erwiderte er amüsiert. »Aber ich bin mir sicher, dass es hier trotzdem schön ist. Ich weiß, dass Lance liebend gern hier lebt.«

»Glaub mir, du würdest es hassen, hier zu leben.«

»Vermutlich ja. Ist es noch weit?«

»Schon müde?«

»Hey, ich bin ein Stadtkind, wie du ja gerade eben selbst betont hast. Ich kann nichts dafür, dass es in London keine Klippen gibt, die man erklimmen kann.«

»Es gibt Fitnessstudios.«

»Keine Ahnung, was das sein soll«, gab er zurück.

Hattie musste unwillkürlich lachen.

»Also«, sagte er im nächsten Moment. »Dann werde ich mal reinen Tisch machen.«

»Inwiefern?«

»Hast du einen Freund?«

»Ähm …«, brachte sie nur heraus.

»Erzähl mir nicht, dass du mein Interesse nicht bemerkt hast. Ich dachte, das wäre offensichtlich genug gewesen.«

Hattie begann zu lächeln. »Das gefällt mir. Die direkte Methode, bei der man direkt weiß, woran man ist.«

»Was bringt jede andere Methode? Mir gefällt, was ich sehe, und dann versuche ich mein Glück.«

Hattie bekam prompt einen roten Kopf. Man hätte es auch auf die Schwüle zurückführen können, jedenfalls wollte sie so tun, als läge es daran. Krampfhaft suchte sie nach einer geistreichen Entgegnung, aber ihr Verstand war wie leergefegt.

»Oh!«, rief sie viel aufgeregter als eigentlich angebracht. »Da ist ja Jo!«

Die Eigentümerin der Sweet Briar Farm kam ihnen auf dem Pfad entgegen.

»Sie muss auf der Koppel gewesen sein«, fügte Hattie an und winkte ihr zu, aber Jo erwiderte die Geste nicht. »Sie scheint uns noch nicht bemerkt zu haben«, erklärte sie, obwohl es mehr als offensichtlich war, dass sie sie längst gesehen hatte.

Gut eine Minute verging, dann standen sie sich gegenüber.

»Du bist also zurück.« Jo blickte erst zu Hattie und bedachte dann Owen mit einem äußerst argwöhnischen Blick. »Wer ist das?«

»Oh, das ist Owen. Er schreibt für seine Zeitung einen Artikel über den Gnadenhof.«

»Welche Zeitung?«, wollte Jo sofort wissen.

»Die *Daily Voice*«, antwortete Owen, der sich an Jos frostiger Art nicht zu stören schien. Vielleicht hatte er so was schon öfter erlebt. Angesichts seines Jobs wurde er bestimmt nicht überall mit offenen Armen empfangen.

Jo schüttelte den Kopf. »Auf keinen Fall.«

Hattie riss ungläubig die Augen auf. »Wieso nicht?«

»Ich habe gesagt, ich will keine Werbung.«

»Aber das ist keine Werbung!«

»Hört sich aber so an.«

»Es ist nur ein Artikel über den Hof.«

»Ehrlich gesagt«, mischte sich Owen ein, »und ich hoffe, das macht Ihnen nichts aus, aber es geht in dem Artikel mehr um Hattie als um den Hof.«

Das machte Jo nur noch misstrauischer. »Und wieso?«

»Nun«, erklärte er, »sie hat eine ziemlich interessante Vergangenheit, und ich glaube, es wird unsere Leser interessieren, auf welchem Weg sie hier gelandet ist.«

Hattie merkte Jo an, dass ihr Misstrauen etwas nachließ. Owen verstand sein Handwerk. Er hatte genau zugehört, als Hattie über Jo geredet hatte, und jetzt reagierte er auf ihren Widerwillen, indem er sie aus dem Rampenlicht nahm, weil sie das nicht haben wollte. Vielleicht würden sie ja doch noch ihren Artikel bekommen. Als Jo sie wieder ansah, entging ihr nicht der Anflug einer überraschten Miene, so als hätte der Gedanke, Hattie könne eine Vergangenheit haben, sie ihn tiefe Verwirrung gestürzt. Jo hatte sich nie die Mühe gemacht, Hattie zu fragen, was Hattie wiederum als ein Anzeichen dafür gedeutet hatte, dass Jo ihre Vorgeschichte in keiner Weise interessierte.

»Ich will den Artikel sehen, bevor er in Druck geht«, meinte Jo schließlich.

»Das heißt, wir können weitermachen?«, fragte Hattie vorsichtig.

»Nein, das heißt, dass ich den Artikel erst lesen will«, wiederholte Jo.

Hattie wollte gerade wiedergeben, was Owen ihr über die knappen Termine gesagt hatte, als sich Owen erneut zu Wort meldete.

»Das dürfte kein Problem sein.«

Hattie sah ihn an, aber er schaute nicht in ihre Richtung. Das war unmissverständlich: Ihr blieb keine andere Wahl, als sein Spielchen mitzuspielen.

Jo nickte steif. »Und wo willst du mit ihm hin?«

»Ich möchte ein paar Fotos von Hattie mit den Eseln machen«, warf Owen ein.

Jo nahm keine Notiz von ihm, stattdessen sagte sie an Hattie gerichtet: »Vertrödel nicht zu viel Zeit. Der Hühnerstall macht sich nicht von selbst sauber.«

»Alles klar.«

»Wow«, merkte Owen leise an, als sie ihr hinterhersahen, während sie zurück zum Hof ging. »Da hat aber jemand jede Menge Charisma.«

»Danke«, sagte Hattie.

»Wofür?«

»Dafür, dass du dich nicht von ihr hast einschüchtern lassen.«

»Hey, ich habe auch das Witwenschütteln überlebt. Es ist schon eine Menge mehr nötig als jemand wie deine Chefin, um mich von einer Story abzubringen.«

»Was ist denn Witwenschütteln?«, fragte Hattie, als sie weitergingen.

»Frag lieber nicht. Sagen wir einfach, es ist einer der weniger angenehmen Aspekte meines Jobs.«

»Oh, und was sind dann die angenehmeren?«

Als er sich zu ihr umdrehte und sie anlächelte, bekam sie weiche Knie. Es war ein süßes und gleichzeitig verruchtes Lächeln, unschuldig und zugleich verdorben, keusch und schmutzig. Vor allem aber ließ es in ihr etwas erwachen, von dem sie wusste, dass es eigentlich gar nicht da sein sollte.

»Ich lerne dabei Frauen wie dich kennen.«

Hattie saß unter einem der Bäume im Obstgarten. Der einzige Raum im Haus, der ganz allein ihr gehörte, war ihr Schlafzimmer. Doch so sehr sie auch versucht hatte, dem Raum etwas Fröhliches, Persönliches zu verleihen, kam er ihr manchmal so vor wie ein Ort, an dem ein alter Mensch gestorben war. An diesem Abend fühlte es sich mal wieder so an, weshalb sie ihre weite Strickjacke angezogen hatte und nach draußen gegangen war, um sich unter den Pflaumenbäumen ein ruhiges Fleckchen zu suchen. Aus dem Hühnerstall war das leise Gackern und Meckern der Hennen zu hören, ein kühler Wind umwehte sie und sorgte dafür, dass sich die feinen Härchen auf ihren Armen aufstellten.

Sie sah auf die Visitenkarte, die sie in der Hand hielt. »Ruf mich an«, hatte Owen gesagt und er schien es ernst gemeint zu haben. Es war seine spezielle Visitenkarte, wie er betont hatte. Die mit der Durchwahl zu seinem Schreibtisch. Und mit seiner Privatnummer, zu der er angemerkt hatte, dass er die nicht jedem herausgab. Hattie konnte sich nicht entscheiden, ob sie ihm das glauben sollte. Und ob sie ihm überhaupt vertrauen durfte. Sie konnte allerdings auch nicht leugnen, dass dieser Mann durch ihre Zweifel nur noch verlockender wurde. Er sah aus wie jemand, mit dem man Spaß haben konnte. Zwar war sie an sich ganz zufrieden damit, hier oben auf Sweet Briar zu leben und die stets mürrisch dreinblickende Jo um sich zu haben, aber manchmal war ein bisschen Spaß auch nicht verkehrt.

Sie griff nach ihrem Telefon und wählte Melindas Nummer.

»Hey«, meldete die sich gut gelaunt. »Wo hast du dich denn verkrochen? Ich habe seit Tagen nichts mehr von dir gehört. Ich dachte schon, Medusa hat dich im Keller eingesperrt oder an die Schweine verfüttert.«

»Wir haben keine Schweine.«

»Das ist kein Argument. Sie könnte deine Überreste auch jemandem verkaufen, der Schweine hat. Hätte ja sein können, dass sie dachte, dich würde niemand vermissen.«

»Eine wirklich reizende Vorstellung. Habe ich dir eigentlich schon gesagt, dass ich mich manchmal wundere, wieso ich eigentlich mit dir befreundet bin? Ich glaube, jetzt ist wieder mal so ein Moment.«

»Du solltest zwischen zwei Anrufen nicht so viel Zeit verstreichen lassen. Du weißt genau, dass meine Fantasie dann mit mir durchgeht.«

»Tut mir leid, dass ich dich enttäuschen muss, aber ich mache die ganze Zeit über nichts Aufregenderes als zu überlegen, wie ich diese Sache mit den Besuchern in den Griff bekomme.«

»Oh, stimmt ja. Wie geht es da voran?«

»Gut. Wir hatten bislang zwar noch keine Besucher, aber Lance hat mich seinem Cousin zweiten Grades vorgestellt ...«

»Diesem Journalisten? Davon hat er mir erzählt. Wie ist das gelaufen? Schreibt er einen Artikel? Wirst du berühmt werden? Kann ich den Leuten sagen, dass ich dich kenne? Oder muss ich eine Verschwiegenheitserklärung unterschreiben?«

»Ich bin mir ziemlich sicher, dass das nicht nötig sein wird.«

»Also die berüchtigten fünfzehn Minuten Ruhm?«

»Eher fünfzehn Sekunden.«

»Lance sprach davon, dass du dich mit seinem Cousin ziemlich gut verstanden haben sollst«, fuhr Melinda in einem überzeugend unschuldigen Tonfall fort. Dennoch kannte Hattie ihre Freundin viel zu gut, um sich davon täuschen zu lassen. Sie musste ungewollt grinsen, als ihr Blick zur Visitenkarte in ihrer Hand zurückwanderte.

»Ja, das stimmt.«

»Oh, komm schon! Erzähl mir mehr! Irgendwelche Entwicklungen bei deinem Beziehungsstatus, über die ich Bescheid wissen sollte?«

»Vielleicht. Aber ich weiß nicht. Ich meine, ich finde ihn interessant, aber irgendetwas sagt mir, dass er mir Ärger einbringen wird.«

»Ist das nicht dein bevorzugter Typ?«

»Vielleicht sogar mehr Ärger, als ich handhaben kann.«

»Dann magst du ihn?«

»Ja.«

»Mehr als unseren heißen Tierarzt?«

»Bei dem habe ich ja das Gefühl, dass er sich gar nicht für

mich interessiert. Ich kann wohl nicht annehmen, dass du irgendwas Neues in Sachen Freundin über ihn ausfindig gemacht hast, oder?«

»Würde sich dadurch irgendetwas ändern?«

»Vermutlich nicht. Ich bin halt neugierig.«

»Gehört habe ich zumindest nichts. Weißt du, was ich glaube?«

»Ich höre.«

»Du sagst, du magst Lances Cousin …«

»Ja, ein bisschen. Vielleicht auch mehr als ein bisschen.«

»Und er scheint an dir interessiert zu sein?«

»Ich glaube schon. Es sei denn, er flirtet mit jeder Frau auf die gleiche Weise.«

»Und von ihm bekommst du mehr Signale als von Seth?«

»Schwer zu sagen.«

»Was ist schwer zu sagen? Ob du mehr Signale bekommst oder ob Seth dich überhaupt leiden kann?«

»Mel, du bringst mich vollkommen durcheinander!«

Melinda lachte. »Ich glaube nicht, dass es hier überhaupt etwas zu bereden gibt. Triff dich mit deinem Journalisten. Er ist mit Lance verwandt, er muss einfach großartig sein.«

»Und wenn er sich als ein weiterer Bertrand entpuppt?«

»Kommt er dir so vor?«

»Keine Ahnung. Bertrand kam mir auch nicht so vor. Ansonsten wäre ich womöglich nicht mit ihm nach Paris gegangen.«

»Na ja, er könnte so sein, aber du bist jetzt älter und erfahrener. Du wirst in der Lage sein, die Zeichen zu erkennen, wenn er tatsächlich wie Bertrand sein sollte. Dann weißt du ja, was du tun musst. Geh nur nicht mit ihm nach Paris.«

»Das kann ich mir bei ihm ehrlich gesagt nicht vorstellen«, erwiderte Hattie lachend. »Er kommt mir eher wie jemand vor, der mich fragen wird, ob ich mit ihm nach Cardiff gehen werde.«

»Na, das ist ja nicht mal halb so sexy.«

»Ich weiß, aber zumindest fährt von da ein paarmal am Tag ein Zug zurück nach Hause.«

Melinda kicherte. »Also ist mit dir alles in Ordnung?«

»Mir geht's gut. Ich habe viel zu tun.«

»Die Kinder fragen mich ständig, wann sie dich wiedersehen können.«

»Mich allein? Oder geht es ihnen um die Esel und die Hennen?«, fragte Hattie in amüsiertem Tonfall.

»Euch alle, um ehrlich zu sein. Sie wollen wissen, wann sie wieder vorbeikommen dürfen.«

»Ich werde mit Jo reden und dir dann Bescheid sagen, okay?«

»Wenn ihr doch jetzt für Besucher geöffnet habt, können wir dann nicht jederzeit rüberkommen?«

»Das ist für zahlende Besucher. Und selbst die können nicht *jederzeit* herkommen«, stellte Hattie klar.

»Ich bezahle auch«, erwiderte Melinda sofort.

»Nein, das wirst du nicht. Bezahlen sollen die anderen, du bist meine Freundin. Lass mich erst mal mit Jo reden, und behalt dein Geld für dich.«

Melinda schnalzte mit der Zunge, um zu verstehen zu geben, dass ihr diese Vorgehensweise missfiel. »So führt man aber keinen Betrieb, der Geld abwerfen soll.«

»Wahrscheinlich werden wir deshalb für immer arm bleiben.«

»Zweifellos.«

»Ist bei dir sonst alles in Ordnung?«

»Du meinst, von der Tatsache abgesehen, dass ich versuche, vier Kinder großzuziehen?«, gab Melinda lachend zurück. »Alles ist in bester Ordnung. Und ich werde jetzt auflegen.«

»Warum?«

»Weil du nicht deinen Journalisten anrufen und dich mit ihm zu einem heißen Date verabreden kannst, wenn du mit mir telefonierst.«

»Wer sagt, dass ich ihn anrufen werde?«

»Ach, Hattie. Du sagst zwar, dass dir dieses ruhige Leben gefällt und du gern was Gutes tust, aber ich kenne dich. Von Zeit zu Zeit brauchst du ein kleines Abenteuer, damit du nicht durchdrehst. Dieser Journalist hört sich ganz danach an, als ob er ein solches Abenteuer sein könnte.«

Hattie musste grinsen. »Du kennst mich wirklich!«

Kapitel 17

Hattie hatte ein Abendessen in einem schicken Restaurant erwartet, vielleicht auch eine Einladung ins Kino oder sogar ins Theater, wenn er entsprechend kultiviert war. Also das, was für ein erstes Date typisch war. Nicht erwartet hatte sie dagegen ein Bierfestival auf einem morastigen Acker einschließlich zweitklassiger Tributbands und Schnelless-Wettbewerben. Es war so unerwartet, dass es sie in ihrer Annahme bestärkte, dass Owen eine wilde und unberechenbare Ader hatte – eine, von der sie wusste, dass sie ihr nicht gefallen sollte, und die ihr dennoch gefiel.

Sie beobachtete ihn, wie er mit zwei Flaschen von der Theke zurückkehrte und sich seinen Weg durch das feuchte, muffige Zelt bahnte. Es roch nach Schweiß und Gras, was sie an jene Sommerfeste im Dorf erinnerte, bei denen es manchmal unerwartet zu einem Wolkenbruch gekommen war. Man hatte sich dann ins Festzelt gedrängt und sich miteinander unterhalten, bis der Himmel wieder auflockerte. Owen grinste sie an, was in ihrem Bauch ein erwartungsvolles Feuerwerk entzündete.

»Was ist das jetzt?«, fragte sie, als er ihr eine Flasche gab. Sie drehte sie so, dass sie das Etikett sehen konnte, doch ihre Augen ließen sie dabei unmissverständlich wissen, dass sie eine Brille brauchte. Das war irgendwie eigenartig, denn bislang war sie auch ohne Brille ausgekommen.

»Ein helles Bier aus Österreich mit einem Hauch Himbeere«, beantwortete er ihre Frage. »Jedenfalls glaube ich, dass das so auf der Karte gestanden hat.«

»Das wievielte Bier ist das jetzt? Ich habe mich irgendwann verzählt.«

»Warum zählst du mit?«

»Damit ich weiß, wann ich aufhören muss.«

»Ach, stell dich nicht so an«. Er prostete ihr grinsend zu. »Zum Wohl.« Während er die Flasche zum Trinken ansetzte, nahm Hattie nur einen kleinen Schluck. »Schmeckt ganz gut.«

»Ja, nicht schlecht«, stimmte er ihr zu und betrachtete anerkennend seine Flasche.

Das war inzwischen das dritte Zelt, in das sie eingekehrt waren. Alle waren mit provisorischen Theken ausgestattet und boten eine breite Auswahl an mit viel Fantasie gebrauten Bieren an. Bislang waren sie noch nicht in das Zelt gegangen, in dem es Speisen aller Art gab. Dort gab es an verschiedenen Ständen Käse, kalten Braten, Salate und Sandwiches. Zwischen den Zelten waren auch noch ein paar kleinere Buden aufgebaut worden, die Gegrilltes, Pizza und Crêpes im Angebot hatten – und die allmählich im Morast zu versinken drohten. Aber auch die hatten Hattie und Owen bislang noch nicht aufgesucht. Owen schien sich vorgenommen zu haben, erst einmal jede Biersorte zu probieren, ehe etwas zu essen an der Reihe war.

Hattie dagegen hielt es für besser, möglichst bald etwas in den Magen zu bekommen, was den Alkohol aufsaugen konnte, da sie ansonsten eher früher als später mit dem Gesicht voran im Morast landen und so bald nicht wieder aufstehen würde.

Sie konnte allerdings nicht leugnen, dass sie hier ihren Spaß hatte. Vielleicht lag es ja auch am Alkohol, aber nach der fast völligen Stille auf der Sweet Briar Farm waren der Lärm und das Gedränge der Besucher eine willkommene Abwechslung.

»Das nächste Bier suche ich aus«, beschloss sie.

»Ich dachte, du überlässt mir die Zusammenstellung. Vertraust du mir nicht?«

Sie bewegte mahnend den Zeigefinger. »Kein bisschen.«

Er zog einen Schmollmund. »Bei meinem Artikel habe ich dich auch gebeten, mir zu vertrauen. Und das ist gut ausgegangen, oder nicht?«

»Bier ist eine ganz andere Sache«, sagte sie. »Aber der Artikel war gut, das muss ich dir lassen. Ein Haufen dicker, fetter Lügen. Aber es waren gute Lügen.«

»Das sind keine Lügen, das sind nur kreativ ausformulierte Fakten. Du liest doch so gern diese Romane, du weißt schon. Die bestehen nur aus Lügen. Der Unterschied liegt darin, dass ich mit etwas anfange, das einen Funken Wahrheit enthält. Und daraus mache ich dann etwas, was richtig sexy ist. Obwohl das bei dir gar nicht nötig wäre, weil du ja schon sexy bist.«

»Danke«, gab Hattie zurück, wusste aber nicht, ob es am Bier oder an seinen Worten lag, dass ihre Wangen glühten.

»Jedenfalls war es ein toller Artikel. Meinem Herausgeber hat er gut gefallen.«

»Du kannst sagen, dass er toll war, aber ich kann das nicht. Das würde nicht gerade von Bescheidenheit zeugen.«

»Ich kann es sagen, weil ich ihn geschrieben habe, und Bescheidenheit kümmert mich gar nicht.«

Hattie reagierte mit einem amüsierten Kichern. Eine Sache war ihr an Owen schnell aufgefallen: Er hatte kein Problem damit, seine eigenen Leistungen zu loben. Eigentlich hätte sie sich an so etwas stören sollen, doch es machte ihr nichts aus. Stattdessen trank sie noch einen Schluck Bier. »Jetzt kann ich die Himbeeren rausschmecken«, verkündete sie.

»Du siehst süß aus«, sagte er.

»Süß.«

»Betrunken und albern.«

»Betrunken bin ich nicht. Und albern bin ich immer. Dafür muss ich mich nicht erst betrinken.«

»Küss mich.«

Hattie schüttelte den Kopf. »So leicht bin ich nicht zu haben.«

»Schade. Darauf hatte ich jetzt gehofft. Weißt du eigentlich, dass ich den Artikel nur aus dem einen Grund geschrieben habe, dass ich dich so toll finde? Ich hatte schon überlegt, mit welcher Ausrede ich Lance erklären konnte, dass ich ganz plötzlich gehen und das Treffen absagen müsse. Und dann kamst du ins Café und ich … na ja, dann habe ich es mir doch anders überlegt.«

»Ich bin mir sicher, dass Jo begeistert wäre, das zu erfahren«, merkte sie ironisch an. Dennoch wurde sie schon wieder rot. Sie wollte ihn küssen, aber sie gab sich alle Mühe, wenigstens ein gewisses Maß an Zeit verstreichen zu lassen, um einen Hauch von Anstand zu wahren. »Sie war übrigens sauer, weil sie den Artikel vor dem Erscheinen nicht zu lesen bekommen hat.«

»Dafür war keine Zeit mehr. Ich hatte dich ja gewarnt, dass das vermutlich so laufen würde. Normalerweise wird sowieso niemandem ein Artikel vorab noch mal zum Lesen gegeben, selbst wenn die Zeit noch reicht.« Wieder trank er einen Schluck Bier. »Außerdem weiß ich gar nicht, was sie will. Der Artikel hat doch seinen Zweck erfüllt, oder nicht?«

»Ja, klar. Wir hatten mehr Anfragen als jemals zuvor.«

»Und wie viele genau?«

»Es müssten zehn sein, meine ich.«

»Und vorher?«

»Keine.«

»Okay, mit zehn Anfragen füllt man nicht gerade das Wembley Stadium, aber zehn sind besser als null.«

»Ich nehme an, es wird eine Weile dauern, bis die Leute auf uns aufmerksam werden. Außerdem liegen wir ziemlich abgelegen. Uns nimmt man da hinten eigentlich nur wahr, wenn je-

mand vorhat, sich mit seinem Auto von der Klippe zu stürzen.«
Sie musste aufstoßen.

Owen schaute nachdenklich vor sich hin, während er mit
dem Etikett der Flasche spielte. »Vielleicht sollten wir noch einen Artikel nachlegen. Das könnte helfen, damit die Leser dich
besser im Gedächtnis behalten.«

»Oh nein, nicht noch mehr über das ach so aufstrebende
Modelabel mit den ach so prominenten Kunden«, gab Hattie
zurück.

»Wir könnten was über Jo schreiben. Sie muss doch auch
eine sehr interessante Vergangenheit haben, oder? Jeder hat die,
man muss nur tief genug graben.«

»Da spricht der Journalist. Nicht dass ich irgendwelche anderen Journalisten kenne …«

»Also? Was meinst du?«

»Auf keinen Fall. Selbst wenn wir das nur vorschlagen würden, könnte ich meine Pläne sofort vergessen.«

»Das ist wirklich schade. Das muss doch frustrierend sein,
dass sie sich so gegen alles sträubt, obwohl du nur zu helfen versuchst. Du musst viel mehr Geduld haben als ich.«

»Es sind ja eigentlich die Tiere, denen ich helfen will. Sicher,
ihr will ich damit ja auch helfen, aber das kümmert sie nicht. Sie
hasst einfach jeden. Nur die Tiere …« Sie zuckte mit den Schultern. »Ich will ja bloß was Gutes tun.«

Owen lächelte sie an. »Du bist wirklich verdammt süß …«

»Ich weiß.«

»Hast du ihr das denn schon mal gesagt? Dass du dir Sorgen
machst, was aus den Eseln werden soll, wenn sie kein Geld mehr
hat?«

»Das kann ich nicht. Erst mal lässt sie mir gar keine Gelegenheit, mit ihr zu reden. Wenn ich ein wichtiges Thema ansprechen will, dreht sie sich um und geht weg. Sie will nicht mit

mir reden, außer sie sagt mir, dass ich mit dem Abwasch dran bin. Und ich soll auch nicht erfahren, was mit der Tierarztrechnung ist.«

»Vielleicht *will* sie ja nur nicht zahlen? Könnte doch sein, dass die finanzielle Situation gar nicht so schlecht ist, wie du meinst.«

Hattie schüttelte den Kopf. »Ich weiß es einfach. Ich meine, hast du dir mal angesehen, in welchem Zustand der Hof ist?«

Nachdenklich betrachtete er sie. »Ich verstehe nicht, warum du bei ihr bleibst.«

»Ehrlich gesagt weiß ich das manchmal selbst nicht. Es fühlt sich an, als müsste ich bei ihr bleiben, weil ich einmal zugesagt habe. Aber abgesehen davon – wenn ich jetzt gehe, dann kann mein Vater sagen, dass er recht hatte und dass ich mich geirrt habe. Den Gefallen kann ich ihm nicht tun.«

Er lachte. »Na, diese Art von Motivation kann ich gut nachvollziehen.«

»Wieso? Macht dein Dad dir auch dauernd Vorhaltungen?«

»Er hat es gemacht, aber zu der Zeit hatte ich es vermutlich auch nicht anders verdient. Heute ist er nicht mehr so schlimm.«

»Mein Dad schon. Er erzählt mir immerzu, dass ich es zu nichts bringen werde. Allerdings glaube ich, dass ich bald an einem Punkt angelangt sein könnte, an dem es zu spät ist, dagegen noch etwas unternehmen zu können.«

»Glaubt er das wirklich?«

»Ist schon okay. Ich bin es gewöhnt.«

»Ich finde aber nicht, dass du nichts bist, nur weil du nicht wer weiß was für einen Job hast«, hielt er dagegen. »Du bist verdammt süß und auch ein klein bisschen verrückt …« Er stellte seine leere Bierflasche auf den Tisch gleich neben ihm, dann kam er näher. »Aber weißt du was?«, fügte er mit leiser, tiefer Stimme an. »Ich finde dich irrsinnig attraktiv.«

Ehe sie etwas entgegnen konnte, drückte er seine Lippen auf ihre. Er schmeckte nach Hopfen und Malz oder aus was auch immer das Bier bestand, das er soeben getrunken hatte. In ihrem Kopf drehte sich alles, was auf zu viel Alkohol und ein unbändiges Verlangen zurückzuführen war. Sie erwiderte den Kuss und weckte damit eine tief in ihr schlummernde Begierde.

»Tut mir leid«, murmelte er, als er sich von ihr löste. »Obwohl … wem will ich da eigentlich was vormachen? Es tut mir natürlich nicht leid. Ich wollte das schon den ganzen Nachmittag tun.«

»Hmm«, war alles, was Hattie erwidern konnte. Zu benommen war sie noch von diesem unerwarteten Kuss. Die Klänge einer elektrischen Gitarre schallten über das Gelände.

»Willst du dir immer noch die Queen-Tributband ansehen?«, fragte Owen und griff nach seiner Bierflasche.

Hattie interessierte keine Tributband mehr, weder Queen noch sonst jemand. Sie wollte nur wieder seine Lippen auf ihren spüren.

»Klingt ganz so, als würden sie jeden Moment anfangen«, fügte er an und nahm ihre Hand. »Sehen wir sie uns mal an, wie sie so sind, und danach sorgen wir dafür, dass du was zu essen bekommst.«

»Würde ich auch sagen«, stimmte Hattie ihm zu.

»Hunger?«

»Nur auf dich.«

»Du bist betrunken«, entgegnete er und lachte. »Vielleicht solltest du besser vorher was essen.«

»Betrunken bin ich zwar nicht, aber okay.«

Er sah sie an und drückte ihre Hand. »Es ist schön mit dir.«

»Danke, gleichfalls.«

»Ich kann es noch immer nicht fassen, dass du meine Einladung angenommen hast.«

»Ehrlich?«

»Na ja … irgendwie fand ich, dass du in einer anderen Liga spielst.«

»Das ist doch verrückt!« Schon bei ihrer ersten Begegnung hatte er so selbstsicher und gelassen gewirkt, dass es für sie so gut wie unvorstellbar war, dass er sich von irgendjemandem verunsichert fühlen könnte. Aber war dieser Owen nur eine Fassade gewesen, und der echte Owen war ganz anders? Die Antwort auf diese Frage wollte sie dringender als alles andere bekommen.

»Wieso ist das verrückt?«, fragte er. »Du bist absolut hinreißend.«

»Wer von uns ist jetzt betrunken?«, konterte Hattie kichernd.

Er nahm sie in die Arme und küsste sie erneut. Für einen atemberaubenden Moment hörte der Rest der Welt auf zu existieren.

»Findest du immer noch, ich habe zu viel getrunken?«, fragte er leise.

Hattie schlug die Augen auf. Sie sagte nichts, weil sie nicht den Zauber brechen wollte, in dessen Bann sie sich befand. Stattdessen zog sie ihn wieder an sich und war nun diejenige, die ihn so küsste, wie er es mit ihr gemacht hatte, damit er das Gleiche spürte, was sie gespürt hatte. Als der Kuss endete, war er es, dem schwindlig war, und so unwahrscheinlich das bei einer Person wie Owen auch sein mochte: er wirkte sprachlos.

»Wow«, brachte er schließlich heraus. »Einfach nur … wow.«

Hattie sah in seine braunen Augen und wünschte sich, alle Leute ringsum könnten sich in Luft auflösen, damit sie mit ihm allein sein konnte.

»Du bist wirklich erstaunlich«, raunte er und zog sie nun seinerseits wieder an sich.

»Ich weiß.« Sie lachte ausgelassen.

»Und so bescheiden.«

»Na ja, ich bin schließlich ein unglaublich glamouröses Mitglied der Pariser Elite«, erwiderte sie kichernd.

»Wenn es funktioniert hat ...«

»Willst du wissen, was ich denke?«

»Was?«

»Ich denke, es gibt zwei Owen Schusters. Einer ist der skrupellose Reporter ...«

»Hey!«

»... und der andere ist der süße, attraktive und sexy Fang des Tages.«

Er beugte sich vor, um sie wieder zu küssen. »Du hast mich durchschaut«, flüsterte er. »Aber verrat mich nicht. Ich habe einen Ruf zu verlieren.«

Kapitel 18

Hattie hatte das Gefühl, ein Wunder mitzuerleben. Melinda saß ihr am Tisch gegenüber, und nicht eines ihrer Kinder war zu sehen oder zu hören. Stu hatte sie mitgenommen, um mit ihnen seinen Onkel in Weymouth zu besuchen und dort auch zu übernachten. Der arme Onkel in Weymouth, hatte Melinda dazu gesagt, aber für sie bedeutete es, zum ersten Mal seit fast acht Jahren einen Abend lang nicht ihren Pflichten als Mutter nachkommen zu müssen. Hattie war außer sich vor Freude, dass Melinda diese so hart erarbeitete freie Zeit mit ihr verbrachte.

Auf dem Tisch standen etliche Pappschachteln aus dem indischen Restaurant, in denen sich alle möglichen Gerichte befanden. Sie hatten ein kleines Vermögen dafür hinblättern müssen, damit das Essen überhaupt aus dem Nachbardorf hergebracht worden war. Aber dieses Opfer war es wert gewesen, denn sie wurden mit den besten Currys des gesamten südlichen Englands belohnt. Jedenfalls war das Hatties bescheidene Meinung. Curry an sich war bislang so gut wie gar nicht bis nach Gillypuddle vorgedrungen, aber das wunderte Hattie nicht. Immerhin vermutete sie auch, dass viele Bewohner des Dorfes bislang noch nicht einmal mitbekommen hatten, dass jemand ein seltsames Gewächs namens Kartoffel aus einem fernen Land mitgebracht hatte. Wer sollte unter solchen Umständen schon mal was von Curry gehört haben?

Melinda zog den Deckel von ihrem Korma ab, während Hattie das Vindaloo aufmachte, für das sie sich entschieden hatte.

»Schon gut, dass du dich heute Abend nicht mit Owen

triffst«, meinte Melinda und warf einen vielsagenden Blick auf das scharfe Essen, das Hattie auf ihren Teller löffelte.

»Wenn ich das gegessen habe, werde ich mich wohl die ganze Woche nicht mit ihm treffen können.«

»Dann wollen wir mal hoffen, dass es das wert ist.«

»Oh ja, das ist es.«

»Und wann seht ihr euch wieder?«

»Ich weiß nicht so genau. Bei ihm steht diese Woche einiges auf dem Plan, und da er in London gebraucht wird, haben wir uns beide nicht auf einen Tag festgelegt.«

»Ich glaube nicht, dass ich damit glücklich sein könnte, die Dinge so in der Schwebe zu lassen.«

»Ich glaube, das hängt mit seinem Job zusammen.«

»Andere Leute mit seinem Job führen auch Beziehungen«, wandte Melinda ein.

»Aber die wohnen vermutlich nicht so weit voneinander entfernt wie wir. Das hier ist genau genommen eine Fernbeziehung.«

»Aber du willst ihn wiedersehen?«

»Oh Gott, ja! Wir haben auf dem Bierfestival riesigen Spaß gehabt.«

»Kann ich mir vorstellen«, meinte Melinda. »Ich wüsste nicht, wann ich das letzte Mal in strömendem Regen zur Musik einer Queen-Tributband getanzt und matschige Hotdogs gegessen habe«, fügte sie ironisch an.

»Ich glaube nicht, dass viele erste Dates so verlaufen«, sagte Hattie zustimmend. »Und genau deshalb hat es mir so gut gefallen.«

»Dann bringt es also nichts, wenn ich dir erzähle, dass Seth Bryson definitiv Single ist? Ich weiß es aus erster Hand.«

Hattie tauchte ein Papadam in ihr Vindaloo und kaute darauf herum. »Wann hast du ihn das gefragt?«

»Ich gar nicht, aber meine Mum.«

»Dann hast du es nicht aus erster Hand.«

»Okay, meine Mum hat es aus erster Hand, und wenn sie es mir sagt, ist es für mich aus erster Hand.«

Hattie schluckte ihr Papadam und grinste sie an. »Ohne Kinder um dich herum bist du auf dem Holzweg. Ich glaube, deine ganze Intelligenz ist auf die Kleinen verteilt worden.«

»Ich glaube eher, Stu hat sie sich ausgeborgt, um mit den Kindern zu seinem Onkel zu fahren. Er selbst besitzt so was ja nicht.«

»Ohhh, der arme Stu. Du musst ihn wirklich sehr lieben.«

»Muss wohl so sein. Das Verrückte ist, dass er mir jetzt schon fehlt.«

»Ich fühle mich überhaupt nicht beleidigt«, kommentierte Hattie.

»Du weißt, wie ich das meine«, gab Melinda lachend zurück und nahm etwas vom Naan-Brot.

»Wenn das so ist, werde ich dich wohl unter Alkohol setzen müssen, damit du auf andere Gedanken kommst.«

»Ich habe nicht wirklich Lust auf einen Drink.«

»Was? Du hast noch den ganzen Abend vor dir und hast keine Lust auf einen Drink? Was stimmt nicht mit dir?«

»Überhaupt nichts.« Melinda legte den Deckel zurück auf den Becher, in dem sich das restliche Korma befand.

Hattie musterte sie eindringlich, dann begann sie zu grinsen. »Nein!«, kreischte sie. »Du bist doch nicht etwa …?«

»Könnte sein«, antwortete Melinda und schaute dabei sehr verlegen drein.

»Oh mein Gott!«

»Es ist keine große Sache.«

»Keine große Sache? Kind Nummer fünf ist keine große Sache?« Hattie schlug vor Begeisterung mit den Handflächen auf den Tisch. »Wie lange?«

»Ungefähr vier Wochen.«

»Ich möchte wetten, dass Stu begeistert ist.« Hattie hielt inne. »Oder nicht?«

»Er wird sich freuen, wenn ich es ihm sage«, erwiderte Melinda. »Ist ja nicht so, als hätten wir das noch nie mitgemacht.«

»Du hast es ihm nicht gesagt?«

»Den Test habe ich erst heute Morgen gemacht. Ich hatte noch keine Gelegenheit, mich mit Stu hinzusetzen und es ihm zu erzählen.«

»Wow. Ich weiß nicht, ob ich ein schlechtes Gewissen haben oder mich geehrt fühlen soll, dass ich es vor dem Daddy erfahren habe. Freust du dich?«

»Natürlich freue ich mich. Trotzdem wird es ab dem dritten Kind in gewisser Weise zur Routine.«

»War das geplant?«

»So geplant wie jedes andere auch.«

»Na, dann meinen Glückwunsch. Was wäre dir lieber? Junge oder Mädchen?«

»Das ist mir egal.«

Hattie lächelte sie an. »Ich freue mich so für dich.«

»Das ist jetzt alles nur noch langweilig. Niemand wird mehr schockiert oder begeistert sein, wenn ich das herumerzähle. Ich will lieber was über dein Date erfahren.«

Hattie zuckte flüchtig mit den Schultern und versuchte das Ganze herunterzuspielen, obwohl die Erinnerung an Owens Lippen auf ihren noch sehr intensiv war. »Es war gut.«

»Das heißt, du bist schon so gut wie verliebt.«

»Oh Gott, nein!«, rief Hattie amüsiert. »Der Mann bedeutet Ärger. Das rieche ich eine Meile gegen den Wind.«

Melinda zog die Augenbrauen hoch. »Vergiss nicht, dass ich dich besser kenne als irgendwer sonst. Wenn es um Männer geht, ist Ärger sozusagen dein Beuteschema.«

»Nicht mehr, seit ich erwachsener geworden bin«, widersprach Hattie. »Ich kann mich gut daran erinnern, dass es das war, was mich in Paris in Schwierigkeiten gebracht hat.«

»Aber das ist doch noch gut ausgegangen.«

»In gewisser Weise. Aber auch nur eine Zeit lang, bis ich fast halb Paris abgefackelt hätte.«

»Na, ich finde trotzdem, dass du den hier für eine Weile behalten solltest. Allein schon deshalb, weil er so schöne Geschichten über dich schreibt.«

»Du hast es gelesen?«

»Gelesen? Ich habe den Artikel ausgeschnitten!« Melinda stand auf und lief ins Wohnzimmer. Einen Augenblick später kam sie mit dem Zeitungsausschnitt zurück und legte ihn auf den Tisch.

»Aus der Modemetropole zurück aufs Land«, las sie vor. Unter der Zeile fand sich ein Foto von Hattie, die vom Wind zerzaust und mit strahlendem Lächeln neben Norbert stand. Der Artikel erzählte in einer massiv übertriebenen und sehr fantasievollen Weise von Hatties Leben in Paris und von den Umständen, die sie zur Sweet Briar Farm geführt hatten.

»Ehrlich gesagt«, merkte Melinda an, als sie den Text noch einmal überflog, »hatte ich keine Ahnung, dass meine Freundin mir jahrelang ihren Promi-Lifestyle verschwiegen hat.«

»Sehr witzig. Ich habe dir ja gesagt, dass das alles ein bisschen …«

»Bedenklich?«

»… übertrieben ist. Aber wenn es funktioniert …«, fügte sie hinzu und hob die Schultern kurz an. »Nächste Woche ist das schon wieder vergessen. Ich kann mir auch kaum vorstellen, dass sich außer uns beiden jemand die Mühe macht, das zu lesen.«

»Oh, das sehe ich anders«, warf Melinda ein. »Warst du in letzter Zeit mal im Willow Tree?«

Hattie spürte leichte Unruhe in sich aufsteigen. »Nicht mehr, seit ich mich das erste Mal mit Owen getroffen hatte.« Dann fügte sie zögerlich an: »Wieso fragst du?«

»Sagen wir mal, es ist über dich geredet worden, und zwar ausgiebig.«

Hattie verkniff sich ein Aufstöhnen. Aus einem unerfindlichen Grund war sie nie auf den Gedanken gekommen, irgendjemand in Gillypuddle könnte Owens Artikel lesen. Die meisten Leute hier kümmerten sich nicht um die Nachrichten, die jenseits der Dorfgrenze ihren Ursprung hatten. Als sie jetzt aber darüber nachdachte, wurde ihr klar, dass es Lance sein musste, der das Interesse der Leute auf den Artikel gerichtet hatte. Hieß das, dass ihre Mum und ihr Dad ihn auch gelesen hatten? Seit einigen Tagen hatte sie nichts mehr von ihnen gehört – seit dem Tag, an dem die Ausgabe mit diesem Artikel erschienen war. Aber die *Daily Voice* kam nicht mal mit viel Fantasie als Lektüre ihrer Eltern infrage. Sie hoffte, dass die beiden nichts davon mitbekommen hatten, da sie deren Reaktion nicht einschätzen konnte. Solange sie erst dann wieder ins Willow Tree gingen, wenn etwas Gras über die Sache gewachsen war, würde hoffentlich niemand mehr daran interessiert sein.

»Es liegt vor allem an Lance«, redete Melinda weiter. »Du weißt ja, wie er ist.«

»Du meinst, er sonnt sich im Ruhm anderer?«, fragte Hattie und musste unwillkürlich grinsen. Es würde sie nicht wundern, wenn sie bei ihrem nächsten Besuch im Café einen zu ihren Ehren errichteten Schrein vorfinden würde.

»Ja, so was in der Art«, stimmte ihre Freundin ihr zu. »Immerhin ist das die aufregendste Neuigkeit in ganz Gillypuddle, seit Mrs Lanes Papagei entflogen war.«

Hattie musste lachen. »Weiß Lance etwa auch, dass ich ein Date mit Owen hatte?«

»Machst du Witze?«

»Oh Gott, nein!«

Melinda tauchte den Löffel in das Mango Chutney und gab eine Portion auf den Teller.

»Er überlegt bereits, was er zur Hochzeit anziehen soll. Ich habe das Gefühl, dass er und Mark auf so etwas gehofft haben, weißt du? Du kennst ja die beiden. Vermutlich haben sie sogar von vornherein darauf hingearbeitet. Sie lieben es, andere zu verkuppeln. Mich wundert eigentlich, dass du den Braten nicht gerochen hast, als du zu dem Treffen erschienen bist.«

»Ja, das hätte mir wohl auffallen müssen. Aber fairerweise muss ich sagen, dass es in diesem Fall ja gepasst hat.«

»Du nimmst es gut auf«, stellte Melinda fest. »Du musst diesen Owen schon sehr mögen. Ich würde vor Wut kochen, wenn man so was mit mir gemacht hätte.«

Hattie versuchte sich über die Einmischung von Lance und Mark zu ärgern, aber es gelang ihr nicht. Sie hatte mit Owen eine gute Zeit verbracht, und vielleicht musste sie den beiden ja sogar zugestehen, dass sie in der Lage waren, die Richtigen zusammenzubringen. Sie sollte den beiden empfehlen, sich im Bereich der Partnervermittlung zu professionalisieren.

»Was bringt es, wenn ich mich jetzt noch aufrege?«

Was Hattie darüber gesagt hatte, dass Owen Ärger bedeutete, entsprach der Wahrheit. Das galt aber nicht für ihre Beteuerungen sich selbst gegenüber, dass sie die Beziehung nur für ein paar Wochen genießen wollte. Sie mochte Owen, und sie konnte sich vorstellen, ihn auch noch sehr viel mehr mögen zu können. Vielleicht war er ja gar nicht so wild und unberechenbar. Sie hatte ihm bei ihrem Date gesagt, dass es zwei verschiedene Owen Schusters gab, und davon war sie auch noch jetzt überzeugt. Welchen von beiden würde sie bekommen? Die Zeit würde es zeigen.

Kapitel 19

Der Regen weckte Hattie auf. Sie drehte sich um und sah auf den Wecker neben ihrem Bett. Halb fünf am Morgen. Noch viel zu früh, um aufzustehen. Sie machte die Augen zu und versuchte wieder einzuschlafen, aber der Wind wurde stärker und ließ den Regen so stark gegen die Fenster prasseln, als würde jemand Kieselsteine dagegenschleudern. Seit sie nach Sweet Briar gekommen war, hatte sie noch kein so heftiges Unwetter mitbekommen. Dieser Regen war durchaus ein wenig beunruhigend, da sie sich nicht sicher war, ob die alten Scheiben ein solches Bombardement aushalten würden. Es hätte sie nicht gewundert, wenn das Fenster unter dem Ansturm solcher Gewalt eingedrückt würde.

Sie lag im Bett und lauschte dem Regen. Im Zimmer hatte sich durch die frühmorgendliche Helligkeit ein Lichtschein eingestellt, der etwas von einem grobkörnigen Schwarz-Weiß-Foto hatte. Schließlich stand sie auf, um irgendetwas Sinnvolles zu tun, da sie wusste, dass sie nicht wieder einschlafen konnte, solange das Wetter nicht besser wurde. Im Haus war alles ruhig, und Jo schlief vermutlich noch. Ihr Zimmer befand sich im rückwärtigen Teil des Gebäudes und war vom Meer abgewandt, was bedeutete, dass Sturm und Regen dort nicht annähernd so schlimm waren. Vielleicht war das sogar der eigentliche Grund dafür, dass sie sich ein Zimmer auf dieser Seite genommen hatte.

Hattie beschloss, den geliehenen Laptop hochzufahren (der längst zur Dauerleihgabe geworden war, wenn sie genauer darüber nachdachte) und nachzusehen, ob es irgendwelche Aktivitäten auf der Sweet-Briar-Webseite gab. Sie nahm den flauschigen Morgenmantel vom Sessel am Fenster, zog den Laptop aus der Tasche und setzte sich im Schneidersitz aufs Bett, dann fuhr sie den Computer hoch.

Das war der Moment, in dem sie es hörte. Ein Geräusch, das eben das Prasseln des Regens übertönte, die Stimme einer Person in Not. Hattie saß reglos da und strengte ihre Ohren an, aber das Rufen war verstummt, und sie entspannte sich wieder. Vielleicht hatte sie es sich ja doch nur eingebildet. Vielleicht hatten ihre Sinne ihr einen Streich gespielt, weil das Wetter sie so nervös machte. Womöglich hatte der Sturm irgendetwas in Bewegung gesetzt, was wie das gequälte Stöhnen eines Menschen geklungen hatte. Hattie tröstete sich mit der Erkenntnis, dass das beharrliche Prasseln der Regentropfen an ihren Nerven zehrte, also nahm sie das mutmaßlich Gehörte mit einem Schulterzucken hin und widmete sich ihrem Laptop.

Dann zerriss ein Schrei die Stille im Haus. Hattie sprang vom Bett und rannte nach draußen auf den Treppenabsatz.

»NEIN! JENNY, NICHT!«, ertönte es in diesem Moment.

Hattie rannte zu Jos Zimmer und riss die Tür auf. Jo lag im Bett, wand sich hin und her und stöhnte laut. Das Bettlaken hatte sich eng um sie gewickelt. Sie war nicht mal davon aufgewacht, dass Hattie ins Zimmer geplatzt war. Sie lief zum Bett, um Jo aufzuwecken und aus diesem schrecklichen Albtraum zu holen, der sie fest im Griff hatte. Doch dann blieb sie abrupt stehen. Sie befand sich in Jos Zimmer, und Jo schlief tief und fest. Ganz gleich, aus welchem Grund sie herbeigeeilt war, kam es ihr doch so vor, als hätte sie eine Grenze überschritten. Es war schließlich nur ein Albtraum, und von Zeit zu Zeit hatte jeder mal einen Albtraum. Auch wenn es einer von der wirklich üblen Sorte zu sein schien, würde Jo auch ohne Hatties Eingreifen früher oder später aufwachen, und wenn der Traum dann erst mal verblasst war, würde es ihr auch wieder gut gehen.

Doch nur eine Sekunde später schrie Jo: »JENNY!«

Hattie ertrug es nicht länger. Ganz egal, welche Konsequenzen es für sie haben würde und ob Jo sich nach dem Aufwachen überhaupt an irgendetwas erinnern konnte, Hattie sah sich einfach nicht in der Lage, tatenlos zuzusehen. Sie beugte sich vor, um sie wachzurütteln, doch noch bevor es dazu kommen konnte, stieß Jo einen gellenden Schrei aus und saß auf einmal kerzengerade im Bett.

Hattie stand wie erstarrt da, während Jo sie so ansah, als müsse sie sich erst noch orientieren. Angestrengt atmete sie ein und aus, doch dann sagte sie auf ihre gewohnt knappe Art: »Du bist in meinem Zimmer.«

»Tut mir leid, aber ich dachte …« Hattie zögerte. Konnte sie Jo sagen, was sie soeben beobachtet hatte? Etwas, das sich so zutiefst privat und persönlich anfühlte, als hätte man ihr einen Schnappschuss von Jos Seele gezeigt, der nie für ihre Augen bestimmt gewesen war. »Ich glaube, ich habe von unten ein Geräusch gehört«, antwortete sie schließlich. »Ich wollte dich wecken, damit wir zusammen runtergehen und nach dem Rechten sehen.«

Jo seufzte resigniert und befreite sich aus der Bettdecke. Sie setzte sich auf der Bettkante auf und stieg mit bloßen Füßen in ihre Arbeitsstiefel. Die Haare hingen ihr ins Gesicht, wobei Hattie bewusst wurde, dass sie Jo noch nie mit offenen Haaren gesehen hatte, sondern immer nur mit dem streng zurückgekämmten Pferdeschwanz. So wirkte Jo aber viel sanfter, jünger und auch verletzlicher. Es war eigenartig, überlegte Hattie, als sie nach unten eilten, um ihrer Behauptung nachzugehen. Sie hatte tatsächlich keine Ahnung, wie alt Jo eigentlich war. Geschätzt hatte sie sie einfach mal auf Mitte fünfzig, doch als sie sie jetzt so sah, war sie sich nicht mehr so sicher. Vielleicht war Jo sogar deutlich jünger.

Und nach wem hatte sie im Schlaf gerufen? Wer war diese Jenny? Und warum hatte Jo offenbar solche Angst um sie? Wie oft mochte Jo von diesem Albtraum wohl schon heimgesucht worden sein? Wie viele Male war das vielleicht schon vorgekommen, ohne dass Hattie etwas davon mitgekriegt hatte? Es war zwar eher unwahrscheinlich, dass Hattie fest genug geschlafen hatte, um solche Schreie nicht zu hören, andererseits musste Jo ja nicht jedes Mal schreien, wenn sie diesen Albtraum hatte.

»Die Fenster und Türen sind alle zu«, verkündete Jo und riss Hattie aus ihren Gedanken, nachdem sie sich im Erdgeschoss überall umgesehen hatten. Dann ging Jo zum Herd. »Jetzt können wir auch gleich aufbleiben.«

»Dann gehe ich mich umziehen«, sagte Hattie und machte sich auf den Weg nach oben. Ihre Gedanken überschlugen sich so sehr, dass sie genau wusste, sie würde in dieser Nacht keinen Schlaf mehr finden, selbst wenn sie das gewollt hätte.

Als Hattie das Frühstücksgeschirr zusammenräumte und zur Spüle brachte, hatte es aufgehört zu regnen. Jo war noch wortkarger und abweisender gewesen als üblich, aber ihr war auch ein gewisses Unbehagen anzumerken. Hattie fragte sich, ob das immer noch die Nachwirkungen des Albtraums waren. Davon war auszugehen, denn Jo war abrupt aus dem Schlaf gerissen worden und hatte bislang keine Gelegenheit bekommen, die Bilder zu verarbeiten, die sie gesehen haben musste. Es fiel ja sogar Hattie schwer, das Erlebte zu vergessen, da sie noch nie jemanden erlebt hatte, der so aufgewühlt gewesen war. Da konnte sie sich gut vorstellen, dass Jo Schwierigkeiten hatte, sich von dem Albtraum zu erholen. Für Hattie stand fest, dass sich in Jos

Unterbewusstsein etwas wirklich Schlimmes abgespielt haben musste.

»Jo …«, begann sie zögerlich, während sie das Geschirr abspülte und die andere Frau den Tisch sauber wischte. »Ist alles in Ordnung?«

Jo hielt inne und sah auf. »Warum sollte irgendwas nicht in Ordnung sein?«

»Ich weiß nicht. Ich dachte nur … na ja, wir reden nie mal über unsere Gefühle.«

»Du erzählst mir jeden Tag von deinen«, gab Jo zurück und widmete sich wieder ihrer Arbeit.

»Ich habe mich nur gefragt … ob dich vielleicht irgendwas belastet. Ich meine, wenn es so ist, kannst du es mir sagen.«

»Außer dass du unablässig auf mich einreden musst, belastet mich nichts.«

»Okay …« Hattie lachte nervös.

Jo sah zur Uhr. »Die Esel müssen raufgebracht werden.«

»Meinst du, das Wetter wird halten?«

»Ich glaube schon. Außerdem können sie sich da oben unterstellen. Und wenn es ganz schlimm kommt, können wir sie ja wieder nach unten bringen. Vorausgesetzt, du hast nichts Besseres zu tun.«

»Ich? Natürlich nicht!«

»Na ja, ich weiß ja nicht, ob du wieder mit deinem Reporter oder mit dieser Frau mit den vielen Kindern verabredet bist. Oder ob du wieder ins Café gehst, was alle fünf Minuten der Fall ist.«

»Ich darf meine Freizeit verbringen, wo ich das möchte«, gab Hattie zurück, die sich gezwungen sah, sich zu verteidigen. Was sie Jo nicht wissen ließ, war die Tatsache, dass die meisten ihrer Touren ins Dorf dazu dienten, etwas für die Sweet Briar Farm zu erreichen. Das zu erwähnen, war aber völlig sinnlos, denn Jo hätte ja doch nur erwidert, dass Sweet Briar das nicht brauchte.

»Ich will damit nur sagen, dass ich nie weiß, wo du gerade bist.«

»Ich sage dir jedes Mal Bescheid, wohin ich gehe.«

»Was du nur noch zu tun scheinst.«

»Was ich tue, tue ich für den Gnadenhof!«, gab Hattie zurück, da sie mit einem Mal fand, dass es an der Zeit war, die Fakten auszusprechen.

»Ich bezahle dich dafür, dass du *auf* dem Gnadenhof arbeitest, aber nicht woanders *für* den Hof!«

»Von einer Bezahlung kann man bei dem Lohn wohl kaum reden!«, warf Hattie ihr an den Kopf und bereute sofort ihre Worte.

Jo betrachtete sie mit versteinerter Miene. »Du kanntest die Bedingungen, ich habe dir nie irgendwas vorgemacht. Du wolltest hier arbeiten.«

»Das weiß ich, und ich will nach wie vor hier arbeiten. Aber du musst damit aufhören, mich von allem auszuschließen. Wenn ich manchmal ins Dorf gehe, dann liegt das daran, dass ich mich hier oben einsam fühle, obwohl du da bist. Ist dir der Gedanke schon mal gekommen? Wir sollten inzwischen eigentlich längst Freundinnen sein, aber ich kenne dich so gut wie gar nicht. Ich weiß nichts über dich.«

»Es gibt ja auch nichts über mich zu wissen.«

»Die Entscheidung solltest du vielleicht doch mir überlassen.«

»Ich habe dich nicht eingestellt, damit du mit mir befreundet bist.«

Tränen stiegen Hattie in die Augen, aber sie hielt sie zurück. »Okay«, sagte sie sehr bedächtig. »Ich bin also hier, um dir dabei zu helfen, den Gnadenhof am Laufen zu halten. Aber gut die

Hälfte der Zeit lässt du mich nicht mal das tun. Ich soll den Stall sauber machen und die Hennen füttern und die Esel hin und her führen.«

»Das ist genau das, was hier getan werden muss.«

»Ist es nicht! Es gibt noch tausend andere Dinge, die ich tun könnte und die dazu führen würden, dass das hier für die Esel ein noch viel besserer Ort wäre. Aber du willst dir meine Ideen ja nicht mal anhören!«

»Was denn? Redest du von dem Zeitungsartikel? Den habe ich dich machen lassen, auch wenn mir das nicht gefallen hat. Was willst du noch?«

»Ich will, dass du mir vertraust! Ich will, dass du meinen Ideen eine Chance gibst, anstatt sie von vornherein abzulehnen. Ich will, dass du dir meine Ideen anhörst und dass wir darüber reden – und zwar gründlich. Ich möchte das Gefühl haben, ein Teil von diesem Hof zu sein. Ich möchte das Gefühl haben, dass meine Anwesenheit hier etwas bedeutet und dass ich nicht bloß eine Untergebene mit eigenem Zimmer bin.«

Jo fuhr sie an: »Untergebene? Siehst du dich wirklich so? Ich mache genau die gleiche Arbeit wie du. Ich behandele dich so, wie ich jeden anderen auch behandele!«

Am liebsten hätte Hattie ihr vorgehalten, dass das Problem ja genau darin bestand, wie sie jeden anderen behandelte – nämlich nur mit Verachtung. Aber Jo war so engstirnig, dass es vermutlich nichts gebracht hätte, ihr diese Tatsache vor Augen zu führen. Stattdessen seufzte Hattie deprimiert. »Ich wünschte, ich hätte mehr das Gefühl, hier willkommen zu sein. Das ist alles. Ich wünschte, wir könnten Freundinnen sein. Ich weiß, ich bin nur eine Untergebene, und ich habe keinen Anspruch auf dein Interesse an meinen Ideen. Trotzdem wünschte ich, du würdest einsehen, dass ich dir helfen will, weil mir das hier wichtig ist.«

Jo musterte sie eindringlich, und nach einer Weile schien es so, als wollte sie etwas sagen. Vielleicht war es Hattie ja endlich gelungen, den Panzer um Jos Gefühle zu knacken. Doch dann wandte sich Jo ab, ging zur Garderobe, nahm ihre Wachsjacke und ging hinaus in den grauen Morgen. Eine Sekunde später flog die Hintertür hinter ihr zu.

Es war kaum Zeit geblieben, um das Gespräch fortzusetzen, außerdem hatte Jo keinen Zweifel daran gelassen, dass sie nicht länger über das Thema reden wollte. Die Hennen brauchten ihre Wurmkur, der Stall musste gefegt werden, der Zaun um den Obstgarten musste an der Stelle repariert werden, an der Jos Vermutung zufolge ein Fuchs versucht hatte, zu den Hennen zu gelangen. Dann war da auch noch die Scheune zu fegen, und eine Lieferung Heu musste auf Schimmel untersucht werden. Hattie erledigte alles, ohne zu murren, dennoch plagte sie der beharrliche Gedanke, dass da noch so vieles gesagt und besprochen werden musste, das ihr keine Ruhe lassen würde, solange es im Raum stand.

Schließlich stellte sie sich auch die Frage, ob alle anderen in Gillypuddle recht hatten, was ihre Meinung über Jo anging, und ob nur sie, Hattie Rose, diese Frau völlig falsch eingeschätzt hatte. War es pure Arroganz gewesen, die sie jede anderslautende Äußerung hatte ignorieren lassen, nur weil sie hatte beweisen wollen, dass Jo Flint keineswegs ein Herz aus Stein hatte? Sie hatte daran geglaubt und das tat sie auch jetzt noch, aber was machte das letztlich aus? Konnte sie wirklich so weitermachen wie bisher? So sehr sie auch die Esel und die fantastische Aussicht aufs Meer liebte – konnten ihr diese Dinge auf Dauer genügen?

Das einzig Erfreuliche an diesem trüben Tag war ein Anruf von Owen, der sie erreichte, gerade als sie die Scheune fegte. Am kommenden Wochenende hatte er die Möglichkeit, aus London rauszukommen, und nun wollte er von ihr wissen, ob sie Zeit und Lust hatte, um sich mit ihm zu treffen. Nach ihrem Streit mit Jo an diesem Morgen war es ihr ziemlich egal, ob sie etwas einzuwenden hatte oder nicht.

»Auf jeden Fall«, sagte sie. »Vielleicht kann ich ja sogar zu dir kommen.«

»Nach London?«

»Ja. Warum nicht?«

»Nein, ich komme zu dir.«

»Ich würde gern einen Ausflug nach London machen.«

»Aber … wirst du nicht auf dem Hof gebraucht?«

»Ich hatte nicht vor, ein Date mit dir hier auf dem Hof zu verbringen.« Hattie lachte.

»Egal. Es ist auf jeden Fall besser, wenn ich zu dir komme.«

»Hier gibt es aber nicht viel, was man unternehmen könnte.«

»Mach dir da mal keine Gedanken, ich werde mir schon was Wildes und Romantisches überlegen.«

»Vielleicht diesmal nur was Romantisches. Noch ein Bierfestival macht mein Magen nicht mit.«

»Schon notiert«, meinte er gut gelaunt. »Kein Bier.«

»Ich habe nicht ›kein Bier‹ gesagt, aber halt nicht so viel, wie wir beim letzten Mal gekippt haben.«

»Alles klar. Ein wenig Bier, aber nicht zu viel. Schon verstanden. Noch weitere Instruktionen?«

»Nein. Abgesehen davon hast du freie Bahn, um mich zu überraschen.«

»Aha.« Sein Tonfall hatte etwas Schelmisches. »Eine Überraschung wird es auf jeden Fall.«

»Muss ich mir jetzt Sorgen machen?«

Er lachte auf. »Vielleicht ein klein bisschen.«

»Wenn das so ist, freue ich mich schon jetzt. Dann bis Samstag.«

Hattie legte auf und fegte weiter die Scheune. Ein paar Minuten später hörte sie ein Motorengeräusch näher kommen. Sie sah durch das offene Scheunentor nach draußen und entdeckte Seths Geländewagen, der auf dem Hof vorfuhr. Sie lehnte den Besen an die Wand und ging nach draußen.

»Jo hatte angerufen«, sagte er. »Irgendwas wegen Norbert.«

»Stimmt was nicht mit ihm?«

»Ich dachte, Sie könnten mir dazu Genaueres sagen. Jo hat nur eine kurze Nachricht hinterlassen, aber nichts dazu gesagt, was los ist.«

Hattie stand verwundert da. »Mir hat sie kein Wort davon gesagt.« Was sie ihm verschwieg, war der Umstand, dass Jo nach der Meinungsverschiedenheit am Morgen ohnehin kaum noch mit ihr geredet hatte. Es war sogar noch weniger gewesen als die paar Worte, die sie bei guter Laune rausbekam.

»Wann hat sie angerufen?«, hakte sie nach.

»Das muss schon früh gewesen sein, vor Beginn der Sprechstunde. Die Nachricht habe ich eben erst entdeckt, weil meine Patienten normalerweise nicht auf die Mailbox sprechen, sondern mit meiner Sprechstundenhilfe reden. Darum höre ich die Mailbox nicht ständig ab. Jedenfalls bin ich hergekommen, so schnell ich konnte.«

Hattie versuchte die Wut runterzuschlucken, die sich in ihr aufzustauen begann. Was war eigentlich mit Jo los? Warum hatte sie ihr nicht sagen können, dass Norbert krank war? Sie wusste, dass er Hatties besonderer Liebling war. Jo hatte also bei ihm irgendein Problem gesehen, und anstatt Hattie einzubeziehen, hatte sie ihr all die Aufgaben übertragen, die dafür sorgten, dass sie Jo den ganzen Tag nicht über den Weg laufen konnte und es für sie auch keine Gelegenheit gab, nach den Eseln zu sehen.

War Jo wirklich mit Absicht so gehässig zu ihr? Hattie wollte es eigentlich nicht für möglich halten, doch es sprach alles dafür, dass es tatsächlich so war. Wann war ihr aufgefallen, dass mit Norbert etwas nicht stimmte? Warum hatte sie nicht mal erwähnen können, dass sie mit einem Besuch von Seth rechnete, damit er nach dem Tier sah? Gab diese Frau sich besonders viel Mühe, um so bösartig und gemein zu sein, oder lag ihr das einfach im Blut?

Seth schob die Hände in die Hosentasche. »Ist sie oben bei den Eseln?«

»Hier unten habe ich sie nirgends gesehen. Ich nehme an, dass sie oben ist.«

Er nickte und ging zurück zu seinem Wagen, blieb dann aber stehen und drehte sich zu Hattie um. »Ich habe übrigens den Artikel über Sie gelesen.«

Sofort lief Hattie rot an. Sie konnte sich nicht erklären, warum es so war, aber Seth war neben ihren Eltern derjenige, bei dem sie sich wünschte, er hätte diesen Artikel nie zu Gesicht bekommen. »Tatsächlich?«

»Ja«, sagte er und lächelte auf eine völlig undefinierbare Weise. Alle redeten davon, dass das Lächeln der Mona Lisa so rätselhaft war, aber wie das zu verstehen war, das war Hattie nie klar gewesen … bis zu diesem Moment. »Er war sehr … erhellend. Ich hatte keine Ahnung davon, dass Sie in Paris ein solches Luxusleben geführt haben.«

»Na ja …«, begann Hattie, doch dann sah sie, dass Seth noch breiter grinste. Damit war für sie fast sicher, dass irgendjemand in Gillypuddle das Bild korrigiert hatte, das der Artikel vermittelte. Allerdings wusste sie nicht, ob sie vor Scham jetzt noch tiefer im Erdboden versinken sollte oder nicht.

»Auf jeden Fall war es aber ein guter Aufhänger für den Gnadenhof«, fügte er hinzu.

»Das war auch der eigentliche Sinn dieses Artikels«, entgegnete sie. »Bloß kann ich leider nicht behaupten, dass wir seitdem von Besuchern überrannt werden.«

»Dann hat der Artikel nichts gebracht?«

Sie zuckte mit den Schultern. »Es gab ein paar Anfragen, aber hergekommen ist von denen keiner. Es gab ein paar kleinere Spenden auf der Sponsorenseite, was zumindest etwas mehr ist als das, was wir vorher hatten.«

»Höre ich da einen Hauch von Enttäuschung heraus?«

»Na ja, ich hatte mit mehr Reaktionen gerechnet.«

»Aber Sie haben doch Reaktionen erhalten«, konterte Seth grinsend.

»Ich meine außerhalb von Gillypuddle«, stellte sie klar und musste selbst lachen, als ihr bewusst wurde, wie absurd diese ganze Situation war. »Es ist halt so, dass es viel Aufwand für einen sehr kleinen Lohn war.«

»Schon witzig«, sagte er und musterte sie mit einem seltsamen Ausdruck in den Augen. »Ich hätte nicht gedacht, dass Sie jemand sind, der schnell aufgibt.«

»Ich gebe nicht … es ist nur …«

»Damit Sie es wissen: Ich habe den Eindruck, dass Ihnen nicht die Wertschätzung zuteilwird, die Sie verdienen.«

Bezog er sich damit auf Jo? War ihm aufgefallen, wie das Verhältnis zwischen Jo und ihr war? War das für Außenstehende etwa so offensichtlich?

»Und wenn Sie sich mal was von der Seele reden wollen«, fuhr er fort, »meine Tür steht Ihnen immer offen. Es kann einem schwerfallen, sich für eine Sache einzusetzen, an die man glaubt, wenn man ständig von der Person abgewiesen wird, für die man das alles tut. Glauben Sie mir. Ich weiß Bescheid.«

Hattie wollte etwas erwidern, doch ihr fiel nichts ein. Alles schien so rätselhaft und verschlüsselt zu sein, doch genau das war es vermutlich gar nicht. Vielleicht war die Lösung des Rätsels viel offensichtlicher, als ihr bewusst war. *Glauben Sie mir. Ich weiß Bescheid.* Bezog er sich damit auf seine Freundin? Was war bei den beiden vorgefallen? Meinte er das überhaupt, oder deutete Hattie einen verborgenen Sinn in seinen Worte, wo gar keiner war?

»Na gut«, meinte er. »Dann sehe ich jetzt besser mal nach Norbert.«

»Ich gehe mit. Falls es Ihnen nichts ausmacht. Sie wissen ja, wie viel er mir bedeutet.«

»Gern. Aber wir fahren besser rauf. Ich habe heute zu viel zu tun und kann mir einen gemütlichen Spaziergang nicht leisten – auch wenn Ihr wunderschöner Hof einen regelrecht dazu auffordert.«

Hattie hätte ihn daran erinnern können, dass dies hier nicht ihr Hof war, aber das würde Jo so oder so bei der nächsten sich bietenden Gelegenheit tun. Also folgte sie ihm einfach zu seinem Wagen und kletterte auf den Beifahrersitz.

Der Weg bis zur Koppel war mit dem Wagen so schnell zurückgelegt, dass es kaum vorstellbar war, wie viele Stunden Hattie und Jo jeden Tag damit zubrachten, die Esel dorthin und abends zurück in den Stall zu bringen. Hattie musste dennoch zugeben, dass dies zugleich der schönste Teil ihrer Arbeit hier auf dem Hof war. Den Eseln schien es zu gefallen, außerdem bekamen sie so Bewegung. Und hin und wieder fing Jo unterwegs sogar an, sich mit Hattie zu unterhalten. Keine wichtigen Angelegenheiten, sondern Themen wie die Wettervorhersage oder etwas Witziges, das einer der Esel den Tag über angestellt hatte. Doch das gefiel Hattie, die immer voller Hoffnung war, dass es auch einmal zu einer bedeutungsvolleren

Unterhaltung kommen würde. Aber das war natürlich nie der Fall.

Während sie die holprige Steigung hinauffuhren, sah Seth Hattie kurz von der Seite an.

»Alles in Ordnung?«

»Ja.«

»Ganz sicher? Sie wirken, als ob Sie etwas beschäftigt.«

»Ich mache mir nur Sorgen um Norbert.«

»Bestimmt hätte Jo es Ihnen gesagt, wenn sie etwas Ernsthaftes bei ihm vermuten würde.«

»Ja, das nehme ich auch an«, erwiderte Hattie. »Er hat ja auch diese schlechte Angewohnheit, Dinge zu essen, die gar nicht für ihn bestimmt sind.«

»Ganz genau«, stimmte Seth ihr zu. »Es kann gut sein, dass er genau das wieder mal getan hat. Ich weiß, dass Jo das ganze Areal von Pflanzen freihält, die für die Tiere giftig sein können. Also können wir uns sehr sicher sein, dass es nichts ist, worüber wir uns Sorgen machen müssen.«

Hattie hätte darauf hinweisen können, dass Jo den Tierarzt sicher nicht ohne ernsthafte Sorgen hätte kommen lassen. Doch sie war ihm dankbar für seine Beruhigungsversuche, also sagte sie nichts.

»Wie lange sind Sie schon in Gillypuddle?«, fragte sie stattdessen.

»Seit ungefähr sechs Monaten. Und was ist mit Ihnen? Freuen Sie sich, wieder hier zu sein? Haben Sie sich schon eingelebt? Nach Ihrer Zeit in Paris muss es seltsam sein, in einem Dorf zu leben.«

»Es ist gar nicht so schlimm«, antwortete Hattie. »Vieles ist grundlegend anders als damals, als ich von hier weggegangen bin.«

»Inwiefern?«

»Zunächst mal wohne ich jetzt nicht mehr bei meinen Eltern.«

»Ah, stimmt. Ihr Vater scheint ein guter Mann zu sein. Sehr klug. Er war hier der Dorfarzt, richtig?«

»So hat es uns hierher verschlagen. Er hat den Posten übernommen, bevor meine Schwester und ich geboren wurden, und nach seiner Pensionierung haben er und Mum beschlossen, weiter hier zu leben.«

»Sie haben eine Schwester? Das wusste ich nicht. Lebt sie auch hier?«

»Sie ist mit achtzehn Jahren gestorben.«

»Oh … das tut mir leid.«

»Das konnten Sie ja nicht wissen. Ich bin auch nicht davon ausgegangen, dass irgendjemand es Ihnen erzählt hat. Die Leute in diesem Dorf tratschen über alles und jeden, aber davon ist nie die Rede. Ich vermute, sie haben das Gefühl, dass sie darüber nicht reden sollten. Aber manchmal wirkt es dadurch so, als hätte es meine Schwester nie gegeben.« Hattie schüttelte sich. »Hören Sie sich das nur an. Gefühlsduseliger geht es wohl kaum.«

»Gefühlsduselig?« Er musste lächeln. »Das ist ein schönes altmodisches Wort. Ich finde, es ist nichts Gefühlsduseliges daran, wenn Sie sich an Ihre Schwester erinnern.«

»Mir ist aber auch klar, warum manche Leute Angst haben, sie zu erwähnen. Mum und Dad sind über ihren Tod nie hinweggekommen.«

»Was ist mit Ihnen?«, fragte er mit so sanfter Stimme, dass Hattie sich zu ihm umdrehte. Er machte einen so wundervoll besorgten Eindruck, dass sie sich ihm am liebsten an den Hals geworfen hätte. Es hatte nichts mit Sexappeal und Ausstrahlung zu tun – obwohl er von beidem mehr als genug vorweisen konnte –, sondern es ging darum, jemanden zu finden, der

241

sie verstand. Etwas sagte ihr, dass er sie verstehen würde, sogar dann, wenn sie selbst es nicht konnte. Seine Arme wirkten dabei wie ein Ort, an dem man gut aufgehoben war.

»Ich denke oft an sie.« Hattie richtete ihren Blick auf die Landschaft, die an ihnen vorbeizog. »Allerdings finde ich nicht, dass unsere Situation in irgendeiner Weise außergewöhnlicher oder schwieriger ist als in anderen Familien. Ich glaube nicht, dass wir mehr Mitgefühl verdienen als andere. Wer lange genug lebt, der verliert früher oder später immer geliebte Menschen. Wegen Charlotte bin ich traurig, aber ich finde, wir schulden es ihr, so weiterzuleben, wie wir es mit ihr auch getan hätten, und das Beste aus unserem Leben herauszuholen. Ich glaube, sie würde auch wollen, dass wir das tun.«

»Und Sie meinen, dass Ihre Eltern das nicht so sehen?«, fragte er mit verständnisvoller Miene.

»Manchmal meine ich das wirklich. Dann kommt es mir vor, als hätten sie Charlotte noch immer nicht losgelassen.«

»Vielleicht werden sie das auch nie tun. Aber das muss ja auch kein Verbrechen sein.«

»Sie haben recht, das ist kein Verbrechen. Ich habe meine Schwester verloren, aber sie haben ihr Kind verloren. Da wundert es nicht, dass sie das anders sehen als ich.«

»Damit wollte ich aber nicht von dem Verlust ablenken, den Sie erlitten haben«, stellte er klar.

»Ich weiß.« Sie wandte sich wieder zu ihm um. »Aber das Ganze ist lange her, und das Leben geht weiter.«

»Das tut es tatsächlich.«

»Gibt es …«, begann Hattie, unterbrach sich aber gleich wieder. Sie wollte ihn auf seine Vergangenheit ansprechen, auf die Gerüchte, die sie gehört hatte. Der Moment dafür war jetzt gekommen, doch sie konnte es nicht. Sie wollte nicht das kaputt machen, was gerade zwischen ihnen entstanden war, dieses

Verständnis, das er für sie aufgebracht hatte, dieses Erkennen von etwas, das tiefer reichte als die bloße Bekanntschaft, die sie beide durch seine Arbeit gemacht hatten. Sie glaubte, mit der Zeit konnte er zu einem guten Freund werden, und das wollte sie nicht durch eine unschöne Erinnerung zerstören, die er dann mit diesem Tag und mit Hattie in Verbindung bringen würde.

»Jo ist nach Gillypuddle gekommen, nachdem ich bereits nach Paris umgezogen war«, sagte sie stattdessen.

»So was habe ich auch gehört.«

»Ich weiß nicht, wo sie zuvor gelebt hat. Ich glaube, das weiß niemand.«

»Sie wirkt sehr verschlossen«, stimmte er ihr zu.

»Dann hat Sie Ihnen auch nichts gesagt?«

»Nein.«

»Oder wie sie zu diesem Gnadenhof gekommen ist?«, fragte sie. »Oder wie sie den Hof bezahlt hat?«

»Nein, aber mich geht es ja eigentlich auch nichts an.« Er sah sie verwundert an. »Das alles hat sie Ihnen nie erzählt?«

»Sie erzählt mir ohnehin kaum etwas.«

»Das überrascht mich aber. Sie hält nämlich viel von Ihnen.«

»Manchmal hat sie aber eine seltsame Art, mir das zu zeigen.«

»Vielleicht glaubt sie ja, sie kann Sie um Dinge bitten, um die sie keinen anderen bitten kann. Manchmal ist so etwas das größte Kompliment, das jemand von ihrem Schlag einem anderen Menschen machen kann.«

»Sie meinen, dass sie mich nur rumkommandiert und kaum mal zwei Worte mit mir redet? Das macht sie, weil sie mich mag? Dann möchte ich lieber nicht wissen, wie sie sich jemandem gegenüber verhält, den sie nicht leiden kann.«

Seth lachte leise. »Glauben Sie mir, Jo kann Sie leiden.«

»Wie kommen Sie darauf?«

»Sie sind doch hier auf dem Hof, nicht wahr? Sie lässt Sie an ihre Esel heran, und das können nicht viele Leute von sich behaupten. Sie muss viel von Ihnen halten.«

»Kann schon sein«, sagte Hattie, die sich da nicht so sicher war.

»Sie beide sind ein gutes Team. Die Esel können sich glücklich schätzen, hier ein Zuhause gefunden zu haben.«

»Ich bin nicht sehr gut darin, mich um die Tiere zu kümmern. Ich müsste viel mehr über sie wissen, aber das habe ich alles noch nicht gelernt.«

»Aber Sie kümmern sich um die Tiere, und das ist erst mal das Wichtigste. Wissen und Fertigkeiten werden mit der Zeit folgen.«

Seth hielt den Wagen ein paar Hundert Meter von der Koppel entfernt an und stellte den Motor aus. Hattie wünschte, sie wären noch etwas länger unterwegs gewesen, weil es ihr gefallen hatte, sich mit Seth zu unterhalten. Es war schön, mit jemandem reden zu können, der ernsthaft Interesse an ihrem emotionalen Wohlergehen hatte. Jo war das egal, Melinda hatte zu viele andere Dinge um die Ohren, als dass sie darauf hätte eingehen können. Und ihren Eltern ging es nur darum, bei ihr das durchzusetzen, was sie wollten.

Sie hatte das Gefühl, dass Seth jemand war, den so etwas immer kümmern würde. Wenn es stimmte, was man sich in Gillypuddle erzählte, und seine Freundin ihn tatsächlich verlassen hatte, um in den USA einen Forschungsauftrag anzunehmen, dann war diese Frau vielleicht gar nicht so klug, wie es ihr Bildungsgrad vermuten ließ.

Jo hielt sich auf der Koppel auf, als sie dort eintrafen. Sie stand vor Norbert und redete leise auf ihn ein. Die anderen Esel hielten sich in der unmittelbaren Umgebung auf, und hin und wieder kam einer von ihnen näher, um Norbert zu betrachten.

Dann zog er sich wieder zurück, aber alle blieben sie relativ nah, so wie sie es immer machten, wenn Jo da war. Nur Blue hielt sich dichter bei ihr und Norbert auf. Er wirkte nervös, so als würde er spüren, dass irgendetwas nicht stimmte.

Als Seth und Hattie kurz das Gatter öffneten, um den eingezäunten Bereich zu betreten, drehte sich Jo zu ihnen um. Ob sie sich darüber ärgerte, dass Hattie mitgekommen war, ließ sie sich nicht anmerken, da sie sich so distanziert wie immer gab. Hattie musste erkennen, dass es rein gar nichts darüber aussagte, in welcher Gefühlslage sich ihre Arbeitgeberin in diesem Moment befand.

»Hey, Kumpel«, begrüßte Seth ihn und rieb mit einer Hand über Norberts zottelige Nase. »Was hast du denn in letzter Zeit so erlebt?«

Norbert machte einen merkwürdigen Eindruck. Normalerweise freute er sich, wenn er Hattie sah, doch jetzt stand er nur da auf der Wiese und schien ihr Eintreffen kaum bemerkt zu haben.

Seth wandte sich an Jo. »Was können Sie mir sagen?«

Jo rieb mit beiden Händen über Norberts Hals. »Sie sehen ja, dass er nicht so lebhaft ist wie üblich. Hunger scheint er auch nicht zu haben. Ich bin mit einer Tasche voll Zuckerrüben hergekommen, aber es interessiert ihn nicht.«

»Gestern Abend war doch noch alles in Ordnung«, warf Hattie ein und erntete einen frostigen Blick.

»Woher willst du das wissen? Du warst gestern Abend nicht hier.«

»Ich habe mich erst nach acht auf den Weg zu Melinda gemacht.«

»Und damit hast du ihn gestern Abend nicht mehr gesehen.«

»Und … ähm …«, ging Seth dazwischen. »Was schätzen Sie,

wie lange er sich schon so benimmt? Ist Ihnen vorher schon mal irgendetwas aufgefallen?«

»Ab und zu hatte ich mich schon mal gefragt, ob er irgendwie in einem Tief steckt, aber dann dachte ich, das hätte ich mir nur eingebildet«, erklärte Jo. »Jetzt wünschte ich, ich hätte schon früher was gesagt.«

»Manchmal lässt sich das kaum feststellen«, gab er besänftigend zurück. »Wie sieht es mit dem Stuhlgang aus?«

»Schwer zu sagen. Er ist immer mit den anderen hier, da weiß ich nicht, was von wem stammt.«

Seth krempelte die Ärmel hoch und begann Norberts Bauch abzutasten.

»Irgendwas Ungewöhnliches?«, fragte Jo.

»Ich bin mir nicht sicher.« Er ging nach vorn und sah sich Augen und Ohren gründlich an, dann zog er Ober- und Unterlippe zur Seite, um sich das Zahnfleisch anzuschauen. Der Esel rührte sich kaum, obwohl es ihn normalerweise sehr störte, wenn ihn jemand so anfasste. Hattie wusste das nur zu gut, da sie oft genug versucht hatte, ihm etwas zu entreißen, was er besser nicht essen sollte.

»Eine Kolik?«, fragte Jo.

»Könnte sein.«

»So wie bei Babys?«, erkundigte sich Hattie, was ihr nun von Jo einen so vernichtenden Blick einbrachte, dass sie selbst von solcher Wut erfasst wurde, die sie nicht mal dann erlebt hatte, wenn Jo sie zuvor durch ihr Verhalten zur Weißglut getrieben hatte. Hattie gab hier ihr Bestes, und sie bekam nur vorwurfsvolle Reaktionen. Jo musste doch eigentlich erkennen können, dass sie damit jeden guten Willen zunichtemachte, den Hattie für sie aufbrachte. Den Rest des Dorfes hatte sie ja schon gegen sich aufgebracht. Wollte sie das Gleiche jetzt auch bei Hattie erreichen?

246

»Nicht ganz.« Seth antwortete ihr geduldig und ruhig. Vermutlich hatte er Hattie angesehen, wie sie sich zusammenreißen musste, denn sein Tonfall war besänftigend. »Bei Eseln ist so was eine viel ernstere Angelegenheit. Es könnte ein Symptom für ein ganz anderes Problem sein, und deswegen müssen wir der Sache auf den Grund gehen.«

»Probleme welcher Art?«

»Oh, das kann alles Mögliche sein. Ich muss ihn mir erst genauer ansehen, bevor ich etwas dazu sagen kann. Womöglich muss ich ihn sogar stationär aufnehmen.« Er sah zu Jo. »Sind Sie damit einverstanden?«

»Na ja, ich wäre glücklicher, wenn Sie ihn hier behandeln könnten«, sagte sie.

»Ich werde tun, was ich kann, aber es könnte zu aufwendig und zu kompliziert sein, das hier zu erledigen.«

Jo nickte finster. »Tun Sie, was Sie tun müssen.«

Sie wussten alle, dass Seths eigentliche Frage die war, ob Jo eine stationäre Aufnahme bezahlen konnte. Und genauso wussten sie alle, dass die Antwort darauf nur Nein lauten konnte.

»Ich hole meine Instrumente«, sagte Seth.

Hattie sah ihm nach, wie er zum Wagen zurückging. Dann drehte sie sich zu Jo um, aber die schaute ebenfalls dem Arzt hinterher, ohne von Hattie Notiz zu nehmen, obwohl sie deren Blick spüren musste. Also wandte sich Hattie Norbert zu, der unverändert dastand und nichts um sich herum wahrzunehmen schien. Sie rieb ihm über das raue Fell am Hals und versuchte ihre Tränen zurückzuhalten.

Kapitel 20

Hattie wusste, wann sie entbehrlich war, und auch wenn sie sich um Norbert sorgte, war sie der Meinung, dass Seth seine Arbeit besser erledigen konnte, wenn Jo ihm assistierte. Also ging sie zurück zum Hof, um die Aufgaben zu erledigen, die Jo ihr aufgetragen hatte. Als sie damit fertig war, beschloss sie, das Bettzeug zu waschen. Der Regen, der sie am Morgen geweckt hatte, war weitergezogen, und auch wenn ihm nicht gerade eine Hitzewelle gefolgt war, reichten die Temperaturen doch aus, die Wäsche trocknen zu lassen.

Sie war eben damit beschäftigt, die Bettlaken auf die Wäscheleinen am anderen Ende des Hofs aufzuhängen, als sie auf einmal Seths Wagen sah, wie er durchs offene Tor davonfuhr und den Gnadenhof hinter sich zurückließ. Insgeheim hatte sie gehofft, er würde noch kurz anhalten und ihr sagen, wie es Norbert ging. Aber er durfte davon ausgehen, dass Jo das schon erledigen würde. Außerdem warteten andere Patienten auf ihn. Ein wenig enttäuscht war sie dennoch, als sie sich wieder der Wäsche widmete. Jo würde sicher noch eine ganze Weile oben bei den Eseln bleiben, also konnte Hattie sich auch weiter ihrer Arbeit widmen. Wenn Jo zurück war, würde sie mit ihr über den Streit an diesem Morgen reden – ob es Jo gefiel oder nicht. Es war nicht gut, so etwas gären zu lassen. Sie sollten reinen Tisch machen.

Gerade hatte sie ein weiteres Laken aufgehängt, da klingelte ihr Handy. Sie zog es aus der Hosentasche und nahm nach einem Blick auf das Display das Gespräch an. »Dad?« Es kam selten vor, dass Hatties Vater aus heiterem Himmel bei ihr anrief, vor allem tagsüber, wenn sie arbeitete. »Ist was passiert?«, fragte sie.

»Gar nichts ist passiert. Darf ich dich nur anrufen, wenn etwas passiert ist?«

»Natürlich nicht, Dad«, erwiderte sie lächelnd.

»Ich wollte nur fragen, ob du in letzter Zeit einen Blick auf die Spendenseite geworfen hast, die wir zusammen für Sweet Briar entworfen haben.«

»Das wollte ich heute Morgen machen, aber dann ist was dazwischengekommen. Wieso?«

»Na, ich finde, du solltest sie dir ansehen, sobald du Zeit hast. Ich glaube, du wirst angenehm überrascht sein.«

»Gab es weitere Spenden?«

»Ja.«

»Das ist großartig. Wie viele? Sind die Beträge wenigstens okay? Haben wir endlich was bewegt?«

»Das würde ich so sagen«, meinte Nigel amüsiert. »Geh und sieh es dir an, wenn du ein paar Minuten Zeit hast. Vor allem ein Betrag wird dir sehr gefallen.«

»Tatsächlich?«

»Oh ja.«

»Ein hoher Betrag?«

»Ziemlich.« Wieder musste er sich ein Lachen verkneifen. Hattie merkte ihm an, dass er sich zwingen musste, ihr nicht die Überraschung zu verderben.

»Oh. Wie viel ist es?«

»Das werde ich dir nicht verraten. Das musst du dir schon selbst ansehen.«

»Werde ich machen.«

Dann aber ging ihr ein Gedanke durch den Kopf. »Dad«, begann sie in ernstem Tonfall. »Diese Spende ... mit der hast du doch nichts zu tun, oder?«

»Wie kommst du denn auf diese Idee?«

»Na ja, warum siehst du auf der Spendenseite nach? Das müsstest du doch gar nicht machen.«

»Ich war eben neugierig.«

»Ganz sicher? Ich kann mich nicht daran erinnern, dass du jemals wegen irgendeiner Sache neugierig warst.«

»Tja, dann kennst du mich wohl nicht so gut, wie du glaubst. Ich kann durchaus neugierig sein. Neugier war der Grund, wieso ich Medizin studiert habe.«

»Okay, dann bist du aber seit 1965 nicht mehr neugierig gewesen.«

»Nicht vorlaut werden, junge Dame«, gab er ironisch zurück.

Hattie musste lachen. »Gut, dann hat diese Spende also absolut nichts mit dir zu tun?«

»Ich weiß noch immer nicht, wieso du glaubst, ich könnte Geld gespendet haben.«

»Keine Ahnung … vielleicht, damit ich mich nicht ganz so elend fühle, weil das Ganze bislang ein riesiger Fehlschlag gewesen ist.«

»Ich bin nicht so dumm zu glauben, dass ich so was hinter deinem Rücken machen könnte. Ich versichere dir, ich habe damit nichts zu tun.«

»Hmm. Na, in dem Fall erst mal vielen Dank für den Hinweis. Ich werde mir das später ansehen.«

»Ach ja, deine Mutter will wissen, wann du bei uns vorbeikommst. Sie sagt, sie will mehr über diesen Journalisten erfahren.«

»Diesen Journalisten? Woher …« Hattie atmete seufzend aus. »Melinda?«

»Sie könnte etwas dazu gesagt haben, als wir ihr gestern im Dorf begegnet sind.«

»Tut mir leid, dass ich euch davon nichts gesagt habe, Dad.

Aber ich habe mich erst einmal mit ihm getroffen, weshalb ich finde, dass das noch gar nicht erwähnenswert ist.«

»Das Gleiche habe ich deiner Mutter auch gesagt. Kommst du trotzdem vorbei?«

»Ich werde es versuchen. Kann ich mich dafür noch mal melden? Ich habe gerade Arbeit bis über beide Ohren, aber ich verspreche euch, dass ich versuchen werde, so bald wie möglich vorbeizukommen.«

»Ich hoffe, du hältst dein Versprechen. Deine Mutter meint, wir hätten dich öfter gesehen, als du noch in Paris warst.«

»Das glaube ich nun wirklich nicht«, hielt Hattie lachend dagegen. »Aber ich werde versuchen, es diese Woche an einem Abend einzurichten.«

»Gut, das werde ich ihr so weitergeben.« Nigel hielt kurz inne, Hattie konnte aus der Pause eine gewisse Unschlüssigkeit heraushören. »Ist bei dir da oben noch immer alles in Ordnung?«, fragte er schließlich. »Deine Mutter hat nach allem, was Melinda erzählt hat, den Eindruck bekommen, du könntest es womöglich bereuen, dass du nach Sweet Briar gezogen bist. Und sie …«

»Hier ist alles in Ordnung, Dad«, versicherte sie ihm. Sie würde ihm nichts davon sagen, was an diesem Tag passiert war und wie sie sich seitdem fühlte, sonst würde er sofort in seinen Wagen springen, sie abholen und in ihrem alten Zimmer einschließen, bis sie ihm hoch und heilig versprach, nicht wieder zum Gnadenhof zu gehen. Sie wusste, er würde so etwas aus väterlicher Liebe und Fürsorge machen, aber sie wollte notfalls auch gegen seine Einwände und seinen Willen ihre eigenen Entscheidungen treffen, auch wenn die sich als noch so verkehrt entpuppen sollten.

»Falls irgendwas sein soll …«, fuhr er fort, ließ den Satz aber unvollendet.

»Dann werde ich euch das schon sagen«, versicherte Hattie ihm. »Dad ...«, fügte sie hinzu, als ihr noch eine Sache einfiel. »Sag mal, wisst ihr eigentlich etwas über Jo aus der Zeit, bevor sie nach Gillypuddle gekommen ist?«

»Niemand weiß darüber etwas«, sagte er. »Ich glaube, dieser Umstand und ihre schroffe Art sind die Gründe dafür, dass jeder ihr mit Argwohn begegnet. Wieso fragst du?«

»Ach, nur so. Ich bin bloß neugierig«, sagte sie gut gelaunt. »Ich rufe dann an, wenn ich weiß, wann ich zu euch komme.«

»Gut. Aber vergiss es nicht.«

»Wird nicht passieren. Bye, Dad. Und danke für den Anruf.«

»Und denk dran, dass du dir später die Seite ansiehst.«

»Werde ich machen.«

Hattie steckte ihr Handy weg. Wenn sie hier fertig war, würde sie nach Norbert sehen und Jo fragen, ob sie Hilfe brauchte, um die Esel für die Nacht in den Stall zu bringen. Und dann würde sie sich die Seite ansehen. Und danach würde sie vielleicht versuchen, selbst ein bisschen zu recherchieren. Wieso wusste niemand etwas über Jos Vergangenheit? Warum schwieg Jo selbst zu diesem Thema? Was hatte sie zu verbergen? Und wer war Jenny?

Jo hatte am Abend Brathähnchen mit Kartoffeln auf den Tisch gestellt. Aus Jos sehr traditionellem Repertoire war das Hatties Lieblingsgericht, was Jo auch wusste, weil Hattie es ihr gesagt hatte. Hattie war auch bewusst, dass Jo eigentlich ein anderes Essen hatte servieren wollen, denn am Abend zuvor hatte sie Gehacktes aus dem Gefrierschrank geholt und es den Tag über auftauen lassen. Als sich Hattie nach dem Abwaschen umsah, stieß sie auf das Gehackte, das inzwischen angebraten und zum Abkühlen weggestellt worden war, wohl um es am nächsten Tag weiter zuzubereiten. Hattie fragte sich, ob das Brathähnchen wohl Jos Art war, sich bei ihr zu entschuldigen.

»Ehe du fragst: Das Hühnerfleisch ist aus dem Bauernladen«, sagte Jo, als sie Hattie den Teller hinstellte.

»Meinst du, Norbert wird wieder gesund?«, fragte sie, während sie eine Röstkartoffel aufspießte.

»Seth wird sein Bestes geben«, antwortete Jo, setzte sich mit ihrem Teller Hattie gegenüber hin und griff nach dem Salz.

»Davon gehe ich aus. Hat er nichts dazu gesagt, was diese Kolik verursacht hat? Er sprach doch davon, dass die ein Symptom ist, nicht wahr?«

»Er weiß es noch nicht. Die Testergebnisse werden bald da sein.«

Hattie nickte und begann zu essen. Ein paar Minuten lang war nur zu hören, wie beim Schneiden das Messer über den Teller kratzte. Schließlich fragte Hattie: »Jo … ist das irgendwie mein Fehler, dass es Norbert schlecht geht? Habe ich irgendwas falsch gemacht? Habe ich was getan, was ich nicht hätte tun sollen, oder habe ich irgendwas nicht getan, was ich hätte tun sollen? Habe ich das Futter nicht gründlich genug auf Schimmel untersucht? Ich habe einfach das Gefühl, dass ich mich nicht richtig um ihn gekümmert habe …«

»Wenn jemand schuld ist, dann wir beide gemeinsam. Wir kümmern uns schließlich auch gemeinsam um ihn. Vielleicht trifft auch niemanden irgendeine Schuld. Manchmal passieren Dinge einfach.«

»Ich muss aber immerzu darüber nachdenken.«

Jo sah von ihrem Essen auf und überraschte Hattie mit einem Blick, der etwas Sanftmütiges an sich hatte.

»Ich bin mir sicher, dass du nichts verkehrt gemacht hast«, sagte sie. »Gib dir nicht die Schuld.«

Hattie nickte, und Jo widmete sich wieder ihrem Essen.

»Ich hätte heute nicht so schroff zu dir sein sollen«, redete Jo auf einmal weiter, ohne den Blick von ihrem Teller zu nehmen. »Ich vergesse manchmal, dass sich zwar mein ganzes Leben um Sweet Briar dreht, aber dass das für dich nicht genauso sein sollte.«

»Aber ich liebe es, hier zu sein.«

»Das glaube ich dir, trotzdem gibt es im Leben noch andere Dinge«, meinte Jo und kaute nachdenklich auf einem Stück Huhn herum. »Hat dir dein Leben in Paris gefallen?«

»Paris?« Hattie war platt. War Jo tatsächlich an ihrem Privatleben interessiert? Wollte sie wirklich über etwas anderes reden als darüber, welche Arbeiten zu erledigen waren? »Ich glaube schon. Aber so richtig denke ich darüber eigentlich nicht nach.«

»Dann willst du nicht dorthin zurück?«

»Oh nein, das Thema ist abgehakt.«

»Also willst du noch nicht von hier weggehen?«

Noch nicht? Jo ließ es so klingen, als sei ihr Weggang bereits beschlossene Sache. Ja, eines Tages würde sie das vielleicht machen, aber Jos Worte klangen so, als habe sie sich bereits innerlich von Hattie verabschiedet.

»Auf keinen Fall«, beteuerte Hattie.

Jo sagte nichts, sondern sah auf ihren Teller und war ganz darauf konzentriert, eine Kartoffel zu schneiden.

»Mein Dad sagt, dass sich auf der Spendenseite was getan haben muss, die wir für den Gnadenhof eingerichtet haben«, redete Hattie weiter, in erster Linie, um etwas zu berichten zu haben, weniger mit der Absicht, Jo zu begeistern. »Ich hatte noch keine Gelegenheit, um nachzusehen, aber mein Dad scheint zu glauben, dass wir einen Grund zur Freude haben werden.«

Jo verteilte noch mehr Salz auf ihrem Essen. »Das war eine gute Idee. Ich weiß es zu schätzen, was du alles für Sweet Briar tust.«

»Na ja, es ist ja auch für mich von Vorteil«, sagte Hattie bescheiden. Jetzt war sie sich sicher, dass sie träumte. Sie würde jeden Moment aufwachen, und dann würde die gewohnte Jo, die sich nie bedankte und von der sie nie gelobt wurde, ihren Namen durchs Treppenhaus brüllen, um sie wissen zu lassen, dass das Frühstück fertig war.

Es kehrte wieder Stille ein, und sie aßen weiter. Nach ein paar Minuten hatte Jo die letzte volle Gabel in den Mund geschoben, stand auf und brachte ihren Teller zum Spülbecken, während sie noch kaute.

»Ich sehe noch mal nach den Tieren«, verkündete sie dann, nahm ihre Jacke vom Wandhaken und ging nach draußen.

Hattie war sich sehr sicher, dass sie speziell nach einem Tier sehen wollte. Sie hätte gern angeboten, sie zu begleiten, aber sie hatte das Gefühl, dass Jo lieber allein zu den Stallungen gehen wollte. Also aß Hattie ganz allein ihren Teller leer, während sie immer noch rätselte, was da wohl in Jo vorgegangen sein mochte.

Als sie fertig war, stellte sie ihren Teller zu den anderen, spülte sie alle und ging dann nach oben, um ihren Laptop auszupacken. Während der Rechner hochfuhr, schlenderte Hattie zum Fenster. Die Sonne stand tief am Himmel, noch nicht ganz im Begriff unterzugehen, aber schon dicht über dem schmalen Streifen Meer, der weit vom Festland entfernt war. Wolken zogen vorbei, hinter denen die Sonne immer wieder kurz verschwand. In mehr als nur einer Hinsicht hatte der Tag nach einem trüben Anfang ein strahlendes Ende genommen.

Wer ist Jenny?

Die Frage ging ihr jetzt wieder durch den Kopf, als sie an den schlimmen Wolkenbruch dachte, der sie aus dem Schlaf geholt hatte und der sie Zeuge von Jos Albtraum hatte werden lassen. Dass Jo heute Abend so nett zu ihr gewesen war, machte sie nur noch neugieriger. Was hatte Jo dazu veranlasst? Gab es einen Zusammenhang zwischen dem Albtraum und Jos Sinneswandel? War Jenny der Schlüssel dazu? War Jenny der Grund dafür, dass Jo andere Menschen so hasste?

Kopfschüttelnd wandte sie sich vom Fenster ab und sah, dass ihr Laptop bereits hochgefahren war. Sie loggte sich auf der Webseite von Sweet Briar ein und rief die Spendenseite auf. Seit sie das letzte Mal auf der Seite gewesen war, hatte es gut ein halbes Dutzend neue Spenden gegeben, die sich alle zwischen fünf und zehn Pfund bewegten. Kein Vermögen, aber immerhin etwas. Doch dann fiel ihr Blick auf den Betrag, den ihr Dad gemeint haben musste. Ihr stockte der Atem. Das war weitaus mehr als alle anderen zusammen. Das entsprach bei manchen Menschen gleich mehreren Monatsgehältern. Mit so viel Geld konnten sie einiges anfangen. Sie konnten … das reichte … auf einmal stutzte Hattie.

Davon konnten sie Seths Rechnung bezahlen.

Sie griff nach ihrem Handy und wählte die Nummer ihres Dads.

»Zweimal an einem Tag?«, fragte er, als er den Hörer abnahm. »Ich fühle mich geehrt.«

»Dad, du hast mir doch garantiert, dass die Spende nicht von dir ist, nicht wahr?«, begann sie ohne Vorrede.

»Ich habe dir gesagt, dass es nicht von mir kommt. Warum auch?«

»Weil das da der aufgerundete Betrag von Seth Brysons Rechnung ist und nur du, ich, Seth und Jo diesen Betrag kennen. Weder Jo noch ich verfügen über genug Geld, um eine solche Spende zu überweisen, und der Zufall ist einfach zu groß, um ihn noch als Zufall zu bezeichnen. Deswegen habe ich überlegt …«

»Hast du auch in Erwägung gezogen, dass es sehr wohl ein Zufall sein könnte?«, fragte ihr Dad mit einem amüsierten Unterton. »So was soll schon vorgekommen sein.«

»Dad ...«

»Hattie, ich bin nicht der Typ für falsche Bescheidenheit, das weißt du. Wenn ich dir sage, ich war es nicht, dann war ich es auch nicht.«

»Aber wer war es dann?«

»An deiner Stelle würde ich aufhören, mir die Frage zu stellen, woher das Geld kommt, und stattdessen Seths Rechnung bezahlen ... und zwar *noch einmal.*«

Hattie betrachtete nachdenklich den Monitor, während die witzige Bemerkung völlig an ihr vorbeiging. »Anon« sagte das Absenderfeld. Eine anonyme Spende über fast genau die Summe, die sie unbedingt brauchten, um die größte offene Rechnung zu bezahlen? Wer würde so etwas machen? Ganz gleich, was ihr Dad gesagt hatte – sie konnte das nicht auf sich beruhen lassen und so tun, als sei es nur ein Zufall.

Seth? Konnte das Seth gewesen sein, um ihnen aus der Klemme zu helfen? Seine Art der Unterstützung, damit sie die Schulden tilgen könnten? Jo würde nie einfach Hilfe von ihm annehmen, aber auf diese Weise konnte es funktionieren. Nur warum sollte Seth das machen? Er musste doch schließlich auch für seine Arbeit bezahlt werden, auch wenn er noch so sehr Jos Schulden verschwinden lassen wollte.

Nein, sagte sich Hattie. Seth war heute wieder hergekommen, um Norbert zu behandeln, was bedeutete, dass neue Kosten anfielen. Mit diesem Betrag konnte zwar die erste Rechnung beglichen werden, aber für die nächste Rechnung würde das Geld schon wieder nicht reichen. Ja, vielleicht war es tatsächlich nur ein Zufall. Vielleicht war da ja irgendwo ein großzügiger Spender, der ein Herz für Esel hatte.

»Ist sonst noch was?«, fragte Nigel, woraufhin Hattie flüchtig den Kopf schüttelte.

»Tut mir leid, Dad. Ich wollte nicht so auf dich einstürmen.«

»Meinen Glückwunsch. Es sieht ganz so aus, als würde deine Idee funktionieren.«

»Ja, nicht wahr? Natürlich nur mit sehr viel Hilfe.«

»War mir ein Vergnügen.«

Hattie stand lächelnd da. »Danke, Dad. Bye.«

Dann beendete sie das Gespräch und legte das Handy aufs Bett. Sie wollte unbedingt Jo von der Spende erzählen, denn sie sollte sich auch über das Geld freuen können. Allerdings war Jo im Moment so unberechenbar, dass Hattie sich nicht sicher war, ob die Unterhaltung so ausgehen würde, wie sie sich das vorstellte. Aber sie brauchten das Geld, oder besser gesagt: Sweet Briar brauchte das Geld. Und bestimmt konnte ihre Arbeitgeberin pragmatisch genug denken und sich sagen, dass diese Spende schließlich ihrem Gnadenhof zugutekam. Was kümmerte es da, von wem das Geld kam? Aber wenn dem wirklich so war, warum verspürte dann Hattie selbst ein seltsames Unbehagen? Wenn es ihr schon so ging, dann konnte sie nicht von Jo erwarten, dass die das Geld bedenkenlos annahm.

Sie musste mit Jo reden, und zwar so schnell wie möglich. Sie klemmte sich den Laptop unter den Arm und lief nach unten. In der Küche angekommen musste sie feststellen, dass Jo soeben zurückgekommen war und ihre Jacke aufhängte.

»Wie geht es ihm?«, fragte Hattie.

»Unverändert ruhig«, antwortete sie.

»Macht dir das Sorgen?«

Jo ging zur Spüle, um die Hände zu waschen. »Du hast den Abwasch erledigt.«

»Jo, du musst dir das ansehen.«

»Gleich. Der Herd muss abgewischt werden.«

»Ich glaube, du solltest es dir jetzt ansehen.«

Jo ließ sich nicht anmerken, ob es Hatties Tonfall war, der sie aufhorchen ließ. Auf jeden Fall kam sie zu ihr und sah auf dem Bildschirm auf die Stelle, auf die Hattie zeigte.

»Was ist das?«, fragte sie.

»Jemand hat uns das überwiesen.«

»Was?«

»Das ist eine Spende für den Gnadenhof.«

Mit einem Anflug von Entsetzen starrte Jo auf den Monitor. Hattie hatte mit allen möglichen Reaktionen gerechnet, aber nicht mit dieser. Dann schüttelte Jo energisch den Kopf.

»Gib das zurück.«

»Wie meinst du das?«

»Du sollst das zurückgeben.«

»Das kann ich gar nicht.« Sie sah Jo an. »Warum sollten wir das überhaupt machen? Wir können mit dem Geld viel Gutes tun.«

»Ich sagte, du sollst es zurückgeben!«

»Ich weiß aber nicht, wie ich das anstellen soll!«

»Dann sag ihnen, sie sollen es sich zurückholen!«

»Es ist eine anonyme Spende. Wem soll ich denn sagen, dass er das Geld zurückholen soll, wenn ich nicht weiß, von wem es überhaupt kommt?«

Jo wollte etwas erwidern, doch dann schien ihr Hatties Argument schließlich doch noch einzuleuchten. Sie machte den Mund zu und schüttelte den Kopf. Den Blick auf den Bildschirm gerichtet fragte sie schließlich: »Warum sollte uns jemand so viel spenden wollen?«

»Das habe ich mich auch gefragt«, erwiderte Hattie. »Aber jemand hat es getan, und da es anonym ist, wollte er offenbar auch, dass wir mit dem Geld was Gutes tun. Mit so viel Geld können wir viel machen, oder nicht? Ich meine, wir … na ja, wir könnten es für die Tierarztrechnungen verwenden, oder? Norberts Behandlung wird bestimmt nicht billig werden«, fügte sie rasch hinzu, um von der ohnehin noch offenen Rechnung abzulenken. »Und Speedys Hinterlauf ist auch behandelt worden, und dann die Wurmkur für die Hühner, gleich nachdem sie hier angekommen waren ...«

Hattie verstummte, als sie Jos Blick bemerkte.

»Ich meine, das ist nur so eine Idee«, legte sie unbeholfen nach und fragte sich, ob sie wohl schon zu viel gesagt hatte.

»Ich wusste, dass diese Sache mit der Zeitung nur Ärger bringen würde«, sagte Jo, nahm die Teekanne vom Tisch und brachte sie zur Spüle, wo sie die benutzten Teebeutel herausnahm.

»Aber es ist doch eine gute Sache, oder nicht? Es hilft uns doch. Dafür haben wir doch diese Spendenseite eingerichtet, und über eine so großzügige Spende können wir uns doch eigentlich nicht beklagen, richtig?«

»So viel Geld«, sagte Jo, während sie die Kanne ausspülte. In ihrer Stimme war wieder so wenig Betonung wie gewohnt. Den wenigen Sekunden einer echten Reaktion mit echten Gefühlen war prompt die Rückkehr zur kühlen, distanzierten Jo gefolgt. »Da muss es irgendeinen Haken geben.«

»Vielleicht wollte jemand einfach nur nett sein!« Hattie knallte den Laptop zu. »So was soll tatsächlich vorkommen, weißt du?«

Das Geräusch des laufenden Wasserhahns wurde leiser, als Hattie nach oben ging, um frustriert und verärgert in ihr Zimmer zurückzukehren. Heute Abend hatte sie tatsächlich das Gefühl gehabt, dass sie beide sich nähergekommen waren, dass sie einander endlich verstanden und dass Jo endlich zu begreifen begann, dass Hattie auf ihrer Seite war und nicht jeder Mensch nur gegen sie arbeitete. Aber Jo hatte sich als so starrsinnig wie immer entpuppt. So viel zum Thema Fortschritte.

Kapitel 21

Der nächste Morgen wartete mit einem strahlend blauen Himmel auf. Als Hattie in die Küche kam, stand Jo am Herd und rührte ein herzhaftes Porridge an. Sie nahm wortlos am Tisch Platz und sah durchs Fenster nach draußen zum Himmel, der kornblumenblau und wolkenlos war. Sie überlegte, was sie sagen sollte, aber ihr wollte nichts einfallen. Schließlich stellte Jo ihr eine Schale hin und setzte sich ebenfalls an den Tisch.

Hattie bedankte sich, erhielt aber keine Antwort von Jo. Die nahm nur wortlos ihren Löffel und begann zu essen. Hattie hatte am Abend zuvor nur mit Mühe einschlafen können, dabei war ihr die Frage in den Sinn gekommen, ob sie Jo gegenüber nicht zu aufbrausend und ungerecht gewesen war. Immerhin konnte Jo nichts dafür, dass sie mit anderen Leuten nicht so gut zurechtkam. Hattie fragte sich, ob sich Jo an dieser Eigenart genauso störte, wie es andere Leute machten. Zumindest bedeutete es für Jo ein ziemlich einsames Leben, fand Hattie.

»Warst du heute Morgen schon in den Stallungen?«, fragte sie schließlich. Es war davon auszugehen, dass sie bereits nach den Tieren gesehen hatte, womit es ein Thema gab, über das sie reden konnten.

Jo nickte und tauchte den Löffel wieder in ihr Porridge.

»Und?«, hakte Hattie nach.

»Er machte einen muntereren Eindruck.«

Hattie atmete erleichtert durch. Wenn Norbert auf dem Weg der Besserung war, hatten sie eine Sorge weniger. »Dann hat er sich wieder gefangen?«

»Das werden wir später wissen. Seth kommt im Laufe des Tages vorbei.«

»Okay. Sollen wir Norbert dann überhaupt nach oben zur Koppel bringen?«

»Wohl besser nicht. Blue kann hier bei ihm bleiben. Wenn Norbert ganz allein in seiner Box bleiben muss, macht das alles nur noch schlimmer. Esel sind in dieser Hinsicht ziemlich empfindlich.«

»Soll ich die anderen raufbringen?«

»Das werde ich machen. Kümmere du dich um die Hühner.«

Hattie widmete sich wieder ihrem Porridge, das genau richtig zubereitet war – ein weiteres sehr traditionelles Gericht, das Jo beherrschte. Nur schade, dass Jo nicht das gleiche Geschick besaß, Hattie das Gefühl zu geben, ein Teil des Hofs zu sein.

Nach dem Frühstück ging Hattie zunächst zu Norbert, um nach ihm zu sehen, bevor sie sich ihren eigentlichen Aufgaben widmete, die Jo ihr zugeteilt hatte. Er stand in seiner Box und sah sie mit seinen sanftmütigen alten Augen trübselig an.

»Guten Morgen, Mister.« Sie strich ihm über das zottelige Fell rund um die Nase. »Worauf hast du jetzt bloß wieder herumgekaut?«

Er stieß sie zur Begrüßung an, aber er wirkte nicht wie er selbst.

Hattie stiegen Tränen in die Augen, sie musste schniefen. Hatte Jo nicht gesagt, dass Seth später herkommen und nach ihm sehen würde? Und dass sie fand, Norbert mache schon wieder einen besseren Eindruck? Warum wollte sie dann in Tränen ausbrechen?

Sie legte die Stirn gegen seinen Hals. »Keine Sorge. Seth kriegt das im Handumdrehen wieder hin.«

»Das kann ich nur hoffen.«

Sie drehte abrupt den Kopf zur Seite und sah, dass Seth im

Eingang zur Box stand. Hastig wischte sie sich die Tränen weg. »Ich habe Sie gar nicht gehört.«

»So leise wie ein Ninja«, sagte er mit einem verkrampften Lächeln. »Ich dachte, ich sehe besser schon mal nach ihm, bevor die Sprechstunde beginnt, falls der arme Junge Schmerzen hat. Sonst habe ich vor Mittag keine Gelegenheit mehr dazu.«

»Meinen Sie, er hat Schmerzen?«

»Vermutlich.« Seth nickte mit ernster Miene.

»Haben Sie schon die Ursache herausgefunden?«, fragte Hattie, weil sie hoffte, dass er eine Antwort hatte und sie somit davor bewahren würde, sich alle möglichen Horrorszenarien vorzustellen.

»Die Liste der möglichen Ursachen ist sehr lang. Ein paar davon kann ich mithilfe einer gründlichen Untersuchung ausschließen, aber bei einigen muss ich auf die Laborergebnisse warten, und leider ...« Er krempelte die Ärmel hoch und kam in die Box. »Leider türmen sich im Labor die Proben, deshalb sind sie noch nicht dazu gekommen, sich mit Norbert zu befassen.«

»Und wann werden sie dazu kommen?«

»Vermutlich am Montag. Ich habe darum gebeten, die Proben als dringend zu behandeln. Ich bin von dieser Verzögerung gar nicht begeistert, weil ich in der Zwischenzeit nur versuchen kann, seinen Zustand zu stabilisieren und es ihm so erträglich wie möglich zu machen. Wenn ich glaube, dass es für ihn besser ist, werde ich ihn über das Wochenende stationär aufnehmen. Aber darüber muss ich mit Jo reden.« Er zog sein Stethoskop aus der Tasche und drückte es an Norberts Bauch.

»Da ist sein Herz?«, fragte Hattie irritiert.

»Nein.« Seth lächelte sie an. »Ich will hören, welche Geräusche der Magen macht.«

»Oh.« Hattie sah ihm weiter zu und gab keinen Laut von sich.

»Ist Jo in der Nähe?«, wollte er wissen, während er das Stethoskop wieder einsteckte.

»Sie bringt gerade die anderen Esel nach oben«, sagte Hattie. »Ausgenommen Blue.« Mit einem Nicken deutete sie auf die Box nebenan.

»Norberts bester Kumpel?«

»Richtig.«

»Gute Idee.« Seth wirkte zufrieden. »Allerdings fürchte ich, dass ich die beiden später trennen muss. Jo wird dann Blue im Auge behalten müssen, um aufzupassen, dass er keine Anzeichen für Stress erkennen lässt. Norbert wird das nicht so mitnehmen, der bekommt Medikamente von mir.«

»Wir werden unser Bestes geben, damit Blue sich nicht aufregt«, versicherte Hattie.

Seth schob die Hände in die Hosentasche und sah Hattie anerkennend an. »Ja, ich weiß«, entgegnete er in sanftem Tonfall.

»Seth … darf ich Sie was fragen? Es wird sich ein bisschen … na ja, vielleicht ein bisschen albern anhören.«

»Fragen Sie ruhig. Es wird sich bestimmt nicht albern anhören.«

»Gut, sehen Sie, wir haben auf der neuen Webseite für den Gnadenhof vor Kurzem auch eine Seite für Spenden eingerichtet, und wie es der Zufall will, ist da ein Betrag gespendet worden, der in etwa der Rechnung entspricht, die wir zu zahlen haben.«

»Ich wusste gar nicht, dass Sie eine Webseite eingerichtet haben. Eine gute Idee.«

»Nicht?« Hattie stutzte. Sie war sich sicher gewesen, dass sie ihm davon erzählt hatte, doch jetzt begann sie daran zu zweifeln. »Das ist doch ein schöner Glücksfall für Sie, wenn jemand einen größeren Betrag gespendet hat. Aber ich werde deswegen nicht darauf drängen, dass die Rechnung bezahlt wird, wenn

Sie das befürchten. Deshalb haben Sie mir doch davon erzählt, nicht wahr? Wenn andere Ausgaben Vorrang haben, dann habe ich dafür volles Verständnis. Ich sagte ja schon, ich kann warten. Sie müssen sich keine Sorgen machen, dass ich Norbert womöglich nicht behandeln werde, nur weil Sie mir noch ein paar Pfund schulden.«

Das sind aber mehr als nur ein paar Pfund, überlegte Hattie. Wenn das für ihn nur ein kleiner Betrag war, wie hoch mussten dann andere Rechnungen ausfallen, die er seinen Patienten schickte? Dennoch lächelte sie zögerlich. Es sah nicht danach aus, als wüsste Seth etwas über den geheimnisvollen Spender. Entweder das war der Fall oder er hatte seinen Beruf verfehlt und wäre besser Schauspieler geworden. Wenn das Geld also weder von Seth noch von ihrem Dad kam, wer hatte es dann gespendet? War es tatsächlich nur ein glücklicher Zufall?

»Ist damit alles geklärt?«, wollte er wissen.

»Ähm, ja … allerdings nehme ich an, dass Jo Sie dann auch gleich bezahlen will, wenn das Geld da ist. Ich muss die Spende aber erst auf unser Konto umbuchen lassen, und ich weiß nicht genau, wie das geht. Das könnte ein paar Tage dauern.«

»Zahlen Sie, wann es Ihnen passt.«

»Danke.«

Hattie sah zu Norbert. Sie hatten diese große Spende erhalten, aber alles Geld der Welt würde zu nichts gut sein, wenn sie ihm nicht helfen konnten.

»Ich werde tun, was ich kann«, sagte Seth, als hätte er ihre Gedanken gelesen.

»Ich weiß. Ich kann es nur nicht ertragen, ihn so leiden zu sehen.«

»Er ist ein zäher Bursche, und das ist schon mal eine gute Grundlage.«

Sie nickte flüchtig.

»Okay«, sagte er, bereit zur Tat zu schreiten. »Ich sollte mich jetzt auf die Untersuchung konzentrieren und dann mit Jo reden.«

Hattie stand der Sinn nicht nach einem Date, aber als sie Melinda gegenüber erwähnte, sie spiele mit dem Gedanken, die anstehende Verabredung mit Owen zu verschieben, hatte ihre Freundin ihr mit deutlichen Worten zu verstehen gegeben, dass so etwas überhaupt nicht infrage kam.

Melinda redete auf Hattie ein und schien überzeugt, dass diese mal auf andere Gedanken kommen musste, zumal Norbert mittlerweile nicht mehr auf Sweet Briar, sondern stationär aufgenommen worden war, um weitere Untersuchungen durchzuführen und um seine Symptome in den Griff zu bekommen. Blue trauerte bereits seinem besten Freund nach, sodass Hattie immer wieder mit dem herzzerreißenden Bild eines auf der Koppel umherwandernden Esels konfrontiert wurde, der seinen besten Freund suchte. Jo wirkte noch verschlossener als üblich, und nachdem Hattie einmal auf Jos schreckliche Albträume aufmerksam geworden war, hörte sie jetzt jede Nacht die angsterfüllten Schreie aus Jos Schlafzimmer.

Hattie musste zugeben, dass sie sich körperlich und seelisch völlig ausgelaugt fühlte, aber wenn es ihr schon so erging, musste es für Jo zehnmal schlimmer sein. Zudem hatte Jo nicht das Glück, einen heißen Journalisten zu kennen, der sie ausführte und aufmunterte. Rückblickend musste sie Melinda recht geben: Owen eine Absage zu erteilen, wäre die falsche Entscheidung gewesen.

Also blieb es bei ihrem Date, und Owen traf wie vereinbart am Samstagmorgen auf dem Gnadenhof ein, um sie abzuholen. Jo hatte keine Einwände gegen Hatties Pläne vorgebracht, als die ihr von ihrer Verabredung erzählt hatte. Aber das Verhältnis zwischen ihnen war mittlerweile ohnehin sehr frostig, und durch den zusätzlichen Stress wegen der Sorge um Norbert war die Stimmung so angespannt, dass sie beide kaum noch ein Wort miteinander redeten. Hattie war das so leid, dass sie am liebsten ihre Sachen gepackt hätte und zu ihren Eltern zurückgezogen wäre. Doch das konnte sie nicht, weil sie das Gefühl hatte, dass Jo sie brauchte … oder besser gesagt: dass die Esel sie brauchten, denn mittlerweile verbrachte Jo gut die Hälfte des Tages in Seths Praxis, um nach Norbert zu sehen.

Hattie war unschlüssig gewesen, was sie zu ihrem Date anziehen sollte, wovon der Berg an Kleidungsstücken auf ihrem Bett zeugte. Letztlich hatte sie sich für etwas Schlichtes entschieden: ihre beste Jeans und eine Baumwollbluse mit Stickereien.

»Wohin fahren wir?«, wollte sie wissen, als sie in seinen Wagen eingestiegen war und Owen sie mit einem unerwartet verhaltenen Kuss begrüßt hatte. Sie warf einen Blick nach oben zu Jos Schlafzimmerfenster und sah, dass sie beide von ihr beobachtet wurden.

»Das ist eine Überraschung«, verkündete Owen. »Du kannst so viele Fragen stellen, wie du willst, aber die Antwort wirst du nicht aus mir herauskriegen.«

»Immer noch eine Überraschung? Was glaubst du, wie lange du es noch vor mir geheim halten kannst?«

»Bis du es errätst.«

»Na, dann verrat mir wenigstens, ob ich passend angezogen bin. Das würde ich ganz gern wissen, denn wenn wir zum Schlammcatchen gehen, würde ich von weißer Kleidung absehen.«

»Kein Schlammcatchen«, versicherte er ihr grinsend. »Was du anhast, ist schon okay.«

»Wow, *schon okay*? Das zweite Date und schon setzt Behäbigkeit ein?«

»Okay, ich wollte eigentlich sagen, dass du ganz fantastisch aussiehst.«

»Schon besser«, meinte sie amüsiert.

»Bereit?«

»Ich würde Ja sagen, aber ich weiß nicht, wohin es geht. Also habe ich auch keine Ahnung, ob ich bereit bin.«

Owen lächelte und fuhr los. Als Hattie sich umdrehte, konnte sie sehen, dass Jo noch immer am Fenster stand und sie beobachtete. Sie erinnerte Hattie an die unberechenbare Widersacherin in einem klischeehaften Thriller.

»Und? Wie war deine Woche?«, fragte Owen, als sie auf die Straße einbogen, die vom Hof wegführte.

»Nicht besonders gut, wenn ich ehrlich sein soll. Norbert geht es noch immer richtig schlecht. Ich weiß nicht, ob ich einen Lieblingsesel haben sollte, aber auf ihn trifft das schon zu.«

»Das tut mir leid«, sagte Owen, aber es hörte sich nicht so an, als könne er richtig nachvollziehen, wie Hattie sich fühlte. Vermutlich war das auch nicht so einfach, wenn man sich nicht so sehr mit den Eseln verbunden fühlte, wie es bei ihr der Fall war. »Du weißt noch immer nicht, ob er wieder gesund wird?«

»Noch nicht. Der Tierarzt musste ihn stationär aufnehmen, und über das Wochenende bleibt er jetzt dort.«

»Stationär aufnehmen? In einem Krankenhaus? Gibt es etwa Krankenhäuser für Esel?«

»In gewisser Weise ja«, gab sie zurück. »Das ist wie bei uns Menschen, wenn wir eine spezielle Behandlung nötig haben. Dann gehen wir auch ins Krankenhaus. Warum sollte es so etwas für Esel nicht geben?«

»Es ist nur irgendwie ein ziemlich schräger Gedanke. Aber wenn ich es mir recht überlege, ergibt das eigentlich einen Sinn.« Er sah Hattie von der Seite an. »Das macht dir sehr zu schaffen, wie?«

»Er bedeutet mir viel. Jo geht es auch so, darum sind wir beide in Sorge.«

»Ich kann mir bei ihr nicht vorstellen, dass es irgendetwas gibt, das ihr nahegehen könnte.«

»Da bist du nicht der Einzige. Sie macht nach außen hin nicht den Eindruck, aber vergiss nicht, dass sie den Gnadenhof aus eigener Tasche finanziert ... zumindest hat sie das bislang so gemacht. Sie opfert eine Menge, um sich um die Esel zu kümmern, also muss sie ein gewisses Maß an Mitgefühl besitzen.«

»Ja, da hast du recht.«

»Das ist auch der einzige Grund, warum ich mich so von ihr behandeln lasse«, fuhr Hattie mit einem Anflug von Verbitterung fort. »Würden mich die Esel so behandeln, wie sie es macht, wäre ich schon längst gegangen.«

Owen sah sie überrascht an, dann konzentrierte er sich gleich wieder auf die Straße. »Ich dachte, es gefällt dir da. Ich würde sagen, dass das *tatsächlich* nicht nach einer guten Woche klingt.«

Hattie seufzte. »Entschuldigung. Ich hätte nicht meinen ganzen Frust bei dir abladen sollen. Wir hatten ein paar Meinungsverschiedenheiten, und im Moment sind wir uns gegenseitig nicht grün.«

»Es muss viel Mühe kosten, mit jemandem wie ihr auszukommen. Sogar wenn man so umgänglich ist, wie du es bist.«

»Ja, das ist wahr.«

»Weißt du ...«, fuhr er nachdenklich fort. »Ich kann mir nicht helfen, aber da ist irgendwas, was ich eigentlich über sie wissen sollte.«

»Wie meinst du das?«

»Na ja, als ich sie das erste Mal gesehen habe, da hat bei mir irgendwas geläutet, aber ich komme nicht dahinter, was ich mit ihr in Verbindung bringen kann. Ich kann darüber grübeln, so sehr ich will, es will mir einfach nicht einfallen. Aber ich werde weiter nachdenken.«

»Das ist wirklich eigenartig«, fand Hattie. »Wenn es dir einfällt, würde ich gern wissen, was es ist. Ich wohne jetzt seit Wochen dort, und ich weiß noch immer nichts über sie. Absolut gar nichts. Ich habe nicht mal eine Ahnung, wo sie gelebt hat, bevor sie nach Gillypuddle gekommen ist. Ich weiß nicht, wo sie geboren ist, ob sie noch Familie hat ... es ist völlig verrückt. Ich kann dir nicht mal sagen, wie alt sie ist. Wie geht so was? Sie kann wer weiß wer sein, und ich habe nicht den Hauch einer Ahnung.«

»Du meinst, du könntest mit einer Axtmörderin unter einem Dach leben?«

»Wer weiß?«

»Meinst du nicht, sie hätte dann längst zugeschlagen?«

»Vielleicht wartet sie ja auf den nächsten Blutmond. Oder auf die Sommersonnenwende oder so.«

Owen musste laut lachen, was ihr sehr gefiel. Sein Lachen hatte etwas Furchtloses und zugleich Respektloses. Das Lachen verriet, dass ihm egal war, was andere Leute dachten.

»Vielleicht sollte ich ja als Ritter in strahlender Rüstung auftauchen und dich in mein Apartment in London bringen, das für zwei Leute immer noch groß genug ist.«

Hattie warf ihm einen Seitenblick zu. »Würde ich dich dann nicht daran hindern, dich frei zu entfalten?«

»Vermutlich schon, aber für dich würde ich das hinnehmen.«

»Aber mal ernsthaft. Es stört mich wirklich, dass ich so wenig über Jo weiß«, redete Hattie weiter und überlegte, ob sie die Albträume erwähnen sollte. Die bereiteten ihr zwar Sorgen, aber kannte sie Owen wirklich gut genug, um ihn einzuweihen?

Es kam ihr selbst ja so vor, als sollte sie besser gar nichts darüber wissen, wie konnte sie dann auch noch einem anderen davon erzählen? In den letzten Nächten, in denen sie selbst nur wenig Schlaf gefunden hatte, war der Name noch ein paarmal zu hören: Jenny. Immer als angsterfüllter Ausruf und auf eine Weise, als käme es auf jede Sekunde an. Diese Jenny musste eine wichtige Person sein, aber um wen es sich bei ihr handelte, war nicht klar. Wenn Owens Gefühl ihn nicht täuschte und es ihm gelang, sich an das zu erinnern, was ihm derzeit nicht einfallen wollte, würde diese Information dann womöglich noch anderes zutage fördern?

»Wenn es dich so stört, kann ich zusehen, was ich über sie herausfinden kann«, schlug er vor.

»Du meinst, du willst sie ausspionieren?«

»Nicht ausspionieren. Aber ich kann unsere Archive durchforsten. Wenn ich ihren Namen in die Suche eingebe, wird mir alles angezeigt, was sie betrifft.«

So verlockend dieses Angebot auch war, schüttelte Hattie dennoch den Kopf. Es kam ihr nicht richtig vor, auf diese Weise Jos Leben zu durchleuchten, auch wenn sich dabei ganz bestimmt viel Interessantes ergeben hätte.

»Ich glaube nicht. Es kommt mir nicht richtig vor.«

»Willst du damit sagen, dass das ein bisschen unmoralisch wäre?«

Hattie lächelte ihn verlegen an. »Ja, so was in der Art. Tut mir leid.«

»Wie du willst.« Owen bremste wegen einer roten Ampel ab. »Du bist diejenige, die deshalb nicht schlafen kann. Aber falls du es doch noch erfahren willst …«

Er konnte ja nicht ahnen, wie nahe er mit seiner beiläufigen Bemerkung der Wahrheit gekommen war. Tatsächlich konnte sie deshalb nicht schlafen. Vielleicht nicht gerade ausschließlich wegen Jo, aber sie hatte auf jeden Fall einen Anteil daran. Sie wollte wissen, warum sie immer so schlecht gelaunt schien. Sie wollte einen Grund haben, um Jo verzeihen zu können, wenn sie so abweisend war, einen Grund, sie zu mögen und ihre schroffe Art hinnehmen zu können. Sie wollte das, weil sie daran glauben wollte, dass es stimmte, dass auch unter der rauesten Schale eine gute Seele zu finden war. Denn so oft sie über alles nachdachte, kam sie immer zu dem gleichen Schluss, dass jemand, der so viel opferte, um wehrlosen Tieren zu helfen, kein schlechter Mensch sein konnte.

»Es ist nett von dir, dass du das anbietest«, sagte sie. »Ich weiß das wirklich zu schätzen, trotzdem halte ich es für besser, wenn ich auf die direkte, altmodische Art weitermache, indem ich einen Anlauf nach dem anderen unternehme.«

Owen lächelte. »Einverstanden. Ich werde nichts unternehmen, solange du es nicht willst.«

»Danke.«

Hattie sah aus dem Seitenfenster. Die Küste lag hinter ihnen, also waren sie ins Landesinnere unterwegs. Die Umgebung wurde immer ebener, und zu beiden Seiten der Straße fanden sich immer wieder ausgedehnte Rapsfelder, die die Landschaft wie ein großes Schachbrett wirken ließ.

»Und wo fährst du nun mit mir hin?«, fragte sie.

»Glaub nicht, dass es mir irgendwann rausrutscht, nur weil du mich oft genug fragst«, gab er amüsiert zurück. »Ich sagte doch, dass es eine Überraschung ist.«

»Kannst du mir nicht mal einen kleinen Hinweis geben?«

»Nein, denn dann könntest du es erraten und dir die Überraschung verderben.«

»Du bist gemein.«

»Nein, gemein bist du«, konterte er lachend. »Wart's ab, du wirst schon sehen.«

»Ich kann nicht abwarten. Dafür bin ich zu ungeduldig. Frag meinen Dad. Ach, frag irgendwen, der mich kennt.«

»Wenn es dir nichts ausmacht, werde ich deinen Dad noch nicht fragen.«

»Angsthase.«

»Klar, es geht um deinen Dad. Der ist so wie der Dad jeder jungen Frau. Und darum haben auch alle Männer Angst vor dem Dad ihrer Freundin.«

Hattie musste kichern. »Dann verrätst du mir also nicht mal dann was, wenn ich dir mit meinem Dad drohe?«

»Nicht mal, wenn du mir mit Schmerz und Tod drohst.«

»Hast du Angst, es könnte mir nicht gefallen?«

»Überhaupt nicht.«

»So selbstbewusst? Hm, das gefällt mir.«

Owen grinste nur, und Hattie konzentrierte sich wieder auf die Straße – vielleicht würde die Beschilderung ihr ja einen Hinweis bieten.

Gut eine Stunde später gerieten sie in einen Stau, aber Owen tippte geduldig im Takt der Musik aus dem Autoradio auf das Lenkrad, während sie sich Zentimeter um Zentimeter vorwärtsbewegten. Es schien ihn nicht zu stören, dass sie so gut wie gar nicht von der Stelle kamen.

»Schon eigenartig, dass wir auf einmal im Stau stehen«, sagte sie.

»Eigentlich nicht.«

»Aber bis eben war fast nichts los, und ich wüsste nicht, dass hier irgendwelche Straßenarbeiten anstehen. Das hier ist ja nicht mal die Hauptstraße. Wann immer ich diese Strecke gefahren bin, war hier nie was los.«

»Heute ist aber was los.«

»Hast du das erwartet?«

»Ja«, bestätigte er.

Hattie fragte sich, warum er nicht auf eine andere Strecke ausgewichen war, wenn er doch wusste, dass hier so viel los sein würde. Allerdings sprach sie ihre Frage nicht aus, weil sie nicht den Eindruck erwecken wollte, sie wolle sich beschweren. Sie war schon froh darüber, mit ihm unterwegs zu sein, auch wenn sie beide im Stau standen. Um sich die Zeit zu vertreiben, sah sie aus dem Fenster. Sie sah Ackerland und Bauernhöfe, in einiger Entfernung ein paar Büsche und Baumgruppen. Nichts davon erklärte diesen Stau.

Sie krochen gut eine halbe Meile so weiter, als Hattie auf einmal ein großes, grelles Werbeplakat entdeckte und anfing zu lachen.

»Ein Monstertruck-Rennen? Sag nicht, dass wir dahin unterwegs sind!«

Owen lächelte sie an. »Na ja, ich habe dir doch gesagt, dass ich mit dir etwas völlig Unerwartetes unternehmen würde.«

»Was? Das ist unser Date? Ist das dein Ernst?«

»Ist das nichts für dich?«, fragte er und klang mit einem Mal nicht mehr ganz so selbstbewusst.

»Ich habe keine Ahnung. Ich weiß nur, dass ich noch nie auch nur mit dem Gedanken gespielt habe, mir so was anzusehen.«

»Vertrau mir. Es macht mehr Spaß, als du dir vorstellen kannst.«

»Warst du schon mal bei so was?«

»Mein Dad hat mich immer mit hingenommen.«

»Also, du bist eindeutig ganz anders aufgewachsen als ich«, stellte Hattie amüsiert fest. »Meinen Vater hättest du nicht mal in die Nähe von einem solchen Rennen bringen können. Für ihn war es schon eine wilde Sache, sich zwei Episoden *Countryfire* direkt hintereinander anzusehen.«

»Ganz so wild ist es sowieso nicht«, beschwichtigte Owen sie. »Jedenfalls nicht so, wie ich mir das in den USA vorstelle. Das hier ist alles sehr britisch und zivilisiert.«

»Na, ich kann mich definitiv nicht über zu wenig Abwechslung beschweren«, stellte Hattie fest. »Erst ein Bierfestival, jetzt das hier. Ich frage mich ernsthaft, was du als Nächstes auffahren wirst. Ein Flug in die Schwerelosigkeit oder so?«

»Das ist gar keine üble Idee«, gab Owen lachend zurück.

Es dauerte noch eine ganze Weile, ehe sie die Einfahrt zum Gelände erreicht und einen Parkplatz gefunden hatten. Owen führte sie durch den Einlass, während Hattie sich umsah und sich wunderte, wie groß der Besucherandrang war. Es wimmelte von Gruppen von Jugendlichen, von Familien mit kleinen Kindern, Vätern mit ihren Söhnen und Großvätern mit ihren Enkeln, dazu Väter mit ihren Töchtern, die erstaunlicherweise mehr Begeisterung erkennen ließen als die Väter. Der Weg zur Arena war von Verkaufsbuden aller Art gesäumt, an denen es Alkohol, Fast Food, Programmhefte und Souvenirs gab.

»Möchtest du eine Mütze haben?«, fragte Owen mit spitzbübischer Miene, während er auf einen Stand zeigte, an dem spitze Hüte mit dem Logo der Veranstaltung darauf angeboten wurden.

»Ich glaube, darauf verzichte ich eher«, sagte Hattie.

Es wurde ein warmer Tag, und Hattie zog schließlich die Strickjacke aus, damit sie die Ärmel verknoten und die Jacke um die Taille tragen konnte. Sie war froh, dass sie sich für legere Kleidung entschieden hatte, und nicht für das knappe Kleid und die High Heels, die bis kurz vor Schluss noch im Rennen gewesen waren. Owen griff nach ihrer Hand, sie lächelte ihn an, und er beugte sich für einen flüchtigen Kuss zu ihr rüber.

Sie betraten die Arena, ein riesiges Areal, das in der restlichen Zeit des Jahres vermutlich als Acker genutzt wurde. Allerdings war Hattie auf diesem Gebiet keine Expertin. Ringsherum waren keine allzu hohen Tribünen aufgebaut, davor befanden sich die Stehplätze, die mit viel Sicherheitsabstand zum Geschehen abgeteilt waren. Eine weiter vorn gelegene Tribüne war mit »VIP- und Pressebereich« gekennzeichnet. Dorthin führte Owen sie.

»Da sind unsere Plätze?«, fragte Hattie erstaunt. »Waren die Karten sehr teuer?«

»Genau genommen«, antwortete er ein wenig verlegen, »habe ich mir überlegt, zwei Fliegen mit einer Klappe zu schlagen. Da ich sowieso auf dem Weg hierher war, kam ich auf die Idee, einen Artikel über das Rennen zu schreiben. Also habe ich den Veranstalter angerufen und ... na ja, irgendeinen Nutzen muss der Job einem ja schließlich bringen.«

Hattie war nicht von Natur aus argwöhnisch, aber selbst sie begann zu ahnen, dass Owen sie zu etwas einlud, was ihn keinen Penny gekostet hatte. In gewisser Weise ärgerte sie die Vorstellung, dass es so gewesen sein könnte, aber andererseits konnte sie Owen so gut leiden, dass sie nicht über etwas nachdenken wollte, was doch nur einen Schatten über ihren freien Tag werfen würde. Und nach einer Woche auf Sweet Briar fand sie, dass sie so eine Ablenkung mehr als verdient hatte, ganz gleich, wer dafür bezahlt hatte. Also hielt sie den Mund und folgte Owen zu ihren Plätzen, wobei sie sich ein wenig unbehaglich fühlte, weil die Leute auf den billigen Plätzen aufmerksam mitverfolgten, wie sie beide zur Pressetribüne gingen.

Die Plätze dort oben waren deutlich besser, außerdem gab es eine kleine Theke mit Bedienung. Während Hattie durch die Reihe zu ihren Plätzen schlenderte, kümmerte sich Owen um die Getränke. Während sie ihm hinterhersah, wunderte sie sich darüber, dass es ihr so gar nichts auszumachen schien, bei seinem Termin als Anhang mitgebracht worden zu sein. Es hielt sie nicht davon ab, ein Foto ihres Tribünenplatzes an Melinda zu schicken und dazu zu schreiben: *Endlich im Luxusleben angekommen! VIP-Bereich bei einem Monstertruck-Rennen. Das nenne ich stilvoll. lol.*

Sie hielt das Telefon weiter in der Hand und wartete kurz, ob eine Antwort von Melinda einging. Als Owen zurückkehrte und ihr ein Pimm's und für sich ein Bier (aber nur dieses eine, versprach er ihr hoch und heilig, schließlich würden sie erst in einigen Stunden wieder abfahren, und bis dahin wäre der Alkohol längst wieder abgebaut) mitbrachte, steckte sie das Telefon weg und setzte sich auf ihren Platz. Im gleichen Moment wurde über die Lautsprecheranlage verkündet, dass die Show im Begriff war zu beginnen.

Hattie musste tatsächlich zugeben, dass ihr das Ganze besser gefiel, als sie vorher gedacht hätte. Natürlich war das alles so lärmend, wie sie es erwartet hatte. Die Musik schepperte aus den Lautsprechern, Motoren heulten auf, die Pyrotechnik fauchte und die Zuschauer johlten und brüllten, aber alles diente nur einem harmlosen Spaß. Sie hatte sich nie sonderlich für Autos interessiert, doch sogar sie war von einigen der bizarren Fahrzeuge und von den Fahrkünsten ihrer Besitzer beeindruckt. Owen hatte sichtlich Spaß an dem Ganzen, auch wenn sich Hattie fragte, wie er anschließend einen Bericht über die Veranstaltung schreiben wollte, wenn er sich nicht eine einzige Notiz zum Geschehen machte.

Als das letzte Rennen gefahren war, setzte sich die Menge allmählich in Bewegung. Auch Hattie und Owen machten sich auf den Weg zum Wagen. Da es inzwischen ein wenig abgekühlt war, zog Hattie ihre Strickjacke wieder an. Owen griff nach ihrer Hand, eine weitere von vielen Aufmerksamkeiten an diesem Tag, die aus leichten Berührungen und liebevollen Blicken bestanden hatten. Mehr als das hatte er sich auf seine bescheidene und respektvolle Art nicht erlaubt. Vielleicht hing es damit zusammen, dass sie auf der Pressetribüne gesessen hatten und er nicht unprofessionell hatte erscheinen wollen. Als sie dann aber in seinem Wagen saßen, beugte er sich zu ihr vor und gab ihr einen stürmischen Kuss.

»Oh Gott, wie sehr habe ich das gewollt!«, seufzte er.

»Na ja«, gab Hattie zurück, die ihren verträumten Blick nicht überspielen konnte, »vielleicht solltest du dir das beim nächsten Mal eher überlegen, bevor du mich wieder gratis irgendwohin mitnimmst.«

Er lächelte sie verlegen an.

Sie musste nun ebenfalls lächeln. »Ich schätze, ich sollte dankbar sein, dass du mich nicht zu einem Witwenschütteln mitgenommen hast«, fügte sie an.

»Du hast nachgesehen?«, fragte er.

»Ja, und was ich gelesen habe, war so entsetzlich, wie es der Name vermuten lässt.«

»Zum Glück muss ich darüber nicht mehr berichten. Monstertrucks sind mir traumatisch genug.«

»Da bin ich ja froh.« Diesmal küsste sie ihn, anschließend zog sie fragend eine Augenbraue hoch. »Sag mir die Wahrheit: Hattest du für das Bierfestival auch Pressekarten?«

»Du meinst, das hier ging auf Pressekarten?« Als er Hatties ernste Miene sah, musste er kurz lachen. »Okay, du hast mich ertappt. Aber für das Bierfestival hatte ich keine Pressekarten. Ich mag Bier so sehr, dass ich dafür auch Eintritt zahle.«

Kichernd ließ sie sich von ihm küssen, dann lehnte er sich auf seinem Platz zurück und betrachtete sie. »Du bist *so* süß. Lance hat mir wirklich einen großen Gefallen getan, als er mich mit dir bekannt gemacht hat.«

Bei der Erwähnung von Lance musste sie an Gillypuddle und an all die Aufgaben denken, die dort auf sie warteten. »Du solltest mich wohl besser nach Hause fahren«, sagte sie, obwohl ihr in diesem Moment alles lieber gewesen wäre als eine Rückkehr in das deprimierende Haus auf dem Gnadenhof. Für eine Weile hatte sie all die Sorgen vergessen können, die in diesem Haus lauerten, doch dafür wurde sie nun umso nachdrücklicher daran erinnert.

»Muss das sein?«, erwiderte Owen. »Wir haben doch so viel Spaß.«

»Musst du nicht zurück? Du hast doch eine noch viel längere Heimfahrt vor dir.«

»Ja, vermutlich hast du recht«, sagte er mit unüberhörbarem Widerwillen, dann ließ er den Motor an. »Aber vielleicht reicht die Zeit ja noch, um unterwegs irgendwo anzuhalten und zu Abend zu essen«, fügte er hinzu. »Ich weiß nicht, wann wir uns wiedersehen können, und ich möchte den heutigen Tag ausnutzen.«

»Das klingt fast so, als würdest du in den Krieg ziehen«, stellte sie amüsiert fest. »So schlimm kann dein Dienstplan doch wohl nicht sein, oder?«

»Nicht schlimm, aber unberechenbar«, antwortete er. »Das ist das eigentliche Problem.«

Als sie den Parkplatz verließen, kam Hattie auf den Gedanken, nach ihrem Handy zu sehen. Melinda hatte zurückgeschrieben und wahnsinnige Eifersucht hinsichtlich der Tatsache geäußert, dass Hattie zumindest vorübergehend den VIP-Status erlangt hatte. Weit weniger Begeisterung löste bei ihr aber das Monstertruck-Rennen aus. Ihre Worte lauteten, dass sie den Mann, der sie zu einem solchen Rennen mitzunehmen wagte, sofort vor einen der Trucks stoßen würde. Selbst Stu wusste, dass er so etwas nie versuchen sollte, und dabei war er der Mechaniker in der Familie.

Und dann waren da noch ein paar entgangene Anrufe von

Jos Festnetznummer. Hattie rief zurück, um zu hören, ob es etwas Wichtiges gab, auch wenn sie sich gut vorstellen konnte, dass Jo nur ihre Verärgerung über Hatties Abwesenheit kundtun und von ihr wissen wollte, wann sie zurück sein würde. Zwar war Hattie nicht in der Stimmung, um sich so etwas anzuhören, dennoch musste sie sich nach dem Grund für die Anrufe erkundigen.

Niemand meldete sich. Vermutlich war Jo bei den Eseln oder den Hennen. Prompt bekam Hattie gegen ihren Willen ein schlechtes Gewissen, weil sie nicht da war und helfen konnte. Andererseits hatte Jo den Hof zuvor auch schon allein geführt, es war also nicht davon auszugehen, dass die gewöhnlichen Aufgaben und Abläufe sie überforderten.

»Hast du was dagegen, wenn wir das Essen auslassen und du mich auf direktem Weg nach Hause bringst?«, fragte sie und steckte ihr Handy ein. Owen warf ihr einen flüchtigen Blick zu, dann sah er wieder auf die Straße. Er schien enttäuscht zu sein, setzte sich aber nicht über ihren Wunsch hinweg.

»Tut mir leid«, fügte sie an. »Aber ich war fast den ganzen Tag nicht da, und ich glaube, Jo braucht mich.«

»Es ist Wochenende«, merkte er an. »Jeder verdient ein freies Wochenende.«

»Du hast selbst nicht jedes Wochenende frei. Du hast heute gearbeitet.«

»Du hast aber nie ein Wochenende frei, wenn ich das richtig sehe.«

»Ja, aber die Esel wissen schließlich nicht, dass Wochenende ist, nicht wahr? Die müssen an jedem Tag versorgt werden.«

»Darf ich offen reden?«, fragte er und redete weiter, ohne ihre Antwort abzuwarten. »Ich finde, Jo verlässt sich viel zu sehr auf dich. Nur weil sich ihr ganzes Leben um den Hof dreht, kann sie nicht von dir erwarten, dass du genauso denkst.«

»Damit habe ich mich aber mehr oder weniger einverstanden erklärt.«

»Niemand sollte sich auf so etwas einlassen. Das kann sie weder von dir noch von sonst jemandem erwarten. Du brauchst auch noch andere Dinge in deinem Leben, sonst bist du irgendwann ausgebrannt.«

»Andere Dinge wie zum Beispiel dich?«, fragte Hattie mit einem flüchtigen Lächeln.

»Egal was«, sagte er, ergänzte dann aber, »ja, vielleicht ein bisschen so was wie mich.«

Hattie seufzte. »Du hast schon recht, und das weiß ich ja auch. Es ist nur so schwierig, das Jo zu vermitteln.«

»Aber das musst du. Du musst dich mit ihr zusammensetzen und darüber reden. Wenn sie weiter so mit dir umgeht, wird sie irgendwann wieder auf sich allein gestellt sein.«

»Ja, das weiß ich auch. Trotzdem ist das jetzt nicht der richtige Moment für ein solches Gespräch.«

»Vielleicht nicht, aber vielleicht wird es auch nie den richtigen Moment geben«, hielt er dagegen.

»Kann schon sein.«

»Dann rede mit ihr, ob es nun der richtige Moment ist oder nicht. Wenn du es nicht machst, dann garantiere ich, dass das Ganze mit einem Knall enden wird.«

Hattie betrachtete die Landschaft, die am Seitenfenster vorbeiraste. Die Weizen- und Rapsfelder leuchteten im Schein der dicht über dem Horizont stehenden Sonne. Vielleicht hatte Owen ja recht ... nein, nicht vielleicht, sondern er *hatte* recht. Aber ein solches Gespräch mit Jo würde keine einfache Angelegenheit sein, zumal sie schon an einem guten Tag kaum ein Wort redete. Und im Moment war sie an Unterhaltungen jeglicher Art gar nicht interessiert. Da es so viele andere Dinge gab, die ihnen beiden Sorgen bereiteten, kam ihr ein Gespräch über

281

ein solches Thema ehrlich gesagt wie ein unerwünschtes und egoistisches Ablenkungsmanöver vor, obwohl andere Dinge viel wichtiger und drängender waren. Ja, sie würde mit Jo reden, aber dafür musste der richtige Moment gekommen sein – und das war im Augenblick keineswegs der Fall.

Kapitel 22

Nach einem langen, ausgiebigen Kuss war Owen schließlich abgefahren. Sie hätte noch stundenlang bei ihm im Wagen sitzen und rumknutschen können, so als wären sie Teenager in einem amerikanischen Film. Aber das ging nicht, weil sie nicht wusste, ob Jo sie jetzt auch wieder beobachtete, so wie sie es getan hatte, als Owen hergekommen war, um sie abzuholen. Der Gedanke daran nahm ihr jegliche Lust. Also verabschiedete sie sich widerwillig mit einem letzten Kuss von ihm. Er versprach, ihr Bescheid zu sagen, sobald er wusste, wann er wieder freihaben würde.

Nachdem er abgefahren war, machte sie sich auf die Suche nach Jo. Die Esel waren bereits in ihren Boxen, die Hennen befanden sich in ihrem Stall. Um diese Tageszeit hätte es in der Küche nach dem Gericht duften müssen, das Jo an diesem Abend für sie beide kochte, aber die Küche war verwaist, und es roch nur nach altem Gemäuer und Bohnerwachs. Hattie sah sogar in Jos Zimmer nach, weil sie sich möglicherweise nicht gut fühlte und deshalb hingelegt hatte. Dort war sie ebenfalls nicht. Hattie sah in der Garage nach und musste feststellen, dass der Wagen nicht da war. Allem Anschein nach war der Hof menschenleer, was für Hattie ein Grund zu großer Sorge war, da so etwas nicht zu Jo passte.

Ärgerlicherweise hatte Jos beharrliche Weigerung, sich ein Handy zuzulegen, zur Folge, dass Hattie sie jetzt nicht mal anrufen und fragen konnte, was los war. Wäre sie bereit gewesen, sich dem einundzwanzigsten Jahrhundert zu öffnen, hätte Hattie sich nun weniger Sorgen machen müssen.

So blieb ihr nichts anderes übrig, als dazusitzen, zu warten und zu hoffen, dass Jo bald zurück sein würde. Vielleicht hatte sie noch in letzter Minute irgendwelche dringenden Besorgungen machen müssen. Um die Zeit zu überbrücken, beschloss Hattie, Seth anzurufen und nachzufragen, wie es Norbert ging. Seth hatte ihr und Jo seine Privatnummer gegeben, damit sie ihn jederzeit erreichen konnten. Hoffentlich gab es erfreuliche Neuigkeiten, und es ging Norbert schon besser.

Nachdem sie es längere Zeit hatte klingeln lassen, wollte sie schon auflegen, als sich Seth doch noch meldete.

»Hi, Seth. Hattie hier. Ich hoffe, es macht Ihnen nichts aus, dass ich an einem Samstag um diese Uhrzeit anrufe. Ich wollte nur fragen, wie es Norbert geht.«

»Ah«, machte Seth in einem Tonfall, der Hattie trotz der einen einzigen Silbe allzu deutlich erkennen ließ, dass etwas vorgefallen war. »Ähm, Hattie … ich bedaure, aber ich habe keine guten Neuigkeiten.«

»Was ist passiert?«

»Die Resultate der Scans sind schon früh zurückgekommen. Der Grund für Norberts Problem ist ein Tumor von beträchtlicher Größe.«

»Ein Tumor? Krebs?«, fragte Hattie ungläubig. Aus irgendeinem Grund war ihr nie der Gedanke gekommen, dass ein Tier genauso Krebs bekommen konnte wie ein Mensch. Daher hatte sie auch nie in Erwägung gezogen, dass Krebs die Ursache für Norberts Leiden sein könnte.

»Leider ja. Der Krebs ist schon ziemlich weit fortgeschritten. Jo ist jetzt bei ihm. Sie sagt, sie hat versucht Sie anzurufen, aber …«

»Ja. Da wo ich war, war es zu laut, und ich habe das Telefon nicht gehört. Jo ist bei ihm? Was soll das bedeuten? Sie hat hier alles abgeschlossen und verriegelt, aber sie würde nie den Hof verlassen, wenn es …« Es gab nur einen denkbaren Grund dafür, dass Jo den Hof unbewacht ließ. Jetzt wurde Hattie klar, dass sie das sofort hätte richtig deuten müssen. »Oh nein …«

»Wir können jetzt nur noch eines für ihn tun«, erklärte Seth.

Er meinte doch nicht etwa das, was Hattie vermutete? Er redete doch nicht ernsthaft vom Unvorstellbaren? »Kann er nicht geheilt werden? Sie müssen doch irgendetwas für ihn tun können. Kann er nicht operiert werden? Oder Chemotherapie? Mein Dad hat immer …«

»Es tut mir leid«, unterbrach Seth sie mit sanfter Stimme. »Hören Sie, das ist keine Unterhaltung, die man am Telefon führen kann. Wenn Sie herkommen wollen, dann kann ich mit Ihnen über alles reden.«

»Aber ich kann nicht zu Ihnen kommen.« Hattie kämpfte mit den Tränen. »Jo hat den Wagen genommen! Sie machen das doch nicht noch heute, oder?«

»Normalerweise würde ich es nicht an einem Wochenende machen, aber er leidet, und ich sehe keinen Sinn darin, das noch ein oder zwei Tage hinauszuzögern.«

»Aber das können Sie nicht machen!«

»Es ist dem Esel gegenüber nicht fair, ihn weiter leiden zu lassen«, machte Seth ihr voller Mitgefühl für ihre Situation klar.

»Aber ich muss zu ihm! Sie können das nicht einfach so machen! Ich muss ihn erst noch sehen!«

»Es tut mir leid, aber es ist nur im Interesse des Tieres. Haben Sie keine Möglichkeit herzukommen? So lange würde ich noch warten.«

»Ich …« Hattie überlegte, welche Möglichkeiten sie hatte. Vielleicht würde Owen ja kehrtmachen und sie zur Praxis fahren. Aber das war eigentlich nichts, was sie an diesem Punkt ihrer Beziehung von ihm erwarten konnte. Ihr Dad? Ja, ihr Dad würde das für sie tun. »Warten Sie noch, ich komme rüber, so schnell ich kann.«

Hattie legte auf und wählte hastig die Nummer ihrer Eltern. Nach dem dritten Klingeln meldete sich ihr Dad, so als hätte das Universum dafür gesorgt, dass er für sie da sein konnte.

»Oh, Dad ...«, schluchzte sie. »Ich brauche deine Hilfe!«

Seth hatte die Einfahrt offen gelassen, damit Hatties Dad direkt zum Bereich der Praxis durchfahren konnte, wo die stationären Patienten untergebracht waren. Jo verließ soeben den Trakt, als Hattie auf dem Weg dorthin war. Sie ließ keine Gefühlsregung erkennen. Es hätte genauso gut sein können, dass sie gerade eben in der Scheune nach den Vorräten gesehen hatte. Allein die Tatsache, dass sie hier war und nicht auf Sweet Briar, gab einen Hinweis darauf, wie es in ihr aussehen musste.

Hatties Dad hatte mit reinkommen wollen, aber sie hatte ihn gebeten, das nicht zu tun. Das hier war etwas, das sie ganz allein tun musste. Sie musste jetzt für Jo da sein, aber das würde die nicht zulassen, wenn außer Hattie auch noch ihr Dad anwesend war. Hattie wollte, dass Jo frei mit ihr reden konnte, wenn ihr danach war. Also war er wieder abgefahren, hatte ihr aber ausdrücklich gesagt, dass sie ihn sofort anrufen sollte, wenn sie ihn abermals brauchte. Hattie war sich allerdings sicher, dass sie auf das Angebot nicht eingehen musste, da alles dafür sprach, dass sie mit Jo zum Hof zurückfahren würde, nachdem Norbert ...

Sie wollte diesen Satz nicht zu Ende denken, weil es einfach zu sehr schmerzte. Dabei wusste sie genau, dass die Entscheidung längst getroffen war. Es war nur noch eine Frage der Zeit.

»Wie geht es ihm?«, fragte sie, als sie Jo erreicht hatte.

»Hat Seth es dir nicht gesagt?«

»Doch, das schon. Aber ...«

Jo schüttelte den Kopf. »Wir sehen uns auf dem Hof.«

Hattie starrte sie an. »Du bleibst nicht?« War etwa schon alles passiert? Aber Seth hatte ihr doch versprochen, auf sie zu warten. Warum ging Jo jetzt weg?

»Ich habe mich von ihm verabschiedet. Jetzt brauchen mich die anderen. Vor allem bei Blue muss ich im Auge behalten, ob er Anzeichen von Stress zeigt.«

»Dann wirst du nicht mit dabei sein, wenn …?«

Jo sah sie nur stumm an. Hattie wünschte, sie wüsste, was hinter diesen Augen vor sich ging. Sie schüttelte den Kopf. »Das ist deine Aufgabe«, sagte sie noch, dann ging sie weiter zum Wagen.

Hattie sah ihr ungläubig hinterher. Was hatte das zu bedeuten? Wollte Jo ihr damit einen Gefallen tun, oder war es als Strafe gedacht? Bat sie Hattie hierzubleiben, weil sie selbst es nicht ertrug, seine letzten Augenblicke mitzuerleben? Oder fand sie, dass Hattie diejenige war, die an Norberts Seite sein sollte?

Jo war bereits auf der anderen Seite der Einfahrt und damit auf dem Weg nach Hause, also würde Hattie das Ganze allein durchstehen müssen. Ganz gleich, welche Beweggründe Jo für ihr Verhalten hatte, für Hattie bedeutete es die erdrückende Verantwortung, bei Norbert sein zu müssen, wenn Seth ihn einschläferte. Sie war sich nicht sicher, ob sie dazu überhaupt fähig war. Sie brachte ja kaum die Kraft auf, um nach drinnen zu gehen und Norbert zu sehen, wie sollte sie es dann ertragen, bei ihm zu sein, wenn Seth das tat, was er tun musste.

Während sie noch darüber nachdachte, kam Seth nach draußen. Er wirkte ruhig, aber erschöpft. Hattie fragte sich, ob er sich wohl jemals daran gewöhnt hatte, eine solche Entscheidung über ein Tier treffen zu müssen, was ja immer wieder vorkommen musste.

»Geht es Ihnen gut?«, fragte er.

Hattie nickte nur, da sie keinen Ton rausbekam. Als sie ihn

sah, wurde sie daran erinnert, wieso sie hergekommen war. Diese Erkenntnis nahm ihr die Kraft zum Reden.

»Jo sagte, Sie wollen bei ihm sein«, fuhr er fort. »Sie meinte, Sie hätten ihm seit Ihrem Arbeitsbeginn sehr nahegestanden. Aber wenn Sie sich nicht dazu in der Lage sehen, dann müssen Sie nicht …«

»Doch, doch«, unterbrach ihn Hattie und kämpfte gegen ihre Tränen an. »Ich muss das, glaube ich, aber …«

»Wenn es zu viel für Sie ist, habe ich dafür volles Verständnis.«

»Ich weiß nicht«, murmelte sie. »Ich fühle mich schrecklich bei der Vorstellung, ihn das allein durchstehen zu lassen, aber andererseits weiß ich nicht, ob ich die Kraft habe … Jo hätte das tun sollen. Sie wäre darin viel besser als ich … sie wäre nicht so jämmerlich.«

»Es ist kein Zeichen von Schwäche, wenn Sie es nicht können. Es zeigt nur, dass es Sie berührt. Und dass Sie ihn geliebt haben.«

»Das tue ich!«, erklärte sie, verärgert darüber, dass Seth bereits jetzt in der Vergangenheitsform über Norbert redete. »Und Sie sind sich ganz sicher, dass Sie nichts weiter für ihn tun können? Es muss doch noch irgendwelche Möglichkeiten geben. Wenn es nur eine Frage des Geldes ist, kann ich meinen Dad fragen …«

»Mit Geld hat es nichts zu tun«, versicherte Seth ihr. »Er leidet, und kein Geld der Welt kann daran etwas ändern. Ginge es nur ums Geld, dann würde ich mich mit Ihnen schon arrangieren. Daran würde es nicht scheitern. Was Sie beide da oben für diese Tiere leisten, ist viel zu wichtig, als dass Geld im Vordergrund stehen darf.«

Hattie nickte. Seths Worte trafen sie genau ins Herz und brachten sie zu der Erkenntnis, dass er allen Beteuerungen zum

Trotz der anonyme Spender sein musste. Vielleicht hatte er befürchtet, sie würden seine Dienste nicht wieder in Anspruch nehmen wollen, solange sie seine Rechnung noch nicht bezahlt hatten. Dabei kamen die Tiere für ihn immer an erster Stelle. Diese Erkenntnis stimmte sie nur noch trauriger, sie begann wieder zu weinen. Tränen fielen auf ihre Bluse und wurden vom Stoff aufgesogen.

Sie trug noch immer die Sachen, die sie für ihr Date ausgesucht hatte, und sie konnte noch immer Owens Rasierwasser riechen. Wie konnte sich ein so schöner Tag nur innerhalb von Sekunden ins Gegenteil verwandeln?

»Wir sollten reingehen«, sagte Seth. »Meine Mitarbeiterin wartet schon auf uns.«

Hattie folgte ihm nach drinnen. Norbert wirkte älter und trauriger als je zuvor, und er nahm kaum zur Kenntnis, dass sie zu ihm kam. Auch wenn sie nicht wahrhaben wollte, dass Seth mit seiner Einschätzung recht hatte, vertraute sie doch darauf, dass es die richtige Entscheidung war, Norbert von seinem Leid zu befreien.

»Oh«, schluchzte sie, ging zu ihm und drückte ihr Gesicht in sein Fell.

»Hattie …« Seth sprach mit ruhiger Stimme zu ihr, während er ihr behutsam eine Hand auf den Arm legte und sie vorsichtig wegzog. »Es wird Zeit.«

»Gute Nacht, Norbert«, flüsterte sie dem Esel ins Ohr. »Hab keine Angst, ich bin bei dir …«

Als sie dann aber in seine alten Augen sah, wusste sie mit einem Mal, dass sie das nicht konnte. Sie konnte nicht hierbleiben.

»Tut mir leid«, schluchzte sie und stürmte nach draußen.

Seth entdeckte sie auf einer mit Schnörkeln verzierten Bank im inneren Bereich des viktorianischen Gartens seiner Praxis.

»Ist es vorbei?«, fragte sie und versuchte, mit fester Stimme zu reden. Ihr Blick war auf eine Wand aus wild wachsenden Kletterrosen gerichtet, die reich an rosa Blüten und dicken Dornen war. Ihrem Vater hätte es in den Fingern gejuckt, diese Rosen zu beschneiden.

»Ja.« Er setzte sich zu ihr. »Er hat nichts davon mitbekommen, falls Sie das ein wenig tröstet.«

»Ja, das tut es. Und es tut mir leid.«

»Was?«

»Dass ich rausgelaufen bin und nicht bei ihm geblieben bin.«

»Das ist nicht wichtig.«

»Doch, das ist es. Jo hat mir vertraut, und ich habe sie enttäuscht.«

»Sie gehen zu hart mit sich ins Gericht. Es gibt nicht viele Menschen, die dabeibleiben können. Glauben Sie mir, das erlebe ich immer wieder.«

»Sie werden es Jo nicht sagen, oder?«

»Nicht, wenn Sie das nicht wollen.«

»Danke.« Hattie sah ihn an. »Wie schaffen Sie es eigentlich, Ihre Arbeit zu tun? Bricht Ihnen so etwas nicht jedes Mal das Herz?«

»Oh, natürlich. Als Tierarzt bin ich so ausgebildet worden, dass ich alles versuche, um ein Tier zu retten. Aber manchmal ist es dem Tier gegenüber nicht gerecht, und am wichtigsten ist es immer, dem Tier zu helfen. Und manchmal hilft man einem Tier, indem man seinem Schmerz ein Ende setzt. Es behagt mir nicht, das zu tun, aber dem Tier ist nicht geholfen, wenn man nicht tut, was getan werden muss. Darum nehme ich meine Verantwortung sehr ernst und mache das, was nötig ist.«

»Ich könnte das nicht.«

»Ich weiß. Trotzdem sind Sie deshalb nicht schwächer als ich, falls Sie das jetzt denken. Es macht Sie vielmehr zu einem guten und mitfühlenden Menschen. Es macht Sie zu einem Menschen, von denen es auf der Welt viel mehr geben müsste.«

Unter anderen Umständen hätten diese Worte sie trösten können, sie hätten ihr vielleicht sogar geschmeichelt. Jetzt dagegen brachten sie sie nur wieder zum Schluchzen.

»Hey …« Seth legte den Arm um sie, sie vergrub ihr Gesicht in seinem Hemd.

Als sie sich schließlich wieder unter Kontrolle hatte, lehnte sie sich zurück und schaute entsetzt drein. »Oh mein Gott!«, rief sie. »Ich habe Ihr ganzes Hemd mit Mascara beschmiert! Das tut mir so leid!«

»Ist doch bloß ein Hemd«, erwiderte er und lächelte sie auf eine so sanfte Weise an, dass Hattie sich nicht von dem abhalten konnte, was sie in der nächsten Sekunde vollkommen unüberlegt tat.

Kapitel 23

Jedes Mal, wenn sie an diesen Moment zurückdachte, wäre sie vor Scham am liebsten im Erdboden versunken. Seth war so nett und so verständnisvoll gewesen, und sie hatten es beide als eine Überreaktion auf den Stress dieser Situation entschuldigt. Aber in ihrem Hinterkopf hielt sich diese beharrliche Stimme, die ihr sagte, dass ihr Verhalten absolut spontan und zugleich völlig unangemessen gewesen war, es aber nichts an der Tatsache änderte, dass sie Seth geküsst hatte … und dass es ihr gefallen hatte. Nein, nicht bloß gefallen. Sie hatte es *geliebt*.

Und nicht nur das. Es war egal, wie jeder von ihnen erklärte, warum es so gekommen war – es stand auch die Tatsache im Raum, dass Seth den Kuss zunächst erwidert hatte. Zugegeben, er hatte sie schließlich sanft von sich geschoben, doch einen Moment lang hatte er es geschehen lassen, und das war eine Sache, die ihr nicht aus dem Kopf gehen wollte.

Hattie hatte sich entschuldigt und war drauflosgelaufen, während ihre Gefühle sie in eine Richtung zu lotsen versuchten, die sie nie für möglich gehalten hätte. Zwar hatte sie ihrem Dad zuvor gesagt, dass er sie nicht noch einmal fahren musste, aber nachdem sie ein Stück weit gegangen war, rief sie ihn dennoch an. Nur kurze Zeit später war ihr persönlicher Ritter zu ihrer Rettung geeilt und hatte sie zum Hof gefahren. Für sie hatte nur gezählt, von Seth wegzukommen und vor ihrem eigenen Fehltritt davonzulaufen. Wenigstens konnte sie ihre seltsame Stimmung mit Norberts Schicksal erklären, sodass ihr Vater nicht auf die Idee kam, ihr zu viele Fragen zu stellen.

Zurück auf dem Gnadenhof sah sie, dass in der Küche ein schwaches Licht brannte, doch als Hattie ins Haus ging, war Jo nicht zu finden. Einer Idee folgend machte sie sich auf den Weg zu den Stallungen und stieß dort auf Jo, die sich intensiv um Blue kümmerte.

»Ist es vorbei?«, fragte sie Hattie, ohne sich zu ihr umzudrehen.

»Ja.« Mehr brachte Hattie nicht raus, da ihre Stimme versagte.

Jo nickte nur betreten, sagte aber kein Wort.

Hattie stellte sich zu ihr und begann Blue hinter dem Ohr zu kraulen. Er zeigte keine Regung, was es offensichtlich machte, dass er ohne Norbert nicht er selbst war.

»Wird Blue sich wieder fangen?«, fragte Hattie schließlich.

»Ohne seinen Gefährten ist er verloren«, sagte Jo und drehte sich zu Hattie um. »Ich weiß es nicht. Esel binden sich meistens an einen Artgenossen. Wenn sie von ihm getrennt werden, dann ist das nicht gut für sie. Vielleicht sollten wir ihn zur Praxis bringen, damit er an Norbert schnuppern und verstehen kann, was passiert ist.«

Hattie sah sie verdutzt an. »Du meinst, du willst ihm Norbert zeigen, so wie er ... ähm ... wie er jetzt ist?«

»Ich werde Seth fragen«, erwiderte Jo leise. »Er kann mir sagen, ob das eine gute Idee ist oder nicht.«

Mit trauriger Miene sah Hattie wieder Blue an. Jos Vorhaben kam ihr seltsam vor, aber sie war sich sicher, dass Jo und Seth da besser Bescheid wussten als sie. Sie konnte nur hoffen, dass Blue das durchstehen würde. Jo ließ sich zwar nichts anmerken, dennoch wusste Hattie, dass Norberts Tod sie schwer getroffen hatte. Würden sie jetzt auch noch Blue verlieren, wäre das absolut verheerend, zumal Jo ihr ja schon davon erzählt hatte, wie empfindlich ein unter Stress stehender Esel sein konnte.

Am nächsten Morgen fuhr Jo zur Praxis, um mit Seth zu reden. Bis zu ihrer Rückkehr würde Hattie auf den Hof aufpassen und anschließend ihre Eltern besuchen, da sie dringend deren Trost und Rat benötigte.

Es wäre sicher vernünftig gewesen, auch mit Seth zu reden, aber es verstrich ein Tag nach dem anderen, ohne dass sie sich dazu durchringen konnte, mit ihm Kontakt aufzunehmen. Da sie von ihm ebenfalls nichts hörte, schien es ihm nicht anders zu ergehen. Allerdings hatte sich ohnehin so gut wie keine Gelegenheit für ein Gespräch mit ihm ergeben, da sich Jo nach dem erlittenen Verlust nun umso besessener um die Esel kümmerte. Fest entschlossen, nicht noch ein Tier zu verlieren, beobachtete sie die anderen Esel noch öfter und noch intensiver als früher. Wenn Hattie sie fütterte, überprüfte Jo jeden Krümel, ehe er im Trog landen durfte. Wenn sie abends nach unten kamen, begutachtete sie jedes Tier, was sie am nächsten Morgen wiederholte, bevor es nach oben aufs Feld ging. Fast jeden Tag rief sie Seth an, um ihm von irgendwelchen eingebildeten Symptomen zu berichten, die sie glaubte gesehen zu haben.

Jo setzte sich schließlich auch durch, was die Pläne für Besucher auf dem Gnadenhof anging, und bereitete Hatties Traum von der Sweet Briar Farm als Ausflugsziel ein Ende. Sie war zu der Ansicht gelangt, dass kein Fremder in die Nähe ihrer geliebten Esel kommen durfte, da niemand wusste, welche Gefahr von solchen Leuten ausging, die sich hier als Touristen präsentierten. Hattie hatte sie angefleht, zumindest die Spendenseite bestehen zu lassen, auch wenn mit der Abschaltung der eigentlichen Webseite für den Hof der ohnehin sehr spärliche Geldfluss ohnehin bald ganz versiegen würde.

Blue litt unter Norberts Tod, ganz so, wie sie es schon erwartet hatten, doch mit der Zeit begann sich sein Verhalten allmählich zu normalisieren. Was die übrigen Tiere anging, fühlten die sich so wohl wie eh und je, immerhin waren sie ja wahrscheinlich auch die am besten umsorgten Esel in ganz Dorset. Hattie konnte sich vorstellen, dass es Millionäre mit einem geringeren Lebensstandard als dem dieser Esel gab.

Die zusätzliche Aufmerksamkeit, die Jo den Eseln zuteilwerden ließ, war zudem ein Grund mehr, jeder anderweitigen Unterhaltung mit Hattie aus dem Weg zu gehen. Sie arbeiteten enger zusammen als zuvor, und dennoch fühlte sich Hattie von dieser Frau so weit entfernt wie noch nie. Wenn Hattie abends todmüde ins Bett fiel, war sie auch zu erschöpft, um etwas davon mitzubekommen, ob Jo noch immer von ihren Albträumen geplagt wurde.

Es war der Freitag nach dem Wochenende, an dem Norbert eingeschläfert worden war, als Jo den Hof verließ, ohne Hattie zu sagen, wohin sie unterwegs war. Also hatte sich Hattie zur Mittagszeit mit ihrem Sandwich in den Obstgarten zurückgezogen. Dort konnte sie den Hennen bei ihrem Treiben zusehen und darüber nachdenken, wie viel einfacher das Leben doch sein könnte, wenn sie ein Huhn wäre und sich nur darum Gedanken machen müsste, als Erste zur Stelle zu sein, wenn es Futter gab.

Jo hatte die Reste der Rinderschulter vom letzten Abendessen auf einen Teller zusammengelegt, und Hattie erfreute sich jetzt an einer großzügigen Scheibe Fleisch auf selbst gebackenem Brot mit einer Portion Salat. So friedlich wie heute war es seit Tagen nicht mehr gewesen, und sie konnte nur hoffen, dass es in den kommenden Wochen so blieb, damit sie öfter so entspannt sein konnte.

Am Sonntag hatte sie Owen angerufen und ihm von Norbert erzählt. Er hatte zwar sein Mitgefühl beteuert, dennoch hatte Hattie ihm anmerken können, dass er nicht begriff, weshalb sie so aufgewühlt war. Zwar hatte er nicht »Das ist doch nur ein

Esel« gesagt, aber ihm war anzumerken gewesen, dass ihm diese Worte durch den Kopf gegangen waren. Sie sagte sich, dass man so was wohl nicht verstehen konnte, wenn man nicht jeden Tag mit diesen Tieren zu tun hatte.

Er hatte ihr gesagt, dass er noch immer nicht wusste, wann er wieder eine Gelegenheit bekommen würde, sie zu besuchen, da sein Chef ihm einen Stapel Vorgänge auf den Tisch gelegt hatte, denen er nachgehen musste. Er hatte ihr aber versichert, sich sofort bei ihr zu melden, wenn sich ein arbeitsfreier Tag abzeichnete. Hattie konnte nicht abstreiten, dass sie sich ein wenig aufs Abstellgleis geschoben fühlte, und sie fragte sich, ob jeder, der einen Journalisten zum Partner hatte, diese Art zu leben ertragen musste. Auch wenn sie Owen wirklich gut leiden konnte, hielt sie es für absehbar, dass irgendwann der Tag kam, an dem sie nicht mehr mitmachen wollte, ständig im Ungewissen darüber zu sein, wann sie sich das nächste Mal sehen würden. Dabei war es natürlich nicht von Nutzen gewesen, dass sie immer noch an Seth denken musste, was wiederum dazu geführt hatte, dass sich ihr schlechtes Gewissen regte, während sie mit Owen telefonierte.

Sie musste aber auch zugeben, dass es womöglich genau dieses schlechte Gewissen war, das sie über Owen so hart urteilen ließ. Wenn es einen Zeitpunkt gab, an dem sie ihn sehen musste, um sich vor Augen zu halten, dass er der Mann war, den sie wollte, und sie nicht in der Weise an einen anderen Mann denken sollte, wie sie es gegenwärtig tat, dann war dieser Zeitpunkt jetzt. Seit diesem Telefonat hatten sie sich nicht mehr gesprochen, doch Owen schickte ihr jeden Abend eine SMS und erkundigte sich danach, wie es ihr ging. Sie antwortete stets freundlich, aber wenig aussagekräftig, denn wie sollte sie all ihre Gefühle und die Dinge, die sie ihm sagen wollte, in einer SMS zusammenfassen?

Hattie hatte auch mit Melinda telefoniert. Obwohl es zeitlich nicht möglich war, dass Hattie sich mit ihr traf, hatte Melinda doch sehr geduldig und verständnisvoll zugehört. Aber so wichtig ihr Melinda auch war und so sehr sie den Ratschlägen vertrauen konnte, die sie von ihrer Freundin bekam, brachte sie es dennoch nicht übers Herz, ihr zu sagen, was an jenem Tag zwischen ihr und Seth vorgefallen war. Sie wusste nicht, wie sie sich irgendeinem Menschen anvertrauen sollte, auch wenn sie das so unbedingt wollte.

Sie hatte eben ihren Salat aufgegessen und stellte die leere Schüssel zur Seite, als sie Stimmen hörte, die vom Hof her zu ihr getragen wurden. Sie sammelte die Reste ihres Mittagessens ein und ging los, um zu sehen, wer ihnen einen Besuch abstattete.

Jo war zurück, sie hielt eine glänzende Holzkiste an sich gedrückt und redete mit Seth. Entweder waren sie aus irgendeinem Grund gemeinsam hergekommen, oder Jo und Seth waren rein zufällig gleichzeitig hier eingetroffen. Hattie fragte sich, ob Jo den Tierarzt schon wieder wegen irgendeines angeblichen Symptoms bei einem der Esel herbestellt hatte. Falls ja, musste sie diesmal wohl etwas Überzeugenderes vorgetragen haben, wenn Seth dafür die Fahrt zum Hof auf sich genommen hatte. Wenn das der Fall war, dann hatte es für Jo dennoch keine Veranlassung gegeben, ihr ebenfalls von ihrer Beobachtung zu berichten. Andererseits redete Jo ohnehin kaum noch mit ihr. Manchmal kam es Hattie vor wie eine gescheiterte Ehe, bei der beide Partner gezwungen waren, auch weiterhin unter einem Dach zu leben – selbst wenn sie sich nichts mehr zu sagen hatten. Der Unterschied war bloß der, dass es für Hattie und Jo keinen Hochzeitstag gab, auf den sie wehmütig zurückblicken konnten.

Als Seth und Jo sie bemerkten, drehten sie sich zu ihr um.

»Norbert.« Jo deutete mit einer Kopfbewegung auf die Kiste. »Ich habe ihn nach Hause geholt.«

»Oh«, erwiderte Hattie, der keine andere Reaktion einfallen wollte. Zum einen weckte Seths Anblick so viele Gefühle in ihr, zum anderen sorgte der Anblick von Norberts sterblichen Überresten dafür, dass ganz andere Gefühle erwachten, die ihre Verwirrung noch steigerten.

»Hi, Seth«, fügte Hattie an, weil sie es für angebracht hielt, seine Gegenwart in irgendeiner Weise zur Kenntnis zu nehmen, auch wenn die mit einem Mal sehr angespannte Stimmung das bereits erledigt hatte. War er genauso durcheinander wie sie? Sehnte er sich danach, sie zu berühren, so wie sie ihn berühren wollte? Hatte er nach dem Kuss überhaupt noch an sie gedacht? Jo sah zwischen ihnen hin und her, als wäre ihr gerade eben etwas aufgefallen. Hatte sie erraten, was geschehen war? Oder entsprang dieser Eindruck allein Hatties Einbildung? Falls sie etwas gemerkt hatte, was musste sie dann von Hattie halten, die kurz zuvor noch einen ganzen Tag mit Owen verbracht hatte?

»Tee?«, fragte Jo an Seth gewandt.

»Das wäre schön«, sagte er.

Jo warf Hattie einen flüchtigen Blick zu. »Wir können eine Kanne für uns alle aufsetzen, wenn du nichts anderes zu tun hast.«

Hattie folgte den beiden in die Küche und tauschte den warmen Sonnenschein gegen kühlen Schatten ein. Während Jo das Teewasser aufsetzte, nahm Hattie Seth gegenüber Platz. Dabei wurde ihr klar, wie schwer es ihr fiel, ihn dasitzen zu sehen und zu wissen, dass sie kein Wort darüber verlieren durfte, was sie jetzt am liebsten getan hätte. Es war nicht fair, und deshalb musste sie diese Gedanken ein für alle Mal begraben. Es war Seth gegenüber nicht fair, Owen gegenüber auch nicht, und nicht mal ihr selbst gegenüber. Sie mochte Owen, er mochte sie, und er hatte den ersten Schritt unternommen. Damit war alles klar.

»Kann ich dir irgendwie helfen?«, fragte Hattie.

»Eigentlich nicht«, gab Jo zurück, die gerade die Teekanne mit heißem Wasser auffüllte. »Außer du willst den Früchtekuchen aus der Vorratskammer holen.« Sie drehte sich zu Seth um. »Sie essen doch ein Stück Früchtekuchen, nicht wahr?«

Seth zuckte leicht zusammen, als sie ihn ansprach. Es war so, als hätte sie ihn bei etwas Verbotenem ertappt. Als er daraufhin bejahte, hätte Hattie schwören können, in seinem ihr zugewandten Blick so etwas wie ein schlechtes Gewissen zu entdecken.

Verwirrt und gegen jede Vernunft von einer Hoffnung erfasst, die sich nicht erfüllen konnte und wohl auch nicht sollte, ging Hattie zur Vorratskammer und holte die Blechdose mit Jos Kuchen heraus. Als sie zum Tisch zurückkehrte, saß Jo bereits da und redete mit Seth. Die Teekanne stand gleich neben der Holzkiste mit Norberts Asche, was dem Ganzen etwas seltsam Surreales verlieh.

»Der Kuchen«, verkündete Hattie und stand mit der Dose in der Hand da, weil sie nicht so recht wusste, wo sie sie hinstellen sollte. Irgendwie kam es ihr nicht richtig vor, sie neben Norberts Kiste zu platzieren. Aber dann nahm Jo ihr die Dose aus der Hand, zog mit einem energischen Griff den Deckel herunter und stellte sie vor Seth auf den Tisch.

»Danke«, sagte er und fügte nach einem Blick hinein an: »Der sieht gut aus.«

Hattie kam es so vor, als wäre ihm der Kuchen eigentlich ganz egal. Sie konnte es nicht erklären, aber auf sie machte Seth den Eindruck, dass er rein reflexartig auf höfliche Gesten reagierte.

»Ist er auch«, merkte Jo auf eine Weise an, die Hattie unter anderen Umständen zum Lachen gebracht hätte. »Also, was können wir für Sie tun, Seth?«, fragte sie. »Geht es um die Rechnung? Das hat Hattie nämlich im Blick …« Jo schaute sie an. »Zumindest hat sie mir das so gesagt.«

»Ja, habe ich«, warf Hattie ein. »Das Geld wird momentan überwiesen und wird in ein paar Tagen auf dem Konto sein.«

»Sobald es gutgeschrieben ist, schicke ich Ihnen einen Scheck, Seth«, versicherte ihm Jo.

»Allerdings«, merkte Hattie an, »wird es nicht genug sein, um alles zu bezahlen, was wir Ihnen schulden. Begleichen können wir nur die Rechnung, bevor Norbert …« Hattie verstummte, als ihr Jos durchdringender Blick auffiel. Was hatte sie jetzt …?

Oh verdammt! Sie hatte sich soeben verraten, weil sie wusste, wie viel Seth noch von ihnen bekam. Würde Jo den Zusammenhang bemerken? Schaute sie deswegen noch finsterer drein als üblich?

»Oh, ich bin mir sicher, dass die Schulden damit getilgt werden«, gab Seth zurück und nahm die Teekanne, um sich eine Tasse einzugießen. »Und wenn es nicht reicht, kann ich auf den Rest auch noch warten, wie ich ja schon immer gesagt hatte.«

Hattie starrte ihn an und fragte sich, warum er das gerade gesagt hatte. Bestimmt war jetzt noch mehr zu bezahlen, schließlich hatte er Norbert noch für einige Tage in der Praxis untergebracht. »Hoffentlich gehen in der nächsten Zeit noch mehr Spenden ein, damit wir das, was wir Ihnen schulden, auch gleich bezahlen können«, sagte sie und versuchte sich wieder in den Griff zu bekommen.

»Angesichts der Tatsache, dass alle unsere Tiere auch weiterhin von einem Tierarzt betreut werden müssen, werden nie alle Rechnungen bezahlt sein«, machte Jo ihr klar.

»Aber wenn wir weiterhin Spenden bekommen …«, beharrte Hattie.

Jo schürzte die Lippen, ihr Blick wanderte zu Norberts Holzkiste.

»Soll ich sie irgendwo verstauen, wo sie gut aufgehoben ist?«, wollte Hattie wissen.

»Darum kümmere ich mich später noch«, gab Jo bestimmt zurück und wandte sich wieder an Seth. »Wenn es nicht um die Rechnung geht, was führt Sie dann zu uns?«

»Ich war gerade in der Nähe und dachte mir, ich sehe mal nach, wie es Blue geht.«

Jos Reaktion darauf war das, was bei ihr einem Lächeln am nächsten kam. »Das ist nett von Ihnen. Ich kann Sie nach oben begleiten, wenn wir unseren Tee getrunken haben.«

»Ich könnte das auch übernehmen«, meldete sich Hattie zu Wort und errötete prompt, während Jo sie mit einem frostigen Blick bedachte. »Ich meine«, fügte sie hinzu, »wenn du zu viel zu tun hast. Ich weiß ja, dass du einiges zu erledigen hast.«

»Das ist wirklich nett von Ihnen«, sagte Seth zu ihr.

»Meinetwegen können wir auch sofort raufgehen«, fügte sie an.

Jo zog einen weiteren Becher über den Tisch und schenkte einen Tee ein. »Lass ihn erst mal seinen Tee austrinken, und dann gehe ich mit ihm nach oben.«

Hattie verstummte. Sie starrte eine Weile auf die Blechdose für den Kuchen und wünschte, sie könnte sie Jo gegen den Kopf donnern. Das hier war ihre erste echte Gelegenheit, unter vier Augen mit Seth zu reden, und Jo musste ihr das zunichtemachen. Vielleicht würden sie unterwegs ja gar nicht über das reden, was zwischen ihnen vorgefallen war. Es konnte ja sogar sein, dass Seth das gar nicht wollte. Aber solange Jo in der Nähe war, konnten sie überhaupt nicht darüber reden. Es mochte ein anmaßender Gedanke sein, dennoch fragte sich Hattie insgeheim, ob Seths ›zufälliger‹ Besuch womöglich nur ein Vorwand

301

war, weil er mit ihr reden wollte. Vielleicht war er so wie sie darauf aus, reinen Tisch zu machen. Sie konnte nur hoffen, dass ihm der Zwischenfall für so etwas wichtig genug erschien.

Als Seth seinen Tee ausgetrunken und versichert hatte, dass der Früchtekuchen ihn ausreichend gesättigt habe, ging Jo mit ihm nach draußen. So schnell wollte sich Hattie dennoch nicht geschlagen geben. Wenn die beiden nach oben zur Koppel gingen, würde sie eben mitgehen. Ob das für sie in irgendeiner Weise von Nutzen sein würde, konnte sie nicht sagen. Klar war aber, dass sie gar nichts davon hatte, wenn sie in der Küche blieb und auf die Rückkehr der beiden wartete.

Jo marschierte wie üblich los, ohne sich darum zu kümmern, ob die anderen überhaupt mit ihr mithalten konnten. Daher bekam sie auch nichts davon mit, dass Hattie sie begleitete. Die hatte nach wenigen Schritten Seth eingeholt, sodass sie Seite an Seite nach oben gingen, während Jos Vorsprung immer weiter wuchs.

Seth ließ die Gelegenheit nicht ungenutzt, womit er Hatties Vermutung auch sogleich bestätigte. »Ich wollte mit Ihnen über das reden …«, begann er fast im Flüsterton.

»… was passiert ist?«, gab sie genauso leise zurück.

»Das war sehr unprofessionell von mir …«

»Oh Gott, das war doch ganz allein mein Fehler. Sie haben nichts verkehrt gemacht.«

»Ich bin ja froh darüber, dass Sie so denken, aber ich finde, dass ich sehr wohl etwas verkehrt gemacht habe. Es ist so, dass … dass ich nicht aufhören kann, daran zu denken. Da Sie ja sozusagen den ersten Schritt gemacht haben, dachte ich … na ja, vielleicht empfinden Sie ja genauso …«

Ihr Herz begann zu rasen. »Ich musste auch darüber nachdenken. Ich fühle mich schrecklich für das, was ich da getan habe.«

»Du fühlst dich schrecklich?«, fragte er.

»Ich hätte das nicht tun sollen«, beharrte sie, wobei ihr nicht entging, dass er mit einem Mal zum Du übergegangen war.

»Aber …«

»Was ist mit deiner Freundin?«, erkundigte sie sich.

»Eugenie? Du weißt von ihr?«

»Seth, das hier ist Gillypuddle. Jeder im Dorf weiß von ihr.«

»Oh«, machte Seth verdutzt. Sollte er bislang tatsächlich geglaubt haben, im neugierigsten Dorf von ganz Dorset auch nur einen Hauch von Privatsphäre wahren zu können, dann war ihm diese Illusion jetzt genommen worden. »Das ist vorbei.«

»Es ist halt so, dass ich gehört habe … es ist vorbei?«

»Die Leute reden hinter meinem Rücken über mich?«, murmelte er ungläubig.

»Wie gesagt, das hier ist Gillypuddle …«

»Ja, stimmt. Ist jetzt auch egal. Das mit Eugenie und mir ist definitiv zu Ende, außerdem ist sie inzwischen längst in Washington. Wir haben uns nicht im Bösen getrennt, und ich liebe sie auch nicht mehr, falls dir das Sorgen bereitet.«

»Das ist gut«, erwiderte Hattie, war sich aber unschlüssig, ob sie sonst noch etwas dazu sagen sollte.

»Und was meinst du?«, fragte er. »Wegen uns beiden. Ich weiß, ich bin etwas älter als du, aber das hat nichts zu sagen, finde ich. Mir macht es jedenfalls nichts aus, wenn es dir nichts ausmacht.«

Hattie schüttelte den Kopf. »Wir hätten das nicht tun sollen. Das heißt, ich hätte es nicht tun sollen. Ich weiß nicht, warum ich es getan habe. Ich weiß nur, es war verkehrt.«

»Und … ähm … was hat es für dich bedeutet?«, wollte er wissen. »Warum hast du es getan?«

»Es war einfach … wie gesagt, in diesem Moment …«, erklärte sie kleinlaut und erkannte auf einmal, dass sie hier nicht weitermachen konnte, ohne ihm von Owen zu erzählen. Sie wusste ja nicht mal, was sie für Owen empfand, von Seth ganz zu schweigen. Wen von den beiden wollte sie haben? War Seth es wert, das aufs Spiel zu setzen, was sie vielleicht eines Tages mit Owen haben würde? Wenn Owen sie jetzt hätte sehen können, wie würde er empfinden? Es war nicht fair, und er verdiente es nicht. »Es war der Moment. Ich brauchte etwas, und du …«

Sie sah zur Seite. Seth ging etwas zügiger, und es schien, als wollte er nicht länger Seite an Seite mit ihr gehen.

»Ich treffe mich mit jemandem«, platzte sie heraus. »Ich bin darauf nicht stolz, und du denkst jetzt sicher, dass ich keinen Funken Anstand besitze. Aber das ist nun mal die Situation, in der ich mich befinde, ganz gleich, was ich für dich empfinde.«

»Gut.« Sein Tonfall klang nun kühl. »Danke, dass du das klargestellt hast.«

In diesem Moment drehte sich Jo um und bemerkte erstmals, dass Hattie mitgekommen war. »Wir müssen das nicht zu dritt machen«, rief sie ihnen zu. Für Hattie war damit klar, wer von ihnen entbehrlich war. Sie machte kehrt und ging zurück zum Hof. Sie hatte eine Woche darauf gewartet, mit Seth zu reden. Jetzt war er da und hatte einen Schritt auf sie zugemacht, und das hier war offenbar das Beste, was sie aus ihrer Chance hatte machen können. *Du musst dir schon viel mehr Mühe geben, Hattie*, sagte sie sich und gab sich eine Vier minus.

Hattie sah, wie Seth mit seinem Wagen den Hof verließ. Er war nicht noch einmal zu ihr gekommen, um sich von ihr zu verabschieden, aber das war wohl auch nicht zu erwarten gewesen. Sie hatte ihm etwas vorgemacht – jedenfalls musste es so ausgesehen haben –, und auch wenn sie niemals diese Konsequenzen hätte vorausahnen können, konnte sie sich jetzt vorstellen, dass sie ihn verletzt hatte und er wütend auf sie war. Doch es stimmte schon: Bei diesem Kuss und auch in der Zeit danach hatte sie sich nach ihm gesehnt, aber sie wäre nie auf den Gedanken gekommen, er könnte genauso empfinden wie sie, auch wenn sie sich das noch so sehr gewünscht hatte. Jetzt musste sie das alles hinter sich lassen und sich vor Augen halten, dass Owen der Mann war, den sie wollte und brauchte. Owen war nicht viel älter als sie, sie beide verstanden sich prächtig, und vor allem war er zuerst für sie da gewesen. Wenn sie mit ihm reden könnte, würde es sie daran erinnern, warum sie die Entscheidung getroffen hatte und warum es die richtige Entscheidung war. Dann würde sie sich auch gleich wieder besser fühlen.

Jos Stimme, die irgendwo hinter ihr ertönte, riss sie aus ihren Gedanken. »Wer hat dir von meinen Verbindlichkeiten beim Tierarzt erzählt?«

Hattie drehte sich zu ihr um. »Wie meinst du das?«

»Hat er mit dir darüber gesprochen?«

»Natürlich nicht!«

»Und wieso weißt du dann so viel darüber?«

»Tu ich doch gar nicht.«

»In der Küche hat sich das aber anders angehört.«

Hattie zögerte. »Ich nehme an, du hast es mir irgendwann mal erzählt. Ich weiß es nicht mehr.«

»Ich wüsste davon, wenn ich es dir erzählt hätte. Habe ich aber nicht. Du hast mir nachspioniert.«

»Habe ich nicht …«

»Lüg mich nicht an! Ich weiß nicht, wer es dir gesagt hat, aber ich habe dich dazu aufgefordert, deine Nase nicht in meine Angelegenheiten zu stecken!«

»Aber es sind *unsere* Angelegenheiten. Ich lebe schließlich auch hier!«

»Als mein Gast, damit wir uns richtig verstehen.«

»Dann lässt du alle deine Gäste grundsätzlich bis zur Erschöpfung arbeiten?«, konterte Hattie.

»Ich hatte dir gleich zu Anfang gesagt, dass du wieder gehen kannst, wenn es dir hier nicht gefällt!«

»Vielleicht mache ich ja genau das. Dann werden wir ja sehen, wie du allein zurechtkommst!«

Jo warf ihr einen zornigen Blick zu. »Ich bin zuvor auch allein zurechtgekommen«, knurrte sie. »Wenn das deine Einstellung ist, dann geh und pack deine Sachen.«

»Du feuerst mich?«, rief Hattie fassungslos.

»Ich entbinde dich von deinen Pflichten. Du entscheidest, ob du gehst oder nicht.« Mit diesen Worten wandte sich Jo zum Gehen.

»Das ist alles?«, rief Hattie ihr hinterher. »Nach allem, was ich für dich getan habe?«

Jo drehte sich nicht um.

»Kein Wunder, dass dich jeder im Dorf hasst. Und jetzt weiß ich wenigstens auch, dass die Leute recht haben!«, brüllte Hattie, während ihr Tränen in die Augen stiegen.

Jo ging ungerührt weiter ins Haus und ließ die Tür hinter sich zufallen. Im gleichen Moment klingelte Hatties Handy. Sie zog es aus der Tasche und sah auf dem Display Owens Namen aufblinken. Ein besseres Timing wäre wohl kaum möglich gewesen.

»Hey …«, begrüßte sie ihn. »Wie geht's dir?«

»Mir? Gut. Aber du klingst so … alles in Ordnung? Ich weiß, die Sache mit dem Esel hat dir zu schaffen gemacht …«

»Ja, mir geht's gut. Es ist alles und nichts. Was mich jetzt aber viel mehr interessiert: Wann kommst du her und bringst mich von allem hier weg?«

»Von allem was?«

»Na, halt von allem. Das sagt man doch so.«

»Ich habe keine Ahnung.«

Sie schüttelte den Kopf. »Schon gut. Erzähl mir bitte, dass du anrufst, um mir zu sagen, wann du frei hast.«

»Eigentlich nicht. Aber ... was hältst du davon, nach London zu kommen? In mein Büro?«

»Ist das denn gestattet?«

»Ich könnte das so drehen. Ich muss nur erzählen, dass ich an einem Folgeartikel über dich arbeite.«

»Ist das dann ein Date?«, wollte sie wissen.

»Es gibt da etwas, das ich dir zeigen möchte.«

»Kannst du mir nicht einfach sagen, um was es geht?«

»Das könnte ich, aber es ist ziemlich kompliziert. Es ist einfacher, wenn du es dir selbst ansiehst.«

»Kannst du mir ein Foto davon schicken?«, fragte sie. Ihr jüngster Streit mit Jo hatte dazu geführt, dass sie momentan aus einem unerklärlichen Grund extrem ungeduldig war, was nun auch der arme Owen abkriegte, der ihr gar nichts getan hatte. »Ich habe nämlich gerade gar keine Zeit, um nach London zu kommen.«

»Na ja, es befindet sich bei uns im Archiv, was das Ganze etwas problematisch macht.«

Sie kniff ein wenig die Augen zusammen. »Du hast doch nicht etwa ...«

»Ich weiß, du hast gesagt, ich soll nicht nachforschen. Aber ich konnte das einfach nicht auf sich beruhen lassen. Schieb es auf meine Journalisten-Gene. Wenn es eine Frage gibt, muss ich die Antwort herausfinden.«

»Und du hast die Antwort gefunden?«, fragte Hattie, die längst vergessen hatte, dass sie eigentlich wütend auf ihn sein sollte.

»Ja.«

»Gibt es für mich Grund zur Sorge?«

»Nein, es sei denn, du willst mit ihr zusammen eine Bootstour unternehmen.«

Sie schaute verwundert drein. »Eine Bootstour?«

»Wie gesagt, es wäre wohl einfacher, wenn du dir ansiehst, was ich gefunden habe. Das ist eine ganze Menge, und so könntest du deine eigenen Schlüsse daraus ziehen. Und anschließend können wir ja noch irgendwo essen gehen …«

»Owen, es tut mir wirklich leid. Aber ich kann jetzt nicht nach London kommen. Dafür ist hier gerade einfach zu viel los.«

»Du willst nicht wissen, was ich gefunden habe?«, fragte er ungläubig.

»Doch, ja, aber …«

»Hör zu, mach dir darüber keine Gedanken. Ich komme zu dir und werde dir sagen, was ich weiß.«

»Wann?«

»Tja … da muss ich mich später noch mal bei dir melden, okay?«

»Okay. Dann werde ich dich also bald wiedersehen.«

»Auf jeden Fall«, versicherte er in einem Tonfall, aus dem sie ein Lächeln herauszuhören glaubte.

Hattie beendete das Telefonat und steckte das Handy ein. Im Haus gab es für sie Arbeiten zu erledigen, auch wenn sie keine große Lust hatte, nach drinnen zu gehen, wenn sie doch wusste, dass Jo sich dort aufhielt. Aber die Arbeiten mussten erledigt werden, ob sie beide sich nun stritten oder nicht. Vielleicht würde sich dabei ja auch eine Gelegenheit ergeben, wieder Frieden einkehren zu lassen.

Sie überlegte, ob es womöglich besser war, wenn sie Jo die Wahrheit sagte, dass sie sich tatsächlich mit ihren finanziellen Angelegenheiten beschäftigt hatte. Wenn sie ihr dabei auch ihre Beweggründe klarmachte, würde Jo ja wohl verstehen, dass Hattie nur das Wohl von Sweet Briar im Sinn hatte. Vielleicht konnten sie einen Neuanfang wagen, wenn Hattie ihr erst einmal alles erklärt und sich bei ihr entschuldigt hatte. Und womöglich würde sich ja sogar Jo bei ihr entschuldigen, weil sie Hattie etwas unterstellt hatte. Es gab schließlich für alles ein erstes Mal. Hattie war es jedenfalls sehr leid, sich wieder und wieder mit Jo anzulegen. Sie wollte mit ihr wieder so gut auskommen, wie es zu Beginn ihrer Zeit auf dem Hof der Fall gewesen war, als sie hergekommen war, sich auf die Arbeit gestürzt und die Esel kennengelernt hatte. Diese Zeit schien eine Ewigkeit her zu sein, auch wenn in Wahrheit nur ein paar Monate vergangen waren.

Schweren Herzens ging Hattie nach drinnen. Jo hielt sich in der Küche auf und schrubbte die Herdplatten. Eigentlich hatte Hattie um diese Zeit die ersten Vorbereitungen für das Abendessen erwartet, aber nirgends lag etwas herum, das es zum Essen hätte geben können. Vielleicht war Jo nicht in der Stimmung zu kochen, was Hattie ihr nicht hätte verübeln können. Immerhin stand ihr selbst der Sinn nach praktisch nichts.

»Bist du noch nicht weg?«, fragte Jo, ohne aufzusehen.

Im Durchgang zur Küche blieb Hattie abrupt stehen. »Das ist dein Ernst?«

Als Jo sie nun anschaute, hätte ihr Blick nicht frostiger sein können. »Warum sollte ich so was sagen, wenn es nicht mein Ernst wäre? Wenn du noch etwas Zeit brauchst, um jemanden zu finden, der deine Sachen transportiert, dann kannst du noch bis heute Abend bleiben.«

»Aber was ist mit den Eseln?«

»Das kriege ich schon geregelt.«

»Aber, Jo …«

»Bis heute Abend, nicht länger.«

Hattie starrte Jo, die sich wieder dem Putzen widmete, fassungslos an. Dann stürmte sie durch die Küche in Richtung

Treppe, warf die Tür hinter sich zu und ging stampfend die Stufen rauf. Es war möglich, dass sie dadurch wie ein störrischer Teenager wirkte, doch das war Hattie egal. Wenn Jo sie loswerden wollte, um sich selbst zu bemitleiden, dann würde sie eben gehen. Ganz offenbar gefiel es ihr, von allen Leuten gehasst zu werden. Warum sollte ihr Hattie dann nicht den Gefallen tun und sie ebenfalls hassen?

Kapitel 24

Später am Tag kam Nigel vorbei, um Hattie abzuholen. Sie fragte sich, wie lange es wohl dauern würde, bis er ihr die »Ich hab's dir ja gesagt«-Predigt hielt. Aber bislang war nichts geschehen, was sie wirklich überraschte, war sie doch inzwischen seit nunmehr zwölf Stunden zurück im Haus ihrer Eltern. Natürlich hatten sie wissen wollen, was vorgefallen war, und das hatte sie ihnen auch erzählt, jedenfalls zum größten Teil. Sie hatte ihre Habseligkeiten wieder in ihrem Zimmer verstaut, ein ausgiebiges Bad genommen, einen frischen Baumwollpyjama angezogen – und sofort das Gefühl gehabt, nie weg gewesen zu sein.

Es war Rhonda, die am nächsten Tag beim Abendessen das Thema Jo zur Sprache brachte.

»Was für eine schreckliche Frau«, sagte sie, als sie eine Schüssel mit Nachos und Käse auf den Tisch stellte. »Ich habe nie verstanden, was dich dazu getrieben hat, zu dieser Frau zu gehen und auch noch so lange bei ihr zu wohnen, wie du das geschafft hast. Wenn du so unbedingt etwas Gutes wolltest, hättest du dich auch im medizinischen Bereich betätigen können. Dein Vater wäre dir da eine große Hilfe gewesen.«

»Ich wollte aber nicht studieren.«

»Du hättest nicht viel studieren müssen. Du hättest genauso gut ehrenamtlich arbeiten können, da wäre nur eine kurze Einführung nötig gewesen.«

»Ich schätze, ich muss mir einen neuen Job suchen«, verkündete Hattie und ging über die gar nicht so beiläufigen Bemühungen ihrer Mum hinweg, sie in Richtung Medizin zu lotsen. Vielleicht stimmte es, und sie konnte ehrenamtlich in der St. John Ambulance oder beim Roten Kreuz arbeiten, aber sie wollte das nicht tun, wenn der Nebeneffekt der war, dass sie ihren Lebensunterhalt nicht selbst verdiente. Sie war inzwischen sechsundzwanzig und damit zu alt, um auf Kosten der Renten ihrer Eltern zu leben. Wenn sie das tun wollte, konnte sie sich ja auch gleich ganz zurücklehnen und warten, bis sie selbst alt war.

»Ich möchte wetten, Lance will dich immer noch einstellen«, sagte Rhonda.

»Arbeitet Phyllis denn nicht mehr bei ihm?«

»Ich glaube, er ist es so leid, dass sie ständig etwas kaputt macht, er würde sie wohl sofort vor die Tür setzen, wenn du für ihn arbeiten willst«, antwortete sie.

»Das wäre ihr gegenüber aber nicht gerade fair«, fand Hattie.

»Ich glaube, in Gillypuddle ist die Auswahl an freien Stellen nicht sehr groß.«

»Es muss doch noch etwas anderes geben. Das Willow Tree ist schließlich nicht das einzige Geschäft im Dorf.«

»Viel mehr ist da aber nicht«, machte Rhonda ihr klar, während sie sich zu ihr an den Tisch setzte.

»Dann muss ich mich eben in der Umgebung umsehen«, sagte Hattie. »Wo ist eigentlich Dad? Isst er nicht mit uns?«

»Er ist bei Rupert, um sich sein Bein anzusehen. Er hat gesagt, wir sollen ohne ihn anfangen. Aber er will bald wieder hier sein.«

Hattie nahm sich ein paar Nachos, die reichlich mit zerlaufenem Käse und Guacamole belegt waren, und begann davon zu essen. Wäre sie nicht so darauf aus gewesen, sich in Jos finanzielle Angelegenheiten einzumischen, würde sie jetzt mit Jo zusammen in der Küche sitzen und eine herzhafte, selbst gekochte Mahlzeit zu sich nehmen. Bedauerte sie, darauf verzichten zu müssen? Tat es ihr leid, dass sie hatte gehen müssen? Würde ihr

Sweet Briar fehlen? Den ganzen Tag über war sie zu beschäftigt gewesen, um sich mit diesen Fragen zu befassen, aber jetzt gingen sie ihr durch den Kopf und sie wusste keine Antwort darauf. Die Esel würden ihr fehlen, so viel stand fest. Ihr würde es fehlen, morgens die Stallungen zu betreten und von ihnen begrüßt zu werden wie von einem Rudel aufgeregter Hunde. Und ihr würde die Aussicht aus ihrem Fenster auf die Bucht fehlen.

Würde ihr Jo fehlen? Nein, aber ihr würden vielleicht bestimmte Facetten ihres Lebens bei Jo fehlen, die sich letztlich als so feindselig erwiesen hatte, wie es ihr von allen prophezeit worden war. Was ihr allerdings richtig zu schaffen machte, war das Gefühl, wieder einmal versagt zu haben. Es war so wie nach ihrer Rückkehr aus Paris, zurück bei den Eltern, unfähig auf eigenen Beinen zu stehen. Von allen Wänden lächelte ihr wieder Charlotte entgegen. Charlotte, die Tochter, die es zu was hatte bringen sollen, während sie, Hattie, in einer Art Zwischenwelt feststeckte, in der sie versuchen konnte, was immer sie wollte, und in der sie es doch nie zu etwas bringen würde. Vielleicht hatten ihre Eltern ja doch immer recht gehabt und sie hätte sich für einen sinnvollen Beruf ausbilden lassen sollen. Aber womöglich war es dafür jetzt schon zu spät.

Ihre unerwartete Freiheit bedeutete für Hattie aber auch, dass sie Owen in London besuchen konnte. Morgen, wenn sie sich zusammengerissen hatte und ihre Stimmung wieder besser war, würde sie ihn anrufen, um alles mit ihm zu besprechen.

Owen traf sich mit ihr an der Waterloo Station, da ihm die Zeit fehlte, um sie erst noch aus Gillypuddle abzuholen. Das war ihr aber egal, denn sie brauchte dringend einen Tapetenwechsel und auch ein bisschen Aufregung. Auch wenn das große Abenteuer lediglich darin bestand, mit einem Zug zu fahren, machte es Hattie großen Spaß. Durch diese Zugfahrt wurde ihr erst bewusst, wie abgeschieden Gillypuddle lag – es erinnerte fast an eine einsame Insel. Auf ihrer Fahrt nach Waterloo hatte sie deshalb nun das Gefühl, wie eine furchtlose Entdeckerin in andere Welten vorzudringen. Es war schon irgendwie ironisch, da Reisen für sie keineswegs etwas Neues waren.

Owen wartete am Zugang zum Bahnsteig auf sie. Er machte einen entspannten Eindruck und sah in seiner legeren Hose und der Stonewashed Jeansjacke gut aus.

»Gute Reise gehabt?«, fragte er.

Hattie nickte und wartete darauf, von ihm zur Begrüßung geküsst zu werden, doch das geschah nicht. Stattdessen gab er ihr mit einer Kopfbewegung zu verstehen, ihm zum Ausgang zu folgen. »Ich rufe uns ein Taxi, dann sind wir schneller als mit der U-Bahn.«

»Aha, gut«, sagte sie und wunderte sich, wieso er so wirkte, als sei er mit seinen Gedanken ganz woanders. Er war zwar gut gelaunt, aber sie fand, dass er sich nicht so verhielt wie sonst. Vielleicht hatte es ja damit zu tun, dass sie ihn an einem Tag besuchte, den er in seiner Redaktion verbrachte, und er dadurch vor allem seine Arbeit im Kopf hatte. Ja, das musste es sein. Sie deutete bloß zu viel hinein, weil sie sich momentan sehr verwundbar fühlte.

Die Taxifahrt zu Owens Büro erinnerte sie daran, wie aufregend es auf der Welt zugehen konnte. Sie hatte sich so sehr an das Leben auf Sweet Briar gewöhnt, dass sie ganz vergessen hatte, wie sehr sie doch das Großstadtleben liebte. Vielleicht hatte sie sich sogar schon zu sehr an dieses ruhige, einfache Leben gewöhnt, und womöglich wäre sie in ein paar Jahren ein genauso unfreundlicher und verschlossener Mensch wie Jo geworden.

Es würde ihr sicher guttun, in die große böse Welt der Hauptstadt einzutauchen. Mit ein bisschen Glück würde ihr Leben dadurch genügend auf den Kopf gestellt, damit sie außerhalb von Gillypuddle wieder eine Zukunft für sich entdecken konnte. In ihrem Dorf gab es keinen Job für sie, aber hier in London gab es Tausende Jobs. Außerdem würde sie dann in der Nähe von Owen sein und zugleich weit weg von Jo und Seth, was für sie nur von Vorteil sein konnte.

Sie würde es traurig finden, Melinda und ihre Eltern schon wieder zu verlassen, ebenso all die anderen erstaunlichen Menschen in Gillypuddle. Doch die würden ja nicht in dem Moment aufhören zu existieren, in dem sie das Dorf verließ. Außerdem konnte sie ihre alte Heimat von London aus viel häufiger besuchen als von Paris aus.

»Weißt du«, meinte sie zu Owen, gerade als sie am Parlamentsgebäude vorbeifuhren, »vielleicht könnte ich mich an ein Leben in London gewöhnen.«

»Wow, das ist aber eine mutige und spontane Aussage. Du weißt, dass zwischen London und Gillypuddle Welten liegen.«

»Ja, aber vergiss nicht, dass ich ja schon in Paris ein mondänes Leben geführt habe«, konterte sie grinsend.

»Das stimmt«, gab er mit einem Lächeln zu. »Aber ich dachte, du hast das alles hinter dir gelassen, um auf dem Land zu leben und Dinge zu tun, die etwas bewirken.«

»Solche Dinge kann ich in der Stadt doch auch tun, oder nicht? Außerdem darfst du nicht vergessen, dass gute Taten sowieso alle unweigerlich als Katastrophe enden, stimmt's?«

»Ich würde nicht sagen, dass das unweigerlich so sein muss. Wenn du beim nächsten Versuch nicht bei einer Verrückten einziehst, kann das alles ganz anders ausgehen.«

Hattie versuchte zu lächeln, doch Owens Witz hatte viel zu sehr ins Schwarze getroffen. Sie fühlte sich weder besser noch hatte dieses Unbehagen nachgelassen, von dem sie heimgesucht worden war, nachdem sie Jo wieder sich selbst überlassen hatte.

315

Auch wenn sie von Jo rausgeschmissen worden war und Jo das bekommen hatte, was sie verdiente, wollte Hattie nicht darüber nachdenken, dass Jo sich womöglich im Stich gelassen fühlte. Genauso wenig konnte sie glauben, dass Jo es wirklich so gewollt hatte, wie es am Ende gekommen war.

Immerhin hatte sie Hattie bei sich wohnen lassen, weil sie jemanden brauchte, der immer zur Verfügung stehen und helfen konnte. Aber Hattie war immer der Meinung gewesen, dass Jo es auch so gewollt hatte, weil sie sich einsam fühlte – auch wenn ihr das womöglich gar nicht bewusst war.

Eine halbe Stunde später betraten sie den Empfangsbereich der *Daily Voice*, der überraschenderweise sehr unscheinbar aussah. Hätte Hattie nicht gewusst, wer in diesem Gebäude zu Hause war, wäre erst einmal ein gewisses Maß an Detektivarbeit notwendig gewesen, um genau das herauszufinden. Der Empfang bestand aus nichts weiter als einem langen Schreibtisch, an dem ein junger Mann und eine junge Frau Seite an Seite saßen. Beide nickten Owen flüchtig zu, als der Hattie über den Marmorboden des Atriums führte, während sie die Frau an seiner Seite mit neugierigen Blicken verfolgten.

»Vermutlich können sie es nicht fassen, dass ich eine Frau dazu überreden konnte, sich mit mir in der Öffentlichkeit zu zeigen«, scherzte Owen leise, der die Reaktion der beiden ebenfalls bemerkte.

»Ich dachte, das könnte damit zu tun haben, dass ich gar nicht hier sein darf.«

»Du bist mit mir zusammen hier, und damit geht das in Ordnung.« Er forderte den Lift an, gleich darauf öffneten sich die Schiebetüren, und sie traten ein. Owen betätigte die Taste für die gewünschte Etage.

»Fahren wir zu deinem Büro?«, wollte sie wissen.

»Nein, wir sind auf dem Weg ins Archiv.«

»Bekomme ich denn dein Büro gar nicht zu sehen?«

»Was willst du dir denn da ansehen? Da gibt es nichts, was irgendwie von Interesse sein könnte.«

»Aber da spielen sich doch all diese magischen Dinge ab«, wandte sie ein.

»Die spielen sich alle *hier* ab«, erklärte er und tippte amüsiert an seine Stirn.

Dann hielt der Aufzug an, und sie stiegen aus. Diese Etage entsprach so gar nicht dem, was Hattie erwartet hatte. Bei dem Wort ›Archiv‹ entstand vor ihrem geistigen Auge das Bild einer schummrigen Bibliothek, die vollgestopft war mit dicken staubigen Wälzern. Das hier dagegen war ein langer, weißer Korridor, der zu beiden Seiten von Büros gesäumt wurde. Owen ging mit ihr den Korridor entlang. Der eine oder andere Mitarbeiter sah kurz auf, wenn sie an seiner Bürotür vorbeikamen, doch Interesse ließ keiner von ihnen erkennen. Manche von ihnen telefonierten, manche lasen konzentriert irgendwelche Zeitungsartikel auf großen Bildschirmen.

»Nehmen wir das hier.« Owen führte Hattie zu einem freien Schreibtisch, zog für sie einen zweiten Stuhl heran und loggte sich am dort bereitstehenden Computer ein. Einen Moment später gab er einen zufriedenen Laut von sich, dann drehte er den Bildschirm so, dass Hattie ihn besser sehen konnte.

»Da oben links … dieser Artikel.«

Als Hattie die eingescannte Seite zu lesen begann, musste sie ungewollt nach Luft schnappen.

Owen hatte Jenny gefunden.

Kapitel 25

Nachdem er Hattie seine Entdeckung gezeigt hatte, war Owen mit ihr essen gegangen. Jetzt saßen sie in einem kleinen griechischen Restaurant mit Tischen aus nur grob bearbeitetem Holz, in dem alles in den traditionellen Farben Blau und Weiß gestrichen war. Es erinnerte Hattie an die Tavernen, die sie noch von früher kannte, wenn ihre Eltern mit ihr in Santorini Urlaub gemacht hatten. Es weckte auch Erinnerungen an nette Wirte, die sie und Charlotte mit Süßigkeiten dazu verleitet hatten, ihre Teller leer zu essen.

»Das ist wirklich traurig«, sagte Hattie, während sie mit der Gabel eine dicke schwarze Olive aufspießte und sie sich in den Mund schob. »Das erklärt natürlich, warum sie so ist, wie sie ist.«

»Findest du?«, gab Owen zurück. »So weit würde ich nicht unbedingt gehen.«

»Aber es muss schlimm für sie gewesen sein.«

»Du nimmst das viel zu nachsichtig hin. Denk immer daran, was sie dir angetan hat.«

»Ich weiß, aber ...«

Owen schüttelte den Kopf und nahm sich ebenfalls eine Olive von dem Teller, den sie beide miteinander teilten. »Als ich sie das erste Mal sah, wusste ich, dass irgendwas mit ihr war. Ich kam bloß nicht drauf, was es war. Das muss sich zu der Zeit abgespielt haben, als ich gerade bei der *Voice* angefangen hatte. Darum werde ich damals von dem Fall kaum Notiz genommen haben. Heute wäre ich da viel mehr hinterher, wenn sich so ein Fall ergeben würde.«

»Was meinst du? Soll ich nach ihr sehen?«, fragte Hattie schließlich.

»Und was willst du dann tun?«

»Mit ihr reden. Und ihr sagen, dass alles in Ordnung ist.«

»Sie hat ihre Schwester umgebracht!«

»Das hat sie nicht, sie wurde schließlich freigesprochen! Ihre Schwester ist gestorben, das ist etwas ganz anderes, Owen.« Sie holte tief Luft und fügte schließlich an: »Meine Schwester ist auch gestorben. Darum weiß ich, wie sich das anfühlt. Wer weiß, vielleicht könnte ich ihr helfen, es zu bewältigen.«

Entsetzt sah Owen sie an. »Mein Gott, das tut mir so leid. Ich hatte ja keine Ahnung! Hätte ich das gewusst, dann hätte ich dir nie meinen Fund gezeigt und …«

»Das ist alles schon lange her. Ich erzähle es dir auch nicht, weil ich von dir bemitleidet werden will. Und du sollst deswegen auch kein schlechtes Gewissen haben. Ich sage es dir, weil es bedeutet, dass Jo und ich etwas gemeinsam haben. Wenn ich sie dazu bringen kann, das einzusehen, dann können wir uns zusammenraufen und noch einmal neu anfangen.«

»Das verstehe ich ja, aber willst du ihr wirklich noch helfen nach allem, was sie dir angetan hat? Du musst doch inzwischen wirklich bereit sein, das Handtuch zu werfen, oder nicht? Ich meine, sie hat doch klar und deutlich gesagt, was sie will.«

»Ich muss es zumindest versuchen.«

»Sie wird dich wieder abweisen, so wie sie es immer macht.«

»Ich will es versuchen.«

»Hattie, ich liebe deine mitfühlende und gute Art. Es müsste viel mehr Menschen wie dich geben …«

Während Owen redete, fühlte Hattie sich an das erinnert, was Seth unmittelbar vor dem Kuss zu ihr gesagt hatte. Der Gedanke daran erfüllte sie mit Scham. »Aber manche Menschen wollen sich einfach nicht helfen lassen. Woher willst du wissen, dass das nicht ihre Art ist? Einfach so, auch als ihre Schwester noch lebte. Woher weißt du, dass sich für sie durch den Tod ihrer Schwester alles verändert hat?«

»Weil sich durch den Tod meiner Schwester für mich auch alles verändert hatte. Darum weiß ich das. Wenn du jemanden verlierst, dem du so nahegestanden hast, dann verändert dich das. Mein Leben ist in zwei Abschnitte gespalten – mein Leben mit Charlotte und mein Leben ohne sie. Ich bin heute ein anderer Mensch. Ich war nicht mal dabei, als meine Schwester starb, trotzdem konnte ich spüren, wie traumatisch ihr Tod war. Jo hat den Tod ihrer Schwester mit angesehen, und das muss sie schwer getroffen haben.«

»Man könnte aber auch sagen, dass Jo den Tod verursacht hat«, warf Owen ein, doch sie ging darüber hinweg.

Ihre Unterhaltung wurde für einen Moment unterbrochen, da ein Kellner an ihren Tisch kam und ihnen ihre Gerichte brachte. Womöglich war die Störung genau zum richtigen Zeitpunkt erfolgt, denn Hattie konnte spüren, dass Owens Einstellung sie mehr und mehr frustrierte. Er hörte sich an wie jeder andere in Gillypuddle, wenn die Rede auf Jo kam. Lag Hattie mit ihrer Intuition wirklich so sehr daneben? Sollte sie sich tatsächlich so gewaltig täuschen, was Jo anging? Sie fragte sich, ob irgendjemand von Jenny wusste. Es war sehr unwahrscheinlich, denn so etwas hätte sich im Eiltempo im ganzen Dorf rumgesprochen. Würde es etwas ausmachen, wenn die Leute über Jenny Bescheid wüssten? Würden sie dann mehr Verständnis für Jo aufbringen? Was, wenn Hattie es den Leuten erzählte? Würde Jo ihr dann vergeben können? Oder würde dadurch alles nur noch schlimmer?

Owens Handy klingelte, er zog es aus der Jackentasche, sah aufs Display und steckte es wieder weg.

»Willst du da nicht rangehen?«, fragte sie.

»Das kann warten.«

»Und wenn es die Story deines Lebens ist und dir der Preis als weltbester Reporter entgeht?«

Er musste lachen. »Ich bin mir sehr sicher, dass es diese Auszeichnung gar nicht gibt. Aber es ist wirklich nichts Wichtiges. Da kann ich gleich immer noch zurückrufen.«

Hattie zuckte mit den Schultern. Obwohl ihr etwas Undefinierbares an seiner Reaktion missfiel, kümmerte sie sich nicht weiter darum, da es im Augenblick wichtigere Dinge gab.

»Also, was meinst du? Was soll ich tun?«

»In Bezug auf was?«, fragte er völlig ahnungslos, während er eines der gefüllten Weinblätter zerteilte.

»In Bezug auf Jo!«

Owen legte sein Besteck auf den Teller und sah Hattie eindringlich an. »Ich meine, du solltest das Ganze auf sich beruhen lassen. Sie will weder von dir noch von sonst jemandem etwas wissen. Also hör auf, dir ihretwegen Gedanken zu machen, und widme dich lieber dem Rest deines Lebens.«

Sie fand ihren Dad im Garten vor, wo er in der prallen Mittagssonne damit beschäftigt war, die Rosen zu beschneiden. Es war seine Lieblingssorte Bathsheba, die er wegen ihres Dufts so sehr mochte. Hattie dagegen konnte den Duft kaum ertragen, da er sie daran erinnerte, wie sie und Seth sich geküsst hatten. Himmel, sie wünschte, sie könnte endlich aufhören, an diesen Mann zu denken, vor allem mit Blick darauf, wie sich ihre Wege getrennt hatten.

Die Ironie des Ganzen lag vor allem darin, dass sie ihn gar nicht mehr zu Gesicht bekommen musste, da sie ja nicht mehr für Jo arbeitete. Dennoch wollte sie ihn wiedersehen, ganz gleich, wie schmerzhaft eine solche Begegnung auch sein würde. Viele Male hatte sie darüber nachgedacht, wie sie ein Zusammentreffen provozieren konnte, indem sie scheinbar zufällig an seiner Praxis vorbeikam, wenn er gerade von einem Patientenbesuch zurückkehrte oder dorthin unterwegs war. Sie konnte auch regelmäßig im Willow Tree sitzen und darauf warten, dass er hereinkam, um einen Kaffee to go zu bestellen. Natürlich waren das völlig alberne Gedankenspiele, denn es war ohnehin davon auszugehen, dass er sich auf keine ernsthafte Unterhaltung mit ihr einlassen würde. Am Ende würde sie sich nur noch schlechter fühlen.

Nigel hatte seine Arbeit unterbrochen und hörte Hattie zu, wie sie ihm erklärte, was sie über Jo erfahren hatte. Sie schilderte ihm ihr Dilemma, da sie nicht wusste, ob sie zu Jo gehen und ihr sagen sollte, was sie wusste. Es war ihre einzige Hoffnung, Jo zu einer ernsthaften Unterhaltung zu bewegen und sie dazu zu bringen, dass sie sich ihr endlich öffnete.

»Ehrlich gesagt wüsste ich nicht, wie sich dadurch etwas ändern sollte«, erwiderte er bedächtig, als sie fertig war. »Ich habe immer wieder eines feststellen müssen: Wenn jemand nicht schon dann Hilfe in Anspruch nimmt, wenn er sie am nötigsten hat, wird er es auch später nicht tun. Der erste Schritt hin zu einer Heilung ist der, dass der Patient überhaupt Hilfe haben will. Tut mir leid, wenn ich das so sage, aber in Jos Fall sieht es meiner Meinung nach nicht danach aus.«

Hattie überlegte einen Moment lang. Ihr Vater besaß die Erfahrung, und er lag mit seiner Einschätzung vermutlich richtig. *Ihr Vater besaß die Erfahrung … Natürlich!*

»Was wäre denn, wenn du zu ihr gehst?«, fragte sie hoffnungsvoll, da ihr die Lösung plötzlich zum Greifen nah schien.

»Meinst du als besorgtes Mitglied der Dorfgemeinschaft, als verärgerter Vater oder als Dorfarzt? Denn ehrlich gesagt bin ich nicht gerade besorgt um sie, und als verärgerter Vater möchtest du mich ganz sicher nicht zu ihr schicken, weil ich ihr dann den

Kopf waschen würde, dass sie dich einfach so rausgeworfen hat. Und der Dorfarzt bin ich nicht mehr.«

»Was ist mit der neuen Dorfärztin?«

»Die schaut nicht grundlos bei ihr vorbei. Wenn Jo nicht einen Termin bei ihr ausmacht, kann sie auch nichts tun. Das weißt du doch, Hattie.« Seine Stimme ließ erste Vorwarnungen erkennen, dass seine Geduld bald aufgebraucht sein würde. »Warum bist du so hartnäckig, was diese Frau angeht? So wie ich das sehe, hat sie dir einen großen Gefallen getan. Jetzt kannst du etwas Vernünftiges mit deinem Leben anfangen.«

»Vergiss das einfach mal alles. Ist es verkehrt, einem Mitmenschen zur Seite zu stehen? Macht dir das gar nichts aus, dass sie da oben ganz allein ist und leidet?«

»Wer sagt, dass sie leidet? Ich habe den Eindruck, dass sie sich auf ihrem Hof wohlfühlt. Außerdem könnte sie ja jederzeit Gesellschaft haben, wenn sie das wollte. Sie müsste nur ein Wort sagen. Und vergiss nicht: Du hast ihr Gesellschaft geleistet, und trotzdem hat sie dich gefeuert. An deiner Stelle würde ich mir keine Gedanken machen. Inzwischen hat sie die Stelle bestimmt schon neu ausgeschrieben.«

»Aber, Dad …«, begann sie, verstummte jedoch und ließ enttäuscht die Schultern sinken, als sie sah, wie ihr Dad die Gartenschere aus dem Korb nahm und sich wieder den Rosen widmete.

»Wenn du mich fragst, solltest du aus Fehlern lernen. Du hast mich einmal um Hilfe gebeten, weil du dich in ihre Angelegenheiten einmischen wolltest. Du siehst ja, was dabei herausgekommen ist. Vergiss es einfach, Hattie. Du kannst deine Zeit und Energie für etwas Sinnvolleres verwenden.«

Hattie wollte noch etwas dazu sagen, aber was? Ihr Vater war wieder ganz auf seine Rosen konzentriert, und wie es schien, war das Thema damit für ihn erledigt. Vielleicht hatte er ja recht. Vielleicht sollte sie das Ganze auf sich beruhen lassen. Jo hatte eine Entscheidung getroffen. Sie hatte entschieden, ohne Hatties Unterstützung weiterzumachen. Sie musste zugeben, dass ihr Vater vermutlich richtiglag, wenn er sagte, Jo wolle ohnehin keine Hilfe annehmen. Sie hatte niemanden darum gebeten, und wer war Hattie schon, dass sie entscheiden wollte, Jo notfalls auch gegen ihren Willen zu helfen? Vielleicht war sie ja kurz nach dem Tod ihrer Schwester bei einem Therapeuten gewesen. Vielleicht war die Jo, die sie alle hier im Dorf erlebten, ja sogar die geheilte Jo, nicht die durch den Tod der Schwester gebrochene. Vielleicht lag ihr die Einsamkeit ja im Blut. Ob das so war oder nicht, machte nun auch nichts mehr aus. Es sah ganz danach aus, als ob Hattie die Sache auf sich beruhen lassen müsste.

»Vorsicht!«, rief Lance.

Hattie machte einen schnellen Schritt zur Seite, um einer großen Lache aus dem Weg zu gehen, bei der es sich möglicherweise um heißen Kakao handelte. Lance kam mit einem Mop und einem Eimer zur Eingangstür geeilt.

»Lauf, Hattie«, rief er ihr zu. »Lauf um dein Leben!«

»Hat Phyllis wieder Dienst?«, fragte Hattie ironisch.

»Oh ja«, bestätigte er und begann die Flüssigkeit aufzuwischen. »Wie bist du darauf gekommen?«

»Dein panischer Blick hat dich verraten«, gab sie zurück.

»Ich dachte, du hättest bemerkt, dass mehr Speisen an Wänden und Boden kleben, als sich auf den Tischen meiner Gäste befinden.«

»Stimmt«, meinte Hattie lachend. »Ich nehme nicht an, dass du Zeit hast, mir einen Latte zu machen, oder?«

»Für dich doch immer, meine Liebe. Such dir einen Platz, ich bin gleich bei dir.«

»Keine Eile«, erwiderte sie, während er mit dem Aufwischen beschäftigt war. »Ich warte sowieso noch auf Melinda.«

»Alles klar, meine Liebe«, sagte Lance. »Dann lege ich für ihre Kleinen schon mal die Spielsachen raus.«

»Danke, Lance.«

Phyllis kam aus der Küche und lächelte Hattie an. »Hallo, Dottie.«

»Hi, Phyllis«, antwortete sie. »Und? Macht die Arbeit immer noch Spaß?«

»Oh, ich liebe es, hier zu arbeiten«, berichtete die ältere Frau begeistert. »Da komme ich wenigstens ab und zu mal aus dem Haus. Die eigenen vier Wände sind nun mal keine guten Gesprächspartner, nicht wahr?«

»Ja, das sehe ich auch so«, stimmte Hattie ihr zu. Dann eilte Phyllis davon, da Lance lautstark nach ihr rief. Sie mochte mit ihrer Art zwar die Eigentümer des Willow Tree in den Wahnsinn treiben, dennoch konnte Hattie ihr nicht einfach den Job wegnehmen, indem sie sich für ihre Stelle ins Gespräch brachte. Und sie glaubte auch nicht so recht daran, dass Lance und Mark sie entlassen würden, denn jeder in Gillypuddle mochte Phyllis sehr, auch wenn sie noch so tollpatschig war.

Plötzlich kam an der Eingangstür Unruhe auf. Als Hattie hinsah, erkannte sie die Ursache für das plötzliche schrille Heulen, das durch das ganze Café schallte: Melinda war eingetroffen, begleitet von ihren Kindern, die davon gar nicht begeistert waren. Hattie konnte sich nicht daran erinnern, wann sie diese Truppe das letzte Mal so außer Rand und Band erlebt hatte. Kein Wunder, dass Melinda völlig erledigt aussah.

»Seht mal, da ist eure Tante Hattie«, rief sie, wobei ihr die Erschöpfung deutlich anzuhören war. Sunshine und Ocean rannten auf sie zu und versuchten sich gegenseitig abzudrängen. Rain, die so aussah, als hätte sie eben noch geweint, folgte den beiden, während Daffodil heulend in ihrem Kinderwagen saß.

»Willkommen in meiner Welt«, begrüßte Melinda sie, nachdem sie sich auf den freien Stuhl hatte fallen lassen. Sie machte einen ungewohnt gestressten Eindruck.

»Hat die morgendliche Übelkeit etwa schon eingesetzt?«, fragte Hattie.

»Mit voller Wucht. Kann gut sein, dass es noch ein Junge wird. Bei den Mädchen hatte ich nie solche Probleme.«

»Ich möchte wetten, dass Stu überglücklich ist.«

»Vor allem, weil die Männer dann nicht mehr so ganz in der Unterzahl sind«, stimmte Melinda zu und brachte ein flüchtiges Grinsen zustande.

»Ich gehe zur Theke, um zu bestellen«, sagte Hattie, während sie aufstand. »Was möchtest du haben?«

»Nur einen grünen Tee.« Als Melinda Hatties fragende Miene bemerkte, fügte sie hinzu: »Das ist das Einzige, was ich im Augenblick bei mir behalten kann.«

Hattie ging zur Theke, wo sie von Phyllis bedient wurde. Gott allein wusste, ob sie tatsächlich das Bestellte bekommen würden. Zurück am Tisch kam Lance mit ein paar Lollis für die Kinder zu ihnen.

»Können wir in die Spielzeugecke gehen?«, fragte Ocean.

»Solange ihr nicht versucht euch gegenseitig umzubringen, könnt ihr meinetwegen auch auf dem Mond spielen gehen«, erwiderte Melinda.

»Kein guter Tag?«, erkundigte sich Lance mitfühlend.

»Ich hatte schon bessere. Guck doch bitte mal, ob du es vielleicht schaffst, sie zu zivilisiertem Verhalten zu überreden. Ich krieg's heute nicht hin.«

»Bei anderen Leuten sind Kinder immer zivilisierter als bei ihrer Mutter«, meinte Lance leichthin. »Kommt mit, Kinder.«

Dann sah er zu Daffodil in ihrem Kinderwagen. »Da ist aber jemand müde.«

Melinda seufzte erleichtert, als sie sah, dass Daffodil die Augen zufielen. »Dem Himmel sei Dank«, stöhnte sie. »Es ist wirklich schade, dass sie jetzt keinen Mittagsschlaf halten. Warum kann nicht an jedem Tag Schule sein? So was sollte gesetzlich geregelt sein.«

Hattie musste lachen. »Und wann willst du dann noch mit deinen Kindern kuscheln?«

»Na, wenn sie schlafen.«

Lance ging mit den Kindern in die Spieleecke.

»Und du bist wieder zurück unter den Lebenden?«, fragte Melinda, nachdem sie Hattie einen Moment lang betrachtet hatte.

»Sieht ganz danach aus.«

»Und das ist dann auch das Ende deines Abenteuers oben auf dem Hügel?«

»Scheint so. Jo hat sehr deutlich zu verstehen gegeben, dass sie von mir genug hat.«

»So eine Hexe«, zischte Melinda wütend.

Hattie seufzte leise. »Vielleicht hab ich's ja nicht anders verdient.«

Melinda schnalzte mit der Zunge, so als sei sie anderer Meinung, wolle es aber nicht sagen. Allerdings hatten sie auch schon ausführlich telefoniert, und dabei hatte Melinda unmissverständlich klargemacht, wer ihrer Meinung nach schuld war. Das Einzige, was sie Melinda noch nicht gesagt hatte, war die Tatsache, dass sie die Geschichte von Jos Schwester Jenny herausgefunden hatte. Es war nicht so, dass sie Melinda nicht vertraut hätte, diese Sache für sich zu behalten. Vielmehr war sie sich sicher, dass sie nicht damit zurechtkommen würde, sollte Melinda genauso abweisend reagieren wie zuvor Owen und ihr Dad. Was, wenn es tatsächlich Karma war und Jo es verdient hatte, einsam und allein zu sein? Was, wenn sie von keiner Seite Mitgefühl verdient hatte?

Phyllis kam zu ihnen an den Tisch und brachte ihnen zwei Tassen, deren Inhalt vom Aussehen her dem Bestellten zu entsprechen schien. Jedoch schaffte sie es nicht, beide Tassen abzusetzen, ohne dabei etwas von Melindas Tee zu verschütten.

»Hoppla«, machte sie und lachte rau.

»Ich sollte mir mein Geld zurückgeben lassen«, raunte Melinda leise, nachdem Phyllis sich wieder entfernt hatte. »Da ist ja kaum noch Tee in meiner Tasse.«

»Sie gibt sich alle Mühe«, verteidigte Hattie die ältere Frau.

»Ich wünschte, du hättest diesen Job hier bekommen.«

»Na ja, inzwischen ist mir aber klar, dass mir damit nicht geholfen gewesen wäre. Ich bin hergekommen, um nach einer neuen Richtung für mein Leben zu suchen. Das tue ich immer noch. Daran hätte sich nichts geändert, wenn ich hier statt auf der Sweet Briar Farm gearbeitet hätte.«

»Die Kinder sind traurig, dass sie nicht mehr raufgehen können, um die Esel zu sehen.«

»Ehrlich gesagt glaube ich, dass Jo das auch fehlen wird, wenn sie jetzt wieder keine Besucher mehr auf den Hof lassen will. Das würde sie zwar nie zugeben, aber ich glaube, es hat ihr gefallen, deine Kinder auf dem Hof zu haben.«

»Den Eindruck hatte ich auch«, stimmte Melinda ihr zu. »Und was willst du jetzt machen?«

»Ich habe keine Ahnung.« Sie trank einen Schluck von ihrem Latte. Den hatte ganz eindeutig nicht Lance aufgebrüht. Sie überlegte, ob sie sich tatsächlich ihr Geld zurückgeben lassen sollten. »Als ich Owen besucht habe, kam mir tatsächlich der Gedanke, nach London zu ziehen.«

»Um herauszufinden, ob da das Geld auf der Straße liegt?«, fragte Melinda amüsiert.

»Um herauszufinden, ob es da eine Zukunft für mich gibt. Ich weiß nicht. Ich habe ja nun mal Erfahrung in der Modebranche … na ja, im weitesten Sinne jedenfalls. Und es hat mir Spaß gemacht. Vielleicht reicht mein Lebenslauf aus, um in London in der Branche eine Anstellung zu bekommen.«

»Wenn du doch in der Modebranche arbeiten willst, warum willst du dann in London dein Glück versuchen? Du hast selbst gesagt, wie verzweifelt Alphonse war, als er dich zurückgewinnen wollte. Außerdem hast du Paris geliebt. Ruf ihn doch an. Nicht, dass es mir gefallen würde, wenn du wieder nach Paris ziehen würdest, aber wenn du Gillypuddle sowieso wieder verlassen willst, wäre Paris die logischere Entscheidung.«

»Aber Owen ist in London.«

»Aha. Dann wird es also ernst?«

»Kann sein … Mel … es gibt da etwas, über das du kein Wort verlieren darfst, wenn ich es dir anvertraue.«

»Du weißt, ich schweige wie ein Grab, wenn es sein muss. Aber wenn es etwas so streng Vertrauliches ist, solltest du es mir besser nicht sagen, weil ich nicht weiß, was ich alles verraten werde, sollte mich jemand foltern.«

»Na ja, es ist so …« Hattie senkte ihre Stimme, fragte sich aber, ob es überhaupt klug war, ausgerechnet darüber zu reden, wo Owens Cousin zweiten Grades es mitbekommen konnte. Andererseits hatte sie das Gefühl, früher oder später platzen zu müssen, wenn sie nicht irgendwen einweihte. Von allen Menschen, die sie kannte, war Melinda zweifellos die, bei der ihr Geheimnis am sichersten aufgehoben war. »Seth und ich … wir … also, für einen Moment hat da was gefunkt …«

»Was?« Melinda riss die Augen auf. »Aber ich dachte, du bist bis über beide Ohren in Owen verliebt!«

»Nicht bis über beide Ohren. Ich meine, ich mag ihn …«

»Sag mir bitte nicht, dass es ein böses Erwachen gegeben hat.«

»Seth wollte mit mir ausgehen. Jedenfalls glaube ich, dass er mir das zu sagen versucht hat. Er ist in so was nicht sehr gut. Obwohl ich es ihm unter diesen Umständen nicht verübeln kann. Ich musste ihm von Owen erzählen.«

»Warum denn das?«

»Es wäre nicht richtig gewesen, ihn zu belügen, nicht wahr? Was, wenn er von einem anderen das von Owen gehört hätte? Hier im Café zum Beispiel. Du weißt, wie schnell Klatsch und Tratsch in diesem Dorf die Runde machen.«

»Da dürftest du recht haben. Heißt das, du musst dich jetzt entscheiden?«

»Ich glaube, Seth hat mir die Entscheidung bereits abgenommen. Nachdem ich es ihm gesagt hatte, wollte er nichts mehr von mir wissen.«

»Aber wenn du hättest entscheiden können, wer wäre es dann geworden? Seth oder Owen?«

Hattie trank noch einen Schluck Latte und wünschte, sie hätte das Thema nie zur Sprache gebracht. »Ich weiß es nicht«, antwortete sie schließlich. »Das ist ja das Problem. Ich wünschte, ich wüsste es. Ich kann Owen wirklich gut leiden, aber wenn ich mit ihm zusammen bin, muss ich an Seth denken. Das heißt, ich muss eigentlich immer an Seth denken. Aber das bereitet mir ein schlechtes Gewissen, weil ich glaube, dass Owen mich sehr mag. Aber dann verbringe ich eine wirklich schöne Zeit mit Owen, und ich … bei ihm habe ich das Gefühl, dass es mit ihm viel leichter ist, als es bei Seth manchmal der Fall zu sein scheint.«

»Wow«, staunte Melinda. »Du hast dich da aber wirklich schön in was hineingeritten.«

»Danke. Und was meinst du, was ich tun sollte?«

»Zuallererst meine ich, dass du dir von mir keine Ratschläge erteilen lassen solltest. Es gibt nur eine Stimme, auf die du hören musst, und die kommt von da …« Melinda legte eine Hand auf Hatties Brust. »Du musst auf dein Herz hören, auch wenn ich zugeben muss, dass sich das anhört wie eine Zeile aus einer Power-Ballade der Neunziger.«

»Und was ist, wenn mein Herz die richtige Antwort auch nicht kennt?«

»Na ja …« Melinda zuckte mit den Schultern. »Paris soll zu dieser Jahreszeit sehr schön sein.«

Hattie reagierte mit einem betrübten Lächeln. »Die alte Lauf-davon-so-schnell-du-kannst-Taktik. Zugegeben, in der Vergangenheit bin ich damit ganz gut gefahren.«

»Dein Dad ist glücklich darüber, dass du nicht mehr auf dem Gnadenhof wohnst. Er kann noch nicht mit dem erneuten Versuch begonnen haben, dich zu einem Studium zu überreden. Sonst hättest du dich darüber längst bei mir ausgelassen.«

»Ich glaube, das hat er jetzt endgültig aufgegeben. Er wird wohl akzeptiert haben, dass Charlotte diejenige in unserer Familie war, die es zu was hätte bringen können. Ich … ich treibe einfach so vor mich hin.«

»Tust du nicht«, widersprach Melinda. »Du hast monatelang mit Medusa unter einem Dach gelebt, was niemand sonst getan hätte. Du hast Spendengelder für sie gesammelt, auch wenn sie die nicht haben wollte …«

»Spendengelder? Ich bin immer noch davon überzeugt, dass die eine große Spende von Seth kam, damit sie seine eigene Rechnung bezahlen konnte. Da kann man wohl kaum davon reden, dass ich Spendengelder gesammelt habe.«

»Und du hast Leute zum Hof gelockt, damit sie mehr über die Esel erfahren«, redete Melinda so energisch weiter, dass Hattie es nicht wagte, ihr zu widersprechen. »Das hast du gemacht, damit sie ein besseres Leben führen kann. Dass ihr nicht bewusst war, was du für sie getan hast, tut nichts zur Sache. Du erreichst Dinge in deinem Leben, Hattie. Du hast bloß andere Vorstellungen als Charlotte, welche Dinge es wert sind, erreicht zu werden.«

Hattie lächelte sie dankbar an. »Was würde ich bloß ohne dich tun?«

»Ach, ich bin mir sicher, du würdest das auch allein auf die Reihe kriegen«, wehrte Melinda mit einem Achselzucken ab.

Sie sahen hoch, gerade als Lance mit einem Tablett mit Sandwiches an ihrem Tisch vorbeiging. »Ich komme gleich noch zu euch«, versprach er. »Ich will ganz genau wissen, wie es mit dir und Owen läuft, Hattie. Und Mark will wissen, ob wir uns schon Hüte kaufen sollen.«

Hattie sah Melinda mit großen Augen an. Das hatte ihr jetzt gerade noch gefehlt …

Kapitel 26

Um kurz nach vier am Morgen schreckte Hattie aus dem Schlaf hoch. Einen Moment lang wunderte sie sich darüber, dass sie sich nicht in dem muffigen Schlafzimmer auf Sweet Briar befand, sondern in ihrem elegant und gemütlich eingerichteten Zimmer im Haus ihrer Eltern. Sie hatte wieder von Charlotte geträumt, schon zum dritten Mal in dieser Woche. So dicht aufeinander folgend war das schon lange nicht mehr der Fall gewesen. Zwar hatte sie längst akzeptiert, dass das Leben trotz allem weiterging, dennoch fehlte ihr ihre Schwester. Meistens war es ein beharrliches dumpfes Sehnen nach ihr, aber manchmal spürte sie den Schmerz stechender und intensiver. Vielleicht waren ihre eigenen Gefühle wieder mehr an die Oberfläche gekommen, seit sie von Jos Verlust erfahren hatte, denn seitdem hielt sie von Zeit zu Zeit inne und musste erleben, wie die Erinnerungen und die Trauer ihr den Atem raubten.

Die Lebenssituationen waren grundlegend verschieden, das Gleiche galt für ihre Lebenswege und Persönlichkeiten, für ihre Ziele und Bedürfnisse, und doch verspürte Hattie eine Art Verbundenheit mit Jo. Denn ob es Jo gefiel oder nicht, waren sie beide von gleichartigen Ereignissen in ihrem Leben geprägt. Hattie kannte nicht alle Umstände, die zu Jennys Tod geführt hatte, da Owen nur ein paar Angaben zum Unfallhergang und zur anschließenden Untersuchung hatte aufspüren können. Bei dieser Untersuchung war man zu dem Schluss gekommen, dass Jo keine Schuld am Tod ihrer Schwester traf. Die Geschichten ihres Verlustes unterschieden sich voneinander, aber es änderte nichts an der Tatsache, dass sie beide ihre Schwester verloren hatten. Deshalb verspürte Hattie auch dieses dringende Verlangen, Jo zumindest ihre Hilfe anzubieten, unabhängig davon, welche Reaktion das nach sich ziehen würde. Sie konnte nicht mal sich selbst gegenüber erklären, warum sie so empfand. Sie wusste nur, *dass* sie es tat.

»Du kannst nicht jedem helfen«, sagte Nigel in aufgebrachtem Tonfall, als sie ein paar Stunden später beim Frühstück zusammensaßen. »Ich sage es dir immer wieder. Einem Menschen, der sich nicht helfen lassen will, kannst du auch nicht helfen.«

»Da hat dein Dad ganz recht«, warf Rhonda ein.

»Nach Charlotte habt ihr doch auch Hilfe gebraucht. Ihr hattet Therapie …«, begann Hattie, verstummte aber gleich wieder, als sie die Gesichtsausdrücke ihrer Eltern sah.

»Das war etwas anderes«, gab Rhonda kühl zurück.

»Ich weiß, aber …«

»Ich will nichts mehr davon hören«, sagte Nigel mit Nachdruck in der Stimme. »Es geht uns nichts an.«

»Sie lebt in Gillypuddle, also geht es uns auch etwas an!«, beharrte Hattie. »Sie ist eine von uns!«

»Sie hat sehr deutlich zu verstehen gegeben, dass sie keine von uns sein will«, konterte Rhonda. »Tut mir leid, aber ich kann deinem Vater nur zustimmen.«

»Wenn ich zu ihr gehe, wird sie nicht mit mir reden.« Hattie griff nach der Teekanne, während ihre Mum ihr einen Teller mit Toast hinstellte.

»Dann geh nicht zu ihr«, erwiderte Rhonda und verdrehte die Augen.

Hattie goss etwas Tee in ihre Tasse und schwieg. Welchen Sinn hatte es, mit ihren Eltern über diese Sache zu reden? Die wollten sowieso nicht, dass sie sich mit Jo versöhnte. Ihnen war es lieber, wenn das Verhältnis so zerrüttet blieb, weil sie dann auf sie einwirken und sie davon überzeugen konnten, eine andere Karriere einzuschlagen, die ihnen besser gefiel.

Vielleicht war Hattie einfach jemand, der sich immer einmischen musste. Vielleicht war es ein Teil ihrer Persönlichkeit, über den sie keine Kontrolle hatte. Auf jeden Fall konnte sie nicht hinnehmen, dass ihr Verhältnis zu Jo so bleiben sollte, wie es sich an ihrem letzten Tag dargestellt hatte. Sie musste zumindest den Versuch unternehmen und Jo wissen lassen, dass da jemand war. Jemand, der wusste, wie es in ihr aussah. Charlotte hätte das von ihr erwartet.

Es war Vormittag, als Hattie sich auf den Weg nach Sweet Briar machte. Der Sommer lag in seinen letzten Zügen, denn der Wind, der sie auf dem Pfad hinauf zur Klippe begleitete, war deutlich frischer als voriges Mal, als sie hier unterwegs gewesen war. Es kam ihr wie eine halbe Ewigkeit vor, seit sie das erste Mal diese Strecke zurückgelegt hatte, um herauszufinden, ob Jo ihr den Job geben würde. Wie viel sich doch in dieser kurzen Zeit ereignet hatte!

Ihre Hand zitterte, als sie das Tor öffnete, um auf den Hof zu gelangen. Eigentlich war es albern, solche Angst zu verspüren, doch sie konnte einfach nicht anders. Wie würde Jo reagieren, wenn sie sie sah? Würde sie ihr überhaupt zuhören? Oder würde sich Hattie so schnell vor dem Tor wiederfinden, dass ihr keine Gelegenheit blieb, auch nur den Mund aufzumachen? Und dann ging ihr auch noch die Frage durch den Kopf, ob sie nicht eigentlich verrückt war, so einen Versuch zu unternehmen.

Auf dem Hof war alles ruhig. Wenn Hattie genau hinhörte, konnte sie das Gackern der Hennen im Obstgarten und auch das Wiehern eines einzelnen Esels weiter oben auf der Koppel vernehmen. Die Esel fehlten ihr sehr. Zumindest sie würden sie willkommen heißen, falls es ihr gelang, zu ihnen zu gehen.

»Hallo, Jo? Ich bin's … Hattie!«, rief sie.

Niemand antwortete.

Am einfachsten war es, zuerst im Obstgarten nach Jo zu suchen. Danach konnte sie zu den Eseln gehen. Es war gut möglich, dass Jo sich gerade bei ihnen aufhielt. Erst dann würde sie zum Wohngebäude gehen. Da sie weder erwartet wurde noch eingeladen war, würde es ihr dort am ehesten wie Hausfriedensbruch vorkommen. Dazu war sie nur bereit, wenn es wirklich sein musste, weil sie Jo nirgends entdecken konnte. Sie ging Richtung Obstgarten los und tauchte in die Schatten ein, die die präzise in einer Reihe stehenden Pflaumenbäume warfen. Aber Jo hielt sich weder im Hühnerstall auf noch war sie mit der Pflege der Bäume beschäftigt. Hattie sah auch bei den Gemüsebeeten nach. An einigen Stellen war die Erde aufgewühlt, was darauf schließen ließ, dass Jo reifes Gemüse geerntet hatte. Was dort gewachsen war, konnte sie nicht sagen. Obwohl diese Spuren noch ganz frisch waren, gab es keinen Hinweis auf Jos Verbleib.

Hattie wollte sich soeben auf den Weg zu den Eseln machen, als sie einen gellenden Schrei hörte, der aus Jos Schlafzimmer kam. Sie sah auf ihre Armbanduhr. Jo schlief noch? Um diese Uhrzeit war das eigentlich mehr als unwahrscheinlich, denn normalerweise stand sie mit dem ersten Licht des Sonnenaufgangs auf. Aber es gab keinen Zweifel. Der Schrei war aus ihrem Schlafzimmer gekommen, dessen Fenster weit offen stand, und er war eindeutig durch ihren immer wiederkehrenden Albtraum ausgelöst worden. Hattie hatte das oft genug mitbekommen, um sich absolut sicher zu sein.

Dennoch zögerte sie. Wenn sie jetzt zu ihr lief, verstieß sie garantiert gegen eine von Jos ungeschriebenen, aber heiligen Regeln. Ganz abgesehen davon, dass man Hattie Einbruch und Hausfriedensbruch würde vorwerfen können. Dem Vorwurf des Einbruchs würde sie vielleicht noch entgehen können, wenn Jo bei ihrer alten Angewohnheit geblieben war und die Haustür nicht abgeschlossen hatte. Dennoch konnte Jo ohne Weiteres die Polizei rufen und damit nichts Unrechtmäßiges tun. Doch dann folgte ein zweiter Schrei, zwar etwas leiser, aber auch so erschütternd, dass er Hatties Atem stocken ließ.

»Um Gottes willen!«

Sie ging nach drinnen. Die übliche Ordnung in Jos stets aufgeräumter Küche war einem Stapel benutzter Kochtöpfe und einer Reihe von Tellern mit Essensresten gewichen, die überall herumstanden. Eine rote Katze saß mitten in diesem Durcheinander und betrachtete Hattie ein wenig misstrauisch.

Eine Katze? Offenbar hatte Jo nach der Rettung der Hennen nicht aufgehört, verwaiste Streuner bei sich aufzunehmen. Die Katze war definitiv kein Jungtier mehr, und Hattie fragte sich, wie Jo sie von den Hennen fernhielt. Aber vielleicht ließ sie sie ja auch nicht aus dem Haus, auch wenn sich Hattie so etwas nicht vorstellen konnte.

Über die Katze konnte sie sich später immer noch Gedanken machen, jetzt ging sie erst mal zur Treppe, um zu Jos Zimmer zu gelangen. Dort angekommen wartete sie zunächst und drückte ein Ohr gegen die Tür. Drinnen war nun wieder alles ruhig.

Plötzlich flog die Tür auf und ließ Hattie das Gleichgewicht verlieren, sodass sie in Richtung Treppe zurücktaumelte und fast runtergeflogen wäre. Jo kam in ihrem Nachthemd und mit zerzausten Haaren und wüster Miene nach draußen gestürmt, dabei hielt sie ein Stück Rohr in bedrohlicher Weise hoch.

»Du?«, schrie sie Hattie an. »Ich hätte fast einen Herzinfarkt bekommen. Ich dachte, jemand will mich ausrauben! Was fällt dir ein herzukommen? Hast du beim letzten Mal nicht verstanden, was ich zu dir gesagt habe?«

»Doch, doch. Aber ich wollte mit dir reden und …«

»Du hast genug geredet! Du willst immer nur reden, und ich war so dumm dir zuzuhören!«

»Aber …«

»Raus mit dir! Ich will dich hier nicht haben!«

»Aber, Jo …«

»Bist du taub? Ich sagte …«

»Ich weiß über Jenny Bescheid!«, fiel Hattie ihr ins Wort.

Jo ließ den Arm sinken, ihr Gesicht verlor jegliche Farbe. »Was hast du gesagt?«

»Ich weiß über Jenny Bescheid«, wiederholte Hattie, die ihren Blick auf das Rohr in Jos Hand gerichtet hatte und hoffte, dass sie nicht wirklich vorgehabt hatte, diese Waffe zu benutzen.

»Meine Schwester? Jenny?«, fragte Jo.

Hattie nickte. »Ich weiß, dass es nicht deine Schuld war.«

»Niemand hat das behauptet.«

»Aber ich glaube, dass du das denkst und dass du dir die Schuld gibst.«

»Ich wurde von jedem Verdacht freigesprochen.«

»Ich weiß.«

»Es war nicht meine Schuld.«

»Das weiß ich auch. Schuld war ein Fehler in der Elektrik auf dem Boot. Das Feuer … du hättest nichts dagegen unternehmen können. So steht es ja auch in dem Untersuchungsbericht, nicht wahr? Ihr wart draußen auf dem Meer und seid vom Kurs abgekommen. Es war dunkel …«

»Wir waren mit dem Boot meines Onkels rausgefahren«, sagte Jo auffallend langsam, während sie sich an den Vorfall von damals zu erinnern schien. »Er sagte uns, das Boot müsste erst noch durchgesehen werden. Ich sagte ihm, ich würde das erledigen, und dann würden wir rausfahren.«

»Und, hast du dir das Boot angesehen?«

»Ja, aber ich ging zu hastig vor. Es sah alles gut aus …«

»Aber da war etwas nicht in Ordnung, was dir nicht aufgefallen war?«

»Sie sollte eigentlich in Kürze heiraten. Dann wollte sie wegziehen … das war … das sollte unser letzter gemeinsamer Ausflug auf dem Boot sein … nur sie und ich … so wie früher.«

»Was geschah dann?«

»Ich habe überlebt.«

»Das ist jetzt fünf Jahre her. Du kannst dir nicht dein Leben lang Vorwürfe machen. Du kannst doch nicht ernsthaft glauben, dass du für den Rest deines Lebens bestraft werden musst, nur weil du es noch rechtzeitig aus dem Boot geschafft hast und sie nicht, oder?«

Jo starrte auf einen weit entfernten Punkt. »Ich konnte ihr nicht helfen … es war dunkel … das Wasser, das Feuer … das Boot ging unter. Ich klammerte mich an irgendwas fest. Jenny konnte ich nirgends sehen, aber ich dachte, sie hat es auch geschafft …«

»Es war nicht deine Schuld«, beharrte Hattie.

Mit einem Mal kehrte Jo ins Hier und Jetzt zurück und warf Hattie einen aufgebrachten Blick zu. »Woher willst du das wissen? Du kannst das nicht mal im Ansatz verstehen.«

»Ich habe meine Schwester verloren«, offenbarte Hattie ihr leise.

Daraufhin schaute Jo sie an, als hätte sie sie noch nie gesehen.

»Sie starb, als ich dreizehn war«, fügte Hattie an.

»Dadurch ändert sich nichts.« Jo klang entschieden, doch Hattie konnte ihr anmerken, dass das Gegenteil der Fall war.

»Es geschah ganz plötzlich. Ich konnte nichts tun, um sie zu retten. Keiner von uns konnte ihr helfen.«

»Was es deine Schuld?«

»Nein, aber …«

»Dann hat das mit mir gar nichts zu tun. Ich hätte mir den Motor genau ansehen müssen!« Jo tippte sich bei diesen Worten auf die Brust. »Ich hätte das Problem erkennen müssen! Meinetwegen ist sie gestorben! Meinetwegen ist ...«

»Du konntest es nicht wissen!«

»Was weißt du schon? Was weiß denn einer von den anderen? Alle gaben mir die Schuld, und sie hatten recht. Allesamt! Niemand wollte mehr mit mir reden, niemand wollte mich mehr kennen. Ich habe wirklich lange Zeit versucht, mit meiner Familie ins Reine zu kommen, aber sie wollten nichts von mir wissen. Es war richtig von ihnen, mich zu ignorieren. Es war meine Schuld.«

»*Jeder* hat dir die Schuld gegeben?«

»Was glaubst du, warum ich hergekommen bin?«, gab Jo zurück. »Was glaubst du, warum ich mir ein Dorf ausgesucht habe, in dem mich keiner kennt und niemand was mit mir zu tun haben will? Hier will genauso wie zu Hause keiner was von mir wissen, aber damit konnte ich leben. Wenigstens wusste hier niemand, *was* ich verbrochen hatte ... aber heute musst du hier reinplatzen und dich aufführen, als wärst du Miss Allwissend. Aber du hast alles nur noch schlimmer gemacht.«

»Ich hatte ja keine Ahnung ...«, erwiderte Hattie kleinlaut.

»Ich hätte dich nie herkommen lassen dürfen«, fauchte sie. »Ich hätte das auch alles allein geschafft, so wie früher auch schon.«

»Im Moment machst du aber nicht den Eindruck, als könntest du alles allein schaffen«, beharrte Hattie. »Und ich glaube, das war auch davor nicht anders. Ich will dir helfen, Jo, ich kann ...«

»Ich will deine Hilfe nicht! Wieso kannst du nicht begreifen, dass ich deine Einmischung nicht haben will. So wie ich auch keine Fremden hier haben will. Und ich will auch nicht an Jenny erinnert werden. Warum musstest du noch mal herkommen? Warum konntest du nicht alles so lassen, wie es war?«

»Ich wollte nichts schlimmer machen. Ich hatte es herausgefunden und dachte ... na ja, ich dachte, wir haben beide das Gleiche durchgemacht. Wenn ich jemanden gehabt hätte, gleich nachdem meine Schwester gestorben war, dann ... vielleicht hätten sich dann die Dinge für mich anders entwickelt.«

»Willst du damit sagen, dass meine Art zu leben verkehrt ist?«

»Natürlich nicht!« Hattie seufzte leise. »Ich will doch nur helfen.«

»Wer hat es dir gesagt?«, fragte Jo mit leiser Stimme. »Wie bist du dahintergekommen?«

»Owen.«

Jo schüttelte ahnungslos den Kopf.

»Mein Freund.«

»Der Journalist«, sagte Jo in frostigem Tonfall. »Ich hätte es wissen müssen.«

»Er wollte keine Unruhe stiften.«

»Es gehört zu seinem Beruf, Unruhe zu stiften.«

»Owen ist nicht so.«

»Owen ist *sehr wohl* so. Diese Leute ergötzen sich am Elend der anderen. Sie wollten mich einfach nicht in Ruhe lassen. Sie klopften bei mir zu Hause an die Tür, sie stellten meinen Eltern nach. Durch sie wurde alles nur noch schlimmer!«

Das Witwenschütteln, ging es Hattie durch den Kopf. Die Sache, die Owen als frischgebackener Journalist so ungern erledigt hatte. *Owen ist nicht so wie seine Kollegen*, dachte sie. Daran musste sie glauben können. Aber ... hatte er nicht ein bisschen zu sehr gestrahlt, als er ihr von seinem Fund berichtet hatte? War da nicht eine Spur zu wenig Mitgefühl in seiner Stimme gewesen?

341

»Und?«, fragte Jo und unterbrach damit Hatties Gedanken-gang. »War das alles? Hast du gesagt, was du sagen wolltest?«

»Nein … das heißt … ja, aber …«

»Dann sei so gut und geh jetzt.«

»Kann ich wenigstens noch einmal die Esel sehen?«

»Nein. Du hattest deine Chance.«

Tränen stiegen ihr in die Augen, aber sie kämpfte dagegen an. Dabei fiel ihr auf, dass Jo zum ersten Mal weinte. Hattie hatte diese Mauer um Jos Herz durchbrechen wollen, um die wahre Jo hervorkommen und ins Licht treten zu lassen. Aber sie hatte es nicht auf diese Weise tun wollen. Was hatte sie bloß angerichtet?

»Es tut mir leid«, begann sie.

»Ich will keine Entschuldigung von dir hören«, entgegnete Jo und rieb sich über die Augen. »Ich will gar nichts von dir hören. Ich will nur in Ruhe gelassen werden. Oder ist das zu viel verlangt?«

Hattie schüttelte den Kopf. »Nein«, murmelte sie, drehte sich um und ging die Treppe nach unten. Sie spürte, wie Jos Blick ihr folgte.

Gut gemacht, Hattie. Damit hast du mal wieder ganze Arbeit geleistet.

Kapitel 27

Hattie wählte Owens Nummer. Als sich nur die Mailbox meldete, setzte sie zum Reden an, legte dann aber doch wieder auf. Was sollte das? Wie konnte sie all die Dinge, die ihr durch den Kopf gingen, auf eine Mailbox reden? Also suchte sie die Visitenkarte heraus, die sie von ihm bekommen hatte, und tippte die Durchwahl zu seinem Arbeitsplatz ein.

»Hallo?«, meldete sich eine Männerstimme, doch es war nicht Owen.

»Oh … ähm … ist Owen im Haus?«

»Im Moment nicht. Er recherchiert für einen Artikel. Kann ich Ihnen behilflich sein?«

Sie begann in ihrem Zimmer auf und ab zu gehen. Sie musste unbedingt mit ihm über Jo reden. Sie wollte wissen, ob er noch etwas mehr über sie in Erfahrung bringen konnte. Etwas, das ihr weiterhelfen würde – auch wenn sie keine Ahnung hatte, wie jetzt noch irgendetwas helfen konnte.

»Nein, vielen Dank«, erwiderte sie frustriert.

»Gegen fünf Uhr wird er noch mal kurz im Büro sein, falls Sie es dann erneut versuchen möchten. Aber dann wird er nur gut eine Stunde hier sein. Ich weiß mit Sicherheit, dass er anschließend noch zum Flughafen muss, um jemanden abzuholen.«

»Oh«, erwiderte Hattie verwirrt. Zum Flughafen? Es war ja nicht so, als müsste er über jedes Detail seines Tagesablaufs Rechenschaft ablegen, wenn er in London war. Aber wenn er jemanden vom Flughafen abholte, war das doch eigentlich etwas

Erwähnenswertes, oder nicht? Man holte die Leute vom Flughafen ab, die einem wichtig waren, nicht wahr? Er hatte kein Wort davon gesagt, dass jemand nach London unterwegs war, der für ihn so wichtig war. »Wen denn?«

»Ich glaube nicht, dass ich Ihnen das sagen darf.«

»Ja, natürlich«, entgegnete sie. »Sie kennen mich schließlich gar nicht. Es ist nur … na ja, Sie müssen wissen, dass ich seine Freundin bin und wirklich dringend mit ihm reden muss. Deshalb wollte ich wissen, wann ich ihn erreichen kann.«

»Seine Freundin?«, wiederholte der Mann verdutzt. »Aber sitzen Sie nicht in der Maschine, die nachher landen wird?«

»Nein, nein, ich bin zu Hause.«

»Dann soll ich Owen ausrichten, dass er Sie nicht vom Flughafen abholen soll? Augenblick, das muss ich schnell notieren …«

Jetzt war Hattie diejenige, die verdutzt reagierte. Sie versuchte zu verstehen, was der Mann ihr da soeben erzählt hatte. In welcher Maschine sollte sie denn sitzen? Was war da los? Sie hörte, wie der Hörer auf den Tisch gelegt wurde, dann entfernten sich Schritte und kamen gleich darauf wieder näher.

»So, jetzt noch einmal zum Mitschreiben …«

Auf einmal überkam sie Panik, als ihr klar wurde, was das alles zu bedeuten hatte. Abrupt legte sie auf. Owen holte seine Freundin vom Flughafen ab, nur war nicht sie selbst diese Freundin! Wie konnte sie nur so dumm sein? Wie konnte sie all die Warnhinweise einfach übersehen? Wie um alles in der Welt hatte sie glauben können, dass ein charmanter und gut aussehender Mann wie er ungebunden sein könnte? Himmel, was war sie doch dämlich! Natürlich hatte Owen eine Freundin, die zu ihm nach London kam. Vermutlich hatte er auch in jeder Stadt, die er besuchen musste, eine Freundin.

Ihr Handy klingelte. Ein Blick auf den Namen auf dem Display ließ ihr Blut hochkochen. Er musste wohl gesehen haben, dass sie angerufen, aber keine Nachricht hinterlassen hatte.

»Hey«, meldete er sich kess, als sie das Gespräch annahm. »Tut mir leid, aber ich muss einen Artikel über die neue Sammlung japanischer Holzschnitzereien im Britischen Museum schreiben, und der Kurator wollte mich nicht so schnell davonkommen lassen. Ich konnte deinen Anruf nicht annehmen, weil das unhöflich ausgesehen hätte. Wolltest du etwas Spezielles von mir, oder hast du nur den Wunsch verspürt, mir zu sagen, wie sexy ich bin?«

»Ich nehme nicht an, dass du jetzt Zeit hast, um dich mit mir zu unterhalten, stimmt's?«, fragte sie in unterkühltem Tonfall. »Um diese Tageszeit ist auf dem Weg zum Flughafen bestimmt sehr viel los.«

Es folgte ein Moment Schweigen von seiner Seite, schließlich fragte er: »Wer hat es dir gesagt?«

»Ich habe schlichtweg keine Ahnung, wer der Mann war, der den Anruf angenommen hat«, antwortete sie mit einem frostigen Unterton. »Aber ich glaube, er ist noch um einiges verwirrter als wir beide.«

»Hattie, lass mich dir erklären …«

»Ist das dein Ernst? Du willst es mir auch noch ›erklären‹? Dann leg mal los, ich kann es gar nicht erwarten.«

»Neeve ist … na ja, es ist nicht so einfach. Sie lebt in Dublin, musst du wissen …«

»Ach, und deswegen geht das in Ordnung? Sie lebt nicht in England, und deshalb führst du eine offene Beziehung, oder was? Du darfst dich mit anderen Frauen treffen, solange sie nicht im Land ist? Hast du deshalb an den Wochenenden keine Zeit für mich?«

»Ich bringe das nicht gerade geschickt rüber. Du musst wissen, dass ich versuche, mit ihr Schluss zu machen. Das versuche ich schon, seit ich mit dir ausgehe, aber … irgendwie passt das Timing nie so richtig.«

»Dann mach es passend!«

»Du verstehst nicht. Ich muss bei ihr behutsam vorgehen.«

»Ach, und bei mir kannst du nach Lust und Laune vorgehen?«

»Nein, Hattie … bitte … ich verspreche dir, ich werde es an diesem Wochenende durchziehen, und dann können wir beide ganz offiziell zusammen sein.«

»Ach, das ist ja nett von dir«, gab Hattie mit unmissverständlichem Sarkasmus zurück. »Ich bin außer mir vor Freude.«

Sie hörte Owens ungehaltenen Seufzer, was nicht gerade dazu beitrug, ihre Wut abzumildern. Wie konnte er es wagen, ihr gegenüber ungehalten zu sein? Was für eine Reaktion hatte er denn von ihr erwartet? Etwa Geduld und Verständnis? Das hätte er vielleicht bekommen, wenn er von Anfang an mit offenen Karten gespielt hätte. Aber wie konnte er von Hattie erwarten, ihm jetzt noch ein einziges Wort zu glauben?

»Was erwartest du von mir?«, fragte er.

»Wie wäre es mit einer Entschuldigung?«

»Es tut mir leid, und das weißt du auch.«

»Und wie wäre es mit dem Versprechen, dass du mich nie wieder belästigen wirst?«

»Was? Du machst mit mir Schluss?«

»Hast du etwa irgendwas anderes erwartet? Leb wohl, Owen, und viel Spaß mit deiner Du-weißt-schon-wer.«

Dann tippte sie energisch auf das Display, um das Gespräch zu beenden.

Erst Jo und jetzt das. Dieser Tag wurde ja immer besser.

Hattie saß im Garten ihrer Eltern und lauschte den Vögeln, die mit ihrem Gesang verkündeten, dass sie sich nun zur Nachtruhe begeben würden, da die Sonne bereits hinter dem Horizont zu verschwinden begann. Rhonda hatte sich mit zwei Gläsern Wein dazugesetzt und mit ihr eine Weile über dies und jenes geredet – von Melindas Schwangerschaft bis hin zu Phyllis' jüngstem Unglück im Willow Tree, von Ruperts Problemen mit seinem Bein bis hin zu der Tatsache, wie viele Jahre der Tod seiner Frau bereits zurücklag. Hattie hatte Owen ihrer Mutter gegenüber mit keinem Wort erwähnt. Sie wollte nicht über ihn reden, weil sie sich zu dumm vorkam. Aber ihr war auch klar, dass sie es nicht mehr lange hinauszögern konnte. Vor allem Lance musste es erfahren, wobei sie sich fragte, ob er von der in Dublin lebenden Freundin gewusst hatte. Andererseits kannte sie Lance schon seit Langem und hielt viel von ihm, deshalb wollte sie lieber daran glauben, dass er nie versucht hätte, sie und Owen zusammenzubringen, wenn ihm diese Tatsache bekannt gewesen wäre. Immerhin waren sie nur Cousins zweiten Grades, und Lance selbst hatte ja erzählt, dass sie beide sich kaum noch sahen. Vermutlich standen sie sich auch gar nicht so nahe, wie es den Eindruck gemacht hatte. Eines stand jedenfalls fest: In der nächsten Zeit würde es für sie seltsam sein, das Willow Tree zu besuchen.

Als es kühler wurde, beschloss Rhonda, nach drinnen zu gehen. Sie wollte Hattie dazu bewegen, das ebenfalls zu tun, aber sie wollte lieber noch draußen sitzen und den Abend auskosten. Rhonda ging weg, kam jedoch Augenblicke später mit dem restlichen Wein und einer Decke wieder, die sie Hattie um die Schultern legte. Hattie lächelte ihr dankbar zu und sah ihrer Mum hinterher, wie sie sich ins Haus zurückzog. In letzter Zeit hatte sie viel über ihre Eltern nachgedacht, und darüber, was sie sich von ihr erhofften. Auch wenn ihr spätestens jetzt klar war, dass sie niemals auf einer Linie mit ihr sein würden, was Hatties Zukunft anging, konnte sie doch froh sein, dass sie sie

347

hatte. Nach dem zu urteilen, was Jo gesagt hatte, war es ihr mit Blick auf ihre Eltern viel schlechter ergangen. Was aber, wenn die Schuld an Charlottes Tod nicht so eindeutig zuzuweisen gewesen wäre? Hätten ihre Eltern sich dann genauso verhalten wie die von Jo? Hattie hoffte, dass es nicht so gekommen wäre, aber natürlich konnte es auf eine solche Frage heute keine Antwort mehr geben.

Rückblickend wäre es wohl besser gewesen, mit irgendjemandem über Owen zu reden, denn es hatte sich viel Wut und Schmerz in ihr angestaut. Sie hätte die Gelegenheit nutzen und sich ihrer Mutter anvertrauen sollen.

Das Schlimmste an allem war aber, dass sie sich für Owen und gegen Seth entschieden hatte und nun ans Licht gekommen war, dass Seth allein in seinem kleinen Finger mehr Anstand besaß als Owen in seinem ganzen Körper. Owen hatte zwar gesagt, dass er darum bemüht war, mit dieser anderen Frau Schluss zu machen, aber hatte er das versprochen, weil sie ihn ertappt hatte oder weil er es wirklich so wollte? Ihr fiel der Anruf im griechischen Restaurant ein, den Owen nicht angenommen hatte. Vermutlich war es diese Frau gewesen. Aber das war jetzt auch egal, denn er hätte nicht erst dann versuchen sollen, mit ihr Schluss zu machen, nachdem er und Hattie zusammengefunden hatten. Er hätte noch davor einen Schlussstrich ziehen müssen. Abgesehen davon gab es ohnehin keinen Beweis dafür, dass seine Behauptungen auch nur einen Funken Wahrheit enthielten.

Hattie betrachtete den Garten, der in das goldene Licht der untergehenden Sonne getaucht war. Dabei wurde ihr bewusst, dass sie beim besten Willen nicht wusste, was sie von all den Dingen halten sollte, die sich um sie herum abspielten. Sie wusste nur, dass sie ihr momentanes Leben kaum wiedererkannte. Es war wieder so wie kurz vor ihrer Abreise aus Paris. Nur waren die Umstände jetzt weitaus komplizierter und beschränkten sich nicht auf einen Unfall mit ein paar Kerzen und minderwertigem Dekostoff.

Der Gedanke an Paris ließ Hattie darüber nachgrübeln, ob Melinda vielleicht unbewusst die beste Lösung für all ihre Probleme ins Spiel gebracht hatte. Vielleicht war es gar keine so schlechte Idee, es noch einmal in Paris zu versuchen. Sie hatte ja immer noch ihre Kontakte, und dort wäre sie auch weit weg von allem – von Seth, Jo, Owen und den Dingen, die zwischen ihr und diesen Menschen verkehrt gelaufen waren. Paris im Herbst – oh ja, sie hatte die wilden Orange- und Rottöne geliebt, wenn das Laub von den Bäumen fiel und wie ein Teppich die Schritte auf den Pflastersteinen der Boulevards dämpfte. Sie hatte es geliebt, wenn früh am Morgen ihr Atem in kleinen weißen Wölkchen in die kalte Luft aufstieg. Einen solchen Morgen hatte sie stets mit einem starken Kaffee und einem Croissant aus der Pâtisserie begonnen, die ganz in der Nähe ihrer Wohnung lag. In eine dicke Strickjacke gehüllt hatte sie dann auf dem Balkon gestanden, das Croissant gegessen und der Geräuschkulisse der Stadt gelauscht. Dieser Gedanke hatte etwas Verlockendes, er war so, als würde sie jemand rufen, nach Hause zurückzukehren.

Hattie faltete die Decke zusammen und brachte sie zusammen mit ihrem Glas und der leeren Weinflasche nach drinnen. Die Sonne war fast vollständig untergegangen, auf den Feldern hinter dem Garten ihrer Eltern zog Nebel auf. Für eine kurze Zeit hatte sie hier Frieden gefunden, aber der konnte nicht ewig anhalten. Sie musste etwas tun – und das tat sie dann auch, indem sie in ihr Zimmer ging, das Handy vom Nachttisch nahm und eine Nummer wählte.

»Alphonse?«

»Hattie? *Mon dieu*, das ist ja Hattie!«

»Ja, ich bin es.« Unwillkürlich musste sie lächeln. »Ich habe

überlegt … du weißt, dass du mich vor ein paar Wochen angerufen und gefragt hast, ob ich vielleicht nach Paris zurückkommen und wieder für dich arbeiten will.«

»Ja, natürlich. Aber ich habe Collette.«

»Ich weiß, und ich will Collettes Job auch gar nicht haben.
Aber vielleicht kannst du ja mal überlegen, ob es einen anderen
Job gibt, für den ich infrage käme …«

»Das überrascht mich.«

»Das glaube ich dir.«

»Aber wieso?«

»Weil ich jetzt bereit bin zurückzukommen, das ist alles.«

»Du vermisst das pulsierende Leben von Paris, nicht wahr?«

»Ja«, sagte sie und musste trotz ihrer schlechten Stimmung
lachen. »Das vermisse ich wirklich. Ich könnte genau jetzt eine
gute Portion davon gebrauchen.«

»*Alors* … ich muss das mal durchrechnen, dann sage ich dir
Bescheid.«

»Das würde mich freuen«, sagte Hattie. »Alphonse, wenn
du keine Stelle für mich hast, dann habe ich dafür Verständnis. Aber vielleicht kennst du ja jemanden, der eine Assistentin
braucht. Wäre schön, wenn du ein gutes Wort für mich einlegen
würdest.«

»Ich soll dich meinen Rivalen überlassen?« Alphonse gab einen ungläubigen Laut von sich. »Nur über meine Leiche! Wann
wirst du hier sein?«

Sie sah sich in ihrem Zimmer um. Aus Paris hatte sie nur
wenige Habseligkeiten mitgebracht, und sie würde noch weniger einpacken müssen, wenn sie dorthin zurückkehrte.

»Sobald sich bei dir etwas ergibt«, antwortete sie. »Es gibt
keinen Grund für mich, noch länger hier in Gillypuddle zu bleiben.«

Kapitel 28

»Ich wollte aber nicht, dass du wieder weggehst.« Melinda klang bedrückt. »Das hatte ich nur im Spaß gesagt.«

»Ich weiß, aber genau genommen ist es die beste Lösung«, entgegnete Hattie.

Stu war im Garten und versuchte, die Kindermeute in Schach zu halten, die sich an den Schaukeln austobte, während Melinda und Hattie in der Küche am Esstisch saßen.

»Du siehst übrigens schrecklich aus«, fügte Melinda an.

Hattie hatte eine unruhige Nacht hinter sich, da sie von einer plötzlichen Ungeduld erfasst worden war, ihre neuen Pläne schnell in die Tat umzusetzen, nachdem ihr Entschluss gefasst war. Sie fürchtete sich davor, ihren Eltern die Gründe – zumindest einen Teil davon – darzulegen, warum sie entschieden hatte, Gillypuddle erneut zu verlassen.

»Dass er sich aber auch als ein solcher Mistkerl entpuppen musste«, murmelte Melinda.

Hattie war jetzt seit einer Viertelstunde hier und hatte kaum zwei Sätze sagen können, nachdem sie Melinda die ganze Geschichte erzählt und ihr von ihrem Entschluss berichtet hatte, nach Paris zurückzukehren. Es war nämlich Melinda, die Hatties Unglück nutzte, um ihrem Unmut über die Missstände in der Welt Luft zu machen. Hattie vermutete, dass die Schwangerschaftshormone die Verwandlung ihrer Freundin von Mary Poppins in den Terminator zu verantworten hatten. Sie konnte mit Blick auf den armen Stu nur hoffen, dass diese Phase bald wieder vorbei sein würde.

»Ich weiß nicht«, räumte Hattie ein. »Es kann ja sein, dass er es ernst gemeint hatte, es aber nicht gut in die Tat umsetzen konnte. Aber ich muss sagen, es hat mich wirklich geschafft.«

»Du wirst nicht hier sein, wenn ich mein Kind kriege, und das ist alles nur seine Schuld!«

»Keine Sorge. Ich komme dich besuchen, wenn dein Baby da ist.«

»Und die Taufe wirst du dann wohl auch versäumen. Hat dieser Mann eigentlich eine Vorstellung davon, was er angerichtet hat? Und was ist mit Seth?«

Melinda verschränkte die Arme vor der Brust, wodurch der Ansatz ihres Babybauchs erkennbar war. Hattie musste zugeben, dass es ihr ein wenig leidtat, von diesem Kind nicht viel mitzubekommen – so wie sie auch Melindas andere Kinder kaum hatte aufwachsen sehen. Sie hatte sie über den Sommer näher kennenlernen können, und sie konnte sie gut leiden und hatte eine Beziehung zu ihnen aufgebaut. Das alles war nicht möglich, wenn man nur ein paar Tage zu Besuch kam.

»Was soll mit ihm sein?«, gab Hattie zurück.

»Na, du bist doch jetzt wieder ungebunden. Warum willst du nach Paris davonlaufen, wenn er hier zum Greifen nah ist?«

»Weil ich nicht glaube, dass daraus was werden könnte«, erklärte sie missmutig. »Alles in allem würde ich sagen, dass der Zug längst abgefahren ist.«

»Du hast ihm die Wahrheit gesagt, was man von Owen nun wirklich nicht behaupten kann«, beharrte Melinda. »Ich finde, das lässt dich doch wirklich gut dastehen.«

»Die Wahrheit habe ich ihm erst *nach dem Kuss* gesagt, als ich ihm schon den Eindruck vermittelt hatte, ungebunden zu sein«, betonte Hattie.

»Haarspalterei«, wehrte Melinda da. »Du bist nicht mit ihm ausgegangen und hast ihn nicht belogen, darauf kommt es an.«

»Ich bin mir nicht sicher, ob Seth das auch so sehen würde«, seufzte Hattie. »Das Ganze ist schon zu verfahren. Ich bin bereit, einen Schlussstrich zu ziehen, und den halte ich auch für die beste Lösung.«

»Paris scheint mir auch die beste Lösung zu sein. Schließlich hast du genau da zuletzt auch schon einen Schlussstrich gezogen«, wandte ihre Freundin in ironischem Tonfall ein.

»Das ist aber eine ganz andere Geschichte, die nicht halb so kompliziert ist.«

Melinda schnaubte ungehalten. Dann sah sie aus dem Fenster, sprang abrupt von ihrem Stuhl auf und klopfte gegen die Glastür zum Patio. »Stu! Pass doch auf ihn auf!«, brüllte sie nach draußen. »Er kommt mit der Schaukel viel zu weit nach oben!« Als sie sich wieder hinsetzte, warf sie Hattie einen durchdringenden Blick zu.

»Erinner mich daran, dass ich es mir nie mit dir verscherze, wenn du schwanger bist«, sagte Hattie.

»Versuch gar nicht erst, das Thema zu wechseln! Ich bin von dieser Paris-Geschichte gar nicht begeistert. Und ich kann nicht so tun, als wäre es anders.«

»Wenn ich ehrlich sein soll, weiß ich selbst nicht, ob ich darüber wirklich restlos glücklich bin«, räumte sie ein.

»Und warum willst du dann hin?« Melinda fuchtelte frustriert mit den Händen.

»Wie gesagt: weil es so am besten ist.«

»Für wen?«

»Für alle.«

»Für alle? Oder vielleicht nur für dich? Willst du wissen, was ich glaube?«

»Ich habe so ein Gefühl, dass du es mir sagen wirst, ganz gleich, ob ich es wissen will oder nicht.«

»Ich glaube, du rennst voller Angst davon, weil dir alles ein paar Nummern zu groß erscheint, um sich damit auseinander-zusetzen.«

»Ja, okay. Aber es erscheint mir nicht nur so, es *ist* mir auch ein paar Nummern zu groß. Und außerdem trage ich fast an allem die alleinige Schuld.«

»Das würde ich nicht so sagen. Du bist schließlich nicht Gott, nicht wahr? Es laufen auch Dinge schief, ohne dass du nachhelfen musst. Okay, du trägst vielleicht ein bisschen dazu bei, aber es ist nicht deine Schuld, dass Owen so einen miesen Charakter hat. Und du hast auch nicht dafür gesorgt, dass Jos Schwester unter so schrecklichen Umständen ums Leben gekommen ist. Du hast auch nichts damit zu tun, dass sie über ihre Schuldgefühle fast den Verstand verloren hat. Und Seth ist ja auch nicht deswegen so verkrampft, weil du ihn zuerst geküsst hast, bevor du wieder ungebunden warst.« Melinda sprang auf und schlug wieder gegen die Tür. »Verdammt, Stu! Sie kann sich ja kaum noch halten!«

Als sie sich wieder setzte, wich der finstere Ausdruck aus ihrem Gesicht, und auf einmal begann ihre Unterlippe zu beben.

»Ist alles in Ordnung?«, fragte Hattie besorgt.

»Hormone«, gab Melinda kurz und knapp zurück. »Oh, und natürlich du.«

»Ich?«

»Ja, du bringst mich zum Heulen. Siehst du?«

»Wieso?«

»Wieso? Weil ich nicht will, dass du nach Paris gehst. Paris kann mich mal.«

»Tut mir leid«, beteuerte Hattie. »Aber mein Entschluss steht fest, und davon wird mich nichts und niemand abbringen.«

»Nicht mal deine beste Freundin?«

Hattie lächelte sie betrübt an. »Tut mir leid, Mel, aber nicht mal du.«

Ihre Eltern nahmen Hatties Entschluss ebenfalls nicht gut auf, nur konnten sie ihre Reaktion nicht mit Schwangerschaftshormonen rechtfertigen. Rhonda brach in Tränen aus und wollte wissen, wann um alles in der Welt ihre Tochter sich endlich entscheiden würde, wo sie nun leben wollte. Ihr Dad sah sich natürlich veranlasst, sie daran zu erinnern, welches Ende ihr letzter Aufenthalt in Paris genommen hatte. Er fragte sie, warum sie glaubte, dass es diesmal besser laufen sollte. Er fand, dass es an der Zeit war, sich einen vernünftigen Job zu suchen, anstatt mal für diesen, mal für jenen zu arbeiten, ohne dass die Aufgaben klar umrissen waren.

Das Ärgerliche daran war, dass Hattie seine Einstellung sogar nachvollziehen konnte. Dennoch stand ihr Entschluss fest, und es war vertane Zeit, sie noch umstimmen zu wollen. Außerdem hatte Alphonse Wort gehalten und eine Stelle für sie in seinem kleinen Imperium ausfindig gemacht. Es war nichts Großartiges, mehr oder weniger ein hochtrabend betitelter Bürojob für die Verwaltung oder das, was er Verwaltung nannte. Sie vermutete, dass es die Stelle am Tag vor ihrem Anruf noch gar nicht gegeben hatte und sie von Alphonse aus der Güte seines Herzens heraus extra für sie geschaffen worden war. Das Gehalt war auch nicht so hoch wie bei dem Posten, den Colette von ihr geerbt hatte. Dennoch würde es ein Anfang sein.

Den Flug hatte sie für das folgende Wochenende gebucht, womit ihr genug Zeit blieb, sich von allen in Gillypuddle zu verabschieden. Sie war bei Rupert gewesen und hatte einen Abend mit ihm und seiner uralten Katze Armstrong verbracht, was ihm anscheinend sehr gefallen hatte. Sie war auch bei anderen Freunden gewesen, darunter bei Lance und Mark. Lance hatte bereits von Owen erfahren, dass Hattie sich von ihm getrennt hatte. Allerdings war Owen auf die dumme Idee gekommen, Ahnungslosigkeit über den Grund vorzutäuschen. Das war einfach nur albern, da er wissen musste, dass Hattie mit Lance reden würde. Wenn er mit dieser Aktion versucht hatte, sein Gesicht zu wahren, dann war die komplett nach hinten losgegangen. Lance hatte sich wiederholt bei ihr entschuldigt, als ihm die Wahrheit zu Ohren gekommen war. Er bedauerte, sie beide überhaupt miteinander bekannt gemacht zu haben. Auch wenn ihm mal zu Ohren gekommen war, dass Owen eine sehr anziehende Wirkung auf Frauen haben sollte, hatte er das nie so recht glauben wollen, was ihm jetzt ebenfalls leidtat. Hattie sagte ihm, er solle sich ihretwegen keine Sorgen machen, gab ihm einen Kuss auf die Wange und lud ihn und Mark ein, sie in Paris zu besuchen, wenn sie die Zeit dazu fanden. Lance sagte, er würde auf das Angebot eingehen, wenn sie die Gewissheit hätten, dass Phyllis dann nicht versuchte, den Laden in der Zwischenzeit ganz allein zu schmeißen und das Café bis auf die Grundmauern niederbrennen zu lassen.

Sie überlegte, ob sie sich auch von Seth verabschieden sollte, sah aber letztlich davon ab. Da sich bis zum Ende der Woche überall im Dorf herumgesprochen hatte, dass sie wieder von hier weggehen würde, konnte sie getrost davon ausgehen, dass Seth von ihrer Absicht erfahren hatte. Hätte sie ihm irgendetwas bedeutet, wäre er zu ihr gekommen, um sich von ihr zu verabschieden. Das tat er nicht, was für Hattie ein sehr eindeutiges Zeichen war, welche Gefühle er tatsächlich für sie hegte. Es erschien ihr wie ein sinnloses Unterfangen, ihn zu einer peinlichen Abschiedsszene zu zwingen, die ihm missfiel. Dennoch konnte sie nicht leugnen, dass es ihr einen Stich versetzte. Vielleicht hatte sie ihm nie so viel bedeutet, wie sie geglaubt hatte, und wenn er sie jetzt dafür hasste, dass sie ihm etwas vorgemacht hatte, dann hatte sie sein Desinteresse womöglich auch verdient.

Es war Freitagabend und Hattie packte soeben ihre letzten Sachen zusammen, als es an der Haustür klopfte. Ihre Eltern waren zum Bridge-Spiel zu ihren Freunden ins Nachbardorf gefahren, was sie an jedem letzten Freitagabend im Monat taten. Nichts hätte sie davon abhalten können, nicht mal die bevorstehende Abreise der einzigen Tochter. Allerdings hatten sie ihr versprochen, zeitig genug wieder da zu sein, um an ihrem letzten Abend in Gillypuddle noch ein paar Stunden mit ihr zu verbringen. Ihr Dad hatte einen gewissen Widerwillen erkennen lassen, doch der hatte wohl eher damit zu tun, dass er frustriert war, weil es ihm nicht gelungen war, sie von ihrem in seinen Augen dummen Vorhaben abzuhalten.

Sie hatte soeben die letzte Bluse in den Koffer gepackt, als sie das Klopfen hörte, das von der Diele aus durch das ganze Haus schallte. Hattie erstarrte mitten in der Bewegung. Es war ein aggressives Klopfen, und sie war allein zu Hause. Sie ging zum Fenster und sah nach draußen. Als sie Seths Wagen vor dem Haus stehen sah, stockte ihr einen Moment lang der Atem. War er doch noch hergekommen, um etwas dazu zu sagen, dass sie Gillypuddle verlassen würde? Würde es vielleicht so sein wie in diesen romantischen Filmen, in denen der Held in letzter Minute die Heldin davon abhält, in ein Flugzeug zu steigen, weil seine Liebe zu ihr so groß ist, dass er sie nicht gehen lassen will?

Hattie eilte nach unten, ihr Herz raste wie wild, als sie die Tür aufriss.

»Ich muss deinen Dad sprechen«, sagte Seth ohne Vorrede.

Hatties Hoffnung zerplatzte bei diesen Worten wie ein Luftballon an einer Stecknadel. Dennoch war sie geistesgegenwärtig genug, sich ihre Enttäuschung nicht anmerken zu lassen. Sie sehnte sich nach diesem Mann, und zugleich hasste sie ihn zutiefst. Einig mit sich selbst war sie nur in dem Punkt, dass er besser gar nicht erst hergekommen wäre, wenn das alles war, was er von ihr wollte.

»Er ist nicht hier. Ich kann ihm etwas ausrichten. Oder du versuchst es auf seinem Handy. Seine Nummer …«

»Was hältst du davon?«, fiel er ihr ins Wort und hielt ihr ein Blatt Papier hin.

Es war ein handgeschriebener Brief, und ihre Ahnung, wessen Schrift das war, bestätigte sich, als sie bei der Unterschrift angekommen war.

»Du sollst die Esel woanders unterbringen?« Hattie sah Seth fragend an. Jeder Gedanke daran, wie sehr sie ihn dafür hasste, dass er sie trotz allem nicht hier und jetzt küssen wollte, war in diesem Moment vergessen. »Warum?«

»Frag mich was Leichteres.«

Hattie las den Brief noch einmal sorgfältig durch, wollte aber nicht glauben, was da geschrieben stand.

»Ich dachte mir, du würdest eher daraus schlau werden als ich«, fügte Seth an. »Immerhin kennt du sie besser als jeder andere in Gillypuddle.«

»Mag sein, aber du solltest nicht vergessen, dass sie mich vor die Tür gesetzt hat«, erwiderte sie. *Zweimal*, fügte sie in Gedanken hinzu. Soweit sie wusste, war Seth nichts von ihrem zweiten Besuch bei Jo bekannt. Dem Besuch, bei dem sie versucht hatte, mit ihr über ihre tote Schwester zu reden.

»Was hältst du von der Zeile gegen Ende?«, fragte Seth. *»Wenn Sie Hattie sehen, sagen Sie ihr, dass mir alles leidtut.«*

»Ich weiß nicht. Ich würde sagen, dass sie erkannt hat, wie unfair sie sich mir gegenüber verhalten hat.«

»Aber sie würde sich doch für nichts auf der Welt von ihren Eseln trennen. Das weißt du so gut wie ich.«

»Und warum schreibt sie dir dann einen Brief, in dem sie dir genau das mitteilt?«

»Weil sie weiß, dass ich zu ihr fahren werde. Hör zu, sie hat mir diesen Brief nach der Sprechstunde in den Praxisbriefkasten geworfen. An jedem anderen Freitag wäre ich um diese Zeit schon auf dem Weg nach Hause gewesen, aber heute Abend musste ich mich noch um die Buchhaltung kümmern. Ich gehe davon aus, dass sie angenommen hat, dass ich den Brief erst morgen früh sehe.«

»Bei deiner Samstagssprechstunde?«

»Richtig. Ich finde das vor, lese den Brief, und nachdem alle Patienten versorgt sind, rufe ich Jo an. Sie meldet sich nicht, also fahre ich rauf, um nachzusehen, was das alles soll, dann …«

»Wieso meldet sie sich nicht?«

»Was?«

»Wieso meldet sie sich nicht, wenn du anrufst?«, wollte Hattie wissen. »Meinst du, sie will Gillypuddle verlassen?«

»Ja?«

»Um woanders zu leben? Ohne ihre Esel? Das ergibt doch keinen Sinn!«

»Sehe ich auch so. Es passt überhaupt nicht zu ihr. Wir wissen schließlich beide, wie wichtig ihr die Tiere sind.«

Hatties Gedanken überschlugen sich. Warum sollte Jo so etwas tun? Seth hatte völlig recht, es passte ganz und gar nicht zu ihr, und es kam aus heiterem Himmel. Hatte es vielleicht etwas mit Hatties letztem Besuch zu tun? Wollte sie von hier wegziehen, weil Hattie ihr Geheimnis entdeckt hatte? Nein, sagte sie sich. Jo würde die Esel nicht einfach so im Stich lassen. Wenn sie umziehen wollte, würde sie die Tiere selbst woanders unterbringen. Sie würde darauf achten, dass die Esel gut untergebracht und versorgt waren. Das hier war nicht so, wie es sein sollte. Hatte Jo beim letzten Besuch nicht noch am Vormittag im Bett gelegen? Und die Küche … sie hatte ausgesehen wie ein Schlachtfeld. Jo schien von allem überfordert zu sein.

»Es sei denn …«, begann sie nachdenklich. »Als ich sie das letzte Mal sah, war sie irgendwie nicht ganz sie selbst.«

»War sie niedergeschlagen?«

»Ja, und ziemlich durcheinander.«

Seth nickte bedächtig. »Was glaubst du, was es bedeutet?«

»Ich weiß nicht. Ich kann mir nicht … Seth … du denkst doch nicht etwa, dass sich ihr Zustand so verschlechtert hat, das sie …?«

»Leider denke ich genau das. Ich wollte es nicht in Erwägung ziehen, aber wenn du zu dem gleichen Schluss kommst …«

»Ich weiß nicht, was ich im Moment denken soll. Das kommt mir so unwahrscheinlich vor.«

»Es ist die einzige Erklärung. Mit diesem Brief kündigt sie nicht ihren Wegzug an …«, Seth nahm ihr den Brief aus der Hand und hielt ihn vor ihr Gesicht, »… sondern ihren Suizid!«

Kapitel 29

Seth fluchte leise vor sich hin, während er mit Hattie zum Gnadenhof fuhr. Sie konnte kaum etwas verstehen, aber es klang nach üblen Flüchen und Schuldzuweisungen, außerdem nach Rätselraten angesichts der Dummheit der Menschen. Er hatte Angst, und ihr erging es nicht besser. Hattie hielt den Brief in ihren Händen und las ihn noch einmal, während Seth in die Straße einbog, die zum Gnadenhof führte.

Lieber Seth,

ich brauche Ihre Hilfe. Sie müssen zum Gnadenhof kommen, weil ich für die Esel und die Hühner umgehend ein neues Zuhause finden muss. Ich habe Anweisungen für jedes einzelne Tier zusammengestellt, weil jedes von ihnen eine besondere Behandlung benötigt. Sie erhalten die Anweisungen, sobald Sie hier sind.

Wenn Sie Hattie sehen, sagen Sie ihr, dass mir alles leidtut.

Jo Flint

Als sie Jo das letzte Mal besucht hatte, war Hattie schon skeptisch gewesen, ob Jo überhaupt noch so zurechtkam, wie es erforderlich war. Allerdings hätte sie nicht gedacht, dass es so schlimm sein könnte. Rückblickend waren die Hinweise eigentlich schon seit Langem vorhanden gewesen. Oder war es bloß eine verrückte Überreaktion, zu glauben, sie könnte sich umbringen wollen? Immerhin opferte sie sich so sehr für ihre Tiere auf, dass Hattie sich nicht vorstellen konnte, welche Umstände eintreten müssten, damit Jo bereit war, die Tiere einer anderen Person anzuvertrauen.

Außerdem führte sie zwar ein Leben in Abgeschiedenheit, doch gerade das schien ihr ja zu gefallen.

Hattie hatte sie für sie zäheste, starrköpfigste und entschlossenste Frau gehalten, die sie kannte. Und sie hatte geglaubt, dass Jo das Leben dort oben auf dem Hof liebte. War das alles gelogen gewesen? Wenn sie allein am glücklichsten war, warum hatte sie dann überhaupt eine Assistentin auf ihren Hof holen wollen? War sie vielleicht doch nicht so glücklich gewesen? War das schon der Hilfeschrei gewesen, weil sie von jemandem verstanden werden wollte? Falls ja, dann war Hattie zwar darauf angesprungen, aber sie hatte den Hilferuf nicht als solchen verstanden. Sollte Jo irgendetwas zustoßen, dann wäre Hattie schuld.

Über diese Möglichkeit wollte sie lieber gar nicht erst nachdenken, stattdessen klammerte sie sich an die Hoffnung, dass Jo zumindest erst noch alle Esel in ihre Boxen bringen würde, damit sie in Sicherheit waren, bevor sie sich etwas antat. Damit blieben ihnen noch … ein paar Minuten? Es dämmerte bereits, der Himmel wurde dunkler, und es war durchaus möglich, dass Jo die Esel schon in die Boxen geschafft hatte.

Sie warf Seth einen Seitenblick zu, der den Blick konzentriert auf die holprige Straße hinauf zum Gnadenhof gerichtet hatte. Immer noch murmelte er etwas Unverständliches vor sich hin, vielleicht fluchte er, aber vielleicht betete er auch. Oder er machte sich selbst Mut, das durchzustehen, was sie gleich auf der Sweet Briar Farm erwarten würde.

»Glaubst du, wir könnten die falschen Schlüsse gezogen haben?«, fragte Hattie.

»Ich weiß es nicht.«

»Jo wird sich nicht gerade freuen, wenn wir bei ihr reingeplatzt kommen.«

»Denk mal drüber nach«, erwiderte er, als hätte sie soeben den dümmsten Kommentar von sich gegeben, den er je gehört hatte. »Denk mal über das nach, was in diesem Brief steht.«

Hattie sah sich den Brief noch einmal an. Jo drückte sich immer möglichst knapp aus, wenn sie redete, und das schien auch für diesen Brief zu gelten. Was sie geschrieben hatte, bot keinen Ansatz zu irgendeiner Deutung, aber Sorge bereitete ihr, was Jo nicht geschrieben hatte. Trotz ihrer eben noch geäußerten Überlegung hatte sie das Gefühl, dass Seth mit seiner Vermutung richtiglag.

An der Zufahrt zum Hof angekommen sprang Hattie aus dem Wagen und machte das Tor auf, damit Seth durchfahren konnte. Während er den Wagen abstellte, rannte sie zum Haus. Die Haustür war wie immer unverschlossen. Sie lief in die Küche und rief nach Jo, aber es kam keine Antwort. Also stürmte sie nach oben und sah sich dort in allen Räumen um. Ihr altes Zimmer wirkte kalt und verlassen, Jos Schlafzimmer war verwaist. Das Bett war zerwühlt, das Bettzeug schmuddelig. Obenauf lag ein aufgeschlagenes Fotoalbum.

Tränen stiegen Hattie in die Augen, als sie einen Blick auf die Fotos warf und darauf eine Frau entdeckte, die eindeutig mit Jo verwandt war. Sie lächelte in die Kamera, doch Hattie blieb keine Zeit, sich näher mit diesem Album zu befassen.

Als sie wieder nach unten kam, sah sie, wie Seth ein Blatt vom Tisch hochnahm.

»Anweisungen für die Tiere«, informierte er sie mit finsterer Miene. »So wie sie es geschrieben hat.«

»Oben ist sie nicht«, ließ Hattie ihn wissen. »Vielleicht macht sie ja die Tiere für die Nacht fertig.«

»Du siehst im Obstgarten nach, ich gehe zu den Stallungen.«

Hattie nickte und lief aus dem Haus.

Die Pflaumenbäume waren voller Obst, auch wenn vieles davon noch reif werden musste. Hattie hörte die Hennen glucksen, aber ein Blick in den Stall genügte, um zu sehen, dass Jo sich auch dort nicht aufhielt. »Jo?«, rief sie dennoch. »Jo, bist du hier irgendwo?«

Es kam keine Antwort, und sie vergeudete keine Zeit, sondern lief zu den Stallungen. Seth kam ihr bereits entgegen.

»Die Esel sind alle in ihren Boxen«, berichtete er. »Was jetzt?«

»Da ist sie auch nicht?«

Während Seth noch grimmig den Kopf schüttelte, wurde Hattie bewusst, dass sie soeben eine sehr überflüssige Frage gestellt hatte. Aber sie wusste nicht, was sie sonst hätte sagen sollen.

Wenn Jo hier nirgends zu finden war, wo hielt sie sich dann auf? Hatte sie geahnt, dass jemand kommen und nach ihr sehen würde? Hatte sie sich irgendwo versteckt, wo niemand sie finden konnte? Diese Vorstellung erschreckte Hattie, doch so, wie sie Jo kannte, durfte sie eine solche Möglichkeit nicht außer Acht lassen.

»Vielleicht ist sie ja gar nicht mehr hier«, gab sie zu bedenken. »Womöglich hat sie ihre Sachen gepackt und ist abgefahren.«

»Sieht es im Haus so aus, als hätte sie irgendwas gepackt und mitgenommen?«

»Na ja, eigentlich nicht …« Unwillkürlich musste Hattie an ihren eigenen Koffer denken, der noch aufgeklappt auf ihrem Bett lag. »Aber vielleicht hat sie ja nur wenig eingepackt.«

»Sie würde nicht von hier weggehen, ohne zuerst ein neues Zuhause für die Esel gefunden zu haben.«

»Wenn es danach geht, dann würde sie *rein gar nichts* tun, solange sie nicht weiß, dass es ihren Tieren gut geht!«

»Es sei denn, sie ist sehr verzweifelt«, hielt Seth dagegen.

»So verzweifelt, dass sie nicht bei Verstand ist?«, hakte sie nach.

»Ganz genau.«

Hattie musste sich ernsthaft fragen, ob Jo in der Zeit, in der sie hier oben für sie gearbeitet hatte, jemals wirklich bei Verstand gewesen war. Handelte es sich bei ihr um die echte Jo Flint? Oder war sie die posttraumatische Jo Flint? Die Frau, die nicht über den Tod der Schwester hinwegkam und die sich immer noch die Schuld daran gab? Was, wenn sie gar nicht die Frau war, für die man sie in Gillypuddle hielt?

Hattie wusste es nicht, aber eine Sache war ihr klar: Es war ihre Pflicht, es herauszufinden und sie zu retten, wenn es ihnen irgendwie möglich war. Ihr war egal, wie wütend Jo diesmal vielleicht sein würde, denn die Dinge waren viel zu weit fortgeschritten, um sich darüber jetzt auch noch Gedanken machen zu müssen.

Seth stand schweigend da und ließ den Blick über den Hof wandern. Dann drehte er sich zu Hattie um, sah sie an, und im nächsten Moment sagten sie beide gleichzeitig: »Die Klippe.«

»Wir nehmen den Wagen«, entschied er.

Hattie rannte los und sprang auf der Beifahrerseite in seinen Wagen, als Seth auch schon den Motor anließ. Da er mit hoher Geschwindigkeit dem gewundenen Pfad folgte, wurden sie beide auf ihren Sitzen hin und her geworfen. Der Weg war nicht mit dem Ziel angelegt worden, ihn mit einem Auto befahren zu können, doch zu Fuß würden sie kostbare Minuten verlieren, von denen Hattie fürchtete, dass sie ihnen nicht mehr blieben. Sie fuhren an der verlassenen Koppel vorbei, die langsam von der Dunkelheit der nahenden Nacht überlagert wurde. Nahe dem Klippenrand hielt Seth den Wagen an, und sofort sprang Hattie mit einem Satz nach draußen, um die Umgebung abzusuchen. Das Tageslicht war nur noch schwach, doch als sie in

365

die Richtung sah, in die Seth auf einmal zeigte, entdeckte auch sie die Umrisse einer Gestalt, die aufs Meer hinauszublicken schien.

Hattie wollte etwas rufen, aber Seth hielt ihr gerade noch rechtzeitig den Mund zu.

»Wenn sie weiß, dass wir hier sind, wird sie womöglich sofort springen«, warnte er sie.

Hattie sah ihn nur an.

»Und vielleicht ist das da überhaupt nicht Jo«, fügte er hinzu.

»Und was sollen wir machen?«

»Wir gehen näher ran, um herauszufinden, wer das ist. Wenn es Jo ist, sprechen wir sie an. Dann bleibt ihr nicht so viel Zeit, um sich zu überlegen, dass sie nicht mit uns reden will.«

»Wenn sie wirklich nicht mit uns reden will, kann es durchaus sein, dass sie sofort springt«, gab Hattie zurück und erschrak über ihre eigenen Worte. In ihren schlimmsten Albträumen hätte sie sich nicht vorstellen können, jemals in eine solche Situation zu geraten.

Hattie folgte Seth, der einen Halbkreis beschrieb, um sich der Person von hinten zu nähern, nicht aber von der Seite. Wenn sie leise genug waren, so hatte Seth ihr zugeflüstert, würden sie vielleicht nahe genug herankommen, ohne bemerkt zu werden, damit sie feststellen konnten, ob sie es mit Jo zu tun hatten oder nicht. Das Ganze war auf der einen Seite fast schon albern, auf der anderen Seite jedoch entsetzlich Furcht einflößend. Hatties Herz raste vor Aufregung wie verrückt, während sie auf dem unebenen Gelände vorrückten, so schnell sie konnten. Es war kein einfaches Unterfangen, das sie ein paar Minuten kostete. Dabei verstrich jede Sekunde in der quälenden Ungewissheit, vielleicht einen Schritt zu langsam zu sein und zu spät zu kommen.

Als sie näher kamen, gab es keinen Zweifel mehr: Es war Jo.

Sie waren vielleicht noch zwei Meter entfernt, als Seth ihr etwas zurufen wollte, doch in diesem Moment drehte Jo sich zu ihnen um. Ihre Augen waren verquollen und gerötet, von ihrer sonst so stolzen Haltung war nichts zu sehen, da sie die Schultern hängen ließ.

»Kommen Sie vom Rand weg«, forderte Seth sie auf.

Jo schüttelte den Kopf.

»Bitte«, redete er weiter. »Nur für eine Minute, damit wir reden können.«

»Damit Sie es mir ausreden können?«, gab sie zurück.

»Wir haben keine Ahnung, was ›es‹ sein soll«, sagte er.

Jo drehte den Kopf zu Hattie um. Vielleicht erwartete sie von ihr, dass sie auch etwas sagte, doch Hattie fehlten die Worte.

»Mach dir keine Vorwürfe«, sagte Jo schließlich zu ihr. »Es gibt nichts, was irgendjemand für mich hätte tun können, nicht mal du.«

»Ich verstehe nicht …«, begann Hattie, doch Jo wandte sich ab und machte einen Schritt in Richtung Klippe.

Entsetzt sah sie mit an, wie Jo tief Luft holte und sich dann langsam nach vorn neigte. Es lief so langsam ab, dass man hätte meinen können, die Zeit wäre stehen geblieben. In der nächsten Sekunde machte Seth einen Satz nach vorn, bekam Jos Arm zu fassen und riss sie von der Felskante weg. Mit einem lauten Aufheulen ging sie zu Boden, er landete halb auf ihr.

»Nein, nein! Lassen Sie mich!«, schrie sie und wehrte sich nach Kräften.

»Wenn Sie versuchen, sich in die Tiefe zu stürzen«, redete Seth energisch auf sie ein, während er weiter ihren Arm umklammert hielt, »dann werden Sie mich unweigerlich mit sich in den Tod reißen. Wollen Sie das wirklich?«

Jo sah ihn erschrocken an. »Nein«, schluchzte sie. »Aber ich will trotzdem nicht mehr!«

»Warum?«, keuchte Seth. Hattie konnte ihm ansehen, dass es ihn all seine Selbstbeherrschung kostete, Herr der Lage zu bleiben. »Nennen Sie mir einen guten Grund, warum ich Sie das tun lassen sollte. Wenn Sie mich überzeugen können, haben Sie freie Bahn.«

»Sie werden mich ja doch nicht loslassen«, schrie Jo ihn an.

»Natürlich nicht, denn wir könnten noch bis in alle Ewigkeit hier zubringen, ohne dass Sie mir auch nur ein überzeugendes Argument liefern könnten.«

Jo sah zu Hattie. »Bitte«, flehte sie sie an. »Du weißt alles. Du weißt, warum.«

Seth sah Hattie an, sein Blick machte deutlich, dass er eine Erklärung hören wollte. Er war wütend, erschrocken und ratlos. Hattie wusste, wie schlecht es sie dastehen lassen würde, dass sie ihm nicht gesagt hatte, was sie über Jo erfahren hatte – vor allem jetzt, da es von Nutzen hätte sein können.

»Ja, ich weiß es«, erwiderte Hattie. »Aber ich bin einer Meinung mit Seth. Es ist kein überzeugender Grund, um dich so etwas tun zu lassen.«

»Ich habe nichts«, sagte Jo und wirkte dabei seltsam verloren. »Du hast es gesehen, du weißt es.«

»Ich bin mir sicher, dass es sich so angefühlt hat«, erwiderte Hattie. »Aber wenn du uns gewähren lässt, können wir dir zeigen, dass es nicht stimmt.«

Kapitel 30

Die Wimpel hingen krumm und schief.

»Wenn du willst, dass etwas richtig gemacht wird, musst du es selbst erledigen.« Hattie seufzte und zog sie gerade.

»Damit ist doch alles in Ordnung«, meinte Jo, als sie mit einem weiteren Stapel Wimpel an ihr vorbeiging. »Außerdem sieht das immer albern aus, egal was du damit anstellst. Die Leute kommen her, um einen Bauernhof zu sehen, keinen Zirkus.«

Hattie sah der anderen Frau lächelnd hinterher. Manche Dinge änderten sich einfach nie, da konnte Jo noch so gute Fortschritte bei der Therapie machen und an noch so vielen Abenden offen mit Hattie reden, bis ihr der Hals wehtat und ihre Stimme heiser wurde.

Der Winter war lang und zäh gewesen, manchmal auch so düster, dass Hattie sich wünschte, doch bloß wie geplant nach Paris gezogen zu sein, als sie noch die Gelegenheit dazu hatte. Aber das hatte sie letztlich doch bleiben lassen und dafür das gefunden, wonach sie ihr Leben lang gesucht hatte. Die eine Sache, die wirklich zählte. Sie hatte Jo und die Sweet Briar Farm wiedergefunden, und diesmal würde sie alles richtig machen.

Und sie hatte Seth gefunden.

Es war seine Hand, die sich plötzlich von hinten über ihre Augenpartie legte. Sein Duft war unverkennbar. »Dreimal darfst du raten.«

Sie schob die Hand weg und drehte sich zu Seth um.

»Lance möchte wissen, ob die Kanapees reichen«, sagte er und grinste sie an.

Hattie verdrehte die Augen. »Dass sie reichen, habe ich ihm schon gesagt, bevor er das letzte Mal Nachschub herbeigeschafft hat.«

»Du kennst Lance. Es gibt keine Party wie eine Lance-Holt-Party.«

Hattie musste kichern, als sie seine unbeholfenen Versuche sah, den Satz als Sprechgesang vorzutragen. »Du meinst vielleicht, dass du in den Neunzigern cool gewesen bist, wenn du aus einem Song zitieren kannst. Aber ich weiß, dass das nicht stimmt.«

»Kein Junge war in den Neunzigern wirklich cool. Das ist der wahre Grund.«

»Mich hat's in den Neunzigern noch nicht mal gegeben«, erwiderte Hattie. »Na ja, jedenfalls nicht in den gesamten Neunzigern.«

»Musst du mich unbedingt daran erinnern, wie viel älter ich bin?«, raunte Seth ihr zu. »Das ist einfach nicht fair.«

»Geh und sag Lance, dass das Essen, das er hergebracht hat, mehr als genug ist. Ich bin mir nicht mal sicher, ob wir die Zahl der Leute erreichen werden, die sich über Facebook alle angekündigt haben. Ich weiß nicht. Da sagen die Leute zu, dass sie herkommen werden, und dann tauchen sie einfach nicht auf. Und wenn doch …« Sie zuckte gelassen mit den Schultern. »Das Essen kostet sie sowieso nichts, also sollen sie sich auch nicht beschweren, dass alles weg ist, wenn sie zu spät eintreffen. Wer zuerst kommt, mahlt zuerst, sagt man doch. Dann müssen sie halt damit leben, dass sie nichts mehr bekommen.«

»Autsch. Der Winter hat dich aber unerbittlich werden lassen.«

»Irgendjemand muss diesen Laden ja führen.«

Er lächelte sie an. »Jo kann von Glück reden, dass sie dich hat. Dich zur Managerin des Hofes zu machen, war die beste Entscheidung.«

»Ich weiß«, bestätigte sie gut gelaunt. »Es geht alles viel ruhiger zu, seit sie endlich Hilfe von außen akzeptieren kann und sie nicht versucht, ständig alles kontrollieren zu wollen.«

Er gab ihr einen Kuss, der ein wohlig warmes Gefühl in ihrer Brust auslöste, dann machte sich Seth auf die Suche nach Lance. Hattie erlaubte sich, den Blick für einen Moment schweifen zu lassen. Auch wenn kaum Geld vorhanden war, um das Wohngebäude von Sweet Briar von außen gründlich zu renovieren, wirkte im Schein der Frühjahrssonne dennoch alles heller und einladender als in all den Monaten, die Hattie hier verbracht hatte. Vielleicht lag es daran, dass sie heute alles feierten, was sie bereits bewältigt hatten und was sie noch zu erreichen hofften. Vielleicht war es die Aussicht auf eine strahlendere Zukunft, die alles freundlicher erscheinen ließ.

Ringsum auf dem Hof hatten sie bunte Wimpel aufgehängt, Lance und Mark hatten ein Zelt aufgebaut, in dem sie selbst gemachte Erfrischungen aus dem Willow Tree anboten. Seth und Hatties Dad hatten gemeinsam den Innenhof so umgestaltet, dass eine Strecke von dort bis zu den Stallungen entstanden war. Die Stallungen hatten sie so erweitert, dass die Esel sich sowohl drinnen als auch im Freien aufhalten konnten. Das sollte es am heutigen Tag für die Besucher einfacher machen, die Esel zu sehen.

Wenn für Besucher erst einmal alles fertiggestellt war, wie sie es geplant hatten, dann konnten sie die Leute bis nach oben zur Koppel wandern lassen. Dort konnten sie dann die Bewohner des Gnadenhofs besuchen oder auch die Aussicht von der Klippe aufs Meer genießen. Hattie beabsichtigte, dort oben Picknicktische und Stühle aufzustellen, auch wenn Jo von dieser

Idee gar nicht begeistert war. Sie war immer noch misstrauisch, was die möglichen heimlichen Absichten der Besucher anging. Doch nachdem Hattie sich die Hilfe ihres Dads gesichert und Jo versprochen hatte, er werde dort oben als Aufpasser anwesend sein, wenn Besucher zugelassen waren, hatte Jo schließlich ihre Zustimmung gegeben. Es waren nur ein paar Tage pro Woche vorgesehen, und Nigel schien diese Aufgabe gern zu überneh-men. Von ihrer Mum wusste Hattie, dass ihr Dad sich zu Hause langweilte und Rhonda damit auf die Nerven ging, weshalb sie ebenfalls sehr erfreut war, dass für ihn eine Beschäftigung ge-funden worden war.

Neben dem Zelt mit Erfrischungen baute Rupert einen Stand für eine Tombola auf, deren Erlöse dem Unterhalt des Gnaden-hofs dienen sollten. Hattie beobachtete, wie Phyllis nebenan aus dem Zelt kam und ihm eine Tasse sowie einen Teller mit einem Stück Kuchen brachte. Er sah sie an und zwinkerte ihr zu, wo-raufhin sie wie ein kleines Mädchen zu kichern begann.

Flirteten die beiden etwa miteinander?

Hattie musste grinsen. Es wäre gut für die zwei, immerhin versuchte jeder im Dorf schon seit Jahren, sie zu verkuppeln, weil sie füreinander wie geschaffen waren, bislang jedoch ohne Erfolg.

»Buh!«

Hattie drehte sich um und sah sich Melinda, Stu und den Kindern gegenüber.

»Hey«, sagte Melinda. »Wie läuft es hier?«

»Gut«, antwortete Hattie. »Bis jetzt hat es keine nennenswer-ten Katastrophen gegeben. Ich war mir nicht sicher, ob ihr es schaffen würdet.«

»Was? Ich soll darauf verzichten, den wichtigsten Moment im Leben meiner besten Freundin mitzuerleben? Davon hätte mich nichts und niemand abhalten können.«

»Ich weiß, aber ich dachte, du hättest womöglich alle Hände voll zu tun.«

»Ach, deswegen …« Melinda lächelte versonnen das winzige Baby an, das sie in den Armen hielt. »Der Kleine schläft einfach traumhaft. Du könntest ein Orchester mit Pauken und Trompeten spielen lassen, er würde einfach weiterschlafen wie … na, halt wie ein Baby.«

»Wie heißt der Kleine noch gleich?«

Jo war zu ihnen gekommen und betrachtete den Säugling. Hattie fiel auf, dass Jo keine Wimpel mehr bei sich hatte, was bedeuten musste, dass sie die letzte Ladung sehr schnell aufgehängt haben musste. Sie nahm sich vor, nachher einen Rundgang zu unternehmen und nachzusehen, wo sie noch etwas richten und verbessern musste.

»Staubwolke oder so was in der Art, richtig?«, redete Jo weiter.

Melinda verzog mürrisch den Mund, aber Hattie warf lachend ein: »Sie nimmt dich bloß auf den Arm.«

Jo kam näher, um sich Melindas jüngstes Familienmitglied genauer anzusehen, wobei ihr Blick sichtlich weicher wurde. »Ihr hättet ihn Goldschatz nennen sollen.«

»Wir haben ihm noch gar keinen Namen gegeben«, erklärte Stu. »Wir sollten das bald erledigen, weil er noch angemeldet werden muss.«

»Und warum hat er noch keinen Namen? Das kann doch nicht so schwer sein, sich einen Namen zu überlegen«, wunderte sich Jo.

»Das Problem ist nicht, sich einen Namen zu überlegen, sondern sich auf einen Namen zu einigen«, antwortete Melinda.

»Ich wollte ihn Nathan nennen«, erklärte Stu.

»Aber das passt nicht zu den anderen«, machte Melinda ihm klar. »Das ist ein viel zu normaler Name.«

»Das liegt ja nur daran, dass du bei allen anderen deinen Willen durchgesetzt hast«, sagte Stu und schmollte.

»Irgendwann kommt man an einen Punkt, an dem man an seiner Entscheidung festhalten muss, weil alles andere langweilig klingt. Du kannst nicht hingehen und einem der Kinder einen normalen Namen geben.«

»Wir hätten all unseren Kindern normale Namen geben sollen.«

»Dann hättest du mich nicht mit Sunshine anfangen lassen dürfen!«

»Ich weiß. Aber nachdem ich die Geburt mitangesehen hatte, hast du mir so leidgetan, dass ich mich nicht mit dir streiten wollte.«

Hattie sah Melinda fragend an. »Habt ihr denn überhaupt schon eine Idee?«

»Ich hatte an Thor gedacht«, sagte Melinda. »So wie der Donner, nur viel cooler.«

»Klingt so, als wäre er ein Wikinger«, meinte Jo. »Das gefällt mir.«

Ohne abzuwarten, ob einer von ihnen etwas auf ihren Kommentar erwidern wollte, ging Jo weg.

Ocean zog an Hatties Hand. »Können wir uns die Esel ansehen?«

»Seth und Jo werden sie bald zu ihren Boxen bringen«, erklärte Hattie. »Vielleicht willst du ihnen zusammen mit deinem Dad und deinen Geschwistern helfen.«

Ocean nickte eifrig und Melinda gab lächelnd ihr Einverständnis. Sie sahen Stu und den Kindern hinterher, wie sie in die Richtung gingen, in die Jo entschwunden war. In dem Moment begann sich der mögliche Thor zu regen.

»Ich hab's ja gewusst, dass er jetzt aufwachen würde«, sagte Melinda. »Ich wette, er hat Hunger. Heute Morgen habe ich versucht, ihm eine Extraportion zu geben, damit er durchschläft, aber davon wollte er nichts wissen.«

»Wenn du willst, kannst du mein Schlafzimmer nehmen, da seid ihr zwei ungestört. Die Haustür ist aufgeschlossen, solange die Besucher noch nicht da sind. Das heißt, du kannst rein und raus, wie es dir passt.«

»Danke.« Melinda gab ihr einen Kuss auf die Wange und ging zum Haus, da ihr Baby schon jetzt ziemlich ungehalten klang.

Hattie sah Melinda hinterher, wie diese im Haus verschwand, bis ihr Lance auffiel, der im Zelteingang stand und sie zu sich winkte.

»Es tut mir leid«, sagte er leise. »Aber Owen hat eben angerufen. Er lässt ausrichten, dass es ihm leidtut, er aber nicht zur großen Eröffnung kommen kann.«

»Ich hatte auch nicht erwartet, dass ihm das möglich sein würde«, entgegnete sie. »Aber danke, dass du es versucht hast.«

»Wenn du mich fragst, ist er einfach zu feige, dir gegenüberzutreten«, erklärte er und verschränkte die Arme vor der Brust. »Ich würde ihn trotzdem dazu kriegen, dass er herkommt, weil er dir das verdammt noch mal schuldig ist.«

»Ich würde ihm keinen Vorwurf machen, aber wenn er denkt, dass ich noch immer sauer auf ihn bin, dann kannst du ihm ruhig ausrichten, dass ich das nicht bin.«

»Ich glaube nicht. Ich weiß, er gehört zur Familie, trotzdem muss ich sagen, dass meiner Meinung nach der bessere Mann gewonnen hat.«

Hattie grinste ihn an. »Ich wusste gar nicht, dass es einen Wettkampf gegeben hat.«

»Oh, ich würde sagen, dass unser sexy Seth schon viel früher ein Auge auf dich geworfen hatte, als es dir bewusst sein dürfte.«

»Meinst du?«

»Vertrau mir, ich kenne mich mit so was aus.«

»Dann werde ich dich beim Wort nehmen«, gab sie amüsiert zurück.

»Es freut mich, dass du glücklich bist. Allerdings finde ich immer noch, dass du ein bisschen verrückt bist.« Mit dem Finger tippte er an seine Schläfe. »Diese Frau … diese Med…«

»Wehe!«, warnte Hattie ihn.

»Dann eben *Jo*«, korrigierte er sich und verdrehte die Augen. »Sie war gerade eben hier und hat versucht mir zu erzählen, wie ich meine Arbeit machen soll! Ich meine, wie viel Ahnung hat sie denn von Catering? Ich habe sofort klargestellt, dass sie sich um ihre Esel kümmern soll und ich mich um meine Kuchen kümmern werde.«

»Du hast sie doch nicht etwa angebrüllt, oder?«

»Natürlich habe ich das, was denkst du denn?«

»Oh Gott!!« Hattie wurde bleich. Wenn heute eine Sache wichtig war, dann die, dass Jo bei der Sache bleiben musste. Es ging ihr inzwischen besser, doch von Zeit zu Zeit zog sie sich immer noch in einen dunklen Winkel in ihrem Verstand zurück. So etwas konnte Hattie jetzt nun wirklich nicht gebrauchen. »Wo ist sie hin?«

Lance zuckte mit den Schultern. »Solange sie nicht hier ist, kümmert es mich nicht.«

»Ich suche besser mal nach ihr«, sagte Hattie und eilte davon.

Sie kam an Phyllis und Rupert vorbei. »Habt ihr Jo vorbeikommen sehen?«, fragte sie.

»Wen?«, wollte Phyllis wissen.

»Die unfreundliche Frau«, machte Rupert ihr klar und fügte an Hattie gewandt hinzu: »Weiß nicht, wo sie hin ist.«

»Sah sie okay aus?«, hakte Hattie nach.

»Woher soll ich das wissen?«, gab Rupert verständnislos zurück. »Sie sah so aus wie immer.«

»Aha … okay.«

Hattie suchte die Umgebung ab, und dann entdeckte sie Jo bei Seth, der sich an den neuen Einhegungen aufhielt. Melindas Kinder waren auch bei ihnen. Jo war nicht anzusehen, ob ihr die kurze Auseinandersetzung mit Lance in irgendeiner Weise etwas ausgemacht hatte. Sie erzählte eine Geschichte über einen der Esel, und die Kinder hörten ihr gebannt zu. Als Seth Hattie bemerkte, schlenderte er zu ihr.

»Du musst mal ein ernstes Wort mit Lance reden«, sagte er leise.

»Habe ich schon«, entgegnete sie und seufzte. »Ich schätze, wir dürfen keine Wunder erwarten. Die Leute im Dorf haben eine so unverrückbare Meinung über sie, dass es eine ganze Weile dauern wird, bis ihnen klar wird, wie viel sie der Gemeinschaft geben kann.«

»Ich finde nur, dass sie sich nicht immer auf eine Weise verhält, die ihrer Sache dient.«

»Wie gesagt«, gab Hattie zurück. »Vielleicht dürfen wir nicht sofort Wunder erwarten.«

»Zumindest …«, begann Seth, legte einen Arm um ihre Taille und gab ihr einen Kuss auf den Mund, »… zumindest wirkt sie auf mich glücklicher, als ich sie je zuvor erlebt habe. Und mir geht es ähnlich«, fügte er hinzu. »Und das ist alles einer gewissen jungen Frau zu verdanken.«

»Redest du von Phyllis?«, scherzte sie. »Ich werde es ihr ausrichten, sobald ich sie sehe.«

In diesem Moment bemerkte sie ihre Mum auf dem Hof, die ihrem Dad anscheinend etwas sehr Kompliziertes zu erklären versuchte. Ihre Gesten, die einem bestimmten Muster zu folgen schienen, wurden umso ausholender, je frustrierter sie wirkte.

»Ich gehe besser mal hin und sehe nach, ob mit Mum und Dad alles in Ordnung ist«, beschloss sie. »Ich habe das Gefühl, dass da irgendwas nicht stimmt.«

»Gut so. Geh zu ihnen und spiel Schiedsrichterin.« Er grinste sie an und küsste sie erneut.

Hattie ging zu ihren Eltern, während Seth sich wieder zu Jo gesellte, um Melindas Kinder zu bespaßen.

»Heute ist kein Tag zum Streiten«, unterbrach Hattie sie energisch, woraufhin Nigel und Rhonda sich zu ihr umdrehten und sie schuldbewusst ansahen. »Heute ist ein Tag der Harmonie, und ich werde jeden höchstpersönlich vor die Tür setzen, der die Eröffnungsparty stört, und da mache ich auch nicht vor Verwandten halt.«

»Dein Dad hat eben ein riesiges Stück Sahnetorte gegessen«, beklagte sich Rhonda.

Hattie sah ihren Dad fragend an. »Du weißt doch, was die Ärztin über deine Cholesterinwerte gesagt hat!«

»Ich bin selbst Arzt!«, hielt er dagegen. »Ich kenne mich mit Cholesterinwerten aus!«

»Dann solltest du eigentlich auch wissen, dass Sahnetorte diese Werte nicht gerade sinken lässt«, warf Rhonda ein.

»Jetzt ist es doch sowieso zu spät, Mum«, sagte Hattie genervt. »Er hat die Torte gegessen und freut sich jetzt ein Loch in den Bauch. Sieht ganz so aus, als müsstest du ihn morgen wieder in geordnete Bahnen lenken.«

Rhonda warf ihrem Mann einen wütenden Blick zu, doch er schien sehr zufrieden zu sein.

»So, dann wäre das ja geregelt.« Hattie wandte sich zum Gehen, aber ihre Mum hielt sie zurück.

»Wir wollten dir etwas geben«, sagte sie. »Bevor die Eröffnungsparty anfängt.«

Ein wenig skeptisch drehte sich Hattie wieder zu ihnen um.

Sie wollte ihren Augen nicht trauen, als Rhonda ein verschossenes Schmuckdöschen aus ihrer Handtasche holte und öffnete, sodass Hattie das herzförmige Medaillon sehen konnte.

»Aber das …«, begann sie zögerlich und sah ihre Eltern an.

»Es gehörte Charlotte, ja«, bestätigte Nigel. »Wir finden, dass du es haben sollst.«

»Aber das habt ihr doch schon seit …« Hattie ließ den Satz unvollendet.

»Charlotte hätte gewollt, dass du es bekommst«, sagte Rhonda.

»Aber das kann ich nicht annehmen …«

»Doch, das kannst du«, fiel Rhonda ihr ins Wort. »Und wir wollen es so.«

»Du hast immer gedacht, dass du die Tochter bist, von der wir enttäuscht sind«, warf Nigel ein. »Vielleicht liegt die Schuld für deine Wahrnehmung ja in Wahrheit bei uns. Aber so, wie du in diesem letzten Jahr erwachsen geworden bist, was du geleistet und wem du geholfen hast … tja, wir könnten nicht stolzer auf dich sein. Du hast uns nie enttäuscht, du warst immer nur du selbst. Wir waren eigentlich immer diejenigen, die sich mehr hätten anstrengen müssen.«

Tränen stiegen Hattie in die Augen, als sie die Schachtel an sich nahm.

»Willst du das Medaillon umhängen?«, fragte Rhonda unschlüssig.

Hattie nickte stumm. Ihr fehlten die Worte. Sie konnte nur die Schachtel zurückgeben und dann zusehen, wie Rhonda ihr die Halskette umlegte. Charlotte war nie aus Hatties Leben verschwunden, doch jetzt kam es ihr so, als würde sie einen Teil ihrer Schwester bei sich tragen. Aber nicht nur für sie war das ein bewegender Moment, sondern auch für ihre Eltern. Dieses Medaillon hatte Charlotte bis zu ihrem Tod getragen, und Hattie wusste, dass ihre Mum jeden Abend vor dem Einschlafen einen letzten Blick darauf warf. Wenn Rhonda bereit war, sich davon zu trennen und es Hattie zu überreichen … dann bedeutete das für Hattie mehr, als sie jemals in Worte hätte fassen können.

Rhonda holte ein Taschentuch aus ihrer Handtasche und gab es Hattie.

»Reiß dich zusammen.« Nigel lächelte, während sie die Tränen abtupfte. »Du hast gleich einen Job zu erledigen, da musst du bei der Sache sein.«

Hattie schniefte heftig. »Ich liebe euch beide so sehr!«

»Wir lieben dich doch auch. Es tut uns leid, dass wir dir das nicht so oft gesagt haben, wie wir es eigentlich hätten tun sollen.«

Plötzlich kam Seth zu ihnen gelaufen. »Hast du mal auf die Uhr gese…« Er verstummte, als er die Szene wahrnahm, die sich da vor ihm abspielte. »Stimmt irgendwas nicht?«

»Ganz im Gegenteil. Alles stimmt«, erwiderte Hattie, während ihr Herz vor Liebe bersten wollte, als sie den sorgenden Ausdruck in seinen Augen sah. »Alles ist perfekt.«

Und genau das war es auch.

Danksagung

Die Liste der Menschen, die mich auf meiner Reise als Autorin unterstützt haben, indem sie mir ihre Hilfe anboten oder mir Mut machten, muss inzwischen so lang sein, dass ein eigenes Buch erforderlich wäre, um auch wirklich jede einzelne Person zu nennen. Aber auch ohne eine solche Liste gilt mein von Herzen kommender Dank jedem von euch, der mir im Großen wie im Kleinen mit Rat und Tat zur Seite gestanden hat. Jeder Beitrag, in welcher Form auch immer, war für mich von unschätzbarem Wert.

Es gibt aber auch den einen oder anderen, den ich unbedingt erwähnen will. Natürlich steht da meine Familie an erster Stelle – all die Menschen, die Tag für Tag mein Gejammer und meine Selbstzweifel ertragen müssen. Meine Mum und – posthum – mein Dad, die mich durch ihre Erziehung zu einem Menschen gemacht haben, der daran glaubt, dass alles möglich ist, wenn man es nur wirklich will, auch wenn es noch so verrückt und unwahrscheinlich wirkt. Meine ehemaligen Kolleginnen und Kollegen im *Royal Stoke University Hospital*, die mich weitaus länger als eigentlich hinnehmbar ein Doppelleben haben führen lassen und denen ich so viele Ideen für künftige Romane verdanke. Die Dozentinnen und Dozenten des *Instituts English and Creative Writing* der *Staffordshire University*, die in mir ein schlummerndes Talent entdeckten und förderten und die mir immer noch zur Seite stehen, obwohl sie dafür nicht bezahlt werden. Sie alle sind Tutorinnen und Tutoren, die mit der Zeit zu Freundinnen und Freunden wurden.

Ich muss auch dem Team von *Bookouture* für die anhaltende Unterstützung, viel Geduld und ein untrügliches Verlegergespür danken, allen voran Lydia Vassar-Smith – meine unglaubliche und geduldige Redakteurin –, Kim Nash, Noelle Holten, Peta Nightingale, Leodora Darlington, Alexandra Holmes und Jessie Botterill – gemeinschaftlich auch bekannt als Team Tilly! Ihr Glaube an mich, ihr Beistand und ihr Zuspruch bedeuten mir alles. Ich glaube ganz ehrlich, ich habe das beste Team, das sich eine Autorin wünschen kann. Ohne dieses Team könnte ich wohl nicht weiter den Job ausüben, den ich so sehr liebe.

Meine Freundin Kath Hickton darf nicht unerwähnt bleiben, sie erträgt mich schließlich schon seit der Grundschule. Louise Coquio gilt ebenfalls mein Dank: Sie hat mir durch die Zeit an der Uni geholfen und mich seitdem am Hals, genau wie auch ihre reizende Familie. Ein Dankeschön geht auch an Storm Constantine, die mir meine erste Veröffentlichung ermöglichte. Auch möchte ich Mel Sherratt und Holly Martin danken, zwei Autorinnenkolleginnen und wunderbare Freundinnen, die mir über die Jahre unglaublich viel Rückhalt gegeben haben und an deren Schulter ich mich in düsteren Momenten ausheulen konnte. Ich danke auch Tracy Bloom, Emma Davies, Jack Croxall, Clare Davidson, Angie Marsons, Christie Barlow und Jaimie Admans, die nicht nur allesamt fantastische Autorinnen und Autoren sind, sondern sich gegenseitig massiv unterstützen. Ohne diese Gang wäre das Leben viel langweiliger! Danken möchte ich auch all den engagierten Buchbloggerinnen und Buchbloggern (es gibt so viele von euch, aber ihr wisst, wen von euch ich meine!) und Leserinnen und Lesern, einfach jedem, der meine Bücher weiterempfohlen, rezensiert, mit anderen geteilt oder der mich einfach hat wissen lassen, dass ihm meine Arbeit gefallen hat. Diese Form von Lob und Anerkennung ist unbezahlbar – jeder und jede Einzelne von euch ist etwas ganz

Besonderes. Mit Stolz kann ich sagen, dass mich mit einigen von euch heute sogar eine Freundschaft verbindet.

Erwähnen möchte ich auch noch den Eselgnadenhof *Donkey Sanctuary* in Sidmouth, der mich so großzügig mit Informationen über den Umgang mit Eseln versorgt hat. Wer sich in die Esel in meinem Buch verliebt hat, der sollte einmal diesen Gnadenhof besuchen, der sich so wie meine Heldin Hattie im Buch auch über jede Geldspende freut.

Last but not least möchte ich noch meine reizende Agentin Madeleine Milburn erwähnen, die sich stets Zeit nimmt, um sich mein Wehklagen anzuhören, und die für mich immer ein Lächeln übrig hat.

Die Community für alle, die Bücher lieben

In der Lesejury kannst du
★ Bücher lesen und rezensieren, die noch nicht erschienen sind

★ Gemeinsam mit anderen buchbegeisterten Menschen in Leserunden diskutieren

★ Autoren persönlich kennenlernen

★ An exklusiven Gewinnspielen und Aktionen teilnehmen

★ Bonuspunkte sammeln und diese gegen tolle Prämien eintauschen

Jetzt kostenlos registrieren: www.lesejury.de

Folge uns auf Instagram & Facebook:
www.instagram.com/lesejury
www.facebook.com/lesejury